OLIVIA JOULES

OU L'IMAGINATION HYPERACTIVE

Retrouvez toutes les collections J'ai lu sur notre site :

www.jailu.com

HELEN FIELDING

OLIVIA JOULES
OU L'IMAGINATION HYPERACTIVE

Traduit de l'américain
par Françoise du Sorbier

Pretty
COMÉDIE

Titre original :
Olivia Joules and the overactive imagination

© Helen Fielding, 2003

Pour la traduction française :
© Éditions Albin Michel, 2004

À Kevin

1

Londres

« Le problème avec vous, Olivia, c'est que vous avez une imagination hyperactive.

— Mais pas du tout », rétorque Olivia Joules, indignée.

Barry Wilkinson, directeur du service international du *Sunday Times*, s'adosse à son siège en essayant de rentrer sa bedaine, regarde par-dessus ses demi-lunes la petite créature penaude qui se tient devant lui et pense : *Et que tu es bien trop mignonne.*

« Et votre article sur le nuage de sauterelles géantes qui allait atterrir en Éthiopie et cachait le soleil, hein ? dit-il.

— C'était au Soudan. »

Barry pousse un soupir appuyé. « On vous a envoyée exprès là-bas et tout ce que vous avez rapporté, c'étaient deux sauterelles dans un sac en plastique.

— Mais si, il y avait un nuage de sauterelles ! C'est vrai qu'il a continué sur le Tchad. Il était censé se poser. De toute façon, je vous ai fait un papier sur les animaux qui crevaient de faim dans le zoo.

— Olivia, il y avait *un* phacochère, c'est tout – et je l'ai trouvé plutôt grassouillet.

— Oui, mais si vous ne m'aviez pas rappelée, je vous aurais eu un entretien avec les femmes fondamentalistes et un amputé asymétrique.

— Et la naissance du nouveau bébé de Posh et Beck que vous deviez couvrir en direct pour BSkyB ?

— Ce n'était pas de l'actualité brûlante.
— Encore heureux.
— Là, je n'ai rien imaginé.
— Non. Mais vous n'avez rien dit non plus pendant les dix premières secondes. Vous regardiez autour de vous comme une demeurée, en vous tortillant les cheveux, l'air très énervé, et puis soudain vous vous êtes mise à crier : "Le bébé n'est pas encore né, mais il s'en passe, ici, des choses. À vous, les studios."
— Ce n'est pas ma faute. Le responsable de plateau ne m'avait pas prévenue qu'il y avait un mec qui essayait de se mettre dans le champ, avec "Je suis un enfant de l'amour de la famille royale" écrit en travers de son ventre nu. »

D'un geste las, Barry fouille dans la pile de communiqués de presse sur son bureau. « Bon, alors écoutez-moi, mon lapin... »

Olivia frémit. Un de ces jours, elle aussi va l'appeler « mon lapin », histoire de voir sa réaction.

« ... vous écrivez bien, vous avez de l'intuition, un bon sens de l'observation et, comme je viens de vous le dire, une imagination très active. Nous, au *Sunday Times*, on trouve que chez un free-lance, ce sont des qualités qui conviennent mieux aux pages Tendance qu'aux pages Info.
— Autrement dit au petit bain, pas au grand bain.
— La tendance ne manque pas de profondeur, ma cocotte. »

Olivia glousse : « Vous voulez me répéter ça ? »

Barry se met à rire aussi.

« Bon, annonce-t-il en sortant de la pile un communiqué de presse d'une société de cosmétiques. Si ça vous dit vraiment de voyager, il y a un lancement publicitaire à Miami la semaine prochaine pour un... parfum ? Non, une crème de beauté.
— Un lancement publicitaire pour une crème de beauté, répète Olivia d'un ton éteint.
— Jennifer Lopez ou P. Binny ou je ne sais qui... ah, oui... Dévorée. Qui c'est, bordel, Dévorée ?
— Rappeuse blanche/mannequin/actrice, point, barre.

— Parfait. Si vous trouvez un magazine disposé à partager les frais avec nous, vous pouvez couvrir sa crème de beauté pour Tendance. Ça vous va ?

— D'accord, dit Olivia sans grande conviction. Mais si je tombe sur une bonne info là-bas, je pourrai la couvrir aussi ?

— Bien sûr, ma chérie », fait Barry avec un sourire entendu.

2

South Beach, Miami

Le hall de l'hôtel Delano ressemble au délire high-tech d'un directeur artistique sur le décor d'*Alice au pays des merveilles*. Tout est trop grand ou trop petit, de la mauvaise couleur ou à la mauvaise place. Une lampe avec un abat-jour haut de trois mètres pend devant la réception. Des rideaux en mousseline longs de trente mètres flottent au vent à côté d'un mur constellé d'appliques miniatures et d'une table de billard avec feutre beige et boules écrues. Un type brun, assis sur une chaise en plexiglas blanc qui ressemble à un urinoir, lit un magazine. Il lève les yeux en voyant entrer dans le hall une fille menue aux cheveux blonds coupés au carré, et abaisse son journal pour l'observer tandis qu'elle regarde autour d'elle en souriant comme si quelque chose d'amusant lui traversait l'esprit, puis elle se dirige vers la réception. Elle est en jean, avec un petit haut noir léger, porte un cabas en cuir souple beige et tire une vieille valise beige et kaki à roulettes.

« Votre nom me dit quelque chose ! s'exclame le réceptionniste. Showbiz ?

— Non, physique. J.O.U.L.E.S., comme les unités d'énergie cinétique, réplique fièrement la fille.

— Sans blague ? Ah oui, voilà, dit le réceptionniste. Je vais demander au chasseur de prendre vos bagages et de les monter dans votre chambre.

— Oh, pas la peine. C'est tout ce que j'ai. »

L'homme brun regarde la petite silhouette décidée s'éloigner vers les ascenseurs.

Olivia fixe avec consternation les portes de l'ascenseur ; on dirait de l'acier capitonné. Comme elles se referment, un beau chasseur en tee-shirt et short blancs introduit de force son bras et saute dans la cabine à côté d'elle, insistant pour l'aider à monter ses bagages – malgré leur inexistence – dans sa chambre.

Ladite chambre est entièrement blanche : sol blanc, murs blancs, draps blancs, bureau blanc, fauteuil et tabouret blancs, télescope blanc pointé vers un store vénitien blanc. Le jeune mec éminemment baisable et tout de blanc vêtu remonte le store, et les bleus époustouflants de Miami, pétrole et aigue-marine, font irruption dans la pièce comme une petite huile bleu vif au centre d'un épais cadre blanc.

« Ouiiii, murmure-t-elle, on se croirait à l'hôpital.

— J'espère que vous vous trouverez mieux chez nous, madame. Qu'est-ce qui vous amène à Miami ? »

Il a une peau qui est une vraie pub pour la jeunesse, éclatante et duveteuse, comme s'il avait été élevé dans une serre et gavé de vitamines.

« Oh, vous savez... », dit-elle en s'approchant de la fenêtre. Elle baisse les yeux vers la rangée de parasols et de corps étalés se détachant sur le sable blanc, les cabines de plage pastel, la mer d'un bleu surréaliste sillonnée par les yachts et les surfeurs, une file de grands bateaux à l'horizon, à la queue leu leu comme des canards sur un stand de tir. « Mon Dieu, qu'est-ce que c'est que ça ? » L'un des bateaux est au moins trois fois plus grand que les autres : bizarrement gros, il évoque un pélican au milieu des canards.

« Ça, c'est le *Ventre de l'Océan*, dit le chasseur avec un orgueil de propriétaire, comme s'il possédait non seulement le bateau, mais Miami et l'Atlantique par la même occasion. C'est comme un immeuble d'habitation, mais qui flotte. Vous êtes ici pour affaires ou en vacances ?

— Ils l'ont déjà construit ? demande-t-elle, ignorant les questions répétées du jeune type trop curieux.

— Mais oui.

— Je croyais qu'il n'en était encore qu'au stade de l'esquisse.

— Non, madame. C'est son premier voyage. Il a jeté l'ancre à Miami pour quatre jours.

— C'est bien lui qui va faire une croisière permanente entre le Grand Prix, l'Open d'Australie et les Masters, non ? Et où les passagers arrivent en hélicoptère pour trouver leurs Picasso et leur fil dentaire qui les attendent ?

— Exactement.

— Dites donc, ça ferait un bon article.

— Vous êtes journaliste ?

— Oui, dit-elle d'un petit air suffisant, sa fierté d'avoir pratiquement le statut de correspondante à l'étranger l'emportant sur sa discrétion.

— Ben dites donc ! Pour qui ?

— Le *Sunday Times* et le magazine *Elan*, répond-elle avec un large sourire.

— Ben dites donc. Moi aussi, j'écris. Vous parlez de quoi dans vos articles ?

— Oh, de choses et d'autres, vous savez.

— Enfin, si vous avez besoin de quoi que ce soit, téléphonez-moi. Je m'appelle Kurt. Qu'est-ce que je peux faire d'autre pour vous ? »

Elle est tentée de répondre : *Ma foi, puisque vous abordez le sujet...* Mais elle se contente de lui donner bien sagement un pourboire de cinq dollars et de regarder disparaître le délicieux petit cul blanc.

Olivia Joules adore les hôtels. Elle les aime parce que :

1. Quand on est dans une nouvelle chambre d'hôtel, il n'y a pas de passé. On tire un trait et on repart de zéro.

2. La vie à l'hôtel a une simplicité presque zen : une garde-robe miniature, une vie en miniature. Pas de déchets, pas de vêtements moches qu'on ne met jamais sans pour autant se résoudre à les balancer, pas de courrier à l'arrivée, pas de vide-poches pleins de stylos qui fuient et de Post-it avec des chewing-gums collés dessus.
3. On y est anonyme.
4. Ce sont de beaux lieux, si on sait choisir : ce qu'elle finit toujours par faire correctement, après des heures passées sur Internet à consulter les sites hôteliers. On peut se prélasser dans ces temples du luxe ou de la simplicité rustique, du confort douillet ou du design.
5. Les petits problèmes de la vie quotidienne y sont résolus pour vous et vous êtes libéré de l'enfer que représente l'esclavage domestique.
6. Personne ne peut vous embêter : il suffit d'accrocher « Prière de ne pas déranger » sur la poignée de la porte, et le téléphone et le monde extérieur n'ont plus qu'à aller se faire voir.

Olivia n'a pas toujours adoré les hôtels. Les vacances familiales se passaient en général sous la tente. Jusqu'à l'âge de vingt-deux ans, les seuls hôtels qu'elle connaissait étaient les Crown et les Majestic des stations balnéaires du nord de l'Angleterre, des établissements défraîchis mais à la majesté embarrassante, avec leur odeur curieuse, leurs tapis et leurs papiers peints aux motifs bizarres, où les clients parlaient à voix basse et intimidée, en essayant de prendre un accent élégant, et où toute sa famille restait tétanisée de honte si, à leur table, quelqu'un laissait tomber une fourchette ou une saucisse.

La première fois qu'elle est allée à l'hôtel pour son travail, elle n'a pas su quoi faire ni comment se tenir. Mais en se retrouvant dans une chambre élégante et impeccable, avec un mini-bar, des draps blancs empesés, un room-service, du savon haut de gamme, des chaussons gracieusement offerts et sans personne à qui rendre des comptes, elle a eu l'impression d'être enfin chez elle.

Parfois elle culpabilise de tant aimer les hôtels, se demande si elle n'est pas en train de virer pourrie-gâtée. Mais ce qu'elle aime, ce n'est pas seulement l'hôtel chic, en fait. Cela n'a aucun rapport avec le chic. Certains hôtels chics sont parfaitement déplaisants : trop snobs, trop extravagants, incapables de vous fournir le nécessaire (des téléphones en état de marche, des repas qui arrivent chauds le jour où ils ont été commandés), avec une clim bruyante, vue sur le parking et un personnel arrogant et glacial. Certains de ses hôtels préférés ne sont pas chers du tout. Le seul critère fiable de raffinement, c'est le pliage du papier-toilette : il faut qu'en arrivant dans la chambre elle le trouve plié bien proprement en pointe. Au Delano, non seulement il est plié en pointe, mais il porte même un autocollant blanc avec LE DELANO en discrètes majuscules grises. L'autocollant la laisse perplexe. Elle se demande si ce n'est pas pousser le bouchon un peu loin.

Elle pose la valise sur le lit et se met à déballer avec amour ce qui va faire de cette chambre son domaine jusqu'au moment où il faudra qu'elle rentre à Londres. En dernier, comme toujours, elle sort son kit de survie, qu'elle glisse sous l'oreiller. Ce n'est pas malin de trimballer cette boîte en fer-blanc dans les aéroports, mais elle l'accompagne depuis longtemps. On dirait une vieille boîte à tabac. Elle l'a achetée dans une boutique de loisirs de plein air dans le premier hall de la gare d'Euston. À l'intérieur du couvercle se trouve un miroir, pour envoyer des signaux. La boîte est équipée d'une poignée qui peut la transformer en petite casserole. Elle contient une bougie comestible, un condom à remplir d'eau, du coton, du permanganate de potassium pour nettoyer les blessures et allumer du feu, des hameçons, un collet à lapins, une scie pliante, des allumettes hydrofuges, un silex, du ruban fluorescent, des lames de rasoir, une boussole grosse comme un bouton et une torche miniature. Olivia ne s'est servie d'aucun de ces articles, sauf du condom – plusieurs fois remplacé – et du coton dans les hôtels qui ne fournissent pas de disques démaquillants. Mais elle est sûre qu'un jour la boîte lui sauvera la vie en lui permettant de recueillir de l'eau dans le désert, d'étrangler un pirate de l'air ou d'envoyer des signaux de détresse à un avion d'un atoll couvert de palmiers. En attendant, c'est un talisman – au même titre qu'un ours en peluche ou un sac à main. Olivia ne considère pas le monde comme un lieu très sûr.

Elle retourne à la fenêtre et à la vue sur la plage. Une carte en plastique rigide avec le mode d'emploi pend du télescope. Elle l'examine une seconde, perplexe, puis abandonne et approche son visage de l'oculaire, où elle voit une tache verte brouillée qui doit être de l'herbe très grossie. Elle ajuste un cadran qui lui dévoile la plage à l'envers. Elle continue, s'adaptant au monde à l'envers, montant – ou descendant ? – vers un joggeur qui court torse nu – beurk – (pourquoi infliger aux autres un spectacle répugnant ?) et un yacht qui prend maladroitement chaque vague de front. Elle continue à balayer latéralement la plage et arrive au *Ventre de l'Océan*. On dirait les blanches falaises de Douvres en route pour Miami.

Elle tire son portable de son sac et tape un e-mail pour Barry.

> Objet : Article du siècle.
> 1. Pour Miami Cool, ça roule.
> 2. Grand papier pour Tendance : *Ventre de l'Océan* – nouveau complexe d'habitation flottant, taille monstrueuse – a jeté l'ancre à Miami pour son premier voyage.
> 3. Peux couvrir l'événement, mais aurais besoin une nuit supplémentaire ici. Deux encore mieux.
> Terminé. Olivia.

Ayant relu son message, elle hoche la tête, satisfaite, clique sur « Envoyer », puis lève les yeux vers le miroir et sursaute. Elle a le cheveu rebelle et le visage bouffi à faire peur, après seize heures passées dans des avions et des aéroports, dont cinq coincée à Heathrow parce que quelqu'un avait oublié un portable dans les toilettes pour femmes. Le cocktail pour la crème de beauté est à six heures. Elle a vingt minutes pour se transformer en éblouissante reine de la nuit.

3

Cinquante-huit minutes plus tard, elle sort de l'ascenseur hors d'haleine, lavée, frottée et tirée à quatre épingles. Une file de limousines blanches s'étire de la sortie du hall jusqu'en haut de l'avenue, dans un concert de klaxons. Les videurs de l'hôtel sont à leur affaire : ils jouent les caïds en petit short blanc et parlent dans des casques téléphoniques avec tout le sérieux d'agents du FBI. Deux filles aux seins surdimensionnés et aux hanches inexistantes posent sur le tapis rouge avec un sourire plutôt tendu. On dirait de curieux hybrides mâle-femelle : torse de femme plantureuse et bas du corps d'adolescent. Elles ont pris une attitude identique, offrant leur profil aux flashes, une jambe devant l'autre, le corps crispé en S comme si elles essayaient de reproduire un schéma du magazine *InStyle*, ou luttaient contre une envie pressante d'aller aux toilettes.

Sur la table de l'accueil se dresse une pyramide précaire de tubes de Dévorée, Crème de Phylgie, à l'aspect très chirurgical, tout blanc avec des lettres toutes vertes. Olivia donne son nom, prend l'un des dossiers de presse en papier glacé, l'ouvre pour le parcourir et se dirige vers la foule. Elle frissonne à la vue d'une liste d'algues aux noms répugnants et d'ingrédients à base de créatures marines.

Une femme en tailleur-pantalon noir se propulse vers elle, se composant ce genre d'effrayant sourire aux dents blanches qui évoque la tête d'un singe en colère : « Bonjour ! C'est vous, Olivia ? Melissa, chargée des relations publiques de Century. Bienvenue. Vous avez fait bon voyage ? Quel temps fait-il à Londres ? » Elle conduit d'autorité Olivia vers la terrasse sous un feu roulant de questions stupides sans ménager aucune pause pour les réponses. « Votre chambre vous plaît ? Comment va Sally, à *Elan* ? Vous lui ferez mes amitiés, n'est-ce pas ? »

Elles sortent sur la terrasse où le tout-Miami de la mode et de la musique est artistement assemblé autour d'un choix de meubles de taille inadéquate, et se déploie sur les marches menant au jardin en contrebas, où des fauteuils club recouverts de tissu blanc, des lampes de table géantes et des cabines de bain entourent l'eau turquoise de la piscine illuminée.

« Vous avez essayé le Martini Dévorée ? Avez-vous le dossier de presse sur le chef qui a préparé spécialement les plats que nous dégusterons ce soir ? » Olivia écoute sans réagir le bavardage haut débit de Melissa. Normalement, elle s'efforce de laisser les enquiquineurs faire leur numéro en espérant qu'ils fileront le plus tôt possible. La nuit est tombée avec une soudaineté toute tropicale. Des torches éclairent le jardin et, dans l'obscurité au-delà, on entend le ressac de l'océan. À moins que ce ne soit le bruit d'un générateur d'air conditionné. Il y a quelque chose de bizarre dans ce cocktail. L'ambiance est tendue et directive, comme Melissa. Le vent soulève dossiers de presse et serviettes, et fait voler cheveux et robes. On voit des gens qui tranchent sur les autres par leur façon d'observer et de circuler, trop nerveuse pour ce genre de pince-fesses. Olivia observe un groupe d'invités dans le coin opposé, et essaie de les cerner. Les femmes sont du type actrice/mannequin : des cheveux partout, un maximum de jambes sous un minimum de robe. Les hommes sont plus difficiles à situer : noirs de poil, avec une importante proportion de moustaches – ils pourraient être latinos ou indiens. Ils jouent à paraître riches mais sont peu convaincants dans ce rôle. On dirait une publicité pour le bulletin d'informations maison de Debenham[1].

---

1. Grand magasin britannique de caractère très traditionnel. *(Les notes sont de la traductrice.)*

« Si vous voulez bien m'excuser, j'aperçois quelqu'un que je dois voir. Oh, regardez, c'est Jennifer... » Melissa file sans cesser de parler, plantant là Olivia.

Pendant une seconde, celle-ci se sent envahie par une insécurité résiduelle qu'elle s'efforce aussitôt de piétiner comme s'il s'agissait d'un cafard ou d'une blatte. Elle a toujours eu horreur des cocktails. Elle est trop sensible aux signaux qu'émettent les autres pour sortir indemne d'une quelconque réunion mondaine. Elle aime les vraies conversations, pas la futilité hypocrite, et n'a jamais su maîtriser l'art d'évoluer avec grâce d'un groupe à l'autre. En conséquence, elle se sent tout le temps ou meurtrie ou mal élevée. Aussi a-t-elle décidé depuis longtemps de se moquer éperdument de tout. Peu à peu, elle a réussi à éliminer tant bien que mal les réactions spécifiquement féminines qui la poussaient à se poser des questions sur sa silhouette, sa beauté, son rôle dans la vie, ou l'effet qu'elle produit sur les autres. Elle observe, analyse et se conforme aux codes tels qu'elle les voit fonctionner, sans les laisser l'affecter ni compromettre son identité.

L'une de ses maximes favorites dans la liste des Principes de Vie qu'elle s'est fixés est celle-ci : « Personne ne fait attention à toi ; les autres sont égocentriques. Tout comme toi. » Une maxime particulièrement utile dans les réceptions. Elle signifie que là non plus, personne ne vous observe. Par conséquent vous pouvez rester tranquillement seule à observer les autres sans qu'on vous prenne pour une tarée. Personne, par exemple, ne se dit en ce moment qu'elle est Olivia-sans-mec-Joules, pour la seule raison qu'elle n'est pas accompagnée. Ou pire, Rachel-sans-mec-Pixley. Personne ne dirait : « Rachel Pixley, tu es une raclure du collège polyvalent de Worksop. Quitte immédiatement l'hôtel Delano et va au Post House sur la rocade de Nottingham. »

Quand Rachel Pixley était une écolière normale qui vivait avec ses parents à Worksop, et qui rentrait chez elle pour le thé dans une maison chaleureuse, elle trouvait le statut d'orpheline très romanesque, à l'image d'Alona la Sauvage dans *Bunty* ou *Mandy*[1] – une orpheline libre et farouche, qui galope à cru sur son cheval le long du rivage. Longtemps après les événements, elle est toujours persuadée qu'elle a été punie de son fantasme.

Lorsqu'elle avait quatorze ans, son père, sa mère et son frère étaient morts écrasés par un camion sur un passage pour piétons. Rachel, qui était restée en arrière pour acheter un magazine et des bonbons, avait été témoin de la scène. On l'avait ensuite confiée à sa tante Monica, une mère à chats qui traînait en chemise de nuit toute la journée en lisant les journaux. Son appartement avait une odeur déplaisante, indéfinissable, mais malgré la cendre de cigarette qui l'entourait comme des festons de neige, et sa façon approximative et fantaisiste de mettre son rouge à lèvres, tante Monica était belle et avait été brillante dans sa jeunesse. Elle avait étudié à Cambridge et jouait encore fort bien du piano – quand elle n'était pas ivre. Jouer du piano en état d'ivresse, avait fini par découvrir Rachel pendant son séjour chez tante Monica, c'était comme conduire en état d'ivresse : déconseillé, sinon criminel.

Au lycée, Rachel avait eu un petit ami de deux ans son aîné, mais qui en paraissait beaucoup plus. Il avait un père veilleur de nuit et barjo. Roxby n'était pas beau à proprement parler, mais il avait son indépendance. Il travaillait la nuit comme videur au club Roméo et Juliette. Et quand il rentrait chez lui – car Rachel et lui avaient fini par vivre ensemble dans une chambre au-dessus de chez Hao Wao, un traiteur chinois –, il s'asseyait à l'ordinateur pour investir ses gains de videur en actions et obligations.

Rachel, pour qui l'argent était quelque chose qu'on gagnait en toutes petites quantités et en travaillant, avait au début manifesté une certaine résistance à l'idée qu'on pouvait en gagner en le faisant travailler. « L'argent ne fait pas le bonheur, lui avait dit son père, un homme laborieux. Si tu travailles dur et que tu es hon-

---

1. Magazines illustrés pour filles, respectivement des années soixante et soixante-dix.

nête et bonne, alors tu n'as rien à craindre. » Tu parles. Un camion lui était passé sur le corps. Rachel s'était donc embarquée sur la galère de Roxby. Elle travaillait le week-end au supermarché Morrison et le soir, après l'école, dans une épicerie de quartier tenue par une famille pakistanaise, laissant à Roxby le soin d'investir ses gains. À seize ans, elle avait touché l'assurance-vie de son père. Vingt mille livres à investir : c'était le début des années quatre-vingt. Elle était en passe de devenir, sinon une femme riche, du moins une jeune femme économiquement indépendante.

Elle avait dix-sept ans quand Roxby avait décidé qu'il était gay et déménagé pour s'installer dans le quartier du Canal à Manchester. Alors Rachel, lasse d'avoir encaissé autant de coups, avait fait sans complaisance le bilan de sa vie. Elle avait vu les sœurs aînées de ses amies, radieuses et triomphantes, exhiber fièrement leur annulaire auquel brillaient de minuscules solitaires achetés chez H. Samuel[1] et passer des mois à ne penser que robes de mariée, fleurs et organisation de la réception ; tout ça pour se retrouver deux ans plus tard au centre commercial, grosses, fauchées, fatiguées, à pousser un landau sous la pluie, à se plaindre d'être battues, méprisées ou quittées. Elle s'était dit : *Pas question*. Elle avait commencé par changer de nom. « Olivia », voilà qui avait de la classe. Et « Joules », un mot qui l'avait charmée, le seul qu'elle ait retenu des cours de physique. Et elle avait raisonné en ces termes : *Je n'ai que moi. Je vais me suffire à moi-même. Le reste, je n'en ai plus rien à cirer. Je vais trouver ce qui est bon pour moi et ce qui ne l'est pas. Je deviendrai une grande journaliste, une grande exploratrice, et je ferai des choses qui comptent. Je chercherai la beauté et l'aventure dans ce monde de merde, et je me ferai plaisir. Non mais.*

Ce monde-là, songe Olivia Joules en s'appuyant à l'un des piliers du Delano, *il est autrement beau et aventureux que Worksop. Personne ne fait attention à toi, laisse-toi porter par le courant et prends ton pied.* Mais comme

---

[1]. Chaîne de bijouteries de grande diffusion en Angleterre.

pour contredire son Principe de Vie, quelqu'un l'observe. Alors qu'elle examine systématiquement l'assistance, elle croise un regard qui plonge dans le sien l'espace d'une seconde intense puis se détourne. Elle aussi détourne les yeux, puis les reporte sur l'homme en question. Debout, seul. Très grand, brun, d'allure assez aristocratique. Il porte un costume un peu trop noir et une chemise un peu trop blanche – trop tape-à-l'œil pour le Delano. Pourtant il n'a pas, lui, l'air d'un frimeur, mais donne plutôt l'impression d'être sur son quant-à-soi. Il se tourne et soudain ses yeux croisent à nouveau ceux d'Olivia avec ce message excitant et muet qui se transmet parfois à travers une pièce : « J'ai envie de te sauter. » Parfois, cela suffit : un regard. Pas besoin de flirter, de manœuvrer, de bavarder. Un simple moment de reconnaissance. Après, il ne reste plus qu'à suivre, comme lorsqu'on danse.

« Tout va bien ? » C'est l'autre hyperactive, la chargée des RP. Olivia se rend compte qu'elle laisse flotter dans le vague un regard chargé de concupiscence, se souvient qu'elle a un papier à envoyer d'ici demain et qu'elle ferait bien de s'en préoccuper. « J'ai un certain nombre de personnes à vous présenter, dit Melissa, entreprenant de la cornaquer. Vous avez mangé quelque chose ? Voyons si nous pouvons vous faire rencontrer des gens. Avez-vous vu Dévorée ? »

Écartant fermement toute idée de baiser avec un inconnu, Olivia se met en devoir de collecter des observations des uns et des autres. Tout le monde veut figurer dans l'édition anglaise du magazine *Elan*, et le cocktail est un endroit idéal pour les inserts sonores. Au bout d'une heure ou deux, elle a récolté des remarques de Dévorée ayant vaguement trait à la crème. D'autres de Chris Blackwell ; du directeur du Delano ; de deux beaux mecs qu'elle soupçonne de louer leurs services ; du type qui fait le listing du magazine *Tantra* ; du chargé des RP de Michael Kors ; et de P. Diddy. C'est plus que suffisant pour le petit paragraphe que, fatalement, *Elan* consacrera en tout et pour tout à l'événement. Elle passe alors à l'article « Miami Cool » pour le

Sunday Times et remplit rapidement son carnet avec la grand-mère de l'un des mannequins présents, une vieille dame qui a vécu à South Shore Strip vingt ans avant que l'endroit ne redevienne à la mode ; avec un flic qui prétend s'être trouvé sur les lieux après l'assassinat de Versace, et qui ment visiblement, et – plat de résistance – l'ancienne femme de ménage de Gianni Versace. Elle réussit même à passer un moment avec J-Lo, avec qui elle échange quelques mots. Une beauté quasi électrique : peau éclatante, voix enchanteresse et allure folle ! Cool à la puissance mille. L'espace d'une seconde, Olivia se dit qu'elle aimerait bien être J-Lo. Puis se prenant en flagrant délit de projection, elle s'arrête.

« Olivia ? » Oh, non, encore Melissa ! « Je peux vous présenter le créateur de la Crème de Phylgie de Dévorée ? À ceci près que Dévorée a choisi personnellement les ingrédients. »

Olivia émet un bruit curieux. Devant elle se tient l'inconnu de tout à l'heure. Un mélange détonant de l'homme fort et du beau ténébreux : des traits fins, un nez droit, des sourcils minces et arqués, des yeux bruns aux paupières tombantes.

« Je vous présente Pierre Ferramo. » Olivia est déçue. On dirait un de ces noms écrits comme à la main en lettres dorées sur une étiquette plastifiée accrochée à une cravate au prix astronomique dans une boutique duty free.

« Enchanté, Ms. Joules. » Il porte une montre en or ridiculement luxueuse, mais il a la main plus calleuse qu'Olivia n'aurait cru, et son étreinte est ferme.

« Ravie de vous rencontrer, dit-elle. Félicitations pour votre Crème de Phylgie. Il y a vraiment du concombre de mer dedans ? »

Il ne rit pas, mais un reflet s'allume dans son œil. « Elle ne contient pas à proprement parler de concombre de mer, seulement une essence, une huile que sécrète la peau de ce mollusque.

— À vous entendre, on n'a guère envie de s'en tartiner le visage, mais plutôt de l'essuyer !

— Vraiment ? » Il lève les sourcils.

« J'espère que vous ne mentionnerez pas cela dans votre article, susurre Melissa avec un petit rire.

— Je suis certain que Ms. Joules écrira avec une grâce et une subtilité infinies.

— Infinies, oui », dit-elle en relevant le menton avec insolence.

Il y a un silence extrêmement chargé. Le regard de Melissa va de l'un à l'autre, puis elle se met à babiller. « Oh, la voilà qui s'en va. Vous nous excusez ? Pierre, je voudrais que vous veniez saluer l'une de nos invitées de marque avant qu'elle ne parte.

— Très bien », soupire-t-il. Avant de quitter Olivia, il lui glisse : « Du concombre de mer, voyez-vous ça ! »

Melissa présente Olivia à d'autres satellites : deux membres d'un boys band appelé Break, dont le truc est le surf et qui cherchent à faire la synthèse du style des Beach Boys et de celui de Radiohead. Olivia n'a jamais entendu parler d'eux, mais elle les trouve plutôt sympathiques. Sous leurs cheveux blanchis par le soleil, leur peau est un curieux mélange d'acné et de sécheresse due au bronzage. Elle les écoute – Beavis et Butthead – parler de leur carrière, avec des ricanements nerveux qui ponctuent un fragile vernis d'arrogance lasse.

« On auditionne pour décrocher un rôle, voyez, dans ce film ? Avec des surfeurs ? » Leur intonation curieusement interrogative laisse entendre que quelqu'un d'aussi âgé qu'Olivia risque de ne pas comprendre des mots tels que « film » ou « surfeurs ». « Ça va lancer le single tiré de l'album ? »

Ils sont mignons, se dit-elle. Deux hits, trois petits tours, et tout le monde les aura oubliés, mais eux, ils ne le savent pas. Elle a envie de leur faire un petit discours maternel, mais se contente de les écouter en hochant la tête et en surveillant Pierre Ferramo du coin de l'œil.

« Ce type, là, c'est le producteur ? Du film, voyez ? chuchote l'un des deux.

— Vraiment ? »

Tous trois regardent Ferramo se diriger vers le mystérieux groupe de basanés et de mannequins. Il évolue gracieusement, avec une nonchalance presque irréelle, mais il dégage une impression de puissance considérable bien que latente. Il rappelle quelqu'un à Olivia. Le groupe s'ouvre comme la mer Rouge pour le recevoir. On dirait un gourou ou un dieu, plutôt qu'un créateur de crème de beauté/producteur, etc. Il s'assoit gracieusement, croise les jambes, révélant du même coup un bon carré de peau, des mocassins noirs et brillants et de fines chaussettes grises en soie. Près du groupe, un couple se lève, et quitte le canapé.

« Si on se rapprochait ? » suggère Olivia en indiquant les places qui viennent de se libérer.

Le canapé est beaucoup trop grand, si bien qu'Olivia et les surfeurs sont presque obligés de l'escalader ; après quoi, il faut soit s'y étendre, soit rester les jambes pendantes comme des enfants. Ferramo lève les yeux lorsque Olivia s'assoit, et lui adresse un aimable signe de tête. Son pouls s'accélère et elle détourne le regard. Elle inspire lentement, se souvenant de ses leçons de plongée : respirer profondément, régulièrement et rester calme en permanence.

Elle se tourne vers les garçons, croise les jambes et se passe une main sur la cuisse. Elle s'humecte les lèvres, rit et joue une seconde avec la délicate croix en diamants et saphirs qu'elle porte au cou. Elle sent les yeux de Ferramo posés sur elle. Elle relève les cils, se préparant à croiser ce regard sombre et pénétrant. *Oh*. Pierre Ferramo est en train de plonger dans le décolleté du mannequin indien qui se tient à côté de lui, une grande fille d'une beauté incroyable. Il lui dit quelques mots et ils se lèvent. Passant un bras autour d'elle et une main sur sa hanche de façon à la piloter, il s'éloigne de la table en sa compagnie. Olivia regarde l'un des boutonneux et se met à rire bêtement. Il se penche en avant, lui glisse : « Moi aussi, ça m'allume » et trace un tout petit cercle avec le doigt sur la cuisse d'Olivia. Elle éclate d'un rire de gorge profond et ferme les yeux. C'est vrai qu'il y a déjà un bail...

Pierre Ferramo se trouve au milieu de la terrasse lorsqu'il entend le rire d'Olivia et il lève la tête comme un animal qui repère une odeur. Il se tourne vers Melissa, qui l'a suivi, lui murmure quelques mots, puis continue à avancer vers le hall d'un pas majestueux, flanqué de l'Indienne aux cheveux de soie.

Tout en buvant à petites gorgées son Martini à la pomme, Olivia s'efforce de savoir à qui Ferramo lui fait penser : ces paupières tombantes, cette impression d'intelligence et de puissance qu'il dégage, et cette lenteur à se mouvoir.

Sentant une main sur son bras, elle sursaute.

« Olivia ? » L'éternelle Melissa. « Mr. Ferramo aimerait que vous acceptiez de venir à une petite soirée entre amis qu'il donne demain chez lui. »

Olivia en a le souffle coupé. Le duvet de sa nuque et de ses avants-bras se hérisse. Brusquement, elle sait qui Ferramo lui rappelle.

Oussama Ben Laden.

« Très bien, dit-elle en jetant des regards terrifiés en tous sens, mais néanmoins courageuse et décidée. J'y serai. »

Melissa la regarde bizarrement.

« Ce n'est qu'une petite fête », dit-elle.

4

Frémissante d'excitation, de peur et de désir, Olivia regagne sa chambre et se jette sur son lit. Elle balance ses sandales et, frottant une ampoule sur son pied gauche d'une main, compose un numéro de l'autre. « C'est moi, chuchote-t-elle d'une voix pressante dans le téléphone.

— Olivia, putain, c'est le milieu de la nuit !
— Je sais, je sais, désolée. Mais c'est très important.
— Bon. Alors ? Non, laisse-moi deviner. Tu viens de découvrir que Miami est un hologramme géant fabriqué par des extraterrestres ? Tu vas épouser Elton John ?
— Non », répond Olivia. Vu sa réaction, elle ne sait pas trop si c'est une bonne idée de demander son avis à Kate.

« Alors qu'est-ce qui se passe ? Dis-moi.
— Je crois que j'ai retrouvé Oussama Ben Laden. »

Kate se met à rire. Un certain temps. Les épaules d'Olivia se voûtent et elle cille, vexée. Kate O'Neill est son amie, mais aussi correspondante du *Sunday Times* pour l'international. Olivia a du mal à s'avouer que son approbation lui est absolument nécessaire.

« Bon, finit par dire Kate. Tu as picolé ou quoi ?
— Mais pas du tout, s'écrie Olivia, indignée. Je ne suis pas saoule, enfin !
— Tu es sûre que ce n'est pas une réincarnation d'Abraham Lincoln ?
— La ferme ! Non, sérieusement. Réfléchis deux secondes. Oussama Ben Laden ne peut se planquer mieux

qu'en se mettant bien en évidence, là où personne ne s'attend à le voir.

— Il y a au moins quatre cents endroits auxquels je pense d'emblée. Ton gars, il mesure un mètre quatre-vingt-quinze et il approche de la cinquantaine ?

— Non, justement. Il a eu recours à la chirurgie esthétique. Il a complètement changé son aspect. Il a pu se faire raccourcir les jambes et modifier le visage.

— D'accord, d'accord. À ce compte-là, Oussama Ben Laden pourrait aussi bien être Oprah Winfrey, Britney Spears ou Eminem. Pourquoi tu fais une fixation sur ce type-là ?

— Il a quelque chose. Une certaine nonchalance.

— Ah, tu aurais dû me le dire plus tôt ! Je ne discute plus. Il est numéro un sur la liste des Hommes les plus Nonchalants dressée par le FBI.

— Ta gueule. Il dit s'appeler Pierre Ferramo et prétend être français, mais je ne le crois pas : il roule les *r* comme un Arabe. Tu sais, c'est génial comme camouflage.

— D'accord, d'accord. Il boit de l'alcool, ton Oussama Ben Ferramo ?

— Oui, répond-elle avec une petite hésitation.

— Il a flirté avec toi ?

— Oui.

— Olivia. Oussama Ben Laden est musulman. Tu sais ce que c'est, un musulman ?

— Bien sûr que je le sais, siffle Olivia. Ce que je te dis, c'est que ça fait partie du déguisement. Il n'est pas dans une grotte en Afghanistan. Il évolue dans les cercles élégants en se faisant passer pour un homme d'affaires international/play-boy/producteur, point, barre. Je veux avoir le fin mot de cette histoire. Je vais l'amener devant la justice, sauver le monde de la terreur et devenir multimillionnaire.

— Promets-moi quelque chose, Olivia.

— Quoi ?

— De ne pas téléphoner à Barry en lui disant que tu as retrouvé Oussama Ben Laden au cocktail de lancement d'une crème de beauté. »

Olivia garde le silence. Elle est partisan du libre arbitre. Elle s'est souvent demandé si, quand les Twin Towers ont été touchées et que les autorités ont donné l'ordre à tout le monde de rester sur place, elle aurait fait ce qu'on lui disait ou si elle aurait suivi son libre arbitre et serait sortie.

« Olivia, tu m'écoutes ? Tu te souviens du nuage de sauterelles géantes du Soudan ? Des adeptes de Moon à Surbiton qui n'étaient finalement que des scouts ? De la goule du Gloucestershire qui n'était qu'un nuage de vapeur sortant d'une bouche d'air conditionné ? Le *Sunday Times* vient juste de recommencer à te faire confiance. Alors fais-moi le plaisir d'écrire ton papier sur Miami dans les temps, bien comme il faut, bien calibré, et évite de te mettre dans la merde.

— Bon, d'accord, dit Olivia, déconfite. Et merci, hein. »

Mais elle ne réussit pas à dormir. Elle n'en revient pas de l'astuce du plan d'Oussama Ben Ferramo. Qui le soupçonnerait ? Tout le monde sait que les agents d'Al-Qaida sont des mecs bizarres : des ingénieurs mal fringués qui habitent des appartements minables à Hambourg ou des petites maisons mitoyennes des années trente à Cricklewood, qui partagent des barquettes achetées chez l'Indien du coin, prient dans des mosquées de fortune et vont aux bureaux de poste de Neasden pour faxer leurs instructions. Les agents d'Al-Qaida ne s'exhibent pas dans les soirées mondaines des hôtels chics en buvant des Martini à la pomme. Les agents d'Al-Qaida ne produisent pas de films et n'ont pas d'assistantes hyperactives pour soigner leur profil. C'est une couverture parfaite.

Elle saute sur ses pieds et consulte ses e-mails. Pas de réponse de Barry. Puis elle va sur Internet et tape le nom de Pierre Ferramo sur un moteur de recherche. Rien. La raison en est évidente.

Elle éteint les lumières et essaie à nouveau de dormir. Saloperie de jet-lag. Il faut faire quelque chose. Sinon, dans quarante-huit heures elle va se retrouver à Londres sous la pluie, à écrire des articles sur les derniers progrès des culottes à couture invisible dans la nouvelle gamme de lingerie chez Marks & Spencer. Dans l'obscurité, la petite lampe rouge de l'ordinateur brille, tentante. Quel mal y aurait-il à alerter simplement Barry ?

5

Assise à la terrasse d'un café de South Shore Strip, elle attend l'appel matinal de Barry, en espérant que le vent s'arrêtera de souffler. Il cingle et mugit en permanence, bien que le temps soit beau et humide.

Le petit déjeuner est le repas préféré d'Olivia : du café, et quelque chose de fatal pour le régime, genre muffin ou petit pain au fromage frais crémeux accompagné de saumon fumé, ou crêpes à la banane. Tout ça avec un tas de journaux ouverts devant elle. Mais ce matin le *New York Times*, le *Miami Herald*, *USA Today* et deux tabloïds britanniques sont restés coincés sous le sel et le poivre. Elle a commandé des toasts pomme-cannelle afin de dissiper les derniers effets des Martini à la pomme de la veille. Traiter la pomme par la pomme, comme les morsures de serpent par le venin.

Olivia est persuadée que la première pensée qui lui traverse l'esprit le matin doit être prise en compte. Cependant, à la suite d'une regrettable bagarre avec son store vénitien, qui a gâché l'harmonie design de la chambre en se coinçant avec un côté en l'air, l'autre en bas, et les lattes en éventail entre les deux, elle n'a dormi que trois heures. Elle a été réveillée à cinq heures trente par l'éclat vigoureux du soleil levant de Miami, et n'a pas eu à proprement parler de pensée. Techniquement, sa première sera celle qui surgira après sa première tasse de café. *Et voilà*, se dit-elle en voyant le garçon apparaître avec son plateau, *cela ne saurait tarder*. Un sourire ravi sur les lèvres, elle se verse une tasse, avale une gorgée délicieuse et attend l'arrivée de l'idée.

C'est bien lui. C'est Oussama Ben Laden qui se cache au vu et au su de tous après avoir subi des interventions massives de chirurgie esthétique et s'être fait raccourcir les jambes de quinze centimètres.

Elle verse du sirop d'érable sur la pomme à la cannelle du petit triangle de pain grillé, y enfonce son couteau et regarde la compote dégouliner du pain, tout en s'imaginant en train d'affronter Oussama Ben Ferramo à sa réception le soir même : « C'est une grosse erreur de tuer. Nous autres, nations, devons apprendre à respecter nos différences et à vivre en paix. » Vaincu, Oussama Ben Ferramo reconnaîtra en sanglotant que cette guerre sainte doit cesser et que, dorénavant, il travaillera sans relâche à la paix du monde, aux côtés de Paddy Ashdown, du président Carter, de Ginger Spice, etc. Olivia sera fêtée par la communauté internationale, promue correspondante à l'étranger, elle recevra un prix Pulitzer honorifique… Son portable sonne.

« Oui… », dit-elle d'une voix tendue, pressante, en jetant un coup d'œil derrière elle pour vérifier qu'il n'y a pas d'espions d'Al-Qaida. C'est Barry.

« Bon, alors, primo, cet article sur les appartements flottants…

— Ah ! coupe Olivia, tout excitée. C'est vraiment un bon plan. Un sujet super. Le bateau est habité toute l'année. On s'y rend en hélicoptère. Avec deux jours de plus ici, je pourrais l'écrire. » Le téléphone coincé entre son oreille et son épaule, elle continue à dévorer son toast à la cannelle.

« Pour ça, je suis d'accord, c'est un bon sujet. Tellement bon, d'ailleurs, que vous ne semblez pas avoir remarqué que nous l'avons couvert la semaine dernière en lui consacrant une page entière de la rubrique Tendance. »

Le toast à la pomme se fige à mi-chemin entre l'assiette et la bouche d'Olivia.

« Il s'agit d'une rubrique du *Sunday Times*, le journal pour lequel vous êtes censée travailler. En fait, ce sont dans ces pages-là que vous êtes censée travailler. Vous lisez le *Sunday Times* de temps en temps, je présume, ou du moins vous le connaissez ?

— Oui, dit-elle, le front baissé.

— Et cet autre sujet exceptionnel que vous avez trouvé, c'est quoi ? Miami envahi par des dauphins à pattes, peut-être ? Le ministre de l'Information irakien qui écoute des 78 tours dans les couloirs de la Chambre ? »

Heureusement qu'elle ne le lui a pas envoyé, cet e-mail, finalement !

« Eh bien, je viens juste de commencer mes recherches. Je vous en dirai davantage d'ici un jour ou…

— Basta ! Comment va l'article que nous sommes censée écrire ? L'histoire pour laquelle nous avons été envoyée à Miami, à grands frais, hmm ? Y a-t-il la moindre chance que nous lui accordions une attention quelconque à un moment ou un autre ?

— Oh, bien sûr. C'est ce que je fais. Tout va bien. Mais vraiment, j'ai plusieurs bonnes pistes pour un autre article, quelque chose de vraiment intéressant, je vous le garantis. Si je pouvais juste rester un jour de plus et aller à cette réception, je…

— Non. N.O.N. Vous nous envoyez l'article sur Miami d'ici six heures ce soir, heure américaine. Quinze cents mots. Pas de fautes d'orthographe. Une ponctuation normale, pas une suite de signes typographiques bizarres placés au hasard. Ça aiderait. Et il est exclu d'aller à des soirées, de faire du shopping ou de se laisser distraire par quelque forme de divertissement hors sujet que ce soit. Vous allez à l'aéroport, vous prenez l'avion de nuit et vous rentrez. Compris ? »

Au prix d'un suprême effort, elle s'abstient de lui dire que :

1. Il rate le meilleur article du XXIe siècle.
2. Un jour, il le regrettera.
3. Quant à ses erreurs de ponctuation : la langue est un beau système fluide et évolutif qui ne doit pas se laisser entraver par des règles artificielles et des

marques étranges imposées de l'extérieur et non de l'intérieur.

Elle se contente de répondre : « OK, Barry, il sera prêt pour six heures. »

Comme *Elan* n'a pas encore appelé pour refuser l'article sur le *Ventre de l'Océan*, Olivia se dit qu'il ne lui coûte rien de descendre en vitesse au port pour y jeter un coup d'œil, au cas où. Ainsi, si le magazine se décide à lui donner le feu vert, elle aura plus de matière. Et puis, pendant qu'elle y est, elle pourra s'imprégner de couleur locale en prévision de son papier pour le *Sunday Times*. Il est déjà neuf heures, mais en revenant du port à dix heures trente, il lui restera encore six heures et demie pour écrire l'article qu'attend Barry. Et en vérifier l'orthographe. Et l'e-mailer. Mais il sera à coup sûr réussi. À coup sûr. Cela représente environ deux cents mots à l'heure. Et elle court vite ! Tout bien considéré, il est vital d'entretenir sa forme physique.

Hélas, elle a une notion du temps plutôt approximative. En fait, Barry et Kate ont remarqué à plusieurs reprises que, pour Olivia, le temps est une donnée très personnelle dont elle peut moduler la vitesse à son gré. Une conception à leur avis difficilement compatible avec les exigences du métier de journaliste, où il y a notamment des délais à respecter.

Courir le long de South Shore Strip, même à l'heure du petit déjeuner, donne l'impression de zapper d'une station de radio à l'autre : des musiques de rythmes différents sortent à pleins tubes de tous les cafés. Des garçons nettoient le trottoir au jet, des jardiniers déblaient les feuilles à la soufflerie. Les files de voitures qui klaxonnaient ont disparu et les noctambules ont regagné leur lit depuis peu. Elle passe devant un café où l'on joue de la salsa ; à l'intérieur, tout – murs, tables, assiettes, menus – est couvert du même imprimé jungle gueulard ; et même à cette heure matinale, la serveuse porte un justaucorps à motifs léopard et à dos nu. Olivia traverse la rue pour mieux embrasser du regard la grandeur chichiteuse de la demeure Versace et des hôtels Art déco, blancs, roses, lilas, orange : le Pelican, l'Avalon, le Casa Grande, dont les courbes et les cheminées suggèrent trains et paquebots. Il fait déjà chaud et l'ombre des palmes agitées par la brise se détache nettement sur le sol blanc. Elle se met à composer mentalement son article tout en courant.

« Vous croyez que Miami est plein d'apparts pour le troisième âge, de fauteuils roulants à moteur et de gens qui se tirent dessus ? Erreur !

» Partout ont surgi des hôtels Art déco réhabilités.

» Si Paris est la nouvelle musique d'ascenseur, Miami est le nouvel Eminem.

» Si Manchester est le nouveau Soho, Miami est le nouveau Manhattan.

» Si Eastbourne est relookée par Ian Schrager et Stella McCartney, et qu'on met d'autorité tous ses habitants dans une cabine à bronzer géante… »

Oh ! et puis merde. Ce genre de prose lui sort par les yeux. C'est nul. Ça n'a aucun sens. Il faut qu'elle dégote un vrai bon sujet.

À l'extrémité sud de l'artère se trouvent d'imposants immeubles d'habitation et, derrière eux, elle voit un grand paquebot glisser doucement. Elle ne doit pas être loin du port. Elle continue son jogging dans une zone qui devient moins élégante et civilisée, et finit par déboucher sur l'eau à South Point Park, là où le chenal maritime profond passe juste devant les immeubles d'habitation et la marina. Le paquebot va vite et sa poupe arrondie s'éloigne vers les bassins : il est gros, mais rien à voir avec le *Ventre de l'Océan*. Elle regarde la ligne d'horizon au-delà du bateau, les tours du centre-ville, les arches des ponts autoroutiers qui se croisent au-dessus de vastes étendues d'eau, et les grues qui constellent le port. Elle se met à courir dans leur direction, mais elles sont plus loin qu'elle n'aurait cru ; pourtant ce serait stupide de faire demi-tour, se dit-elle, elle y est presque...

Au bout d'un pont ouvert à la circulation, elle s'arrête pour reprendre son souffle et repousse de son front une mèche de cheveux trempée. Elle se rend compte alors que ce qu'elle a pris pour un immeuble de bureaux derrière le paquebot est en fait le *Ventre de l'Océan*. Là, dans le port, il écrase tous les bateaux des alentours qui prennent du coup des allures de jouets ou de modèles réduits. C'est un bâtiment monolithique. Trop gros pour inspirer confiance, il a l'air susceptible de verser à tout moment.

Sur la rive, un groupe de personnes est rassemblé sur un petit carré d'herbe, non loin d'une file de taxis garés le long du trottoir. Elle s'approche et compte les ponts du bâtiment : il y en a vingt-neuf, avec des rangées de hublots et des strates de balcons. Des gens sont assis dehors, sur des chaises blanches, pour leur petit déjeuner. Elle observe le groupe. Certains sont manifestement des passagers et prennent des photos avec le *Ventre de l'Océan* à l'arrière-plan. Ils arborent des tenues voyantes et curieuses, conçues pour la vie en croisière. Olivia sourit en apercevant une femme au visage orange vif et au rouge à lèvres qui bave copieusement ; elle a une petite veste à épaulettes mal coupée, une casquette de capitaine, et un mari à l'air gêné, en tenue de mousse pastel, qui pose à côté d'elle pendant qu'un chauffeur de taxi les photographie.

« Pardon, ma petite fille. » Un accent de chez elle, du nord de l'Angleterre. Elle se retourne et voit un vieux couple. La femme, auburn, porte une élégante robe verte avec un sac crème et des chaussures assorties. Ces chaussures crème évoquent à Olivia des vacances à Bournemouth. L'homme, à peine plus grand que sa femme et plutôt trapu, lui tient sa veste. Il est assez touchant de le voir la lisser d'un geste de propriétaire, comme s'il était fier de son rôle.

La femme tend un appareil photo jetable : « Vous voulez bien nous prendre devant le bateau ? »

Olivia sourit.

« D'où êtes-vous ?

— De Leeds, ma petite fille. Tout près de Leeds.

— Et moi de Worksop, dit Olivia en attrapant l'appareil.

— Eh bien, vous m'en direz tant ! s'exclame le vieux monsieur. Mais vous êtes tout essoufflée. Vous avez couru ? Vous ne voulez pas attendre deux minutes pour vous remettre ?

— Non, ça va. Rapprochez-vous, dit Olivia en regardant dans le viseur. Oh, attendez. Je vais reculer un peu pour avoir tout le bateau.

— Ne vous compliquez pas la vie, ma petite fille. Du moment que vous en avez un bout, ça ira. On le connaît par cœur, pas vrai, Edward ? » Chez cette femme se mêlent délicieusement l'élégance et un accent du Yorkshire prononcé.

Olivia prend le cliché en regardant le couple béat. Elle a brusquement l'impression que tout ce qu'il y a de néfaste et d'effrayant dans la vie s'est éloigné, et qu'elle se trouve dans un agréable univers de papi-mamie, avec appuie-tête en dentelle et boîtes à biscuits. À sa grande horreur, elle sent des larmes lui piquer les yeux.

« Et voilà. Souvenir de Miami », annonce-t-elle avec un enjouement un peu forcé en rendant l'appareil.

La femme glousse. « Dire que vous couriez. Rien qu'à vous regarder, je suis vannée. Vous ne voulez pas une pastille pour la toux ? » Et elle se met à fouiller dans son sac.

« Alors, ma petite fille, qu'est-ce que vous faites si loin de Worksop ? demande le vieux monsieur.

— Je suis journaliste, dit Olivia. J'essaie de convaincre mon magazine de me laisser écrire un article sur le *Ventre de l'Océan*.

— En voilà une bonne idée. Une journaliste. Ça, c'est quelque chose !

— On pourrait vous en dire long sur ce bateau, ma petite fille.

— Vous y habitez ?

— Oui, répond l'homme avec fierté.

— Oh, pas à temps complet, dit la femme.
— Notre cabine est là, à mi-hauteur, au milieu. Là où il y a la serviette rose, précise le mari en tendant le doigt.
— Ah oui. Ça a l'air agréable. Vous avez un joli balcon. Ah, à propos, moi, c'est Olivia.
— Je m'appelle Elsie, et lui Edward. Nous sommes en voyage de noces.
— En voyage de noces ? Et vous vous connaissez depuis longtemps ?
— Cinquante ans, répond fièrement Edward. Elle n'a pas voulu de moi quand elle avait dix-huit ans.
— Attends ! Qu'est-ce que tu croyais ? Tu avais commencé à faire la cour à une autre.
— Oui, mais seulement parce que tu ne voulais pas de moi ! »

Olivia adore que les gens racontent leur vie. Quand on gratte la surface, on est sûr de découvrir des choses extraordinaires et complexes.

« Vous voulez qu'on vous dépose quelque part ? propose le mari. Nous allons à South Beach en taxi.
— Avec plaisir, répond Olivia. En fait, je me suis mise un peu en retard. »

Tandis que le taxi débouche sur l'autoroute, Olivia demande : « Alors, j'attends la suite de votre histoire. »
C'est Elsie qui répond : « Eh bien, il a cru que je ne m'intéressais pas à lui. Et moi, j'ai cru que je ne l'intéressais pas non plus. On a vécu cinquante ans dans la même ville sans jamais rien se dire. Et puis mon mari est mort et Vera, la femme d'Edward à l'époque, est morte aussi. Alors…
— Alors voilà. On s'est mariés il y a quinze jours et on a beaucoup de temps à rattraper, intervient Edward.
— C'est triste, dit Olivia. Tout ce temps perdu.
— Oui, répond Edward.
— Pas du tout, ma petite fille, dit Elsie. Ce n'est pas la peine d'avoir des regrets parce que, de toute façon, les choses n'auraient pas pu se passer autrement.

— Comment ça ?

— Vous savez, c'est une affaire de cause et d'effet. Tout ce qui arrive est lié à tout ce qui se passe ailleurs dans le monde. Chaque fois qu'on prend une décision, on n'aurait rien pu faire d'autre, compte tenu de qui on est et de tout ce qui s'est passé avant, qui nous a conduit à cette décision-là et pas à une autre. Alors, inutile de regretter quoi que ce soit. »

Olivia la regarde et hoche la tête, pensive. « Ça, je vais l'ajouter à mes Principes de Vie », dit-elle. Son portable se met à sonner. Saloperie de téléphone.

« Répondez, ma petite fille. Ça ne nous dérange pas. »

C'est une rédactrice adjointe d'*Elan*, qui aboie dans l'appareil qu'ils veulent l'article sur le *Ventre de l'Océan* et qu'Olivia peut rester deux nuits de plus pour l'écrire. « Mais épargnez-nous les chaussures blanches et les rinçages bleus, compris ? » Olivia fait la grimace, craignant que ses nouveaux amis n'aient entendu. « On veut du branché, pas de la prothèse de hanche. »

Elle prend congé et coupe la communication en soupirant. Le téléphone se remet aussitôt à sonner.

« Où êtes-vous ? rugit Barry. Je viens d'appeler l'hôtel et vous n'y êtes pas. Qu'est-ce que vous faites, bordel ?

— L'article, justement. Un petit complément d'enquête.

— Mettez la gomme et écrivez. Six heures, bouclé, quinze cents mots. Ou c'est la dernière fois que je vous envoie à l'étranger. »

« Il a l'air un peu excité, dit Edward.

— J'ai horreur des hommes qui crient, pas vous ? » renchérit Elsie.

Olivia prend rendez-vous avec eux pour le lendemain à onze heures. Ils lui promettent de la présenter au responsable des résidents et de lui montrer leur appartement et « toutes les facilités ». Quand ils la déposent devant le Delano, elle regarde sa montre et voit qu'il est hélas presque midi moins le quart.

« Si le sexe est la nouvelle musique d'ascenseur, Miami est le nouveau Manhattan. Si... »

Quatre heures moins le quart, et elle n'a toujours pas sa phrase d'accroche. Elle s'écarte de l'ordinateur, stylo entre les dents. Jetant derrière elle un regard lourd de culpabilité, comme si elle se trouvait dans la salle de rédaction, elle branche AOL, va sur Google et lance à nouveau la recherche sur Pierre Ferramo. Toujours rien. Curieux, quand même. S'il existait vraiment, il devrait y avoir des réponses. Elle tape « Olivia Joules ». Voyez, même elle, elle a deux cent quatre-vingt-treize entrées. Elle se met à les lire : des articles datant des années où elle essayait de percer dans le journalisme, dont le premier portait sur les alarmes de voiture. Crufts, le salon du chien. Elle a un sourire ému en se remémorant cette époque. Puis elle se dit qu'en prévision de la soirée elle va jeter un petit coup d'œil aux vêtements qu'elle a apportés. En se levant, elle aperçoit le réveil. Oh, putaindebordeldemerde ! Quatre heures trente-cinq et elle n'a pas écrit un seul mot.

Olivia plonge à nouveau sur sa chaise de bureau et se met à taper avec frénésie sur son petit portable.

« Dans la capitale anglaise, le monde de la mode ainsi que ceux de la musique, de la télévision, du théâtre, du cinéma, de la littérature, de la presse écrite et de la politique se combinent à l'intérieur d'une seule métropole, comme un nœud de serpents. En Amérique, ces secteurs sont répartis dans plusieurs capitales. Traditionnellement, celui de la politique se trouve à Washington, celui de la littérature, des arts et de la mode à New York, et celui du spectacle à LA. Mais au cours de ces dernières années, Miami – jadis capitale des armes à feu, des magouilles glauques, de la contrebande et du troisième âge avide de soleil – a fait irruption sur la scène des capitales dans une explosion de lumière chaude, d'Art déco et de peau de léopard, et s'affirme comme le centre de l'extravagance décontractée, attirant de plus en plus ce que le monde de la musique, de la mode et du spectacle compte de paillettes, tel un gigantesque aimant rose et bleu glacier. »

Et toc. Hahaha. Elle va reformuler ça et attaquer sur une note colorée. Cool Raoul. Le téléphone sonne de nouveau. C'est Melissa, la fille des RP, qui « veut juste demander » comment avance l'article et vérifier si Olivia compte bien venir à la petite réunion chez Pierre Ferramo. À peine ont-elles pris congé que la sonnerie retentit encore. Cette fois, c'est la rédactrice adjointe d'*Elan*, qui a tout son temps et veut en savoir un peu plus sur l'article concernant le *Ventre de l'Océan* : l'angle d'attaque, la longueur, le style, les personnes qu'il serait souhaitable d'interviewer. Il est maintenant presque cinq heures. C'est foutu, foutu. Pourquoi s'est-elle fourrée dans un pétrin pareil ? Elle est maudite, condamnée à écrire des papiers commençant par : « Soudain, on remarque le retour des chapeaux » ! Jamais plus on ne la laissera sortir du bureau.

6

À Londres, à la rédaction du *Sunday Times*, Barry Wilkinson tourne comme un ours en cage devant la grosse horloge ancienne, maudissant Olivia.

Furieux, il regarde la grande aiguille avancer vers la verticale de onze heures et tend la main vers le téléphone.

« Bon, eh bien, cette pétasse nous a foutus dedans. Il va falloir qu'on passe la copie de dépannage. »

Son adjoint déboule dans la pièce en brandissant un texte sorti de l'imprimante. « Elle l'a envoyé !

— Et alors ? laisse tomber Barry avec un mépris foudroyant.

— Alors, excellent.

— Hmmmph ! » grogne Barry.

Entre-temps, Olivia aussi est restée l'œil fixé sur l'horloge mais, à la différence de Barry, elle essaie des tenues en regardant les aiguilles. Pourquoi fait-on tout si tôt en Amérique ? Déjeuner à midi. Dîner à sept heures. On se croirait revenu dans les années soixante à Worksop. Et maintenant, il faut qu'elle se prépare à une soirée glauque sous l'égide d'Oussama Ben Laden. Elle glousse en se rappelant un entretien lu dans un journal, où la femme d'un magnat de la presse britannique parlait justement de la façon d'affronter ces soirées-là. Elle avait déclaré : « Mais enfin, on enfile son Balenciaga et on y va ! »

Olivia ne met pas longtemps à se décider. Après tout, elle se choisit un uniforme. Huit ans plus tôt, dans le cadre de la transformation de Rachel en Olivia, elle a fait l'effort suprême de devenir mince, sachant qu'un très joli corps lui serait un accessoire, voire une arme, utile dans la vie. Elle a été vraiment surprise en voyant l'énorme différence entre les réactions suscitées par son ancien moi rondouillard et son nouveau moi svelte. C'est à ce moment-là qu'elle s'est aperçue qu'elle pouvait manipuler les réactions des autres. Si on veut créer l'événement, et se faire remarquer, ce n'est pas sorcier. Il faut simplement porter quelque chose de tout petit qui attire l'attention, comme une starlette à une première. Si on veut passer inaperçu, il faut mettre un jean mal coupé avec des mouchoirs dans les poches, un sweat-shirt informe, des lunettes, ne pas se maquiller, et avoir le cheveu en bataille. Elle est devenue à l'instinct maîtresse dans l'art du déguisement. S'habiller est une affaire de codes et d'uniformes. Les gens ne vont pas chercher plus loin, en dehors de Worksop, tant que vous ne les connaissez pas très bien. Si tant est que vous les connaissiez un jour.

Elle décide que, ce soir, elle a besoin de soigner son look de façon à être attirante, mais pas provocante afin de ne pas risquer de blesser une éventuelle sensibilité musulmane – chatouilleuse –, et de porter des chaussures qui lui permettront de marcher, ou du moins de piétiner sans avoir d'ampoules. Elle a apporté sa luxueuse panoplie de séductrice (petites robes fluides et griffées, jolies chaussures à talons hauts avec lesquelles on peut marcher, mais pas nécessairement descendre les escaliers, assez de vrais bijoux pour faire passer les faux, un peu plus voyants) ainsi que son équipement habituel : stylo vaporisateur de poivre, mini-jumelles, épingle à chapeau (un vieux truc d'autodéfense de sa mère pour repousser les assaillants éventuels) et, naturellement, son kit de survie.

Après un très petit nombre d'essais, elle choisit ses sublimissimes sandales à lanières Gucci, style sado-maso, un fourreau tout simple et une étole Pucci pour se couvrir les épaules. Elle songe à se couvrir aussi la tête, puis se rend compte que ce serait en faire un peu trop. Elle adresse à son reflet dans la glace un sourire coquin genre pom-pom girl, et appelle la réception pour commander un taxi. Au dernier moment, elle fourre l'épingle à chapeau, le vaporisateur de poivre et le kit de survie dans sa pochette Vuitton, au cas où. Elle va lui montrer, à Barry, de quoi elle est capable...

Juste avant de partir elle allume CNN pour voir s'il est arrivé quelque chose d'intéressant. On diffuse une info concernant une cabine à explorer le temps vieille de cinquante ans et découverte dans une école.

« *Un message du passé* – pause théâtrale – *venant de ceux qui y ont vécu* », conclut le présentateur sentencieusement. Olivia se met à rire. Elle adore la façon dont CNN présente les choses, comme des devinettes : « *Qui est-ce qui est grand, moustachu et veut empoisonner le monde ? Saddam Hussein.* » « *Qu'est-ce qui est mouillé, transparent, indispensable à notre vie ? L'eau !* » Là-dessus, son œil tombe sur une bande info écrite défilant sous l'image. Après « *Yankees : 11, Redsox : 6* », elle lit : « *Oussama Ben Laden aperçu au Sud-Yémen. Les sources déclarent l'identification visuelle concluante.* »

Elle regarde fixement l'écran, cligne des paupières, incrédule, et finit par marmonner : « Oh. Oh ! la la ! Enfin, tant mieux, c'est ce qu'il faut se dire. »

7

Sa confusion ne fait qu'augmenter en arrivant devant l'immeuble de Ferramo. Elle se rend compte qu'elle s'est laissé entraîner par ses préjugés. Elle avait imaginé une sorte de mélange d'hôtel super-chic de Knightsbridge et de ces intérieurs qu'affectionnait Saddam Hussein dans ses premières vidéos promotionnelles : moquettes, canapés mastoc beiges, bouquets conventionnels devant de longs rideaux en filet, chaises dorées et tarabiscotées, lampes ventrues. Dans son esprit enfiévré, elle avait vu Ferramo avec toute la panoplie : barbe, turban, djellaba et Kalachnikov. Elle s'attendait à des parfums orientaux sucrés et musqués, des loukoums et Ferramo assis à la turque (comme de bien entendu) sur un tapis de prière à côté de l'une des lampes ventrues.

Mais l'immeuble est ultra-moderne, avec des parties communes conçues dans un style sévèrement minimaliste, et un clin d'œil du côté du nautique – tout est bleu ou blanc, constellé d'accents en forme de hublots, comme des points sur des *i*. Pas de lampes ventrues ni de chaises dorées. L'appartement en terrasse de Pierre Ferramo occupe toute la surface des dix-neuvième et vingtième étages. En sortant de l'ascenseur métallique blanc, à hublots lui aussi, elle reste pantoise devant le spectacle qui s'offre à elle.

Le vingtième étage est une seule pièce immense, aux parois de verre, s'ouvrant sur une terrasse qui domine la mer. Une étroite piscine illuminée – bleu pétrole vif – s'étire sur toute la longueur de la terrasse. Au fond de la pièce, derrière l'une des parois de verre, le soleil se couche sur le profil de Miami, dans une explosion d'orange et de rose saumon.

Ferramo est assis à l'extrémité d'une immense table blanche, où une partie de cartes est en cours. De son élégante silhouette sombre se dégagent une dignité et une puissance presque palpables. Derrière lui, la main posée sur son épaule, dans une attitude quasi conjugale, se tient le grand mannequin indien. Ses longs cheveux noirs brillent, se détachant sur une robe du soir toute blanche, dont l'effet est encore rehaussé par une parure de diamants étincelants.

Olivia détourne les yeux, craignant que Ferramo ne devine les fantasmes qui lui ont occupé l'esprit. Il a l'air d'un homme d'affaires intelligent et réservé. Un homme riche et puissant, certainement, mais pas un terroriste. Heureusement qu'elle n'a rien dit à Barry.

« Votre nom ? demande le garçon posté à l'entrée, qui tient une liste.

— Olivia Joules, dit-elle, repoussant un vague désir de s'excuser.

— Ah oui, par ici s'il vous plaît. »

Le jeune homme la conduit vers un serveur qui tient un plateau. Elle prend soin de choisir un verre d'eau gazeuse – pas question ce soir de perdre les pédales en buvant un coup de trop – et regarde autour d'elle en se rappelant un des Principes de Vie : *Personne ne fait attention à toi ; les autres sont égocentriques, tout comme toi.*

Deux très jeunes filles en tee-shirt et jean serrés, avec des tailles basses au point de friser l'indécence, se frôlent les joues en embrassant le vide. Elle les reconnaît : ce sont celles qui posaient la veille, le corps en S, sur le tapis rouge.

« Oh, c'est pas vrai ! » L'une des filles porte vivement une main à sa bouche. « J'ai le même tee-shirt.

— Tu me fais marcher.

— Exactement le même.

— Tu l'as acheté où ?

— Chez Gap.

— Moi aussi ! Je l'ai acheté chez Gap.

— Oh ! la, laaa ! »

Et les deux filles se regardent fixement, bouleversées par cette coïncidence quasi magique. Olivia se dit qu'elle doit intervenir avant que l'une d'elles n'explose sur le tapis blanc. Elle s'approche lentement.

« Bonjour. Vous vous connaissez, toutes les deux ? » demande-t-elle avec un gentil sourire, s'efforçant de repousser son impression d'être la fille la plus impopulaire de la cour de récré. Si seulement elle avait elle aussi le tee-shirt de chez Gap.

« Oh, on travaille toutes les deux chez...

— On est actrices », coupe l'autre. Comme leurs tee-shirts, toutes deux sont incroyablement semblables : gros seins, hanches étroites, longs cheveux blonds, et trait de crayon brun cernant la moue collagénée. Seule différence : l'une est beaucoup plus jolie que l'autre.

« Actrices ! Eh bien, dites donc ! s'écrie Olivia.

— Moi, c'est Demi, dit la moins jolie. Et elle, Kimberley. Vous êtes d'où, vous ?

— D'Angleterre.

— L'Angleterre. C'est Londres, non ? fait Kimberley. Je voudrais bien y aller, à Londres.

— Vous avez de la chance d'habiter ici.

— On n'habite pas Miami. On est de passage. On vient de LA. Enfin, on n'est pas originaires de LA.

— Par mes parents, j'ai du sang italien, roumain et cherokee, explique Kimberley.

— Moi, c'est Olivia, dit-elle en leur serrant la main, avec l'impression d'être effroyablement britannique. Alors, vous êtes de passage ? Vous travaillez ici ?

— Non, dit Kimberley d'un ton dégagé en tirant sur son jean. Pierre nous a juste fait venir pour le lancement.

— C'est gentil. Il est beau, hein ?

— Oui. Vous êtes actrice ? demande Kimberley d'un ton soupçonneux. Vous l'avez connu à Paris ?

— Je joue comme une saucisse. C'est hier que je l'ai vu pour la première fois. Je suis journaliste.

— Oh ! la laaa ! Vous travaillez pour quel magazine ?

— *Elan*.

— *Elan ?* L'édition anglaise, alors ? Vous devriez venir à LA. Vous devriez nous appeler. Vous pourriez peut-être faire un portrait de nous.

— OK, dit-elle en sortant son petit carnet de sa pochette, et en prenant soin de cacher son kit de survie. Quel est votre adresse ?

— En fait, nous sommes entre deux adresses en ce moment, dit Demi.

— Mais vous pouvez nous joindre par Melissa. Vous savez, la fille qui s'occupe des RP de Pierre.

— Ou vous pouvez nous appeler au travail, au Hilton. »

Kimberley jette à Demi un coup d'œil assassin. « C'est un boulot temporaire, dit-elle d'une voix acide, histoire de ne pas rester sans rien faire entre les auditions et les répétitions.

— Bien sûr. Quel Hilton ?

— Le Hilton de Beverly ? s'empresse Demi avec l'intonation interrogative qu'Olivia a remarquée la veille. Sur Wilshire Boulevard ? Là où se tient la cérémonie des Golden Globes ? En général, c'est moi qui m'occupe du salon des dames pendant les Globes. C'est très lourd : quatre cabines de maquillage, tous les parfums possibles. Toutes les grandes stars viennent faire retoucher leur maquillage : Nicole Kidman, Courtney Cox, Jennifer Connelly. On les voit vraiment de près. »

Elle s'est plantée en beauté. Oussama Ben Ferramo... tu parles ! C'est juste un play-boy...

« Eh bien ! Elle est comment, Nicole Kidman ? demande Olivia.

— Oh ! la laaa ! dit Demi, la main sur le cœur.

— Cela dit, ajoute Kimberley en se penchant avec une mine de conspiratrice, on va avoir les rôles principaux dans le film que Pierre produit. Vous en avez entendu parler... »

... *un play-boy cynique, qui exploite les rêves de petites starlettes innocentes.*

« Je peux vous interrompre, mesdames ? »

Olivia se retourne. Elle avise un petit homme basané qui les a rejointes, et dont la toison noire dépasse par l'échancrure de son polo. Ses poils, comme ses cheveux, sont aussi frisés que ceux d'une toison pubienne. Il porte un parfum sucré, écœurant. Il tend la main à Olivia en la regardant droit dans les seins.

« Bonjour, ma jolie. Je suis Alfonso Perez. Et vous...
— Bonjour, coco. Olivia Joules, dit-elle en regardant droit vers sa braguette. J'ai rencontré Pierre hier soir à la soirée de Dévorée.
— Ah oui. Et vous aussi vous êtes actrice ? On peut peut-être vous trouver un rôle ? » Il a un accent prononcé et roule lourdement les *r*.

« Non merci. Je joue comme un sabot.
— C'est drôle », dit Kimberley. Pourquoi les Américains disent-ils « C'est drôle » ? Ils disent ça au lieu de rire, comme si la drôlerie était quelque chose qu'on observe de loin, mais sans y participer.

« Vraiment, Ms. Joules ? Vous n'avez pas envie de devenir actrice ? » C'est Ferramo, qui s'est approché à l'insu de tous.
Demi et Kimberley retiennent leur souffle et regardent, momentanément incapables de refermer leurs grosses lèvres cernées de brun. Les jambes de Pierre Ferramo sont revêtues d'un jean bien repassé. Sous son pull en cachemire fluide, ses épaules paraissent larges. Olivia se force à respirer normalement et croise ses yeux bruns et pénétrants. Il lève des sourcils interrogateurs.

« J'ai fait une tentative. On m'a donné des rôles dans une revue comique. Ils m'ont tous été retirés un par un, sauf celui de Miss Souris, la femme de chambre muette. »
Les filles et le petit homme mielleux la regardent, déconcertés.

Une lueur d'amusement apparaît dans le regard de Ferramo. « Vous voulez bien nous excuser ? » dit-il au groupe. Et il saisit le bras d'Olivia pour l'emmener.
En voyant l'œil noir des starlettes, Olivia doit combattre des sentiments primaires de satisfaction triomphante, sentiments qu'elle désapprouve vivement en toute circonstance. *Il divise pour régner*, se prend-elle à

penser. Ferramo divise sa cour de minettes afin de mieux la dominer.

Un serveur se précipite avec un plateau de champagne.

« Oh, non merci, se hâte de dire Olivia lorsque Ferramo lui tend une flûte.

— Mais si, j'insiste, murmure-t-il. Du Cristal-Roederer. Du champagne français. Le meilleur. »

Parce que vous êtes français ? se demande-t-elle. Ferramo a un accent difficile à situer.

« *Non, merci*, dit-elle. *Et vous ? Vous êtes français*[1] *?*

— *Mais bien sûr*, répond-il. *Et je crois que vous parlez bien le français. Vous êtes, ou – si vous permettez – tu es une femme bien éducatée*[1]. »

Si seulement... Pur produit du collège de Worksop, songe-t-elle, mais elle lui adresse un sourire mystérieux en se demandant si *éducatée* est bien français, et en se promettant de vérifier plus tard.

Olivia, qui a le sens des langues, s'est rendu compte que même quand elle ne parle pas une langue étrangère, elle arrive souvent à la comprendre. Même si les mots sont pour elle de l'hébreu, elle réussit en général à deviner ce que lui dit son interlocuteur, ou à se l'imaginer grâce à sa sensibilité aux nuances des expressions. Pendant un temps, elle a regretté de ne pas avoir fréquenté l'université, aussi s'est-elle efforcée de compenser ce manque. À l'aide de livres, de cassettes et de voyages, elle a appris à parler couramment le français et un peu l'espagnol et l'allemand. Grâce à un ou deux voyages au Soudan et dans les îles de Zanzibar et de Lamu, elle a acquis des rudiments d'arabe. Malheureusement, le monde du journalisme tendance-et-beauté ne lui donne guère d'occasions d'utiliser ces connaissances.

Ferramo avale une grande gorgée de champagne, et traverse la salle avec Olivia, ignorant ceux qui essaient d'attirer son attention. Elle a l'impression d'être une

---

[1]. En français dans le texte.

star à la première d'un film. De nombreux regards les suivent, surtout celui de la belle Indienne.

« Naturellement, Ms. Joules, les Français ne sont pas très *populaires* chez vous, dit-il en la conduisant sur la terrasse.

— Et encore moins dans ce pays-ci. » Elle rit. « Des collabos mangeurs de fromages qui puent, voilà comment les a appelés Homer Simpson. » Elle regarde Ferramo avec un sourire de coquette, guettant sa réaction. Il s'appuie contre la balustrade en forme de rambarde de bateau et lui rend son sourire en lui faisant signe de s'approcher.

« Ah, Mr. Simpson, le puits de la sagesse humaine. Et vous ? Vous vous sentez proche de la *sensibilité* française ? »

Elle s'appuie contre la balustrade en métal froid et regarde la mer. Le vent est toujours déchaîné. La lune fait quelques apparitions entre deux galopades de nuages échevelés.

« J'étais contre l'invasion, si c'est ce que vous voulez savoir.

— Pourquoi ?

— Ça ne rimait à rien. Ils punissaient quelqu'un d'avoir enfreint les lois internationales en les enfreignant eux-mêmes. Je ne crois pas que Saddam ait le moindre rapport avec l'attentat du World Trade Center. Les types d'Al-Qaida et lui se détestent. Il n'y avait aucune preuve qu'il détenait toujours des armes chimiques. Pendant un certain temps, je me suis demandé si nos dirigeants nous cachaient quelque chose, mais non. Du coup, je me suis dit qu'il ne fallait jamais écouter ceux qui sont au pouvoir.

— Vous avez raison, vous n'êtes pas une actrice. Vous laissez parler votre cœur.

— C'est dur pour les vieilles comédiennes, ce que vous venez de dire, non ?

— Allons ! Vous savez que chaque jour arrivent à Los Angeles plus de cinq cents jeunes personnes qui espèrent faire une carrière de star, et qui courent après la gloire et la célébrité comme des sauterelles ? Rien d'autre ne compte dans leur vie que réussir.

— Des starrivistes, en somme. On dirait que vous en avez pris un certain nombre sous votre aile.

— Je souhaite les aider.

— Sans doute. »

Il lui jette un coup d'œil acéré. « C'est une profession impitoyable.

— Pierre ? » La jolie Indienne, qui est sortie sur le balcon, lui touche le bras. Elle est accompagnée d'un bel homme qui a une quarantaine d'années, beaucoup de classe et un large sourire relevé aux commissures – un mélange de Jack Nicholson et de Félix le Chat. « Je peux vous présenter Michael Monteroso ? Vous vous souvenez, l'esthéticien génial qui nous a aidés ? On ne jure que par lui à Hollywood, ajoute-t-elle en fronçant le nez à l'intention d'Olivia, dans un effort pour établir une complicité féminine. Il est partout dans les coulisses. »

L'espace d'une seconde, une expression méprisante apparaît sur le beau visage de Ferramo ; mais il la masque aussitôt sous un gracieux sourire.

« Naturellement. Michael. Quel plaisir. Je suis enchanté de rencontrer enfin le maître. » Les deux hommes échangent une poignée de main.

« Puis-je vous présenter mon amie londonienne, Olivia Joules ? dit Ferramo. Un écrivain de talent. » Il lui serre le bras comme pour indiquer qu'ils partagent un amusant secret. « Ah, Olivia, je vous présente Suraya Steele.

— Bonjour », laisse tomber Suraya d'un ton froid en se passant une main dans les cheveux. D'un coup de tête, elle rejette en arrière le long rideau soyeux qui se répand en cascade sur ses épaules. Olivia se raidit. Elle déteste les femmes qui font des effets de cheveux. Pour elle, c'est une marque de prétention particulièrement sournoise que de déguiser son orgueil capillaire et son désir d'attirer l'attention – genre « regardez comme on est belles, ma chevelure et moi » – en souci d'être bien coiffée, comme si on renvoyait ses cheveux en arrière simplement pour empêcher qu'ils ne retombent dans la figure. Dans ce cas, pourquoi ne pas utiliser une solution plus rationnelle, comme une pince ou un bandeau ?

« Vous vous occupez de la chronique Beauté pour *Elan* ? ronronne Suraya avec un soupçon de condescendance.

— Ah oui ? intervient Michal Monteroso. Permettez-moi de vous donner ma carte et l'adresse de mon site. Je pratique une technique spéciale de lifting instantané par microdermo-abrasion. Je l'ai appliquée à Dévorée trois minutes avant les MTV Awards.

— C'est vrai qu'elle était superbe, non ? dit Suraya.

— Vous m'excusez ? murmure Pierre. Il faut que je retourne jouer. Il n'y a rien de pire qu'un hôte qui gagne, sauf un hôte qui gagne et qui disparaît.

— Oui, il faut vraiment qu'on y aille. » Suraya a un accent bizarre, mais fluide, où se mêlent le débit traînant de la côte Ouest et l'élocution cultivée de Bombay. « Il faut éviter que la révolte gronde. »

Pendant que Michael Monteroso regarde s'éloigner le dos de Ferramo avec une déception non dissimulée, Olivia constate une fois de plus que personne ne fait attention à elle. Monteroso a l'air d'un homme parvenu au succès sur le tard à la force du poignet, et qui s'y cramponne tant qu'il peut. Il lui fait un vague signe de tête, se détourne en quête d'un interlocuteur plus intéressant et son visage se fend d'un sourire découvrant ses dents blanches.

« Ah, Travis ! Comment ça va, mon vieux ?

— Bien, bien. Content de te voir. »

Le type que Monteroso salue avec chaleur est l'un des hommes les plus beaux qu'Olivia ait jamais vus, avec un visage frappant et des yeux bleu glacier comme ceux d'un loup ; mais on le sent aux abois.

« Ça baigne ? demande Monteroso. Comment va ce tournage ?

— Bien, bien. Je me débrouille. Entre les scénarios que j'écris, la gestion de standing, et la fabrication de boîtiers de survie, tu vois... »

Je parie que le tournage ne doit pas être si glorieux que ça, se dit Olivia, qui réprime un sourire.

« Olivia, je vois que vous avez fait la connaissance de Travis Brancato ! Savez-vous que c'est lui qui écrit le scénario du nouveau film de Pierre ? »

Contrariée, Olivia écoute poliment le numéro de Melissa, puis s'échappe pour rejoindre le tandem du boys band Break. Tout excités, Beavis et Butthead lui confient entre deux fous rires qu'ils vont jouer les surfeurs dans le film de Ferramo, et la présentent à Winston, un beau Noir, moniteur de plongée pour différents hôtels des Keys, qui se trouve en ville pour des clients résidant sur le *Ventre de l'Océan*. Il lui propose de lui faire visiter le bateau le lendemain après-midi, et peut-être même de l'emmener plonger. « J'ai comme qui dirait l'intuition que je serai libre. Je n'ai eu qu'un client jusqu'ici et il a fallu que je le ramène parce qu'il avait un pacemaker. »

La conversation est hélas à nouveau interrompue par Melissa, qui apporte un communiqué de presse et se branche sur bavardage automatique à propos du nouveau film de Ferramo. Elle annonce notamment que Winston sera conseiller pour les scènes sous-marines. Olivia en tire la conclusion que si elle est là, ce n'est pas parce que Pierre Ferramo l'a remarquée, mais parce qu'elle est censée écrire un article pour promouvoir son nouveau film.

Elle s'éloigne de l'assemblée et sort à nouveau sur la terrasse, tenaillée par un mélange de déception et d'indignation en constatant qu'elle s'est laissé manipuler comme une idiote. Elle regarde la mer, mais maintenant tout baigne dans l'obscurité ; on ne distingue même plus l'endroit où finissent les dunes et où commence la plage, mais Olivia entend les vagues s'écraser sur le rivage. Elle avise un escalier métallique en colimaçon qui part du balcon et monte à l'étage au-dessus. Un escalier de secours ? Après avoir jeté un coup d'œil furtif alentour, elle monte et débouche sur une petite terrasse privée, entourée d'un écran vert en bois. Elle s'assied à l'abri du vent, et s'enveloppe dans son étole. Si Ferramo avait été Ben Laden, ç'aurait été une chose. S'il avait été un homme d'affaires astucieux et digne qui avait eu un coup de cœur pour elle, passe encore. Mais c'est un play-boy qui s'entoure d'une cour d'arrivistes des deux sexes et utilise cette histoire de film qui n'aboutira jamais pour les attirer dans sa toile, ces pauvres dupes.

Pendant une seconde, elle se sent seule et triste. Puis elle se ressaisit : elle n'est ni l'un ni l'autre. Elle est Olivia Joules. Qui a refusé de passer sa vie à préparer des œufs sur le plat au premier macho venu et à promener une poussette dans le centre commercial de Worksop. Elle s'est faite elle-même, et court le monde en quête de sens et d'aventure. Première chose : quitter cette soirée inepte et s'occuper d'autre chose.

Elle entend un bruit. Quelqu'un monte l'escalier de métal. Elle reste où elle est, le cœur battant à se rompre. Elle n'a rien fait de mal, pourtant. Pourquoi n'aurait-elle pas le droit de monter sur le toit ?

« Alors, Ms. Joules, on est venue se percher ici comme un petit oiseau ? »

Ferramo apporte deux coupes de champagne. « Allez, vous prendrez bien un peu de Cristal avec moi, non ? »

Elle cède, avale une gorgée du délicieux champagne frappé et pense : *Principe numéro quatorze : savoir parfois se laisser porter par le courant.*

« Bon, alors, dites-moi, fait-il en approchant son verre de celui d'Olivia, vous pouvez vous détendre maintenant ? Vous avez terminé votre travail ? Votre article est au point ?

— Oh, oui, répond-elle. Mais j'en ai un autre sur le feu. À propos du *Ventre de l'Océan*. Vous savez, ce gigantesque bateau, un complexe d'habitations flottant ancré dans le port.

— Vraiment ? Comme c'est intéressant. » Son visage dément ses paroles.

« Ce dont j'ai vraiment envie, c'est de m'occuper de l'actualité, se hâte-t-elle d'ajouter, pour corriger l'impression de superficialité qu'elle a pu donner. D'histoires véridiques – *ah oui, mais...* –, non qu'une crème de beauté ne soit...

— Je comprends. Il n'y a pas réellement d'enjeu. Et avec le *Ventre de l'Océan*, que voulez-vous faire ? Des interviews, peut-être ? Une visite du bateau ?

— Oui. En fait, j'ai rencontré un couple charmant du nord de l'Angleterre, comme moi. J'ai rendez-vous avec eux demain et...

— À quelle heure ?

— Hum, le matin, à...

— Je ne trouve pas que ce soit une bonne idée du tout, murmure-t-il en lui ôtant son verre de la main et en l'attirant vers lui.

— Pourquoi ? » Il est si près qu'elle sent son souffle sur sa joue.

« Parce que j'espère que demain, vous prendrez le petit déjeuner... avec moi. »

Il tend la main, lui saisit le menton avec autorité et plonge son regard dans le sien en approchant son visage. Il l'embrasse, timidement d'abord. Elle sent ses lèvres sèches contre les siennes, puis le baiser se fait passionné. Son corps palpite, s'éveille, et elle lui rend son baiser avec ardeur.

Soudain elle s'écarte en murmurant : « Non, non ! » Mais où a-t-elle la tête ? Voilà qu'elle se comporte en proie consentante d'un play-boy dont les conquêtes se bousculent dans la pièce du dessous.

Il baisse les yeux, se reprend et contrôle sa respiration. « Qu'est-ce qu'il y a qui ne va pas ? murmure-t-il.

— Je viens juste de vous rencontrer. Je ne vous connais pas.

— Je vois, dit-il en hochant la tête, pensif. Vous avez raison. Retrouvons-nous demain à neuf heures. Je viendrai au Delano. Et nous apprendrons à nous connaître. Vous y serez ? »

Elle fait signe que oui.

« Vous tiendrez parole ? Vous pouvez retarder votre interview ?

— Oui. » Inutile, elle n'est prévue que pour onze heures.

« Alors, c'est parfait. » Il lui tend la main pour l'aider à se relever et, quand il sourit, elle voit l'éclat de ses dents parfaites. « Maintenant, allons rejoindre les autres. »

En partant, Olivia voit la liste des invités abandonnée sous des serviettes chiffonnées et des verres sales sur une table blanche près de la porte. Juste au moment où elle va la saisir, une porte s'ouvre derrière la table et Demi apparaît, rajustant son haut, suivie par le garçon brun qui accueillait les invités.

« Tiens, c'est vous, fait Demi avec un petit rire bête, l'air gêné, avant de retourner se joindre aux autres.

— Je crois que je vous ai donné ma veste en arrivant, non ? dit Olivia au jeune homme en lui adressant un sourire complice. Bleu pâle ? En daim ?

— Bien sûr. Je vais vous la chercher tout de suite. J'adore votre accent.

— Merci », dit-elle avec un sourire éclatant. *Et moi, j'adore le tien. Qui n'est pas plus français que l'accent de ton patron.*

« Ah, que je suis bête ! s'exclame-t-elle en courant derrière lui dans le couloir. Désolée, mais je suis venue sans veste.

— Ce n'est pas grave, madame.

— Une vraie tête de linotte ! Pardon. Merci. » Elle lui glisse cinq dollars.

Puis elle entre dans l'ascenseur, la liste des invités bien pliée à l'abri dans sa pochette.

8

« Tu l'as *embrassé* !

— Oui, bon... Oh ! la la ! » Olivia a tiré au maximum le cordon du téléphone pour regarder par la fenêtre les lumières des bateaux, se demandant si Ferramo les regarde aussi. À sa grande confusion, le baiser au clair de lune a contribué encore plus efficacement que l'apparition du Ben Laden yéménite à rendre ses soupçons ridicules.

« Faut que je me dépêche. Suis dans la salle de rédaction, dit Kate à l'autre bout du fil. On met les choses à plat : hier soir tu m'appelles pour me dire que ce type est Oussama Ben Laden. Moins de vingt-quatre heures plus tard tu me téléphones pour me dire que tu as flirté avec lui sur un toit. Tu mérites vraiment la palme de l'inconséquence.

— Bon, bon, tu as raison.

— Tu n'as rien dit à Barry ?

— J'ai failli, glousse Olivia. Mais finalement, je me suis abstenue. J'ai rendez-vous avec lui demain.

— Avec Barry ?

— Non, avec Pierre.

— Pierre Ben Laden ? »

Olivia se remet à glousser. « Arrête. Oui, je sais, je suis une idiote. Écoute, je ne vais pas coucher avec lui. On prend juste le petit déjeuner ensemble.

— Ben voyons. Oh, putain, faut que j'y aille. Tu m'appelles après, d'accord ? »

Satisfaite, Olivia se renverse dans son fauteuil et regarde la pièce. Elle est décorée de façon vraiment astucieuse. *Mon appartement à moi pourrait ressembler à ça*, se dit-elle, très excitée. *Je pourrais moi aussi acheter un abat-jour dix fois trop grand. Mettre une chaîne au lieu d'un support à papier-toilette, et une cuve en inox ronde au lieu d'un lavabo. Je pourrais avoir un lustre et un échiquier géant dans le jardin, quand j'aurai un jardin. Et puis je vais peindre tout l'appartement en blanc et me débarrasser de tout ce qui n'est pas blanc.*

Excitée par ses nouveaux projets de déco, Olivia enfile son pyjama, met son réveil à sept heures, ferme les stores réparés et consulte sa messagerie. Elle trouve un message de Barry. *Re : Miami Cool.*

Avec impatience, elle clique sur « Lire ».

Bien.

C'est tout : *Bien*. Elle se sent envahie par une bouffée d'orgueil satisfait.

Galvanisée, elle clique sur « Répondre » et tape :

Re : Bien
1. Merci, Boss.
2. *Elan* prolonge mon séjour d'une journée.
3. Voulez-vous un article sur les starrivistes, ces filles qui cherchent à devenir actrices ? Il en arrive cinq cents par jour à LA, qui espèrent percer.

Terminé.
Olivia.

Elle réussit à sortir sept cent cinquante mots sur le lancement de la crème de beauté pour *Elan*, puis, sur une impulsion, soumet à la rédactrice l'idée d'un article sur les starlettes débarquant à Los Angeles, et d'un autre sur les impressions trompeuses qui vous amènent à un jugement trop expéditif lors d'une première rencontre.

Le lendemain matin, Olivia se lève, s'habille à une heure indûment matinale. À sept heures trente, elle fait son jogging le long de South Shore, bien décidée à s'ôter de l'esprit toute idée stupide sur l'alter ego terroriste de Ferramo, et, par la même occasion, à donner à ses joues une couleur saine et agréable. Il vente toujours autant ; des feuilles et des branches sont tombées des palmiers et l'avenue est jonchée de débris de palmes. Un serveur court après une nappe qui se sauve en ondulant.

Olivia regarde la plage, où des clochards commencent à s'ébrouer. L'un d'eux fixe un œil concupiscent et ravi sur les élèves d'un cours de yoga, sept filles couchées sur le sable, qui ouvrent et ferment les jambes sans se douter de rien : Olivia a suivi le même chemin que la veille, avec l'intention de prendre un taxi pour rentrer et d'avoir tout le temps de se faire une beauté avant le petit déjeuner.

Elle s'arrête en arrivant au morceau de pelouse où elle a rencontré le vieux couple. Elle s'assoit sur un mur en béton pour regarder le *Ventre de l'Océan*, à nouveau impressionnée par ses proportions énormes. Elle entend le *bang-bang* d'un haut-parleur sur le bateau, suivi d'une annonce. Une mouette plonge dans l'eau pour pêcher un poisson. L'air sent l'odeur habituelle des ports, du fuel mélangé à des relents de poisson et d'algues. Une brise tiède frise la surface de l'eau en petites vagues mousseuses qui viennent lécher le rivage rocheux construit par la main de l'homme. Il y a des gens aux balcons du bateau. Elle porte ses jumelles à ses yeux, cherchant la cabine d'Elsie et Edward. Ah, la voilà, juste au milieu du bateau, troisième pont à partir du haut. Elsie est assise dans un fauteuil en rotin blanc, vêtue d'un peignoir-éponge blanc, les cheveux remontés à la diable et les pans de sa sortie de bain agités par le vent. Edward se trouve là, lui aussi, debout dans l'embrasure de la porte, en peignoir. *Deux tourtereaux*, pense-t-elle. *Ils sont mignons ensemble.*

C'est alors qu'un grondement sourd en provenance du fond de l'eau la fait sursauter. Soudain, le monstrueux édifice fait une embardée comme s'il titubait, puis se remet droit, provoquant une énorme vague qui traverse le calme chenal en direction du rivage rocheux, contre lequel elle se brise. Olivia entend des cris. D'autres silhouettes apparaissent aux balcons et se penchent pour regarder le flanc du bateau.

Son instinct lui ordonne de filer. À deux cents mètres, sur sa droite, se trouvent des bicoques en bois, surélevées à plus de cinquante centimètres du sol, ainsi qu'un réservoir en acier. Elle s'y dirige d'un pas vif lorsqu'un éclair se produit, suivi d'un bruit qui ressemble à celui d'une porte géante qu'on aurait claquée sous le sol.

Elle se retourne et voit un grand panache d'eau jaillir à côté du navire. Elle se met à courir vers le réservoir, trébuchant sur le sol inégal. Une sirène se déclenche : un hurlement strident évoquant une alerte nucléaire dans un film des années cinquante. Des cris, le hurlement d'une autre sirène, puis un éclair bleu aveuglant et une seconde explosion plus assourdissante qu'aucun bruit qu'elle a jamais entendu. Un haut mur d'air chaud la heurte, plein d'éclats de métal et de débris divers, la soulevant avant de la projeter au sol. Elle s'entend hoqueter et son sang lui martèle les oreilles ; elle se force à franchir en rampant les derniers mètres qui la séparent du réservoir sous lequel se trouve une dénivellation, elle s'y introduit tant bien que mal en se tortillant pour s'y enfoncer le plus possible. Avec ses mains, elle ménage un espace autour de sa bouche et respire, essayant de ne pas avaler la fumée âcre, de se calmer et de se faire aussi petite que possible, d'hiberner comme une tortue dans une boîte en carton emplie de paille.

PAS DE PANIQUE. Le principe numéro un, le premier précepte de survie, l'impératif en cas d'urgence, quel que soit le lieu ou le moment, c'est celui-ci : pas de panique. Ne jamais laisser l'hystérie vous envahir et vous empêcher d'observer, de voir ce qui se passe vraiment, ou de prendre les initiatives les plus simples, les plus élémentaires.

Lorsque cessent les bruits de destruction, auxquels succèdent des cris et les hurlements des sirènes, Olivia ouvre les yeux et, de son poste d'observation, s'efforce de voir ce qui se passe alentour. Une épaisse fumée piquante s'élève du côté du bassin où un incendie fait rage. On ne distingue pas grand-chose, mais on dirait que l'eau elle-même flambe. Elle aperçoit vaguement le *Ventre de l'Océan*, qui semble avoir été coupé en deux par l'explosion : un côté encore horizontal, l'autre dressé presque à la verticale, comme le *Titanic* dans le film. Des gens glissent le long du pont, essayant de se cramponner à la rambarde tandis que d'autres tombent dans les flammes. Le balcon d'Elsie et Edward se trouve juste sur la ligne de fracture : à sa place s'ouvre une faille qui montre le navire en coupe, comme un schéma.

Olivia décide de ne pas bouger. Sous ses yeux, la moitié du bateau restée horizontale semble s'incurver vers l'extérieur. Un mur d'air chaud la gifle une fois encore, comme si elle venait d'ouvrir un four, et une seconde explosion retentit, tandis que la coque éclate et se transforme en une boule de feu gigantesque. Olivia enfouit son menton dans sa poitrine et sent le dessus d'une de ses mains lui brûler. Elle entend un grondement assourdissant au-dessus d'elle. Elle se force à rester quelques secondes immobile pour respirer. Puis, en se répétant : *On se calme, pas de panique ; on se calme, on se calme*, elle rampe hors de son abri, soulagée de constater que ses jambes parviennent à peu près à la porter. Elle se met à courir éperdument, et entend derrière elle un *boum* retentissant : le réservoir vient d'exploser.

9

« Ça va, madame ? »

Olivia est accroupie, les bras autour de la tête, appuyée contre un bâtiment qui la protège des bassins et du *Ventre de l'Océan*. Elle lève les yeux et se trouve nez à nez avec un jeune pompier.

« Vous êtes blessée ?
— Je ne crois pas.
— Vous pouvez vous lever ? »

Elle obtempère et vomit.

« Désolée, fait-elle en s'essuyant la bouche. Pas joli.
— Je vais vous mettre ce badge, lui dit-il, en lui suspendant une étiquette jaune autour du cou. Quand les auxiliaires médicaux arriveront, ils s'occuperont de vous.
— Ils auront sans doute mieux à faire. »

La circulation s'est interrompue sur les autoroutes et les ponts. La cité s'est figée. L'air vibre du bruit des sirènes. Des hélicoptères convergent de tous les côtés.

Il sort une bouteille d'eau, dont elle avale une petite gorgée avant de la lui rendre.

« Gardez-la.
— Non, gardez-la, vous. » Elle hoche la tête en direction du navire. « Allez là-bas. Moi, ça va.
— Vous êtes sûre ?
— Certaine. »

Elle s'adosse au mur et s'examine. Elle est noire. Elle a le dos de la main et l'avant-bras gauches brûlés, mais ne souffre pas. Avec précaution, elle se tâte les cheveux.

Un peu crêpés au contact des flammes, mais ils sont là. Avec toute l'eau oxygénée qu'elle s'est mise, c'est un miracle qu'ils n'aient pas pris feu. Ses yeux lui piquent. Partout, des éclats de métal et des détritus ; des dizaines d'incendies sont allumés. *Ça ne pose aucun problème*, pense-t-elle. *C'est très simple. Je me jette à l'eau pour trouver Edward et Elsie et je les ramène sur le rivage.*

Olivia contourne le bâtiment, regarde quelques instants vers le large, les yachts dans la marina, le ciel bleu. Puis elle repose les yeux sur le *Ventre de l'Océan*. C'est comme lorsqu'on zappe d'un programme de vacances à un film catastrophe. La partie verticale du bateau s'enfonce rapidement dans l'eau bouillonnante. L'autre moitié a un énorme trou noirci dans la coque et gîte. Il en sort toujours des flammes et de la fumée. Dans tout le chenal, des détritus flottent entre les feux qui brûlent. La scène est surréaliste, car dans le carnage, les corps humains se mêlent à ceux de requins et de barracudas. Les pompiers commencent à lancer de la mousse sur les flammes, et les cadavres flottent au milieu de tout cela.

Les équipes paramédicales sont arrivées et installent une station de secours. Olivia aperçoit un homme dans l'eau, non loin du rivage. Sa tête seule est visible, et il a la bouche grande ouverte. Comme il regarde vers la côte, manifestement paniqué, il disparaît sous l'eau. Olivia se débarrasse à la hâte de ses baskets, ôte son pantalon de jogging et entre dans l'eau. Elle sent ses orteils s'enfoncer dans la boue chaude. L'eau est chaude, elle aussi, et chargée de toutes sortes de saletés qui l'épaississent. Lorsqu'elle arrive près de l'endroit où l'homme a disparu, elle prend une grande inspiration, s'arme de courage et plonge. Elle n'y voit absolument rien et tâtonne dans la boue répugnante pendant un temps qui lui paraît infini ; mais au bout du compte, à tâtons, elle trouve l'homme, un grand gaillard presque inconscient. Elle replonge, passe une main de chaque côté de sa taille et le pousse vers le haut jusqu'à ce qu'il émerge. Puis elle le lâche une seconde, arrive elle aussi à l'air libre, et lui saisit la tête. Elle lui pince le nez et se met à lui faire un bouche-à-bouche, ce qui n'est pas commode quand on n'a pas pied. Elle se tourne vers la rive avec de grands signes, puis recommence le bouche-à-bouche. L'homme prend soudain une grande inspiration rauque et tousse, rejetant de l'eau, de la boue et du vomi, qu'elle repousse dans l'eau ; alors elle lui passe un bras autour du cou comme on le lui a appris, et entreprend de le remorquer vers le rivage. L'équipe paramédicale vient à sa rencontre et lui prend son fardeau.

Elle tourne la tête vers le chenal. Il semble que d'autres passagers du bateau aient été refoulés vers le rivage. Une équipe de plongeurs est arrivée au bord de l'eau. Olivia se dirige d'un pas chancelant vers l'endroit d'où ils partent. Personne ne lui prête attention. Elle demande des palmes, un masque, et un gilet de sauvetage. Le type à qui elle parle la regarde à peine une seconde.

« Ça ira ?

— Ça ira. Je fais de la plongée.

— Des bouteilles d'air ? »

Elle secoue la tête. « Non, merci. Je ne manque pas d'air. Je fais ça pour le plaisir. »

Ils se regardent, titillés par un de ces fous rires hystériques qui naissent de l'horreur intense.

« Vous avez votre brevet ?

— Oui, mais je préfère rester en surface. Cela dit, appelez-moi si vous avez besoin d'un plongeur supplémentaire.

— D'accord. Tenez, dit-il en lui tendant les palmes et le stabilisateur, avec ses tubes et un sifflet fixé dessus. Si vous avez besoin d'aide, vous n'aurez qu'à siffler. »

Elle retourne au bord de l'eau en enfilant la veste et en soufflant dans le tube de gonflage jusqu'à ce qu'elle sente une pression tout autour de sa cage thoracique, puis elle laisse sortir un peu d'air. Pendant quelques instants, la nausée reflue vers sa gorge. Elle espère retrouver Elsie et Edward car ils étaient sur leur balcon côté rivage. Elle vient juste de les rencontrer, c'est vrai, mais ils symbolisent tout le confort familier de son pays natal. Elle se rend vaguement compte que son désir de les aider naît du besoin irrationnel de réparer le passé : si elle les retrouve et les sauve, cela agira, par une sorte d'alchimie, sur le traumatisme de son enfance, et tout rentrera dans l'ordre.

Olivia ramène un certain nombre de personnes. Combien, elle ne le sait pas. Elle a l'impression d'être sur pilote automatique, et d'évoluer dans un monde irréel. Pour une femme, elle est arrivée trop tard : elle l'a vue s'enfoncer, remonter, puis sombrer à nouveau. Lorsqu'elle l'a ramenée à la surface, le visage de la femme était bleuâtre, avec de la mousse autour du nez et de la bouche. Olivia a soufflé dans son stabilisateur pour le gonfler, essuyé le nez et les lèvres bleuies, et commencé à faire le bouche-à-bouche. La femme avait encore ses lunettes de soleil autour du cou, au bout d'une chaîne dorée, et portait un haut en tissu éponge avec un capuchon. À la troisième respiration, elle a toussé, et Olivia s'est dit que tout allait bien se passer ; mais en la tirant vers le rivage, elle l'a bel et bien sentie mourir. Oh, c'était peu de chose. Un frisson, et puis plus rien. L'équipe paramédicale l'a emmenée pour tenter une réanimation cardio-respiratoire, mais Olivia savait que la femme était morte.

Elle s'assied sous un arbre, brusquement épuisée. L'un des auxiliaires s'approche d'elle avec de l'eau, la force à remettre son pantalon de jogging, lui pose une serviette sur les épaules et lui frotte les mains. Il insiste pour qu'elle aille au centre de soins et l'aide à se lever. Pendant qu'ils marchent, le téléphone sonne dans la poche de son pantalon.

« Dites donc, Olivia, vous êtes au courant ? Le *Ventre de l'Océan*...

— Salut, Barry, dit-elle d'une voix lasse. Vous voulez dire l'*Océan éventré*, non ?

— Écoutez, vous êtes sur place ? Qu'est-ce que vous avez pour nous ? »

Elle donne à Barry, qui n'arrête pas de lui couper la parole, toutes les informations dont il a besoin : ce que lui ont dit les auxiliaires médicaux, les plongeurs et la police, et les souvenirs fragmentaires que les gens lui ont livrés tandis qu'elle les ramenait au bord.

« Parfait. Des témoins ? Allez, dites-le-moi, où êtes-vous ? Vous pouvez me trouver quelqu'un là-bas sur place ? »

Elle croise le regard de l'infirmier qui l'a amenée au centre de soins. Il saisit l'appareil, écoute quelques secondes et lance : « Vous avez l'air d'un sacré connard, monsieur. » Puis il coupe la communication et repasse le portable à Olivia.

Elle laisse les infirmiers l'examiner, prendre sa tension et panser la blessure de son bras, puis elle mange un morceau de pain et avale des sels de réhydratation. Après quoi, une couverture sur les épaules, elle se lève et circule un peu. Dans le centre de fortune, se côtoient des gens qui ont frôlé la noyade et d'autres qui ont été horriblement brûlés. Ou les deux. Puis elle avise une femme aux cheveux auburn qu'on amène sur une civière. Olivia reste là, hébétée, le cœur en berne, sentant la douleur de ces quelques dernières heures réveiller la douleur du passé, comme lorsqu'on se cogne sur une ancienne blessure. Elle trouve un coin vide, ramène la couverture sur sa tête et se roule en boule. Au bout d'un bon moment, elle se redresse et s'essuie le visage avec le poing.

Une voix lui dit : « Ça va, ma petite fille ? Vous voulez une tasse de thé ?

— Ooh, ça, c'est trop fort pour elle, chérie. Ajoute une petite goutte de lait. »

Elle lève les yeux. Devant elle, lui tendant un plateau, se trouvent Edward et Elsie.

10

La nuit tombe au moment où Olivia regagne le hall du Delano d'un pas chancelant, avec l'impression d'être elle-même un meuble-installation indéfinissable, une composition à base de boue, d'algues, de détritus, et Dieu sait quoi encore, coagulés sur elle. Elle s'imagine à quatre pattes, avec une chaise ou une lampe sur le dos. La vision trouble et l'équilibre instable, elle s'approche de la réception.

« Je peux avoir ma clé, s'il vous plaît ? Olivia Joules, chambre 703, demande-t-elle d'une voix pâteuse.

— Ômondieu ! Ômondieu ! s'écrie le réceptionniste. J'appelle l'hôpital. J'appelle les urgences.

— Non, non, ça va, je vous assure. Il me faut juste… ma clé, et un… et un… » Elle se retourne, la main crispée sur sa clé, cherchant l'ascenseur. Elle ne voit pas l'ascenseur. Le beau chasseur la soutient ; puis un second chasseur, après quoi, noir total.

Pendant une seconde, tandis qu'elle se réveille, son esprit est absolument vierge, mais le souvenir du désastre ne tarde pas à envahir sa conscience, apportant avec lui un flot d'images – fumée, métal, chaleur, eau –, ainsi que la sensation froide et moite d'une chair morte contre la sienne. Elle ouvre les yeux. Elle se trouve dans un hôpital. Tout est blanc, hormis une lumière rouge qui clignote près de son lit. Elle est Rachel Pixley, quatorze ans, sur son lit d'hôpital ; elle se revoit regardant un passage piétons, sortant en courant de chez le marchand de journaux avec un paquet de Maltesers et un numéro de *Cosmopolitan.* Se dépêchant pour rattraper ses parents. Un cri, un crissement de pneus. Olivia ferme les yeux et se souvient d'une femme qu'elle a vue à la télévision après la chute des Twin Towers : une femme trapue, de Brooklyn. Elle avait perdu son fils et tenait des propos très durs. Et puis elle avait dit : « Je croyais que je n'aurais jamais qu'une envie : crier vengeance : œil pour œil ; maintenant je me dis seulement : Comment le monde peut-il être si... cruel ? » Et sa voix s'était brisée sur ce « cruel ».

Lorsque Olivia se réveille une seconde fois, elle se rend compte qu'elle n'est pas à l'hôpital, mais au Delano, et que la lumière rouge clignotante n'est pas un moniteur cardiaque mais le signal des messages sur le téléphone.

« Bonjour, Olivia, j'espère que je n'appelle pas trop tôt. C'est Imogen, l'assistante de Sally Hawkins à *Elan*. Nous avons reçu votre e-mail et aussi un appel de Melissa, de Century, à propos du papier sur les starrivistes. Oui, Sally serait d'accord. Nous allons faire le nécessaire pour organiser votre voyage. Appelez-nous quand vous vous réveillerez. Oh, et bonne chance pour le *Ventre de l'Océan*. »

« Bonjour, ici Melissa. J'ai parlé à votre rédactrice. Nous espérons faire passer les auditions à l'hôtel Standard à Hollywood la semaine prochaine, et j'espère bien que vous serez des nôtres. »

« Olivia, c'est Pierre Ferramo. Je suis à la réception. Peut-être êtes-vous en train de descendre me rejoindre ? »

« Olivia, c'est Pierre. Neuf heures quinze. Je vous attends sur la terrasse. »

« Olivia, on dirait que vous m'avez oublié. Il vient d'arriver une catastrophe épouvantable, vous êtes peut-être au courant ? Je vous téléphonerai plus tard. »

« Olivia, c'est Imogen, d'*Elan*. Mon Dieu quelle horreur. Appelez-nous. »

« Olivia, c'est Kate. Dis-moi, j'espère que tu ne te trouvais pas à proximité de ce bateau. Appelle-moi. »

La réception de l'hôtel. Le médecin. Kate. Pas d'autre message de Pierre. Encore Kate. Puis Barry.

« Où êtes-vous ? Écoutez, pouvez-vous retourner là-bas ? Il y a une conférence de presse au port à dix-huit heures quinze, heure locale. On a un photographe sur place. Il me faudrait juste quelques phrases, des déclarations. Après ça, filez à l'hosto pour voir les survivants et les familles. Appelez-moi. »

Elle cherche à tâtons la télécommande, clique sur CNN et se laisse retomber sur son oreiller.

« *De nouvelles informations sur le* Ventre de l'Océan *à Miami. Tandis que la liste des victimes s'allonge, des enquêteurs sur les lieux de l'accident disent que, d'après certains signes, l'explosion aurait été provoquée par un sous-marin, peut-être de construction japonaise, bourré d'explosifs. Le sous-marin aurait été piloté par un commando-suicide. Nous répétons : la terrible explosion du* Ventre de l'Océan *pourrait être un attentat terroriste perpétré par un commando-suicide.* »

Sous l'image défile un texte : « *Explosion du* Ventre de l'Océan *: 215 morts, 189 blessés, 200 disparus. L'alerte terroriste passe au rouge.* »

Olivia sort de son lit tant bien que mal, se dirige d'un pas raide vers l'ordinateur portable ouvert sur le bureau et appuie sur une touche. Rien. Elle regarde fixement l'appareil. Il est branché, tel qu'elle l'a laissé. Mais elle ne l'avait pas éteint. Elle l'avait placé en veille, comme à son habitude. Il aurait dû s'allumer au contact d'une touche.

Ignorant sa main qui la fait souffrir, comme toutes ses articulations d'ailleurs, elle ouvre les rideaux, fait la grimace lorsque la lumière crue et blanche inonde la chambre, et promène son regard autour d'elle. Elle s'approche du placard, passe ses vêtements en revue, puis ouvre le coffre-fort et en vérifie le contenu. Elle saisit la pochette Vuitton. Ses cartes de crédit sont là, ainsi que le kit de survie, ses cartes professionnelles – elle se cramponne à une étagère pour garder l'équilibre – mais la liste des invités a disparu. La liste des invités qu'elle a subtilisée à la soirée.

Chancelante, elle gagne la salle de bains, prend le téléphone à côté des toilettes et appelle la réception.

« Ici, Olivia Joules.

— Ms. Joules, comment allez-vous ? Vous avez eu beaucoup d'appels. Le médecin nous a demandé de lui téléphoner dès que vous... Non, mademoiselle. Il est exclu que nous ayons pu laisser entrer quelqu'un chez vous, en dehors du personnel de l'hôtel. Naturellement, le service du ménage a fait votre chambre, mais... »

Elle se regarde dans la glace. Ses cheveux se dressent comme une crête d'un côté. Elle tend la main pour prendre sa brosse. Un très long cheveu noir y est accroché.

« C'est la femme de ménage, imbécile. »

Assise par terre dans la salle de bains, Olivia tient le téléphone près de son oreille et se cramponne à la voix de Kate.

« Mais pourquoi se serait-elle servie de ma brosse à cheveux ? » La voix d'Olivia n'est plus qu'un chuchotis.

« Elle a dû se regarder dans la glace et se trouver mal coiffée. Tu sais, les femmes de ménage aussi ont leur fierté.

— Mais l'ordinateur ? Pourquoi l'avoir éteint ?

— Elle l'a peut-être débranché par erreur.

— Si quelqu'un avait tiré sur le cordon, en le rallumant j'aurais eu le message : "L'ordinateur n'a pas été correctement éteint lors de la dernière utilisation."

— Olivia, tu es épuisée, choquée. Retourne au lit, dors et reviens sur terre. Tu trouveras probablement la liste des invités dans ta poche.

— Kate, rétorque-t-elle avec hauteur, je n'avais pas de poche.

— Personne ne va s'introduire dans ta chambre pour te voler la liste des invités à une soirée. Retourne te coucher. »

L'œil d'Olivia tombe sur la robe qu'elle portait la veille, qui se trouve toujours sur le dos de la chaise où elle l'a jetée en la quittant. Une poche, ben voyons ! Encore que. Oh. En fait, elle se rappelle non sans confusion qu'il y a bien une poche dans son sac. Enfin, quelque chose qui fait fonction de poche. Elle reprend le sac. La liste des invités est bien là, soigneusement rangée.

Assise devant son bureau, elle pose la tête sur ses bras. Elle se sent détraquée, épuisée, terrifiée et seule. Elle a besoin de réconfort. Elle voudrait que quelqu'un la tienne dans ses bras. Prenant une carte sur le bureau, elle compose un numéro.

« Allô. » Une voix de femme, avec un léger accent traînant de la côte Ouest.

« Pourrais-je parler à Pierre ?

— Il n'est pas là. Qui le demande ? » La voix de Suraya, l'experte en effets de cheveux.

« Olivia Joules à l'appareil. Je devais le rencontrer ce matin, mais...

— Certainement. Vous voulez laisser un message ?

— Dites-lui, euh, dites-lui simplement que j'ai téléphoné pour m'excuser d'avoir manqué notre rendez-vous. J'étais au port quand le *Ventre de l'Océan* a explosé.

— Eh bien ! Ça craignait ! »

Ça craignait ?

« Il sera là plus tard ?

— Non, il a dû quitter Miami. » Elle a un ton bizarre.

« Il est parti ? Aujourd'hui ?

— Des affaires urgentes à Los Angeles. Il fait passer des auditions pour le film. Vous voulez lui laisser un message ?

— Dites-lui seulement que j'ai appelé pour... euh... m'excuser. Merci. »

Olivia repose le téléphone et s'assied au bord du lit, son poing crispé froissant le drap, et regarde droit devant elle sans rien voir. Elle pense à la soirée de la veille, à Ferramo qui s'est penché vers elle sur la petite terrasse du toit pendant qu'elle lui parlait de son projet d'article sur le bateau et de son rendez-vous du matin avec Edward et Elsie.

« Je ne trouve pas que ce soit une bonne idée – le souffle de Ferramo sur sa joue – parce que j'espère que demain, vous prendrez le petit déjeuner... avec moi. »

Elle décroche le téléphone et compose le numéro d'*Elan*.

« Imogen ? C'est Olivia. Ça va. Écoutez, je suis prête à aller à LA et à faire l'article sur les starrivistes. Tout de suite. Dès que vous pouvez, prenez-moi une place sur le premier avion en partance. »

Olivia regarde l'Arizona se déployer en contrebas. Le soleil se couche et le désert est rouge. L'immense faille du Grand Canyon est déjà plongée dans l'obscurité. Elle pense à tous les déserts qu'elle a survolés auparavant, en Afrique, en Arabie, à tout ce qu'elle a vu. Elle pense à cette guerre inégale, qui a soudain touché sa vie, et à la façon dont elle s'enracine dans les déserts, l'histoire et les injustices, réelles ou imaginaires, que ni les armées ni les discours ne peuvent abolir. Et elle se pose cette question : *Pierre Ferramo savait-il que le bateau allait sauter quand il m'a embrassée l'autre soir ?*

11

Qu'est-il allé faire à Hollywood ? Pendant que le taxi bringuebale sur les ornières de la route menant vers les collines, Olivia ouvre la fenêtre, tout émoustillée par le sentiment de liberté et de vague transgression que Los Angeles fait toujours naître chez elle. C'est un lieu si délicieusement superficiel. Elle regarde les panneaux d'affichage géants qui bordent la route. EN QUÊTE D'UNE NOUVELLE CARRIÈRE ? DEVENEZ UNE STAR. CONTACTEZ LE BUREAU DU SHÉRIF DE LA. ON RENTRE DE DÉSINTOX, FIN PRÊTS À FAIRE LA FÊTE, dit une pub pour un magazine télé. Sur le banc d'un arrêt d'autobus s'étale le portrait grandeur poster d'une patronne d'agence immobilière avec une choucroute et un large sourire : VALERIE BABAJIAN, VOTRE CONTACT IMMOBILIER À LA. Un panneau publicitaire pour une station de radio annonce simplement : GEORGE, FRÈRE DE JENNIFER LOPEZ, et un autre, qui n'a pas l'air d'être une pub pour quoi que ce soit, exhibe une épreuve d'artiste représentant une blonde platinée en robe rose moulante avec une silhouette genre Jessica Rabbit. Au-dessous s'étale un nom en lettres géantes : ANGELYNE.

« C'est une actrice, Angelyne ? demande-t-elle au chauffeur de taxi.

— Angelyne ? Non. » Il se met à rire. « Elle paie simplement pour ces panneaux, et elle se produit dans les soirées et les manifestations publiques. Il y a des années qu'elle fait ça. »

Pierre doit détester cet endroit, pense-t-elle. Tandis que les collines gris-vert se rapprochent, et que des lumières commencent à scintiller comme des têtes d'épingle dans le crépuscule, ils passent devant le Centre médical Cedars-Sinaï, à côté duquel se dresse une étoile de David.

Brusquement, elle se dit : *Je sais ce qu'il fait ici. Ce film avec les starrivistes, c'est de la poudre aux yeux. Ils vont frapper à Los Angeles.*

Son esprit se met à tourner à cent à l'heure, selon un rythme familier : des missiles tirés du haut de l'aire pour chiens de Runyon Canyon tombant sur les bureaux de l'administration des studios de la Fox ; des kamikazes à la finale de *American Idol*[1] ; des torpilles téléguidées lancées à toute vitesse dans les égouts. Elle a envie d'appeler CNN et d'annoncer unilatéralement une alerte rouge. « *Il est beau, il est sexy, mais il projette de nous faire voler en éclats : Pierre Ferramo...* »

L'enseigne de l'hôtel Standard, sur Sunset Boulevard, est placée tête en bas, comme sous l'effet d'un délire subversif. L'hôtel, autrefois maison de retraite, vient d'être reconverti en temple hollywoodien du chic rétro. On ne saurait rêver contraste plus radical avec son ancienne clientèle. Olivia a rarement vu tant de gens jeunes et beaux rassemblés dans un même lieu et scotchés à leur portable. Il y a des filles en pantalon treillis et haut de bikini, des filles en petits fourreaux, des filles en jean à taille si basse qu'on voit dépasser cinq centimètres de string, des garçons au crâne rasé avec un bouc, des garçons dont le jean moulant ne laisse rien ignorer de leur anatomie, des garçons en baggys, avec l'entrejambe à hauteur du genou. Il y a des fauteuils en Plexiglas en forme de coque suspendus à des chaînes ; des tapis à longs poils ornent le sol, les murs et le plafond. Un DJ officie à l'entrée de la terrasse où se trouve la piscine et scratche du vinyle. Contre le mur derrière la réception, une fille en slip et soutien-gorge blancs lit dans une cabine transparente. Du coup, Olivia a l'impression d'être une universitaire obèse de soixante-dix

---

1. Émission du même type que *Star Academy*.

ans à qui l'on ne va pas tarder à demander de déménager pour cause de non-conformité au modèle Standard.

La réceptionniste lui transmet un message de Melissa lui souhaitant la bienvenue à LA et précisant que les auditions commencent le lendemain matin et qu'elle trouvera facilement l'équipe, qui sera installée près du bar et de la piscine. Ici encore, le chasseur insiste pour l'accompagner jusqu'à sa chambre, malgré son peu de bagages. Sa tête lui rappelle celles que dessinent les enfants sur une ardoise magnétique, où l'on ajoute une barbe et des moustaches à l'aide de limaille de fer. Le garçon – l'homme, plutôt – a des cheveux teints en noir, un bouc, de longs favoris et des petites lunettes à monture noire. Un look ridicule. Sa longue chemise est ouverte presque jusqu'à la taille, révélant un torse genre Action Man.

Il ouvre la porte de la chambre. Il y a un lit bas, une salle de bains au carrelage orange, un sol bleu vif et un fauteuil-poire argent. *Je ne devrais peut-être pas peindre mon appartement en blanc*, pense Olivia. *Je devrais peut-être envisager un style années soixante-dix, avec de la couleur, une coque en plexiglas suspendue au...*

« La chambre vous plaît ? demande le chasseur.

— J'ai l'impression d'être dans le décor de *Barbarella*, murmure-t-elle.

— Je n'étais pas encore né », dit-il.

Le culot ! Il a une bonne trentaine, à tous les coups. Des yeux bleus, intelligents et vifs qui ne vont pas du tout avec ses pilosités faciales de fashion victim. Il soulève la valise comme un sac en papier et la pose sur le lit. Son corps ne va pas non plus avec lesdites pilosités. Mais, hé, on est à LA : Chasseur/acteur/culturiste/grosse tête : au choix.

« Et voilà », dit-il en ouvrant la fenêtre en verre blindé comme si c'était un rideau de tulle. Une rafale de bruits crépite autour d'eux. Au-dessous, l'espace piscine est branché fête, avec de la musique à fond la caisse et des lampes de bronzage à pleine puissance. Au-delà, on voit le profil de LA : un palmier illuminé, une enseigne au néon qui annonce APPARTEMENTS EL MIRADOR, et une orgie de lumières.

« Eh bien, je vais beaucoup me reposer, on dirait.
— Vous arrivez d'où ?
— Miami. »

Il lui prend la main fermement, avec une autorité de professionnel et regarde ses brûlures.

« Vous avez fait de la fondue ?
— Du Yorkshire pudding.
— Qu'est-ce qui vous est arrivé ?
— Je l'ai laissé brûler.
— Qu'est-ce qui vous amène à LA ?
— Les mots "Surprise, surprise" ne vous disent rien ? »

Il laisse échapper un rire bref. « J'aime bien votre accent.
— Tout le monde parle comme moi, là d'où je viens.
— Vous travaillez ici ? Vous êtes actrice ?
— Non. Et vous, qu'est-ce que vous faites ici ?
— Le chasseur. Vous voulez prendre un verre plus tard ?
— Non.
— Bien. Qu'est-ce que je peux faire pour vous ? »

Oh, me masser avec des huiles aromatiques pour délasser mes vieux os, changer le pansement de ma pauvre petite main brûlée, beau brun viril à l'air intello et aux muscles d'enfer.

« Ça ira.
— Alors je vous laisse. Reposez-vous. »

Elle le regarde partir, puis ferme la porte derrière lui, met le verrou et la chaîne de sécurité. Elle commence à se sentir comme un père de famille en voyage à l'étranger : des créatures de rêve partout, essayant de l'attirer loin des sentiers de... de quoi au juste ? Son article sur les actrices ? Non, inexact. Elle est en mission. Mandatée par un journal pour une mission d'enquête ; journalistique peut-être mais mission tout de même.

Elle défait sa valise et colonise la pièce. Après avoir rangé ses objets de valeur dans le coffre, elle réfléchit quelques instants, puis sort son pot de poudre Poussière d'Ange. Un très bon produit qui donne au teint un éclat soyeux et nacré réfléchissant la lumière. Elle passe soigneusement la houppette sur chacun des numéros du coffre, comme James Bond. À ceci près que James Bond n'aurait sans doute pas donné aux chiffres un éclat soyeux et nacré réfléchissant la lumière. Mais enfin.

Puis elle allume CNN.

« Nous revenons aux principaux titres. À mesure que s'allonge la liste des morts, on estime que l'explosion d'hier qui a ravagé le Ventre de l'Océan *à Miami et coûté la vie à plus de deux cents personnes est en réalité l'œuvre de terroristes d'Al-Qaida. On estime actuellement à 215 morts, 475 blessés et 250 disparus le nombre des victimes. Souffrez-vous de troubles de la vessie ? »*

Sans transition le plan change et sur l'écran apparaît une femme aux cheveux gris qui fait une démonstration de danse de salon dans une salle bien remplie. Exaspérée, Olivia éteint la télévision. Pourquoi ne vous donne-t-on aucun moyen de repérer la fin des infos et le début de la pub pour les remèdes contre l'incontinence ?

Elle appelle la réception pour savoir si l'édition anglaise du *Sunday Times* est arrivée. Non, pas avant demain après-midi. Elle ouvre son portable afin de la consulter en ligne.

Il y a un énorme titre : L'OCÉAN ÉVENTRÉ. Ils ont pris son titre ! Elle parcourt la page avec impatience, à la recherche de sa signature. En haut de l'article se trouvent celles de Dave Rufford et Kate O'Neill. Kate ! Mais où est passé son nom à elle ? L'article répète bon nombre de ses phrases, des paragraphes entiers de la description qu'elle a faite. Son nom est peut-être au bas de l'article. Elle voit une ligne portant ces mots : « Reportage complémentaire par des journalistes du *Sunday Times*. » Elle cherche Olivia Joules partout. Elle n'est mentionnée nulle part.

« Oh, et puis tant pis, dit-elle résolument. Au moins, je ne suis pas morte. Edward et Elsie non plus. » Elle ouvre les portes-fenêtres, laissant entrer les bruits de la fête au bord de la piscine, et s'assoit au bureau. C'est l'éthique du travail prônée par les protestants du nord de l'Angleterre qui l'a aidée à fuir le pays où règne cette même éthique. Pour Olivia, son travail est le garant de sa sécurité et elle s'y cramponne comme à son kit de survie.

À minuit, elle s'adosse à sa chaise, s'étire et décide que cela suffit. Le bureau est couvert des éléments d'information qu'elle a glanés à Miami : la liste des invités à la soirée de lancement, des cartes de visite, des numéros de téléphone griffonnés au dos de reçus de cartes de crédit, un schéma où elle a essayé de tirer des conclusions de rapprochements qui ne riment à rien.

Elle clique sur Avizon. com dans sa liste de sites favoris. C'est un site web qui propose un hébergement à prix réduit pour actrices/mannequins, qu'elle a trouvé après un moment de panique devant les 764 000 résultats annoncés lorsqu'elle a tapé « Actrices, Los Angeles ». Elle a découvert Kimberley Alford sur une page de Kirstens, Kelley et autres Kim, toutes étonnamment semblables, qui posent avec des moues provocantes, se proposant ainsi à l'œil exercé des producteurs et aux fantasmes masturbatoires du reste du monde. Elle clique sur le nez de Kimberley qui apparaît en pleine page, avec sa moue et ses références :

Mannequin : niveau professionnel.
Comédienne : niveau professionnel.
Look : Cherokee/roumaine

Suivent ses mensurations : poitrine, tour de taille, pointure, et la qualité de sa dentition (excellente).

Compétences : roller, claquettes, cinq langues parlées. Possède son uniforme de pom-pom girl.

Au-dessous figure le message personnel de Kimberley :

« *Je suis une artiste tout-terrain. Je chante, je danse, je joue, je présente des robes et je joue de la guitare ! J'ai vingt-deux ans et en parais facilement deux fois moins. Je suis sur la bonne voie et attends que s'ouvre la porte qui me mènera au monde des stars. J'ai la comédie dans le sang. Mon père a tenu le projecteur de poursuite aux Academy Awards pendant vingt-cinq ans. Si vous tournez vos projecteurs vers moi, je vous en mettrai plein la vue !* »

Olivia secoue la tête et cherche Travis Brancato, l'ambitieux aux yeux de loup. La carte de visite du monsieur l'emmène sur un site web nommé Enclave, qui décrit l'infortuné Travis comme « gestionnaire de budget standing » :

> Enclave : qu'est-ce que c'est ?
> Enclave est une interface innovatrice basée sur la science soft qui se fonde sur une logique de rentabilisation. Un programme unique d'optimisation du standing qui permet à ses clients de rentabiliser les investissements qualitatifs visant à améliorer le style de vie afin d'en optimiser les avantages.
> Les clients qui consentent à Enclave un budget annuel de 550 000 dollars lui permettent de conseiller et d'orienter les dépenses et de négocier l'achat de concepts, expériences, objets et services qualitativement porteurs.
> Déjà, de nombreuses personnalités de LA – acteurs de cinéma, administrateurs de haut niveau, producteurs et responsables des studios d'enregistrement – profitent des services d'Enclave, qu'il s'agisse de billets pour un événement sportif de premier plan, une première ou une cérémonie de récompense, de la copie d'un enregistrement rarissime des Pink Floyd, ou d'une table dans l'un des nouveaux restaurants les plus chauds de Paris. Ainsi, ils bénéficient dès à présent de l'optimisation scientifique des interfaces ludiques.

Olivia se renverse dans son fauteuil et sourit. L'idée de base est donc que les « clients » donnent à Travis un demi-million de dollars par an à dépenser, et reçoivent en retour, de temps à autre, deux billets pour un jeu de ballon et un CD gratuit. Elle essaie le numéro de la hotline d'Enclave, soi-disant accessible vingt-quatre heures sur vingt-quatre, mais tombe sur un répondeur. Les responsables du standing, sans doute beaucoup trop occupés à gérer des centaines de milliers de dollars afin d'optimiser scientifiquement les avantages ludiques, n'ont pas le temps de décrocher le téléphone.

Elle interroge de nouveau Google sur Ferramo. Toujours rien.

12

Le bar intérieur du Standard a pour thème de décoration le désert, au sens le plus vaste du terme : les murs sont tapissés de bas en haut d'un motif de yuccas ; le sol est en liège et les lampes ressemblent à des fleurs du désert géantes. Du plafond pendent deux – pourquoi deux ? – poissons. Olivia savoure son café du matin en appréciant la lumière qui entre à flots de la terrasse avec piscine où le soleil tape déjà. Les auditions vont manifestement commencer. Un jeune homme en bonnet de laine et épais pantalon treillis, en nage, circule entre les filles avec un bloc-notes et un air plutôt ahuri.

Olivia avise Kimberley avant qu'elle ne la voie. Ses seins surdimensionnés et insolents bondissent sous son tee-shirt à dos nu, surplombant ses hanches inexistantes ceintes de la version miniature d'une jupe à volants écrue. Horriblement consciente de sa séduction, elle fait coulisser un doigt entre ses lèvres, à mi-chemin entre une enfant de cinq ans et une reine du porno. Brusquement, elle se met à parler toute seule.

« Il faut absolument, absolument, que je fasse quelque chose. Je ne veux plus être serveuse... D'accord, elle a pris ma cassette et m'a dit de lui téléphoner, seulement, elle n'a pas pris l'appel. M'a fait poireauter dix minutes. Parce que je l'ai écoutée trois fois, la musique d'attente, tu vois ? »

Deux hommes passent devant elle en ignorant complètement son corps parfait et largement dénudé. Des femmes qui feraient tourner les têtes à Londres et à New York provoquent à peine un second regard à LA. Comme si elles avaient un tatouage au front disant :

« Starriviste/mannequin. Vous pompera l'air avec ses ambitions professionnelles : instable. » La belle jeunesse est beaucoup plus sympa à Miami, se dit Olivia. À LA, la beauté et la semi-nudité annoncent : « Regardez ! Et maintenant, faites de moi une star ! » À Miami, il s'agit juste de se faire sauter.

« Alors, poursuit Kimberley, quand je l'ai enfin rencontrée, elle, tu vois, elle ne m'écoutait même pas. Elle a dit que d'après ce qu'elle avait vu sur ma cassette, je n'étais pas, tu vois... – la voix de Kimberley s'étouffe lamentablement – ... assez commerciale. »

Un fil sort de son oreille. Au moins, elle n'est pas complètement barjo. Olivia commence néanmoins à éprouver de la pitié pour elle.

« Enfin, ça va, dit bravement Kimberley. Je me dis que ce que je pourrais peut-être faire, tu vois, c'est des prestations sans visage, tu vois ? Comme un travail de double, mais on se sert juste de parties de ton corps. »

Mais la séance d'aujourd'hui ? pense Olivia. *Les auditions pour Pierre ? Je croyais que vous deviez tous avoir des rôles importants ?*

Elle s'approche de Kimberley et la salue. Kimberley répond par le genre de regard qui sous-entend que tous ceux qui lui disent bonjour sont des agresseurs en puissance.

« Olivia Joules. On s'est rencontrées à Miami. Je suis journaliste pour *Elan*. »

L'œil de Kimberley reste fixe un instant, puis elle grince : « Faut que j'y aille » dans le micro de son téléphone mains-libres avant de s'accrocher un sourire éclatant au visage et de se lancer dans son habituelle litanie de « Oh ! la laaa ! tu vois ? »

« Où est Demi ? demande Olivia, une fois que Kimberley en a terminé avec la coïncidence incroyable de leur rencontre. Elle aussi auditionne pour le film ? »

Une étrange froideur se met à planer sur la conversation.

« Elle a dit des choses sur moi ? Enfin, tu vois, je ne veux rien dire de désagréable sur Demi, tu vois. Elle n'a pas une vie facile, tu vois ? Non mais c'est vrai. Je crois qu'elle a un gros problème. Cela dit, je ne suis pas le genre de fille à déblatérer sur qui que ce soit. »

Olivia, perplexe, essaie de se souvenir à quand remonte la soirée où elles étaient inséparables. À deux jours.

« Enfin, elle est encore à Miami, non ? avec son Portugais, non ?

— Je n'en ai pas la moindre idée. »

Mais l'attention de Kimberley est ailleurs. Elle a vu quelqu'un approcher et a commencé à arranger ses seins dans son tee-shirt comme des fruits dans une coupe pour un cliché. Olivia suit son regard et croise celui de Pierre Ferramo.

Il porte l'uniforme du producteur de LA : lunettes de soleil, jean, veste bleu marine et tee-shirt plus blanc que blanc. Mais son allure est plus royale que jamais. Il est flanqué de deux jeunes bruns stressés qui essaient de contrôler un nombre croissant de candidats à l'audition. Ignorant son entourage, il se dirige droit vers Olivia.

« Ms. Joules, dit-il en ôtant ses lunettes, vous vous êtes trompée de jour, d'hôtel et de ville, mais c'est toujours un plaisir de vous voir. »

Son regard liquide plonge dans le sien avec une intensité brûlante. Elle reste muette une seconde, envahie par une bouffée de désir.

« Pierre ! » Kimberley bascule en avant, lui lance les bras autour du cou, provoquant à nouveau une brève expression de dégoût. « On peut y aller tout de suite ? Parce que je suis préparée à mort.

— Les auditions ne vont pas tarder à commencer, dit-il en se dégageant. Vous pouvez monter vous préparer si vous voulez. »

Pendant que Kimberley s'éloigne en ondulant, le sac sur la crête de la hanche, Ferramo fait signe à ses sbires de s'éloigner et glisse à Olivia à mi-voix d'un ton pressant : « Vous n'êtes pas venue à notre rendez-vous.

— J'étais descendue faire du jogging au port le matin... »

Il s'assied en face d'elle. « Vous étiez au port ?

— Juste en face de l'endroit où ça s'est passé.

— Vous êtes blessée ? » Il lui prend la main et examine son pansement avec des gestes de médecin, ce qu'elle apprécie. « Vous avez été soignée ? Vous avez besoin de quelque chose ?

— Tout va bien, merci.

— Comment se fait-il que vous vous soyez trouvée dans le secteur de l'explosion ?

— Je faisais mon jogging, comme souvent le matin. Je voulais regarder le bateau. Vous connaissiez quelqu'un à bord ? »

Elle scrute son visage tel un détective surveillant un mari bouleversé en train de s'adresser au ravisseur de sa femme. Ferramo n'a pas un battement de cils.

« Non, Dieu merci. »

Et Winston, votre conseiller en scènes sous-marines ?

« Moi, si.

— Ah bon ? » Il baisse la voix et se penche davantage vers elle. « Je suis vraiment navré. C'étaient des personnes que vous connaissiez bien ?

— Non, mais que j'aimais beaucoup. Vous savez qui a fait ça ? »

A-t-il eu une amorce de réaction devant cette question si étrange ?

« Quelques groupes habituels de terroristes ont revendiqué la responsabilité de l'attentat. Il porte la marque d'Al-Qaida, naturellement, mais nous verrons. » Il regarde autour de lui. « Le moment et le lieu sont mal choisis pour ce genre de conversation. Vous êtes ici pour quelques jours ? »

L'un des garçons apparaît derrière lui et se dandine d'un pied sur l'autre, des papiers à la main. « Monsieur Ferramo...

— Oui, oui. » Une voix très différente, dure, autoritaire, pour congédier l'intrus. « Un instant. Vous voyez bien que je suis en conversation. »

Il se tourne à nouveau vers Olivia. « Nous pouvons prévoir un autre rendez-vous, peut-être ? » *Prrrrévoir un autre rrrendez-vous.* À l'oreille, son accent n'a vraiment rien de français.

« Je reste quelques jours, en effet.
— Vous dînerez avec moi ? Demain soir, peut-être ?
— Euh, oui, je...
— Parfait. Vous êtes dans cet hôtel ? Je vous ferai appeler et je m'occupe de tout. À demain. C'est un plaisir de vous voir ici. Oui... oui. » Il se tourne vers le garçon qui lui tend un document avec l'air de s'excuser.

Olivia l'observe pendant qu'il lit le document et se lève pour auditionner les candidates au vedettariat. « En fait, on devrait avoir terminé à quatre heures. » Il rend le document. « *Chokrane*. Après quoi, on se retrouvera pour faire la liste de ceux qui passeront une seconde audition. »

Chokrane. Olivia baisse les yeux, s'efforçant d'assurer sa main et de rester impassible. *Chokrane* signifie merci en arabe.

13

« Rentre, dit Kate, qui appelle de Londres. Reviens tout de suite. Appelle le FBI et prends le prochain avion. »

Tremblante, Olivia est assise dans le fauteuil-poire poussé contre la porte donnant accès à sa chambre. « La dernière fois, tu m'as dit que je tirais des conclusions hâtives, réplique-t-elle.

— La seule preuve que tu m'as donnée, c'est qu'il était "nonchalant". Le fait que, la veille de l'explosion, il ait essayé de te dissuader de monter sur le *Ventre de l'Océan* n'avait pas attiré ton attention.

— Je n'y avais pas pensé avant. Je croyais que ça faisait partie de son numéro de dragueur pour me demander de prendre le petit déjeuner avec lui. Tu sais, genre : "Je te téléphone ou je te secoue dans le lit ?"

— Tu es vraiment incroyable. Écoute-moi. Il t'a menti. Il te dit qu'il est français, et puis il se met à parler arabe.

— Il n'a dit qu'un seul mot. Enfin, ce n'est pas parce qu'il est arabe que c'est un terroriste. Peut-être que, justement, c'est ce genre d'amalgame qu'il voulait éviter. J'écris un article. *Elan* paie mes frais de déplacement.

— Le journal comprendra. Tu pourras toujours rembourser. Rentre.

— Les membres d'Al-Qaida ne boivent pas de champagne et ne s'entourent pas de jolies filles à moitié nues. Ils se baladent en chemises à carreaux dans des appartements minables à Hambourg.

— Je rêve ! Tu vas te taire, oui ? Tu es complètement aveuglée par l'envie de te faire sauter. Prends le prochain avion. J'appelle le FBI pour toi, et le MI6.

— Kate, dit posément Olivia, c'est mon article. C'est moi qui ai déniché cette histoire. »

Il y a une seconde de silence sur la ligne. « Oh non ! Tu m'en veux toujours à cause de cette signature ? C'est à Barry qu'il faut t'en prendre. Il avait dit que ce serait une signature collective. Quand j'ai vu ce qu'il avait fait, je l'ai appelé pour l'engueuler. »

Alors pourquoi tu ne m'as pas appelée, moi aussi ?

« Il a dit qu'il avait ôté ton nom pour économiser de la place. Tu ne fais pas partie de la rédaction. Je n'essaie pas de te piquer ton info. Rentre te mettre à l'abri.

— Il faut que j'y aille, là, dit Olivia. Je suis censée assister aux auditions. »

Elle repousse sa conversation avec Kate à la périphérie de son esprit et se met fiévreusement au travail sur une nouvelle liste à deux rubriques :

1. Raisons de penser que Pierre Ferramo est un terroriste d'Al-Qaida cherchant à faire sauter LA.
2. Raisons pour lesquelles l'idée que Pierre Ferramo est un terroriste d'Al-Qaida cherchant à faire sauter LA relève du contresens, du préjugé et de l'imagination délirante.

Elle s'arrête, le stylo à la bouche. Olivia se définit comme une humanitaire libérale et égalitaire. Et franchement, comme elle vient de le dire à Kate, il ne se conduit pas du tout en authentique soldat du jihad, avec ses bouteilles de Cristal, sa cour de belles femmes et ses vêtements chics et chers.

Elle a un sourire sardonique en se souvenant d'un de ses amis qui était sorti avec une des sœurs de Ben Laden avant que ce nom ne devienne inextricablement associé aux atrocités terroristes. La famille Ben Laden était vaste, riche, cultivée, et évoluait dans un univers international prestigieux. Quand l'ami avait posé à la sœur – qui était canon – des questions sur la réputation de brebis galeuse de son frère, elle avait répondu : « Honnêtement, le plus grand reproche qu'on puisse faire à Oussama, c'est de ne pas être très fréquentable. »

14

« Vous venez peut-être de LA, la ville qui brille, mais ici, dans le désert, vous découvrirez votre véritable identité, votre sens... *sens*.
— D'accord. Ça va comme ça. Ça ira. »
Olivia plaint les metteurs en scène. Elle ne saurait vraiment pas quoi dire à une actrice qui massacre son texte, sauf : « Vous ne pourriez pas... mieux faire ? » mais ce metteur en scène-là semble dépourvu de repartie. Il regarde vaguement Alfonso, qui se trouve là sans responsabilité précise, ouvre la bouche comme s'il voulait parler, la referme et lâche : « Hum. »
Olivia le regarde, stupéfaite. Il s'appelle Nicholas Kronkheit. Il n'a guère de lauriers à son palmarès, hormis un ou deux clips musicaux sur des étudiants à l'université de Malibu. Pourquoi l'avoir choisi ?
« Bon, intervient Alfonso d'un ton autoritaire. On reprend depuis le début, coco. »
Le scénario, écrit par Travis Brancato, est indigent pour ne pas dire plus. Intitulé *Frontières de l'Arizona*, c'est l'histoire d'un acteur célèbre qui constate que Hollywood est totalement surfait et s'enfuit dans le désert, où il tombe amoureux d'une Indienne Navajo et découvre le bonheur et la plénitude en fabriquant des boîtiers de survie décoratifs.
Tandis que Kimberley – coiffée d'une perruque à nattes brunes qui fait tout pour exalter la Cherokee qui sommeille en elle – se prépare à répéter ses répliques, Olivia se glisse hors de la pièce avec une étrange démarche à l'égyptienne, totalement inédite. Sans doute une expression spontanée et inconsciente de sa culpa-

bilité et une façon de s'excuser de trouver le projet si minable.

Assise au bar, elle sirote un lait glacé avec une paille et réfléchit aux diverses raisons pour lesquelles *Frontières de l'Arizona* est une ineptie de première. Ferramo va-t-il financer l'entreprise ? Auquel cas, pourquoi avoir choisi un metteur en scène aussi nul et aussi peu qualifié ? S'il cherche un financement ailleurs, pourquoi avoir engagé un metteur en scène et commencé le casting avant de savoir avec quel studio il travaillera ? Et comment se fait-il qu'il n'ait pas remarqué que le scénario est une vraie daube ?

« Salut ! »
Olivia sursaute et s'étrangle avec son lait à l'entrée fracassante de Melissa.
« Comment vont les auditions ? Comment s'est passé l'entretien avec Nicholas ? »
Heureusement, quand Melissa parle, on n'a pas besoin de répondre.
« Regardez, voilà nos surfeurs. Craquants, non ! Ils se sont entraînés à la plage toute la matinée, et maintenant il faut qu'ils disent leur texte. Vous voulez venir voir ? Je suis sûre que ça vous servira pour votre article. »
Un groupe de jeunes gens décolorés par le soleil mate la « fille-en-sous-vêtements » du jour dans la cabine de verre derrière la réception.
« Oh, je vous présente notre conseillère phonéticienne, Carol. Vous ne l'avez pas encore rencontrée ? »
C'est une femme à l'air sympathique et au visage intéressant, assez ridée d'ailleurs. Encore une qui n'est pas en conformité avec le modèle Standard. On croirait voir quelqu'un affublé d'une vieille chemise froissée dans une pièce où tous les vêtements sont impeccablement repassés. Olivia imagine la lingère de l'hôtel en train de se précipiter en glapissant : « Ô mon Dieu, donnez-moi ça que je l'envoie au service du repassage ! »

« Enchantée, dit la ridée.
— Vous êtes anglaise ! s'exclame Olivia.
— Vous aussi. Nord-Est ? Nottingham ? Nord de Nottingham ?
— Worksop. Vous êtes forte.
— Bon, coupe Melissa. Je vous ai programmé un dîner avec Pierre demain soir. Cet après-midi, je voudrais que vous discutiez avec les surfeurs. Apéritif en début de soirée avec les autres garçons.
— Excusez-moi, Ms. Joules. » C'est le concierge. « Je voulais vous dire que nous vous avons obtenu un rendez-vous avec Michael Monteroso pour un soin du visage à l'Alia Klum demain à quinze heures quinze. Si le rendez-vous n'est pas confirmé vingt-quatre heures à l'avance, il est annulé. J'ai besoin de donner un numéro de carte bleue. La séance est à quatre cent quinze dollars.
— Quatre cent quinze dollars ? répète Olivia.
— Oh, je suis sûre que nous pouvons convaincre Michael de vous faire le traitement à titre gracieux, dit Melissa. Et Kimberley et quelques actrices vous retrouveront ici à huit heures pour vous emmener dîner et vous montrer quelques-uns des endroits à la mode.
— Merci, mais je n'accepte pas les services à titre gracieux, rétorque Olivia. Et je pense que, pour l'apéritif, ce sera sans moi. J'ai des coups de téléphone à donner. »

Melissa la regarde d'un air perplexe, mais furieux, la tête penchée sur le côté.

« Je ne fais pas un article sur une seule production, vous savez ! lance Olivia d'un ton courtois mais ferme. Il s'en passe, des choses intéressantes par ici, non ? »

15

« Quelle ville, s'il vous plaît ? fait la voix à l'autre bout du fil.

— Los Angeles, dit Olivia en tambourinant sur le bureau avec son crayon.

— Quel numéro voulez-vous ?

— Celui du FBI.

— Pardon ?

— Celui du FBI.

— Il ne figure pas sur mes listes. C'est un numéro privé ou professionnel ? »

Olivia casse son crayon en deux. Il lui reste quinze minutes avant l'heure où elle est censée retrouver Kimberley pour leur virée nocturne et elle n'est pas encore maquillée.

« Non, c'est du FBI qu'il s'agit : Federal Bureau of Investigation. Vous savez, flics, détectives, *X-Files*, ces gens qui détestent la CIA ? »

L'autre ligne se met à sonner. Elle l'ignore.

« D'accord. *(Rire.)* J'ai compris. Voici le numéro. »

Suit une voix saccadée, préenregistrée : « Le numéro que vous demandez peut être appelé automatiquement en tapant 1. Un supplément vous sera facturé.

— Allô, ici le FBI », dit une autre voix électronique. Heureusement, la deuxième sonnerie cesse.

« Merci d'écouter attentivement les consignes qui suivent. Si vous désirez connaître les conditions de recrutement, tapez 1 ; pour les affaires d'actualité, tapez 2... »

Bordel ! L'autre ligne s'est remise à sonner. Elle appuie sur la touche « Pause » et prend la deuxième ligne.

« Olivia ? C'est Pierre Ferramo.
— Oh, euh, bonjour, Pierre », susurre-t-elle d'un ton primesautier. *Je suis justement en train d'appeler le FBI sur l'autre ligne pour leur dire que vous êtes un terroriste d'Al-Qaida.*
« Tout va bien ?
— Mais oui. Pourquoi ?
— Vous avez la voix un peu... tendue, peut-être ?
— La journée a été longue.
— Je ne vous retiendrai pas. Je voulais juste m'assurer que notre dîner de demain soir tient toujours. Cela me désolerait que nous nous rations une deuxième fois.
— Moi aussi. Je me fais une joie de vous voir.
— Parfait. J'envoie quelqu'un vous chercher à dix-huit heures trente. »
Dix-huit heures trente ? Ce n'est pas un peu tôt pour un dîner ?
« C'est très gentil.
— Comment avez-vous trouvé les auditions ? »
Lorsqu'il raccroche enfin, le FBI en a fait autant.

« Allô ? Le FBI ? Je voulais juste vous signaler un soupçon que j'ai à propos de l'explosion du *Ventre de l'Océan.* » Olivia marche de long en large dans sa chambre et répète à voix haute ce qu'elle veut dire au téléphone.
« C'est probablement sans fondement, mais vous pourriez vérifier l'identité d'un dénommé Pierre Ferramo et... »
« Bonsoir. Ici Joules. Je parle à la CIA ? Passez-moi le Terrorisme international, je vous prie. J'ai un tuyau très chaud à propos du *Ventre de l'Océan.* Ferramo, Pierre Ferramo. Arabe, sans aucun doute. Peut-être soudanais... »
Elle ne peut pas. C'est comme si elle devait passer une audition pour laquelle elle aurait perdu toute motivation. Elle est redevenue Rachel Pixley, de Worksop, qui s'est monté la tête et qui va bien faire rigoler la standardiste. En même temps, elle est une traîtresse, une

Mata Hari qui donne rendez-vous à dîner à son amant meurtrier pour le livrer à ses commanditaires.

Elle va sortir avec Kimberley et ses copines et elle téléphonera au FBI demain matin à la première heure. Elle pourra se faire servir le petit déjeuner dans sa chambre et prendre sa matinée pour s'occuper de tout ça.

16

Pierre Ferramo porte un béret vert et parle sur Al-Jazira. « C'est une chienne, une goinfre et une infidèle. Son ventre est trop gros pour qu'on la passe sous le gril, il faut la rôtir. »

Un téléphone sonne au loin. Kimberley Alford sort un oignon de son petit haut et se met à l'émincer en souriant à la caméra. Du sang suinte entre ses dents. Le téléphone sonne toujours. Olivia le cherche à tâtons dans l'obscurité.

« Allô, Olivia ? C'est Imogen, du magazine *Elan*. Je vous passe la rédactrice en chef. »

Olivia allume et se dresse sur son séant, tirant sa chemise de nuit sur ses seins. Elle se passe une main dans les cheveux et promène un regard hébété dans la pièce. Sally Hawkins. La patronne. Au réveil. Après toute une soirée à subir Kimberley, tu vois, et ses copines, tu vois. L'horreur. L'horreur absolue.

« Elle arrive. » La voix de l'assistante a une intonation bien reconnaissable, genre « Je-n'ai-plus-besoin-d'être-polie-avec-toi-parce-que-tu-as-cessé-de-plaire ».

« Olivia ? » La voix pète-sec et condescendante de Sally Hawkins. « Désolée de vous appeler si tôt le matin, mais nous avons eu une plainte.

— Une plainte ?

— Oui. Il paraît que vous avez appelé le FBI pour suggérer qu'on vérifie l'identité de Pierre Ferramo ?

— Hein ? Qui vous a dit ça ?

— Nous ignorons la source de l'information, mais les gens de Century sont absolument furieux, et à juste titre, si vous avez effectivement appelé le FBI. J'ai dit à

Melissa que j'étais certaine que si vous aviez des doutes sur l'un des membres de leur équipe, vous nous auriez appelés d'abord. »

Olivia est prise d'une affreuse panique. Elle n'a pas appelé le FBI ? Ou plus exactement, si, mais elle n'a pas réussi à joindre leurs services. Ou plus exactement si, mais elle les a fait patienter et n'a rien dit.

« Olivia ? » Ton glacial et hostile.

« Je... je...

— Nous travaillons en étroite collaboration avec Century pour de nombreuses interviews et photographies de célébrités. La saison des prix arrive, pour laquelle nous comptons très sérieusement sur eux, et vraiment...

— Je n'ai pas appelé le FBI.

— Ah bon ?

— Enfin, j'ai appelé, mais je n'ai eu personne au bout du fil. Je ne comprends pas comment...

— Désolée, coupe Sally Hawkins. Tout ça est sans queue ni tête. Vous avez appelé, oui ou non ?

— J'ai fait le numéro, mais... »

Les yeux d'Olivia tombent sur le communiqué de presse concernant le film de Ferramo et s'écarquillent. Pierre Feramo. Feramo avec un seul *r*. Pas étonnant qu'elle n'ait rien trouvé sur Google. Elle a mal orthographié son nom. Oh ! la la ! *Pas de panique*.

« Olivia, vous vous sentez bien ?

— Oui, c'est juste que... je... je... »

Coinçant le téléphone entre son oreille et son épaule, elle s'approche du bureau et tape « Pierre Feramo » sur Google. 1 567 réponses. Eh bien !

« Bon, bon. Je vais voir. » La rédactrice lui parle à présent comme à une enfant débile. « Bon, bon. Vous avez eu une expérience traumatisante à Miami. Je comprends. Je crois que le mieux, c'est de vous reposer quelques heures et de rentrer. Vous avez réuni des informations pour votre article ? »

Olivia fait défiler sur l'écran la première page des 1 567 réponses de Google. Feramo figure comme producteur au générique d'un court métrage français qui a obtenu la Palme d'Or à Cannes ; il est photographié avec un mannequin aux Oscars de l'industrie du parfum. Il est mentionné dans un article du *Miami Herald* après le lancement de la Crème de Phylgie.

« Oui. Mais je suis parfaitement remise. Je souhaite terminer mon papier.

— Eh bien, nous, nous pensons qu'il serait préférable que vous rentriez. Les gens de Century ne sont pas chauds pour que vous continuiez à travailler avec leur équipe. Alors vous pouvez peut-être écrire d'après vos notes et envoyer ça par e-mail à Imogen. Je lui demande de s'occuper de votre billet pour cet après-midi.

— Mais enfin, je n'ai rien dit au FBI !

— Je regrette, il faut que je vous laisse, Olivia. J'ai une conférence téléphonique. Je demande à Imogen de vous rappeler avec tous les détails concernant votre vol. Surtout, n'oubliez pas d'envoyer vos infos par e-mail. »

Le regard d'Olivia se promène autour de sa chambre, incrédule. De fait, elle n'a pas appelé le FBI ! Elle a seulement préparé son appel au FBI. Ils n'ont tout de même pas mis au point une méthode pour lire dans les pensées des gens au téléphone ? Non. La CIA, peut-être, mais pas le FBI. Elle s'assied sur son lit. C'est impossible. La seule personne à savoir qu'elle avait l'intention d'appeler le FBI, c'est Kate.

Olivia tape comme une enragée et met au net tout ce qu'elle a pu rassembler pour son article sur les starrivistes pendant le peu de temps dont elle a disposé avant de se faire remercier comme une malpropre. Toutes les deux minutes, elle rouvre un fichier nommé *Kate : Grosse colère : Re : Défouloir*.

« Je n'arrive pas à croire que tu as osé me faire ça. Je croyais notre amitié fondée sur la confiance, la loyauté et... »

Encore trois paragraphes de l'article sur les starrivistes.

Retour à *Kate : Grosse Colère*.

« Kate, j'espère que je ne tire pas de conclusions hâtives, mais je ne comprends pas... »

Retour aux starrivistes. *Kate : Grosse Colère*. Mode plus concentré, cette fois. « Dis donc, mégasalope, inoculée de mes deux, tu m'as bien foutue dans la merde en leur disant que j'avais appelé le FBI alors que c'est pas vrai, espèce de... »

Retour à l'article. Elle tape le paragraphe final et relit le tout. Après quelques retouches, elle va sur « Vérification d'orthographe », appuie sur le bouton « Envoyer », puis shoote dans l'un des pieds du bureau.

Ce n'est pas juste, *pas juste, pas juste*. Dans un moment de fureur aveugle, elle décroche le téléphone et compose le numéro personnel de Kate. Elle tombe sur le répondeur, mais décide de laisser quand même un message.

« Kate, c'est moi. *Elan* vient d'appeler. Ils m'ont virée sous prétexte que j'ai appelé le FBI concernant Feramo. Or je n'ai pas appelé le FBI. La seule personne qui savait que j'envisageais de les appeler, c'est toi. Je n'arrive pas à croire que tu voulais m'empêcher d'écrire cet article et t'arranger pour me faire éjecter et pouvoir, pouvoir... »

La voix d'Olivia se brise. Elle est vraiment, vraiment meurtrie. Elle raccroche, s'assied dans le fauteuil-poire en clignant des yeux, et essuie une larme d'un revers de main. Elle reste longtemps l'œil fixé dans le vague, la lèvre inférieure tremblante, puis elle va vers la valise beige et kaki, en sort une très vieille feuille de papier qu'elle déplie avec précaution et emporte avec elle quand elle retourne s'asseoir dans le fauteuil-poire.

Principes de Vie, par Olivia Joules.

1. Pas de panique. On s'arrête, on respire, on réfléchit.
2. Personne ne fait attention à toi ; les autres sont égocentriques, tout comme toi.
3. Ne jamais changer de coiffure avant un événement important.
4. Rien n'est jamais aussi génial ou désastreux qu'on le croit. Relativiser.
5. Ne pas faire aux autres ce que tu ne voudrais pas qu'on te fasse. Par ex. : ne pas tuer.

6. *Acheter une chose qui plaît en y mettant le prix plutôt que la première camelote venue.*
7. *Peu de choses ont vraiment de l'importance : en cas de doute, se demander : « Est-ce vraiment important ? »*
8. *La clé du succès, c'est de savoir tirer parti de ses erreurs.*
9. *Être honnête, sympa, aimable.*
10. *N'acheter que les vêtements qui te donneraient envie de faire un petit pas de danse.*
11. *Faire confiance à son instinct plutôt qu'à son imagination hyperactive.*
12. *En cas de désastre, vérifier qu'il s'agit bien d'un désastre en procédant comme suit : a) Penser « Oh ! et puis merde », b) Essayer de voir le côté positif et, à défaut, le côté comique.*

Si aucune des méthodes ci-dessus ne donne de résultat, alors c'est peut-être un vrai désastre. Auquel cas, se reporter aux principes 1 et 5.

13. *Ne pas considérer le monde comme un lieu sûr où règne la justice.*
14. *Accepter parfois de se laisser porter par le courant.*

Elle a ajouté au bas de la page le nouveau principe d'Elsie :

15. *Ne jamais rien regretter. Se dire qu'il n'aurait pas pu en être autrement, compte tenu de ce que l'on est et de l'état du monde à ce moment-là. La seule chose que l'on peut changer étant le présent, il ne reste plus qu'à tirer les leçons du passé.*

Suit l'application pratique et personnelle d'Olivia :

16. *Si on commence à regretter une chose et à se dire « J'aurais dû faire ci ou ça... », s'empresser d'ajouter : « Oui, mais j'aurais pu me faire écraser par un camion, ou sauter sur une torpille balancée par les Japonais. »*

Rien n'est jamais aussi génial ou désastreux qu'on croit. Il y a toujours un ou deux rescapés. *Faire confiance à son instinct plutôt qu'à son imagination hyperactive.* Pense-t-elle vraiment au fond d'elle-même que c'est Kate ?

Non. Et l'information n'a pas pu venir du FBI puisqu'elle n'a pas parlé au FBI. Le seul endroit d'où a pu filtrer l'information est celui où elle se trouve : sa chambre. Elle se met à inspecter méthodiquement les interrupteurs, le téléphone, le dessous du bureau, l'intérieur des tiroirs. À quoi peut bien ressembler un micro espion ? Elle n'en a aucune idée. À un micro de radio ? Avec des piles ? Elle glousse. Pourquoi pas des petites pattes ?

Elle continue à réfléchir, décroche à nouveau le téléphone et demande les renseignements. « Le numéro de The Spy Shop, à Sunset Boulevard. Spy Shop. S.P.Y. Vous savez, l'espionnage ? James Bond ? Kiefer Sutherland ? Les homosexuels des public schools anglaises dans les années trente ? »

Une demi-heure plus tard, elle regarde un gros derrière qui sort de sous son lit, la raie des fesses émergeant du pantalon.

« D'aaaac-cord ! Voilà le travail. Votre problème, il est là. »

Olivia recule de quelques pas quand la raie des fesses commence à se tortiller à reculons vers elle. Connor, l'expert de la contre-surveillance, se remet tant bien que mal à genoux, brandissant triomphalement le couvercle carré de la prise du téléphone avec l'expression satisfaite qu'affichent les techniciens du monde entier – as de l'informatique, moniteurs de plongée ou de ski, pilotes – lorsqu'ils ont découvert quelque chose que seul un autre technicien peut comprendre et qu'ils doivent l'expliquer à un profane.

« C'est un MP 2.5 avec une puce. Il a dû lui falloir dix secondes s'il était équipé d'un DSR.

— Bravo. » Elle s'efforce vaillamment de manifester un minimum d'admiration chaleureuse. « Beau travail. Euh... donc ça, c'est un pirate ?

— Oh non, non, pas du tout. C'est juste un micro. Un simple XTC quatre sur deux.

— Oui. Donc ça captait ce que je disais ? Ils ne pouvaient pas savoir si j'étais vraiment au téléphone ou pas ?

— Voilà. Peut-être qu'ils percevaient la tonalité, mais... » Il aspire l'air entre ses dents et regarde le boîtier, puis secoue la tête. « Non, exclu. Pas avec un simple cafteur. Ils entendaient juste ce que vous disiez. Vous voulez qu'on fasse autre chose ?

— Non, merci. Je passerai chez vous tout à l'heure pour prendre le reste de l'équipement. »

Elle a commandé un détecteur de micro camouflé en calculatrice, un stylo à encre invisible, une capuche de protection contre une attaque chimique, un incroyable appareil photo miniature extraplat, et un gadget enfantin mais excitant : une bague truquée qui abrite un miroir escamotable avec lequel on peut regarder derrière soi. Une panoplie d'accessoires qui complétera utilement le kit de survie.

Sitôt que l'expert est parti, elle appelle Kate et lui laisse un message :

« C'est moi. Pardon. Mes excuses les plus plates. J'ai tout compris. Ma chambre était sur écoutes. Je te dois une margarita grand modèle quand je rentrerai. Appelle-moi. »

Puis elle se met à arpenter la pièce en s'efforçant de ne pas céder à la panique. Ce n'est plus un jeu, ni un effet de son imagination délirante. Il se passe quelque chose de vraiment grave, et elle est dans le collimateur de quelqu'un. Elle regarde une fois de plus ses Principes de Vie, inspire et expire profondément et se dit : *Oh ! et puis merde.* Ensuite elle essaie de transformer toute l'histoire en anecdote marrante à raconter à Kate.

17

Trente-huit minutes plus tard, elle est à Rodeo Drive, allongée sous un drap dans une pièce blanche. Six jets distincts de vapeur brûlante lui sifflent à la figure.

« Euh... vous êtes sûr que ces jets de vapeur sont inoffensifs ? Ils me semblent un peu...

— Ils sont parfaits. Faites-moi confiance. Il faut produire une température radiante afin d'opérer une microstimulation des dermostases réflexes et de favoriser...

— Bon. Cela ne va pas me laisser de grosses plaques rouges, hein ?

— Détendez-vous. Vous allez être absolument rrrravissante. »

Elle sent sur tout son visage de petites succions, comme si une armée de mini-piranhas édentés lui était lâchée dessus, en plus des six becs Bunsen. « Michael, dit-elle, fermement décidée à tirer de cette abominable expérience à quatre cent quinze dollars quelques renseignements utiles, comment avez-vous connu Travis ?

— Travis ? Qui est Travis ?

— Vous savez, Travis ? Le type que vous m'avez présenté à Miami ?

— Vous arrivez de Miami ? Vous souffrez du décalage horaire ? Je pourrais vous faire une ionisation du visage ?

— Merci, non. Il est acteur-scénariste, non ?

— Oh, ce type ? Oui.

— C'est lui qui a écrit le scénario du film de Pierre.

— Vous plaisantez. Le film de Pierre, écrit par *Travis* ? Vous voulez prendre un pot de Crème de Phylgie ?

Le plus grand est très avantageux : vous avez deux cents millilitres pour seulement quatre cent cinquante dollars.

— Merci, non. Pourquoi Travis n'écrirait-il pas le scénario du film ? Ouille ! Mais qu'est-ce que vous faites ?

— Je dissous la résistance initiale de votre épiderme. Vous devriez essayer l'ionisation. Même si vous ne souffrez pas de jet-lag, c'est un soin excellent, rajeunissant, hypoallergénique, complètement exempt de radicaux libres...

— Merci, non.

— ... et à base d'extraits de plantes biopectiniques rééquilibrants, poursuit-il, imperturbable, ignorant sa réponse.

— Comment avez-vous connu Travis ?

— Travis, dit-il en riant. Travis ?

— Qu'est-ce qu'il y a de si drôle ?

— Travis est chargé de prendre le liquide au salon et de l'emporter à la banque. Il travaille pour une firme d'agents de sécurité. Vous utilisez régulièrement les services d'un professionnel de l'esthétique ?

— Ma foi non, dit-elle, momentanément désarçonnée par la question.

— Si vous voulez, je vous donnerai ma carte quand vous partirez. En règle générale, je ne travaille pas en dehors du salon, mais pour certains clients, je me déplace à domicile.

— C'est très gentil, mais je ne vis pas ici, vous savez. »

Les becs Bunsen s'arrêtent. Bercée par le babil incessant de Michael et les senteurs d'eucalyptus, elle se sent gagnée par la somnolence, mais résiste car elle veut rester vigilante.

« Je pourrais aller à votre hôtel ?

— Non. Comment vous êtes-vous tous rencontrés, enfin, tous ceux d'entre vous qui étaient à la soirée ?

— Je ne connais pas vraiment les autres. Je participe aux événements cosmétiques. Je crois que certains se sont rencontrés au centre de plongée du Honduras, vous savez, le site installé par Feramo sur les îles là-bas. Alors, ce que je vous mets en ce moment, c'est un mélange d'huile de ricin et d'eucalyptus. J'utilise une gamme de produits bio testés dermatologiquement. Totalement bio et sans additifs. Je vous en préparerai un pot à emporter chez vous.

— C'est combien ?

— Deux cent soixante-quinze dollars. »

Olivia fait un effort pour ne pas sourire.

« Le soin du visage suffira, merci », répond-elle fermement.

De retour dans le vestiaire, elle pousse un cri horrifié en se voyant dans le miroir. Son visage est couvert de petits ronds rouges, comme si elle avait été attaquée par une créature à tentacules ou par de petits parasites qui auraient essayé de lui sucer le sang en remuant la queue. Ce qui, d'une certaine façon, n'est pas inexact.

Six heures moins le quart. Elle doit partir dans quarante-cinq minutes pour dîner avec Feramo. Elle commence à avoir sérieusement peur et elle est toujours couverte de plaques rouges. Heureusement qu'il existe des soins couvrants. À six heures et quart, on ne voit pratiquement plus rien. Elle est habillée, coiffée, maquillée et extérieurement prête. Mais intérieurement, pas du tout. Elle a les paumes moites et des spasmes d'angoisse lui tordent l'estomac. Elle essaie de les dominer, de respirer, de réfléchir et d'agir calmement. De penser à des scénarios positifs : Feramo ignore tout du coup de téléphone ou de la pose des micros dans sa chambre. C'est peut-être le chasseur trop curieux et trop bavard, avec ses muscles saillants et ses étranges pilosités faciales. Peut-être qu'il travaille pour des tabloïds et qu'il a cru qu'une célébrité allait rendre visite à Olivia dans sa chambre ? Alors il a mis les écoutes avant de la balancer à Melissa. Peut-être que Feramo est au courant du coup de téléphone et veut lui dire qu'il comprend les raisons de sa méfiance ? Il va peut-être tout lui expliquer, lui annoncer qu'il est un intellectuel moitié soudanais, moitié français, scientifique et médecin de surcroît, et que s'il fait des films, c'est pour son plaisir, mais qu'il en a assez de toutes ces bêtises et qu'il veut voyager dans le tiers-monde avec Olivia pour guérir les malades et faire de la plongée sous-marine.

Lorsqu'elle est enfin prête à partir, elle a réussi à se convaincre qu'elle n'a rien à craindre. Tout va bien. Elle va se rendre à ce dernier dîner pour le plaisir avant de rentrer à Londres où elle essaiera de sauver ce qui peut l'être de sa carrière journalistique sérieusement compromise.

En sortant de sa chambre, cependant, elle perd à nouveau son sang-froid. Qu'est-ce qu'elle fait, là ? Elle est complètement déjantée. Elle s'apprête à dîner seule, elle ignore où, avec un terroriste d'Al-Qaida qui sait qu'elle le soupçonne. Il n'y a pas de scénario positif. Feramo n'a pas l'intention de l'inviter à dîner. Il veut la dévorer en guise de dîner. Enfin, et c'est une consolation, les taches rouges sur son visage ne se voient pas.

Les portes de l'ascenseur s'ouvrent.
« Ô mon Dieu, qu'est-ce qui est arrivé à votre visage ? »
C'est la phonéticienne ridée, Carol.
« Oh, rien. J'ai eu... euh... un nettoyage de peau, explique Olivia en entrant dans la cabine. Vous avez travaillé avec les acteurs pour les auditions ?
— Oui, enfin, pas seulement avec ceux qui auditionnaient. »
Olivia lui jette un coup d'œil rapide. Elle paraît troublée.
« Ah vraiment ? Vous ne travaillez pas uniquement avec les acteurs, alors ? » Elle décide d'y aller au culot. « Vous travaillez aussi avec le reste de l'équipe ? »
Carol la regarde droit dans les yeux. On dirait qu'elle pense beaucoup de choses qu'elle ne peut pas dire.
« J'ai toujours cru que les acteurs étaient les seuls à avoir besoin d'entraînement phonétique, dit-elle avec l'air de ne pas y toucher.
— Les gens changent d'accent pour toutes sortes de raisons, vous savez. »

Les portes de l'ascenseur s'ouvrent sur le hall. Suraya traverse leur champ de vision, éclatante sur le fond blanc des murs.

« Qu'est-ce que vous en dites ? fait Olivia avec un hochement de tête complice en direction de l'Indienne. Malibu avec un soupçon de Bombay ?

— Hounslow, dit Carol, qui n'a pas l'air de plaisanter.

— Et Pierre Feramo ? chuchote Olivia comme elles sortent de l'ascenseur. Le Caire ? Khartoum ?

— Ce n'est pas à moi de vous le dire, convenez-en ! répond Carol avec une suavité délibérée, sans quitter Olivia des yeux. Eh bien, bonne soirée. » Elle lui adresse un petit sourire crispé et, serrant son cardigan autour d'elle, s'éloigne en direction du voiturier.

18

Olivia s'approche de la réception et demande que ses frais de séjour depuis son arrivée soient déduits du compte d'*Elan* et prélevés sur sa carte de crédit, ainsi que ses frais à venir. Le voyage commence à se faire coûteux, mais Olivia a sa fierté. Pendant qu'elle attend, le chasseur curieux, barbichu et musculeux apparaît.

« Vous partez, Ms. Joules ? » demande-t-il. C'est fou ce qu'il n'a pas l'air d'un chasseur. Il respire trop l'intelligence et l'assurance pour coller au rôle. Peut-être que c'est un jeune mathématicien brillant qui se fait de l'argent pendant les vacances universitaires. Non : trop vieux.

« Pas encore.

— Votre séjour se passe bien ?

— Oui, mis à part le micro dans ma chambre, dit-elle à mi-voix sans le quitter des yeux.

— Pardon ?

— Vous avez bien entendu. »

Le réceptionniste revient avec la note juste au moment où un parfum doucereux et vaguement familier emplit les narines d'Olivia. Qui se retourne. C'est Alfonso, tous poils dehors, frisottant dans l'échancrure d'un polo – rose, cette fois.

« Olivia ! Je commençais à désespérer de vous voir. J'allais appeler votre chambre. »

Elle explose sous l'effet du stress accumulé : « Pourquoi ? lance-t-elle. Vous venez dîner, vous aussi ? »

L'espace d'une seconde, Alfonso paraît meurtri. Drôle de type. Elle le soupçonne d'avoir une piètre opinion de lui-même, sous ses dehors mielleux et fanfarons.

« Bien sûr que non. M. Feramo m'a simplement chargé de m'assurer que vous arriviez sans encombre à destination. La voiture vous attend.
— Ah bon. Très bien. Merci », dit-elle, avec l'impression d'avoir été méchante.
« Mon Dieu, qu'est-ce qui est arrivé à votre visage ? »
La soirée s'annonce longue.

Alfonso la conduit dehors et lui montre fièrement la voiture. C'est une de ces interminables limousines dans lesquelles les provinciaux montent et descendent Sunset Boulevard pour enterrer leur vie de garçon, affublés de perruques de toutes les couleurs. Le chauffeur tient la porte à Olivia, qui grimpe, ou plutôt s'étale dans la voiture après avoir trébuché sur la séparation médiane au sol, et se trouve nez à nez avec une paire de talons aiguilles de Gucci. Ses yeux remontent vers deux délicates chevilles brunes et une robe de soie vieux rose pour découvrir qu'elle partage la limousine avec Suraya. C'est quoi, cette histoire ?
« Re-bonjour, lance Olivia, qui s'efforce de s'installer tant bien que mal sur la banquette sans perdre les quelques vestiges de dignité qui lui restent.
— Bonjour ! Mon Dieu, qu'est-ce qui est arrivé à votre visage ?
— Un nettoyage de peau, fait-elle en regardant autour d'elle avec inquiétude tandis que la limousine s'engage en ronronnant dans Sunset Boulevard.
— Oh, non ! dit Suraya, qui se met à rire. Vous êtes allée chez Michael, c'est ça ? C'est une catastrophe ambulante, ce type. Approchez-vous. »
Elle ouvre son sac, se penche, et entreprend de tamponner le visage d'Olivia avec un stick de camouflage. C'est un moment d'étrange intimité. Prise de court, Olivia ne proteste pas.
« Alors comme ça, vous et Pierre... » Suraya a une intonation curieusement vulgaire qui jure avec sa beauté hiératique : on la croirait défoncée. « ... c'est une affaire qui marche ?

— Grands dieux non ! Il s'agit juste d'un dîner amical. » Quelque chose en Suraya éveille le côté scout-toujours d'Olivia.

« Ben voyons ! balance Suraya d'une voix traînante en se penchant en avant. Il vous trouve très intelligente.
— C'est flatteur ! répond Olivia d'un ton primesautier.
— Plutôt. » Suraya regarde au-dehors avec un petit sourire satisfait. « Alors comme ça, vous êtes journaliste, hein ? On devrait aller faire les magasins ensemble.
— Oui, répond Olivia, en essayant de trouver la logique de cette remarque.
— On n'a qu'à aller à Melrose. Demain ?
— J'ai du travail », objecte Olivia, qui se voit mal en train d'essayer des vêtements en compagnie d'un mannequin d'un mètre quatre-vingts pour cinquante-deux kilos. Effet désastreux sur le moral assuré. « Et vous, qu'est-ce que vous faites dans la vie ?
— Je suis actrice, lance Suraya d'un ton sans réplique.
— Ah oui ? Et vous jouez dans le film de Pierre ?
— Bien sûr. Film ou navet, d'ailleurs. Il n'a pas l'air vrai, ce type, hein ? dit Suraya sur le ton de la connivence. Je parle de Feramo. » Elle ouvre son sac, vérifie son reflet dans un miroir et se penche de nouveau vers Olivia. « Qu'est-ce que vous en dites, vous ? » demande-t-elle en glissant une main sur le genou d'Olivia, qu'elle serre légèrement.

Olivia a une bouffée de panique. Ont-ils prévu une de ces horribles partouzes style années soixante-dix, histoire de brouiller encore un peu plus les pistes ? La voiture passe devant la meringue rose du Beverley Hills Hotel. Elle meurt d'envie d'ouvrir la fenêtre et de hurler : « Au secours ! Au secours ! C'est un enlèvement ! »

« Pierre ? Je le trouve très séduisant. Nous allons dîner au restaurant ?
— Je ne sais pas. Restaurant. Traiteur à domicile, allez savoir, dit Suraya. Mais vous le croyez vraiment producteur ?

— Bien sûr, dit Olivia d'un ton uni. Pourquoi ? Pas vous ?

— Si, sans doute. Combien de temps restez-vous à LA ? Vous vous plaisez au Standard ? »

Si elle essaie de lui tirer les vers du nez, elle n'est pas très douée.

« C'est très bien comme hôtel, mais ce n'est pas le genre d'endroit où on a envie de se promener en bikini. On a plutôt l'impression de jouer dans *Alerte à Malibu*. Notez bien que pour vous, cela ne poserait aucun problème.

— Ni pour vous, rétorque Suraya en regardant délibérément les seins d'Olivia. Vous êtes plutôt bien fichue. »

Olivia tire nerveusement sur sa robe. « Où allons-nous ?

— Chez Pierre.

— Et c'est où ?

— À Wilshire. Je vous appelle demain sur votre portable pour notre rendez-vous shopping ?

— Appelez-moi à l'hôtel, répond fermement Olivia. Comme je viens de vous le dire, j'ai du travail. »

Suraya a l'air mauvais. Elle ne doit pas aimer qu'on la contrarie. Un silence lourd s'installe, et Olivia se met à imaginer ce qui l'attend : elle se voit nue, attachée dos à dos avec Suraya, nue aussi, tandis qu'Alfonso tourne autour d'elles vêtu d'une couche de bébé et que Pierre Feramo arpente le sol en faisant claquer un fouet. Elle aurait dû rester à l'hôtel et se faire servir le dîner dans sa chambre.

L'appartement de Pierre dans les Wilshire Regency Towers représente le summum du luxe en matière d'habitat vertical. Les portes de l'ascenseur s'ouvrent au dix-neuvième étage pour révéler un sanctuaire du mauvais goût en demi-teinte, beige et or. C'est plus ou moins ce qu'elle s'était imaginé : miroirs, tables dorées, une statue de jaguar en onyx noir. Il n'y a qu'un seul ascenseur. Elle sort discrètement l'aiguille à chapeau de son sac et la cache dans sa paume tout en cherchant du regard une autre issue.

« Vous voulez un Martini ? demande Suraya, qui jette négligemment son sac sur le canapé comme si elle était chez elle.

— Oooh non. Juste un Coca light pour moi, merci », gazouille Olivia-scoute-toujours.

Pourquoi est-ce que je réagis comme ça ? se demande-t-elle en s'approchant de la fenêtre. Le soleil commence à rougir sur les montagnes de Santa Monica et sur l'océan.

Suraya lui tend son verre et reste tout près d'elle, trop près. « C'est beau, non ? ronronne-t-elle d'un ton extasié. Vous n'aimeriez pas vivre dans un endroit comme celui-ci ?

— Oh ! ça me donnerait un peu le tournis, plaisante Olivia/Hirondelle-Joviale en s'écartant discrètement. Et vous, comment le trouvez-vous ?

— On s'y habitue. Enfin... je ne vis pas ici à proprement parler, mais... » Ah ! Un éclair de contrariété passe dans les beaux yeux sombres. Donc, Suraya habite bel et bien ici. Elle s'est coupée.

« Vous êtes originaire d'où ? demande Olivia.

— De Los Angeles. Pourquoi ? » Elle est sur la défensive à présent.

« J'avais cru déceler chez vous une trace d'accent anglais.

— Je crois que j'ai un accent "mid-atlantic", à mi-chemin entre l'anglais et l'américain.

— Depuis quand connaissez-vous Pierre ?

— Assez longtemps. » Suraya vide son verre en une gorgée, s'éloigne, et ramasse son sac.

« Il faut que j'y aille.

— Où ça ?

— Je sors. Pierre ne va pas tarder. Installez-vous confortablement.

— Oui. Bon. Parfait. Passez une bonne soirée. »

Olivia regarde les portes de l'ascenseur se refermer sur Suraya, écoute le mécanisme siffler et gémir en descendant, et attend pour être sûre qu'elle est bien partie. On n'entend plus que le ronron de l'air conditionné. L'appartement est soit un meublé de luxe, soit l'œuvre d'un architecte d'intérieur déjanté. Il n'y a aucun objet personnel : ni livres, ni vide-poches avec des stylos dedans. Juste des miroirs dorés, des bibelots, divers animaux sauvages en onyx et d'étranges tableaux de femmes menacées par des serpents ou de longs dragons minces. Elle tend l'oreille, resserre sa paume autour de l'épingle à chapeau de façon à l'avoir bien en main. Et tient sa pochette Louis Vuitton serrée dans l'autre main. En face de l'ascenseur se trouve un couloir qu'elle emprunte sans faire de bruit sur l'épaisse moquette. Elle découvre une rangée de portes fermées. Elle tend la main vers la première poignée dorée, le cœur battant, se disant que si on lui demande ce qu'elle fait, elle pourra toujours prétendre qu'elle cherchait les toilettes. Elle ouvre la porte.

Elle se trouve dans une vaste chambre dont un mur entier est occupé par une fenêtre. Au centre s'étale un lit à baldaquin aux piliers chantournés. De part et d'autre, des lampes à pied rond. Là non plus, aucun objet personnel. Elle ouvre un tiroir, sursaute quand il grince : il est vide. Elle n'arrive pas à le refermer, il s'est coincé. Se maudissant en silence, elle le laisse ouvert et continue à fouiner sur la pointe des pieds. La salle de bains est immense, affreuse, avec des miroirs partout et des murs en marbre rose. Elle mène à un dressing dont tous les murs sont couverts d'étagères de cèdre, avec un espace central prévu pour la penderie. Mais aucun vêtement n'y est suspendu. Elle s'appuie contre le mur et le sent bouger. Un panneau en acier épais de cinq centimètres s'est mis à glisser sans bruit vers la gauche, révélant une autre pièce. Un coffre-fort ? Une salle secrète de survie ? Les lumières s'allument. La pièce est plus grande que la chambre et peinte en blanc : aveugle et vide, à l'exception d'une rangée de petits tapis orientaux alignés contre le mur. Le panneau commence à coulisser et, obéissant à une impulsion soudaine, Olivia se précipite de l'autre côté juste avant qu'il se referme complètement.

Le cœur battant, elle regarde autour d'elle. Est-ce vraiment une salle de survie ? Et ce ne seraient pas des tapis de prière ? Elle se retourne pour regarder le mur derrière elle. Il y a trois posters blancs avec des inscriptions en arabe. Elle sort son appareil photo, pose son sac sur le tapis et se met à les photographier, puis se fige. Elle distingue un léger bruit de l'autre côté du panneau coulissant : des pas étouffés. Il y a quelqu'un dans la chambre. Les pas s'arrêtent. Puis elle entend qu'on secoue le tiroir pour essayer de le refermer.

Elle perçoit à nouveau des pas, lents, toujours étouffés, mais qui se rapprochent. Elle a l'impression d'être coincée sous l'eau et de suffoquer. Elle s'oblige à respirer, à rester calme et à réfléchir. Y aurait-il une autre issue ? Elle s'efforce de visualiser le couloir dehors : un long mur, puis une porte. Une autre suite ?

Elle entend les pas sur le sol de marbre de la salle de bains et porte son regard vers le panneau, notant au passage la légère différence de ton dans le mur, puis elle examine celui d'en face. Là ! Toujours sur la pointe des pieds, elle s'en approche et y appuie son épaule. Il commence à glisser. Elle se faufile dans l'interstice, priant de toutes ses forces pour qu'il se referme, et sanglote presque de soulagement quand sa prière est exaucée. Elle se trouve dans un autre dressing, rempli de vêtements d'homme. Il flotte une légère odeur d'eau de Cologne, celle de Feramo. Ce sont ses vêtements : des chaussures luisantes, impeccables. Costumes sombres ; chemises parfaitement repassées dans des tons pastel ; jeans bien pliés ; polos. Des pensées décousues défilent à toute allure dans sa tête : *eh bien pour un mec, il en a, des fringues. C'est obsessionnel, un ordre pareil. Elle pourrait faire un malheur dans ce dressing. Quelle explication donnera-t-elle en sortant dans le couloir ?* Elle passe dans la salle de bains. *Bon. Parfait. Elle peut toujours prétendre qu'elle est allée aux toilettes.* Son reflet la regarde de tous les côtés. Elle perçoit le bruit presque inaudible du panneau coulissant. Elle coince le minuscule appareil sous son aisselle et tire la chasse. Les bonnes manières empêcheront peut-être la personne qui approche d'entrer dans la salle de bains.

« Olivia ? »

Feramo.

« Deux secondes ! Je ne suis pas visible ! lance-t-elle d'une voix enjouée. Voilà, ça y est. »

Elle sourit, s'efforçant de prendre l'air aussi naturel qu'on peut quand on cache sous son bras un appareil photo miniature. Mais les yeux de Feramo ont un éclat glacial.

« Alors, Olivia, je vois que vous avez découvert mon secret. »

19

Feramo passe devant Olivia pour aller fermer à clé la porte de la salle de bains, se retourne et lui fait face.

« Vous avez l'habitude de circuler sans permission quand vous êtes invitée chez les gens ? »

Va dans le sens de ta peur, se dit-elle. *Ne la combats pas. Sers-toi de l'adrénaline. Attaque.*

« Et pourquoi ne chercherais-je pas la salle de bains, hein ? Vous m'invitez à dîner, et vous m'envoyez chercher sans me prévenir par une bombe sexuelle qui me plante là toute seule », lance-t-elle d'un ton accusateur.

Il glisse la main dans sa veste. « Je suppose que ceci vous appartient ? » dit-il en sortant la pochette Vuitton. Merde. Elle l'a oubliée par terre après avoir pris les photos dans la pièce secrète.

« Vous m'aviez dit que vous étiez français, bafouille-t-elle. Vous avez fait tout un numéro sur l'importance de la franchise. Et vous m'avez bel et bien menti. Vous n'êtes pas plus français que moi. »

Il la regarde, impassible. Son visage au repos a une moue de mépris aristocratique.

« Vous avez raison, dit-il enfin. Je ne vous ai pas dit la vérité. »

Il se retourne et déverrouille la porte. Elle manque s'évanouir de soulagement.

« Mais venez. Nous allons être en retard pour notre dîner, dit-il d'un ton un peu radouci. Nous parlerons de tout ça plus à loisir. »

Il ouvre toute grande la porte et lui fait signe d'entrer dans ce qui est sa chambre. Il y a un grand lit. L'espace d'une seconde, une onde de désir violent passe entre eux. Olivia entre sans hésiter – il y a une chemise sur une chaise, des livres à côté du lit – et ressort dans le couloir. Il ferme la porte, se met entre elle et l'ascenseur, et lui fait signe de se diriger de l'autre côté. Nerveuse, elle le précède en s'efforçant de marcher comme une femme en colère. Quel dommage qu'elle n'ait pas pris de cours de théâtre. Cours de plongée, cours d'autodéfense, cours de langues, cours de secourisme : toute sa vie d'adulte elle a préparé son propre diplôme ès talents de vie ; mais jamais elle n'a songé qu'il lui serait très utile d'apprendre à jouer la comédie.

Au bout du couloir se trouve une énième porte fermée. Il passe devant elle pour l'ouvrir et elle en profite pour glisser son appareil photo dans sa pochette pendant que Feramo pousse la porte, découvrant une cage d'escalier.

« On monte », dit-il.

A-t-il l'intention de la précipiter du toit ? Elle se tourne vers lui pour essayer de voir si c'est le moment de prendre ses jambes à son cou. En croisant son regard, elle se rend compte qu'il se moque d'elle.

« Je ne vais pas vous manger. Allez, montez. »

Quel micmac. La réalité fluctue sans cesse. Brusquement, la lueur amusée dans l'œil de Feramo fait rebasculer Olivia en mode rendez-vous. En haut de l'escalier, il pousse une lourde porte coupe-feu et un courant d'air chaud les enveloppe. Quand ils sortent, un vent violent et un grondement assourdissant les accueillent. Ils se trouvent au sommet du bâtiment, avec l'immense panorama de Los Angeles autour d'eux. Le bruit vient d'un hélicoptère qui stationne sur le toit, porte ouverte, pales en mouvement, prêt à décoller.

La voix de Feramo domine le vacarme : « Votre carrosse vous attend. » Olivia est tiraillée entre la peur et une folle excitation. Les cheveux de Feramo sont plaqués en arrière comme s'il se tenait devant une soufflerie pour une séance de photos.

Olivia s'élance sur la piste en ciment, tête baissée afin d'éviter les pales. Elle grimpe à bord tant bien que mal en regrettant d'avoir mis une robe fourreau et des chaussures inconfortables. Le pilote se retourne et leur fait signe de mettre un casque et des protège-oreilles. Pierre s'installe dans le siège voisin d'Olivia, fait coulisser la lourde porte qu'il referme et l'hélicoptère prend de la hauteur tandis que le bâtiment rapetisse au-dessous d'eux. Ils se dirigent vers l'océan.

Impossible de parler tant le bruit est assourdissant. Pierre ne la regarde pas. Elle s'efforce de se concentrer sur la vue. Si sa dernière heure est venue, autant qu'elle la consacre à regarder de belles choses. Le soleil, grosse boule de feu orange dans un ciel bleu pâle, se couche sur la baie de Santa Monica, et la surface étale de l'océan reflète sa lueur rouge qui semble se réfracter dans l'espace. Ils longent la côte un moment, se dirigeant vers la crête sombre des montagnes du côté de Malibu. Elle voit la ligne allongée de la jetée, le petit restaurant en cours de construction à l'extrémité et à côté, les surfers, minuscules silhouettes noires comme des phoques qui jouent dans les dernières vagues.

Feramo se penche en avant pour donner des instructions au pilote et l'appareil oblique vers le large. Olivia pense à sa mère qui la grondait quand elle avait quatorze ans pour son goût du risque, des garçons dangereux et de la vie aventureuse : « Tu auras des ennuis ; tu ne comprends pas la vie, tu ne vois que le côté grisant. Tu n'apercevras le danger que lorsqu'il sera trop tard. » Malheureusement, à l'époque où elle lui avait donné ces conseils, il n'était question que de garçons catholiques ou de motards.

Le soleil sombre à l'horizon et se sépare en deux orbes, l'un au-dessus de l'autre, comme un huit. Quelques secondes après sa disparition, le ciel alentour explose en rouges et en oranges et, au firmament, les traces des avions se détachent en blanc sur fond bleu.

Ah, mais ça ne va pas se passer comme ça. Pas question de se laisser emporter au milieu du Pacifique sans qu'on lui ait même demandé son avis. Elle enfonce un index indigné dans le bras de Feramo.

« Où va-t-on ?
— Comment ?
— Où va-t-on ?
— Comment ? »
On dirait déjà un couple de vieux gâteux.

Elle se tortille dans son siège pour se redresser et hurle dans l'oreille de Feramo : « OÙ VA-T-ON ? »

Il esquisse un petit sourire satisfait. « C'est une surprise.
— Je veux savoir où vous m'emmenez »

Il se penche pour lui dire quelque chose à l'oreille.
« Comment ?
— CATALINA », rugit-il.

L'île de Catalina, qu'affectionnent les touristes pour y passer la journée, se trouve à environ trente-cinq kilomètres au large. C'est une île sauvage avec une seule petite ville sur la côte, Avalon.

La nuit tombe vite. Une épaule de terre sort bientôt de la mer obscure. Au loin sur leur gauche, Olivia aperçoit les lumières d'Avalon, accueillantes et rassurantes, qui s'étagent sur la colline et s'incurvent autour de la petite baie. Devant eux, c'est l'obscurité totale.

20

Île de Catalina, Californie

L'hélicoptère descend vers une baie profonde et étroite sur le côté de l'île qui fait face à l'océan, et d'où l'on ne voit ni les lumières d'Avalon ni la côte californienne. Olivia aperçoit de la végétation, des palmiers dont les bouquets s'aplatissent sous le souffle des rotors. Lorsqu'ils atterrissent, Feramo ouvre la porte, saute en tirant Olivia derrière lui et lui fait signe de baisser la tête. Les pales ne s'arrêtent pas. Elle entend le bruit du moteur s'accélérer et, quand elle se retourne, elle voit l'appareil repartir.

Feramo la guide sur un sentier qui mène à une jetée. Pas de vent. Sur le fond calme de l'océan se détachent en noir le profil escarpé des collines et la jetée. À mesure que décroît le bruit de l'hélicoptère, le silence s'installe, troublé seulement par des sons tropicaux : le chant des cigales, des grenouilles et un cliquetis de métal contre métal près de la jetée. Olivia se sent oppressée. Ils sont seuls ici ?

Ils atteignent la jetée. Elle remarque des planches de surf appuyées contre une cabane en bois. Qu'est-ce qu'il veut faire avec ça ? Catalina n'est pas vraiment réputée pour son surf. En s'approchant, elle se rend compte que la cabane est un hangar où sont entreposés matériel de plongée et bouteilles.

« Attendez-moi là. Il faut que j'aille chercher quelque chose. » Les pas de Feramo s'éloignent et Olivia se cramponne à la balustrade, les mains tremblantes. Et si elle piquait un équipement et filait ? Oui, mais s'il reste une chance, si ténue soit-elle, que cette équipée soit un rendez-vous romantique, un tel comportement risquerait de paraître un peu extrême.

Elle s'approche sur la pointe des pieds du hangar, où chaque chose est bien à sa place : une rangée de bouteilles – des vingt litres – sur leur support ; des gilets et détendeurs pendus à des crochets ; des masques et des palmes soigneusement empilés. Un couteau de plongée est posé sur une table en bois brut. Elle le prend et le glisse dans son sac, sursautant aux pas de Feramo qui se rapprochent. Elle risque de se laisser submerger par la peur, elle le sait. Il faut qu'elle se reprenne.

Les pas se rapprochent encore. Terrifiée, elle crie : « Pierre ? » Pas de réponse, juste ce bruit de pas, lourds et irréguliers. Est-ce un homme de main exécuteur des basses œuvres ? « Pierre, c'est vous ? »

Elle tire le couteau de son sac et le tient derrière son dos, tendue, prête à l'action.

« Oui, qui voulez-vous que ce soit ? » La voix liquide et chantante de Pierre.

Elle pousse un soupir et tout son corps se détend. Feramo sort de l'obscurité, chargé d'un gros paquet informe enveloppé de noir.

Elle l'apostrophe : « Qu'est-ce qu'on fait ici ? Pourquoi m'avez-vous amenée dans un endroit désert en me plantant là, sans me répondre quand j'entends des bruits de pas bizarres et que je vous demande si c'est vous ? Qu'est-ce que c'est que cet endroit ? Qu'est-ce que vous faites ?

— Des bruits de pas bizarres ? » Feramo la regarde, l'œil pétillant, puis débarrasse prestement le paquet du tissu noir qui le recouvre. Les jambes d'Olivia flageolent. Il tient un seau à glace contenant une bouteille de champagne et deux flûtes.

Elle porte une main à son front et dit : « Écoutez, c'est très gentil, mais est-il nécessaire de faire un tel cinéma ?

— Vous n'avez pas l'air d'être le genre de femme qui aime le prévisible.

— Non, mais vous n'êtes pas obligé de me donner la peur de ma vie pour me faire plaisir. C'est quoi, cet endroit ?

— Un embarcadère. Tenez, lui dit-il en tendant le tissu noir, au cas où vous auriez froid. J'aurais peut-être dû vous prévenir que nous irions en mer.

— En mer ? » s'écrie-t-elle, essayant en même temps de prendre l'étole – aussi douce au toucher que si elle était fabriquée avec les plumes d'un oiseau rare – et d'y cacher le couteau.

Il hoche la tête en direction de la baie, où l'on distingue la silhouette d'un yacht qui contourne le cap sans bruit.

Elle est soulagée de découvrir qu'il y a un équipage à bord. Si Feramo avait voulu la tuer, il l'aurait sans doute fait pendant qu'il était seul avec elle. Auquel cas le champagne aurait été une idée vraiment bizarre.

Elle se sent légèrement moins crispée après avoir réussi à glisser le couteau dans sa pochette Vuitton sous le couvert du pashmina noir ultraléger. Feramo se tient à côté d'elle à l'arrière, écoutant le *pout-pout-pout* discret du moteur qui les propulse vers l'obscurité du large.

Il lui tend une flûte. « Olivia, voulez-vous que nous buvions à notre soirée ? À ce début. » Il touche son verre du sien en la couvrant d'un regard intense.

« Au début de quoi ? demande-t-elle.

— Vous ne vous souvenez pas de notre conversation à Miami ? Sur le toit ? Au début de notre relation. » Il lève son verre et le vide. « Alors, comme ça, vous êtes journaliste. Pourquoi ? »

Elle réfléchit quelques instants. « J'aime écrire. J'aime voyager. J'aime découvrir ce qui se passe. »

Elle se demande si le but de toute cette mise en scène n'est pas de la déstabiliser, de l'amener à se sentir menacée et terrifiée un moment, puis en sécurité et dorlotée le moment suivant. Comme quand on se fait épiler les jambes à la cire chez une esthéticienne volubile mais incompétente.

« Et où êtes-vous allée au cours de vos voyages ?

— Oh, j'ai visité moins de pays que je n'aurais souhaité : Amérique du Sud, Inde, Afrique.
— Quelle partie de l'Afrique ?
— Soudan et Kenya.
— Vraiment ? Vous êtes allée au Soudan ? Qu'est-ce que vous en avez pensé ?
— Ce pays est extraordinaire. D'un exotisme total. J'ai eu l'impression d'être dans *Lawrence d'Arabie*.
— Et les gens ?
— Très gentils. »

Olivia trouve grisante cette façon de jouer avec le feu.

« Et Los Angeles ? Comment avez-vous trouvé cette ville ?
— Délicieusement superficielle. »

Il se met à rire : « C'est tout ?
— Curieusement bucolique aussi. On se croirait dans le sud de la France, avec des boutiques en plus.
— Et le type d'article que vous écrivez, ces potins pour des magazines, c'est votre spécialité ?
— Des potins ? Jamais on ne m'a rien dit d'aussi insultant ! »

Il se remet à rire. Il a un rire agréable, un peu timide, comme s'il ne s'autorisait pas vraiment à s'amuser.

« Ma véritable ambition, c'est de devenir correspondante à l'étranger, dit-elle, soudain sérieuse. Je veux que mon travail ait un sens.
— Le *Ventre de l'Océan*. Vous avez réussi à l'écrire, votre article ? » Elle note un très léger changement de registre dans sa voix.

« Mmm. Si on veut. Mais ils l'ont publié sous la signature de quelqu'un d'autre.
— Vous en avez été mortifiée ?
— Non. Compte tenu du contexte, c'est un détail. Et vous ? LA vous plaît ?
— C'est ce que la ville produit qui m'intéresse.
— Ah oui ? De jolies filles avec des faux seins géants. »

Il rit encore. « Vous ne voulez pas passer à l'intérieur ?
— C'est une invitation galante ?

— Non, non. Je vous parle du dîner. »

Un matelot en uniforme blanc tend la main pour l'aider lorsqu'elle descend l'escalier. L'intérieur est époustouflant bien qu'un peu convenu. La pièce est lambrissée de bois brillant ; des tapis de haute laine recouvrent le sol, et il y a des cuivres partout. On ne dirait pas une cabine de bateau, mais une vraie pièce. La table est dressée pour deux, avec une nappe blanche, des fleurs, des verres et des couverts étincelants ; ces derniers, ô déception, ne sont pas en vermeil. La décoration a pour thème Hollywood, avec de vieilles photographies intéressantes d'instants volés sur les tournages : Alfred Hitchcock en train de jouer aux échecs avec Grace Kelly ; Ava Gardner se rafraîchissant les pieds dans un seau d'eau ; Omar Sharif et Peter O'Toole jouant au cricket dans le désert. Il y a une vitrine pleine de souvenirs : un Oscar, une coiffure égyptienne, un quadruple rang de perles avec, derrière, une photo d'Audrey Hepburn dans *Diamants sur canapé*.

« C'est ma passion. Le cinéma, dit-il. J'ai regardé beaucoup de films avec ma mère, les grands classiques. Un jour, je ferai un film qui me survivra longtemps. Si je réussis à m'imposer malgré la bêtise et les préjugés de Hollywood.

— Vous en avez déjà tourné plus d'un.

— C'étaient de petits films, en France. Vous n'en avez sûrement pas entendu parler.

— Peut-être que si. Posez-moi des questions. »

Avait-elle décelé une lueur de panique passagère dans son regard ?

« Regardez, dit-il. C'est la coiffure que portait Elizabeth Taylor dans *Cléopâtre*.

— Et ça, c'est un véritable Oscar ?

— Malheureusement pas le plus prestigieux. Mon rêve, c'est de mettre la main sur celui qui a été décerné à *Lawrence d'Arabie* en 1962. En attendant, je suis bien obligé de me contenter de celui-ci, qui est l'Oscar du meilleur montage sonore de la fin des années soixante. Je l'ai trouvé sur eBay. » Olivia se met à rire. « Parlez-moi encore de votre travail. J'ai peut-être vu quelque chose de vous. Je vois beaucoup de films français à...

— Et regardez, là. Ce sont les perles que portait Audrey Hepburn dans *Diamants sur canapé*.

— Les vraies ?

— Bien entendu. Vous voulez les mettre pour dîner ?

— Oh, non ! J'aurais l'air ridicule. »

Il les sort de leur écrin, les lui passe autour du cou, bloque le fermoir avec la dextérité d'un chirurgien et recule d'un pas pour juger l'effet produit.

Voilà qu'elle éprouve le syndrome de Cendrillon, maintenant ! Elle est furieuse. Merde, elle s'est laissé impressionner par cette foutue mise en scène : l'appartement, l'hélicoptère, le yacht, les perles. Elle le sait bien, qu'elle n'est qu'un numéro dans la série des filles à qui il a fait la cour avec cette panoplie, et ça lui déplaît souverainement. Tous les sentiments ridicules et trompeurs qui assaillent une fille dans une situation pareille se manifestent. Elle pense : *Je ne suis pas comme les autres ; ce n'est pas pour son argent qu'il me plaît, mais pour lui-même. Je peux le changer,* tout en s'imaginant installée sur le yacht à ne rien faire que se laisser adorer, glisser dans l'eau pour plonger à volonté sans avoir à se soucier de suppléments à payer pour l'équipement, puis sortir de sa douche et se mettre autour du cou les perles d'Audrey Hepburn.

Arrête, se dit-elle. *Arrête, pauvre conne. Fais ce pour quoi tu es ici.* Elle a envie de hurler : « *Pierre Ben Feramo, est-ce qu'on peut se mettre d'accord ? Vous me draguez ou vous essayez de m'éliminer ? Vous êtes un terroriste ou un play-boy ? Vous croyez que j'ai essayé de vous dénoncer au FBI ou pas ?* » Bon, elle va l'asticoter un peu.

« Pierre, commence-t-elle, je ne devrais pas plutôt vous appeler M..., M..., elle se met à rire... Moustafa. » La tension fait monter l'hystérie chez elle. Il la regarde d'un air furieux, ce qui redouble son envie de rire. Elle a l'impression de jouer les sales gamines avec Oussama Ben Laden.

« Olivia, répond-il sèchement, si ça continue, je serai obligé de vous faire lapider.

— Enterrée dans le sable jusqu'au cou ?

— On dirait que vous croyez que je suis en train de vous recruter comme volontaire pour un attentat-suicide. » Il se penche si près qu'elle sent presque son haleine.

Le cœur battant à se rompre, elle garde l'œil fixé sur l'Oscar et la coiffure égyptienne dans la vitrine, essayant de se calmer.

« Pourquoi m'avoir menti ? » demande-t-elle sans se retourner.

Il garde le silence. Alors, elle lui fait face. « Pourquoi m'avoir dit que vous étiez français ? Je *savais* que vous étiez arabe.

— Vraiment ? » Il semble prendre la chose avec le plus grand calme, un soupçon d'amusement, même. « Je peux vous demander pourquoi ?

— Primo, à cause de votre accent. Ensuite, je vous ai entendu dire *chokrane*. »

Il marque une pause d'une seconde. « Vous parlez l'arabe ?

— Oui. Comme je vous l'ai dit, je suis allée au Soudan. J'ai beaucoup aimé ce pays... Mais c'est surtout à cause de vos chaussures et de vos chaussettes.

— Mes chaussures et mes chaussettes ?

— Vos chaussettes fines en soie et vos mocassins bien cirés. Ça fait très cheikh.

— Il faudra que je me rappelle de rectifier ce détail.

— Seulement si vous essayez de cacher votre nationalité. C'était une mosquée, cette pièce dans votre appartement ? »

Les paupières tombantes ne cillent pas. « En fait, c'est une salle de survie. Et j'ai trouvé que c'était un lieu idéal pour la retraite et la contemplation. Quant à la petite, disons, inexactitude concernant ma nationalité, j'essayais simplement d'éviter d'être l'objet de préjugés racistes. Tout le monde n'a pas votre attitude positive face à notre culture et notre religion.

— Ça me fait un peu penser à ces hommes politiques qui essaient de cacher leur homosexualité. Le seul fait de nier la chose suggère que c'est une tare d'être gay, non ?

— Vous suggérez que j'ai honte d'être arabe ? »

Il y a dans sa voix une pointe d'hystérie, une légère perte de contrôle.

« Je suis curieuse de savoir pourquoi vous m'avez menti sur ce point. »

Il fixe ses yeux sombres et intenses sur ceux d'Olivia. « Je suis fier d'être arabe. Notre culture est la plus ancienne du monde et la plus sage. Nos lois sont des lois spirituelles et nos traditions s'enracinent dans la sagesse de nos ancêtres. Quand je suis à Hollywood, j'ai honte, non pas de mes ancêtres, mais du monde qui m'entoure : l'arrogance, l'ignorance, la vanité, la bêtise, la convoitise, le culte avide de la chair et de la jeunesse, la sexualité que l'on galvaude pour atteindre la célébrité ou le profit, la soif de nouveauté et l'absence du respect pour l'ancien. Cette superficialité, que vous trouvez si délicieusement amusante, n'est pas de la fraîcheur, c'est le premier signe de la pourriture qui attaque le fruit mûr. »

Olivia se garde de faire un mouvement. Elle serre sa pochette en pensant au couteau qu'elle contient, devine que le moindre mot ou geste maladroit risque de faire flamber cette rage soigneusement contenue.

« Pourquoi les nations les plus riches sont-elles aussi les plus malheureuses ? poursuit-il.

— Curieuse généralisation ! répond-elle d'un ton désinvolte pour essayer d'alléger l'atmosphère. Certaines des nations les plus riches du monde sont arabes, si je ne m'abuse. L'Arabie Saoudite est plutôt prospère, non ?

— L'Arabie Saoudite, bah ! »

Il paraît en proie à un conflit intérieur. Il se détourne, puis lui fait à nouveau face avec un visage composé.

« Excusez-moi, Olivia, dit-il d'un ton plus doux. Mais quand je passe du temps en Amérique, je suis souvent… blessé… par les insultes qu'on nous adresse, par l'ignorance et les préjugés avec lesquels nous sommes catalogués. Venez, ça suffit. L'heure n'est pas à ce genre de discussion. La soirée est belle et il est temps de passer à table. »

21

Eh bien, pour ce qui est de tenir l'alcool, Pierre Feramo se défend ! Après un martini, une bouteille de cristal-roederer, un pomerol 82 et la plus grande partie d'une bouteille de chassagne-montrachet, il demande un valpolicella pour accompagner le dessert. Chez la plupart des hommes, cela dénoterait une propension à la boisson. Chez un musulman, cela paraît franchement bizarre. Mais tout compte fait, s'il n'a pas bu une goutte d'alcool de sa vie et n'a commencé que récemment, comme camouflage, comment saurait-il qu'il a un problème ? Et que tout le monde n'en consomme pas autant ?

Olivia hasarde : « Je croyais que les musulmans ne buvaient pas d'alcool ? » Elle est vraiment repue. Le dîner était exquis : coquilles Saint-Jacques sur purée de petits pois à l'huile de truffe blanche, bar accompagné d'une sauce légère au curry avec des ravioles au potiron, pêches au vin rouge avec de la glace au mascarpone parfumée à la vanille.

« Ah, ça dépend, ça dépend, répond-il vaguement en remplissant son verre. Il y a différentes interprétations du Coran.

— Vous plongez de ce bateau ? demande-t-elle.

— Vous parlez de plongée sous-marine ? Oui. Mais je ne plonge pas ici. L'eau est trop froide. Je préfère la mer des Caraïbes, le récif de corail au large de Belize, au Honduras, et la mer Rouge. Vous plongez, vous aussi ? » Il propose du vin à Olivia, sans remarquer que son verre est encore plein.

« Oui, j'adore ça. En fait, avant de venir ici, j'avais pensé proposer à *Elan* un article sur le sujet : "Plonger loin des sentiers battus." À Belize, au Honduras. Je pensais aussi à la côte de la mer Rouge et au Soudan. »

Soudain expansif, Feramo lève les mains : « Alors, il faut que vous veniez séjourner dans mon hôtel du Honduras, Olivia. Si, si, j'y tiens. La plongée au large des Bay Islands est exceptionnelle. Il y a des tombants, des falaises de trois cents mètres, un véritable labyrinthe de galeries et une faune marine où l'on rencontre les espèces les plus rares. Demandez à votre magazine de vous laisser faire cet article. Ensuite, allez au Soudan. Les fonds sont merveilleux, totalement vierges, avec la meilleure visibilité du monde. Il faut absolument qu'ils vous envoient. Tout de suite. Je pars pour le Honduras demain. Téléphonez à votre journal et rejoignez-moi. Vous serez mon invitée.

— C'est qu'il y a un problème.
— Un problème ?
— Ils m'ont virée.
— Ils vous ont *virée* ? »

Elle le surveille étroitement pour voir s'il bluffe. « Oui. Quelqu'un de votre service des RP a téléphoné à la rédactrice en chef pour se plaindre que j'avais appelé le FBI et demandé qu'ils vérifient votre identité. »

L'espace d'une seconde, il paraît secoué, mais retrouve vite son calme.

« Vous ? Appeler le FBI ? C'est ridicule.
— Je ne vous le fais pas dire. Mais quelqu'un a mis un mouchard dans ma chambre et m'a écoutée me parler toute seule. Je vais être franche, Pierre, dit-elle en se penchant en avant. C'est vrai que je me suis posé des questions à votre sujet après ce qui s'est passé à Miami. Lorsque nous nous sommes trouvés seuls sur votre terrasse, vous sembliez très hostile à l'idée que j'aille sur le *Ventre de l'Océan* le lendemain matin. Et vous avez quitté la ville aussitôt après l'explosion. Vous me dites que vous êtes français, et puis je vous entends parler arabe. J'ai tendance à me monter la tête et à parler toute seule – je me lance dans des conversations imaginaires,

sans doute parce que je suis une solitaire. Cela dit, je ne vois pas qui peut avoir mis un mouchard dans ma chambre.

— Vous êtes certaine de ça ?

— J'ai découvert un micro dans le boîtier du téléphone. »

Les narines de Feramo palpitent. Après un silence, il dit : « Ma chère Olivia, je suis vraiment désolé pour tout ce qui s'est passé. J'étais loin de m'en douter. Je me demande qui peut avoir fait une chose pareille mais, comme vous le savez, nous vivons une époque paranoïaque.

— Oui, et vous comprenez bien comment...

— Oh, parfaitement. Vous êtes journaliste, polyglotte, et vous avez l'esprit curieux. J'aurais probablement eu des doutes moi-même. Mais je suppose que si vous en aviez encore, vous ne seriez pas ici.

— Dans ce cas, j'aurais été un peu folle de venir, répond Olivia, évitant soigneusement de mentir.

— Et maintenant, vous avez perdu votre travail.

— Oh, ce n'était pas à proprement parler un travail. Mais apparemment, votre service des relations publiques était furieux et a appelé le magazine.

— Je vais faire une mise au point tout de suite. Écrivez-moi les coordonnées de votre rédactrice. Je l'appellerai demain matin. Je suis vraiment désolé de cet incident. »

Je crois que je suis en train de tomber amoureuse de vous, pense Olivia. *Terroriste ou pas. Je n'ai rien à envier à ces nanas de l'aide humanitaire qui bavent devant le chef de l'armée rebelle, ou qui se font kidnapper et tombent raides dingues de leur ravisseur. J'ai le syndrome de Stockholm. Je finirai par passer dans un petit reportage de* Woman's Hour[1].

Il lui prend la main et la regarde dans les yeux. C'est vraiment un homme très séduisant : doux, charmant, courtois, attentionné. « Vous viendrez ? Au Honduras ?

---
1. Programme-culte de BBC 4 consacré aux femmes depuis 1946.

J'envoie un avion vous chercher et vous serez mon invitée. »

Elle doit faire un gros effort pour résister. « Non, non, c'est trop aimable à vous, mais je n'accepte jamais l'hospitalité quand j'écris un article. C'est incompatible avec l'impartialité. Vous vous rendez compte : si je trouvais un cafard dans ma soupe, on serait mal !

— Cette invitation à dîner aussi est peu compatible avec votre impartialité.

— Seulement si j'écrivais un article sur vous.

— Ce qui n'est pas le cas ? Vous me décevez, Ms. Joules. Je croyais que vous alliez faire de moi une star.

— Je suis sûr que vous êtes la seule personne à LA qui ne cherche pas la célébrité. *En tout cas, pas dans la vie terrestre.*

— Alors, vous êtes la seconde. »

Il tend la main et lui caresse délicatement la joue. Les irrésistibles yeux bruns la couvent d'un regard brûlant. Le contact de ses lèvres sur les siennes envoie des ondes de choc dans tout le corps d'Olivia.

« Ms. Joules, murmure-t-il, vous êtes si merveilleusement, si imperturbablement... anglaise ! »

Il se lève, lui prend la main et la conduit sur le pont.

« Vous restez avec moi ce soir ? demande-t-il en la regardant.

— C'est trop tôt », murmure-t-elle. Mais elle renonce à protester quand il lui prend la tête pour l'appuyer contre sa poitrine et l'entoure d'un bras protecteur en lui caressant les cheveux.

« Je comprends », dit-il. On n'entend d'autre bruit que le doux murmure des vagues contre les flancs du bateau. « Mais vous me rejoindrez au Honduras ?

— J'y songerai », chuchote-t-elle d'une voix défaillante.

22

Los Angeles

« Quel terminal ? »

Le taxi d'Olivia longe les gisements de pétrole entre la ville et l'aéroport. Des ânes couleur sable à tête articulée font du yoyo, suspendus au rétroviseur. Elle a l'impression d'être au sud de l'Irak, et non dans la banlieue de Los Angeles.

« Quel terminal ? glapit à nouveau le chauffeur. Terminal international ? Ou lignes intérieures ? Quelle compagnie ?

— Oh, oh, euh, bafouille-t-elle, n'ayant pas la moindre idée de sa destination. International. »

Le soleil se couche dans les nuages avec la splendeur fouillée d'un tableau à l'huile, sur lequel se détache un enchevêtrement de lignes télégraphiques. Elle éprouve une bouffée de nostalgie prématurée pour Los Angeles et l'Amérique : l'Amérique des déserts, des stations-service, des trajets en voiture et du retour aux sources.

« Quelle compagnie ? »

Elle a envie de lancer : *Oh, ta gueule ! Je ne sais pas encore.*

Elle se force à réfléchir avec clarté et bon sens. Le problème est très simple : elle est tombée amoureuse d'un homme. Ça peut arriver à n'importe qui, mais on n'est pas forcée de tomber amoureuse d'un terroriste international. Les symptômes sont familiers : son cerveau n'est opérationnel qu'à trente pour cent, le reste étant mobilisé par un mélange de fantasmes et de retours en arrière. Chaque fois qu'elle essaie d'évaluer calmement sa situation et de faire un projet, son esprit est inondé d'images d'un avenir entièrement occupé par Feramo, à commencer par des plongées dans l'eau cristalline des Caraïbes, suivies par des nuits torrides sous des tentes de Bédouins en plein désert du Soudan, et débouchant sur une vie conjugale genre Grace Kelly et Rainier de Monaco dans des yachts et des palais, etc. Par un incroyable exploit de gymnastique mentale, Feramo n'est plus terroriste, mais grand metteur en scène de cinéma/philanthrope, ainsi que peut-être médecin/savant/grand professionnel spécialisé dans un domaine viril, capable par-dessus le marché de réparer les voitures. Jamais elle n'aurait dû aller à ce rendez-vous à Catalina. Elle essaie désespérément de reprendre ses esprits. Elle se dit : *Je ne vais pas suivre un homme partout. Les femmes ont évolué ; elles ont appris à aller sur tous les terrains autrefois réservés aux hommes, qui ont réagi en régressant. Ils ne sont même plus capables de réparer quoi que ce soit.* Maintenant, Feramo, hypercanon en bleu de travail, bricole le moteur de son hélicoptère sous les yeux admiratifs de l'équipage. Après un dernier tour de clé à molette, le moteur se remet à tourner sous les applaudissements et les acclamations de l'équipage. Feramo saisit Olivia par la taille, lui renverse la tête en arrière pour un baiser passionné avant de l'entraîner dans son hélicoptère.

Le portable d'Olivia se met à sonner. L'écran annonce : « Appel hors secteur. » Feramo ! Ça ne peut être que lui.

« C'est moi, dit Kate. J'ai été réveillée par des transmissions de pensées transatlantiques. Tu t'apprêtes à faire une connerie, non ?

— Non, non. C'est juste, euh... que Pierre a un hôtel de plongée au Honduras et que...

— Je t'interdis de suivre ce type au Honduras. Tu es complètement à côté de tes pompes. À quoi ça sert, tout ce que tu as fait pendant toutes ces années si c'est pour succomber au charme d'un misérable play-boy à la Dodi al-Fayed ? Il a sûrement le dos poilu. D'ici quatre ans, il t'obligera à rester à la maison avec un voile pendant qu'il courra le monde et sautera des starrivistes.

— Ce n'est pas ça du tout. Tu ne le connais pas.

— Oh, je t'en prie. Toi non plus. Rentre, Olivia. Ménage tes intérêts au *Sunday Times*. Continue à soigner ta carrière et à te construire une vie que personne ne peut t'enlever.

— Mais si c'était vrai ? S'il appartenait aux réseaux Al-Qaida ?

— Raison de plus pour rentrer en vitesse. Tu finiras sans tête, à plus forte raison sans carrière. Et puis, non, je n'essaie pas de te piquer ton article.

— Pardon, dit Olivia, honteuse.

— Pas grave.

— Je n'envisage pas de passer le reste de ma vie avec lui. Je m'étais seulement dit que je pourrais me prendre un petit peu de...

— Qu'est-ce que tu vas foutre au Honduras ? Pas besoin de ça pour te prendre "un petit peu de...". Saute dans un avion pour Heathrow ce soir et on se voit demain. »

Le taxi longe la courbe du trottoir en direction du hall des départs.

« OK, on y est. Terminal international, lance le chauffeur. Quelle compagnie ?

— Laissez-moi là.

— Les hommes, c'est vraiment ton point faible.

— Oui, mais moi, je n'ai pas été mariée deux fois, rétorque Olivia, qui essaie simultanément de sortir du taxi, de donner un pourboire au chauffeur, de prendre sa valise et de coincer le téléphone sous son oreille.

— Ça, c'est parce que le choc de l'accident qui a fauché ta famille t'a rendue prématurément lucide. Sinon, tu aurais fait comme toutes tes copines d'école, tu te serais mariée avant vingt ans. »

Traversée par une intuition subite, Olivia demande : « Tu ne te serais pas engueulée avec Dominic ? » Elle essaie en même temps d'expliquer par signes au chauffeur qu'elle n'a aucune intention de lui donner un pourboire de vingt dollars sur une course de trente.

« Je le déteste.

— Ah, tu veux dire que vous vous voyez toujours ? L'amour et la haine, c'est la même chose. C'est l'indifférence qui est le contraire de l'amour.

— Ta gueule. Je le déteste. Alors, tu arrives vers trois heures demain, c'est ça ? Viens directement chez moi.

— Oui, euh, je t'appelle », répond Olivia, hésitante, en se dirigeant vers le terminal.

Olivia adore voyager seule : circuler avec une petite valise et n'être responsable que d'elle-même. Elle sourit en voyant les portes automatiques s'ouvrir pour la laisser passer. Comment *savent-elles* qu'il faut s'ouvrir ? Cela lui donne un tel sentiment d'importance.

Elle s'assoit sur l'un des sièges d'une rangée de fauteuils en plastique et regarde le monde de l'aéroport s'agiter autour d'elle : une famille inquiète avec des chaussures confortables, des vestes pastel et l'inévitable sac-banane qui complète l'uniforme du touriste. Ils sont tous là, crispés sur leurs bagages, l'œil inquiet, serrés les uns contre les autres pour affronter un monde hostile. Une grosse Mexicaine avec un bébé suit un garçon à la mine furieuse. Olivia repense à ce que lui a dit Kate. Serait-elle restée Rachel Pixley et aurait-elle mené une vie ordinaire sans l'accident qui l'a laissée orpheline ? Allons donc, se dit-elle. Il n'y a pas de vie ordinaire. La vie est fragile, bizarre et on y prend souvent les virages à la corde. À chacun de limiter les risques.

Elle tire de son sac une copie imprimée et froissée d'un e-mail et la relit.

> Expéditeur : rédaction@elan.co.uk
> Sujet : Pierre Feramo
>
> Ma chère Olivia,
> Nous avons été contactés personnellement ce matin par Pierre Feramo. Mr. Feramo a expliqué que ses assistants avaient fait une erreur impardonnable qui ne pouvait en aucun cas vous être imputée. Il a parlé de vous dans les termes les plus flatteurs et a demandé à ce que votre article soit immédiatement reprogrammé.

Je ne sais comment m'excuser de cette erreur de jugement. Nous avons reçu ce que vous nous avez envoyé, qui est excellent. Je pense qu'il y a déjà là assez de matière pour écrire l'article. Préférez-vous le continuer vous-même ou passer à celui sur la plongée au Honduras dont nous a parlé Mr. Feramo ? Si vous le souhaitez, nous pouvons charger nos assistants de mettre au net l'article sur les starrivistes, sous votre signature. Faites-nous savoir ce que vous préférez.

Avec nos excuses renouvelées et l'espoir de publier à l'avenir de nombreux autres magnifiques articles écrits par vous, recevez nos salutations distinguées.

Sally Hawkins
Rédactrice en chef d'*Elan*.

Elle remet la feuille dans son sac et sort une feuille avec les horaires de vol qu'elle a consultés sur Expedia. Il y a un vol sur Virgin à 20 h 50 pour Londres et un vol Aero Mexico pour La Ceiba au Honduras à 20 h 40, avec correspondance à Mexico. Il ne lui reste plus qu'à choisir.

23

Seulement, voilà, Olivia n'arrive pas à trancher. Elle est en plein cœur du Pays de l'Indécision, lieu dangereux, elle le sait, où elle peut fort bien errer pendant des jours et s'enfoncer dans un dédale de pour, de contre et d'éventualités. La seule échappatoire est de faire un choix – n'importe lequel –, après quoi, elle pourra sortir de son marasme et y voir clair.

Sourcils froncés, bien résolue à se décider, elle parcourt de l'œil le tableau des départs afin de chercher le vol pour Londres : Acapulco, Belize, Bogotá, Cancún, Caracas, Guadalajara, Guatemala, La Paz. *Qu'est-ce que je fabrique ?* se dit-elle. *Si je rentre à Londres, je vais me retrouver assise dans une ville où il pleut à seaux à écrire des articles sur des salles à manger tendance.*

Elle ouvre le guide du Honduras. « Paradis de plages de sable blanc et de sommets couverts de forêts tropicales, entouré par les eaux cristallines de la mer des Caraïbes. »

Mmm, pense-t-elle en feuilletant le livre pour trouver Popayán, l'île qui abrite le centre d'écoplongée de Feramo.

« Popayán, la plus petite île de l'archipel, est une version miniature des Caraïbes des années cinquante. L'essentiel de la population est métissée, mélange de Noirs, de Caraïbes, de Latino-Américains et de colons blancs, descendants de pirates irlandais naufragés. Le seul bar du village, La Pinte de Bon Sang, est le centre de la vie sociale et des potins. »

Les yeux d'Olivia brillent. Ça a l'air génial. Puis, se souvenant des remarques de sa mère sur l'excitation et le danger, elle sort un autre livre, une étude sur Al-Qaida, et l'ouvre à une page cornée et un chapitre intitulé « Takfiri ».

> Les services de renseignements signalent que les Takfiri, une branche d'Al-Qaida, donnent le change et semblent renier leurs racines islamiques en buvant de l'alcool, en fumant, voire en se droguant ; ils courent les femmes et s'habillent à l'occidentale de façon très raffinée, afin de se fondre dans ce qu'ils considèrent comme des sociétés corrompues, avec pour objectif leur destruction.
> Le professeur Absalom Widgett, spécialiste britannique de l'Islam et auteur de *Pourquoi l'écran plat ne passera pas à El-Obeid*, les décrit comme « absolument impitoyables : le noyau dur des militants islamistes ».

La décision d'Olivia est prise. Elle cherche la boîte aux lettres et y glisse une enveloppe portant son adresse londonienne et contenant une copie CD de son disque dur ainsi que les photos qu'elle a prises dans la « pièce de survie » de Feramo.

« Un billet pour La Ceiba, Honduras, demande-t-elle à la fille du comptoir.

— Aller simple ou aller-retour ?

— Aller simple », annonce-t-elle sombrement.

24

Amérique centrale

Après la propreté clinique de l'aéroport de LA, les voyageurs sont propulsés sans transition dans la folie de l'Amérique centrale.

Aux yeux d'Olivia, excitée, tout ça ressemble à la version accélérée d'une expédition victorienne : Burton ou Speke quittant Londres pour Le Caire avec des cols empesés avant de s'enfoncer au cœur du continent africain et de perdre leur santé mentale, leurs bagages et leurs dents.

L'aéroport de Mexico est un lieu anarchique, avec ses fauteuils en peau de vache élimée, ses halls où circulent des hommes en bottes de cow-boy, sombreros et grosses moustaches, des femmes en talons hauts qui balancent leurs fesses dans des jeans moulants et arborent des décolletés pigeonnants cernés de petits hauts à paillettes, comme des animatrices de jeux télévisés, tandis que, sur de grands écrans, des jeux et des clips musicaux franchissent allégrement la frontière du porno soft.

Olivia s'active ferme. Elle appelle Sally Hawkins afin de lui donner son accord pour l'article sur la plongée, mais avec quelques jours de délai : elle veut aller fouiner incognito du côté des Bay Islands en quête d'informations avant de faire connaître sa présence. Elle s'achète un jean ordinaire et un sweat-shirt, trouve un drugstore et une douche, et se teint les cheveux en roux ; après quoi, elle reprend son vieux passeport qu'elle a frauduleusement prétendu avoir égaré lorsqu'elle a changé de nom, et redevient Rachel Pixley. D'ordinaire, l'idée de la nourriture qu'on sert à bord la dégoûte, mais là, alléchée par les odeurs, elle mange une énorme assiettée de burritos avec des haricots frits, de la salsa, du guacamole, et de la sauce au chocolat.

La correspondance ATAPA pour La Ceiba a cinq heures de retard et l'atmosphère à la porte d'embarquement tourne à la kermesse. Lorsque le groupe hétéroclite de passagers monte à bord du vieux zinc, le retard a fait naître une ambiance festive : on mange des sandwichs emballés dans du polystyrène tandis que circulent des boissons d'un vert électrique arrosées de tequila. Le voisin d'Olivia lui offre à plusieurs reprises sa bouteille de tequila, mais elle lui explique qu'elle a trop mangé de haricots frits *au chocolat*[1] et qu'elle ne peut plus rien avaler. Au bout de quarante minutes de vol, le film inepte qui a été copieusement sifflé par les passagers disparaît de l'écran et la voix du capitaine retentit dans le micro, d'abord en espagnol, puis en anglais.

« Mesdames, messieurs, ici le capitaine. Désolé vous annoncer que cet appareil a problème. Ne plus atterrir à La Ceiba. Autre aéroport. On vous dira. Au revoir. »

Olivia est aussitôt persuadée qu'il s'agit d'un détournement. Le temps paraît se ralentir, comme lorsqu'on se noie, paraît-il. Elle se dit que son sentiment dominant est la tristesse : la tristesse de ne pas avoir vraiment percé comme journaliste, de ne pas avoir mis son nom au bas d'un reportage vraiment marquant. Elle essaie de se rappeler ses Principes de Vie, puis se dit avec dépit qu'ils ne comptent plus quand on est mort. Elle se rassérène brièvement à la perspective de retrouvailles émues avec ses parents et son frère, habillés en anges, avec des ailes, puis se dit : *Oh, merde, si j'avais su, je me serais envoyée en l'air une dernière fois avec Feramo sur son yacht.*

---

1. En français dans le texte.

25

Tegucigalpa, Honduras

Bon, trêve d'apitoiement. Olivia se secoue, cherche dans son sac son vaporisateur de poivre et regarde vers le cockpit, espérant qu'un plan lui viendra à l'esprit. Son voisin lui tend la bouteille de tequila et, cette fois, elle en avale avec reconnaissance une énorme rasade. Quand elle lui rend sa bouteille, elle est surprise de lui voir un large sourire. Elle regarde dans l'appareil et constate qu'aucun passager ne se comporte comme s'il se sentait voué à une mort prochaine. L'hôtesse circule dans le couloir central avec un nouveau plateau de boissons vert électrique et une autre bouteille de tequila.

« Pas grave, dit son voisin. Vous pas vous inquiéter. Avions ATAPA jamais savoir où ils vont. ATAPA, ça veut dire Avec nous Toujours Apporter Parachute. » Et il s'esclaffe.

L'atterrissage à Tegucigalpa évoque un tracteur qui roulerait sur un toit de tôle ondulée. Malgré cela, les passagers applaudissent et acclament le pilote. Lorsqu'ils grimpent dans un bus décrépit, quelques gouttes tombent. Puis c'est une pluie tropicale torrentielle qui s'abat sur eux et tambourine sur le toit pendant qu'ils traversent en brinquebalant les rues minables bordées de bâtiments coloniaux délabrés et de bicoques en bois. Ambiance cosy, finalement.

Olivia considère que l'hôtel Parador correspond aux critères les plus exigeants. La pointe du papier-toilette est impeccable à tous égards. Le seul problème, c'est qu'il y a cinq centimètres d'eau sur le sol de la salle de bains. Quand elle essaie d'obtenir la réception, le téléphone émet un gargouillis. Elle descend donc, demande qu'on lui envoie au plus vite un seau et une serpillière, et remonte dans sa chambre, où elle s'assoit en tailleur sur le dessus-de-lit multicolore et se met en devoir de ranger le contenu de ses bagages.

Elle étale tout devant elle et commence deux listes : *Incontournables pour le reste du séjour* et *Accessoires superflus*. Dans *Accessoires superflus* figurent le jean et le sweat-shirt moches (beaucoup trop chauds) et le grand sac en cuir beige Marc Jacob dernier modèle (trop lourd, trop facilement repérable et trop chic).

On frappe à la porte.

« *Un momento, por favor* », lance-t-elle, cachant sous la couverture son équipement d'espionnage et les documents pour ses recherches.

« *Pasa adelante.* »

La porte s'ouvre. Entrent alors une serpillière et une Latino souriante, un seau à la main. Olivia fait mine de prendre la serpillière, mais la fille secoue la tête et, à elles deux, elles s'occupent du sol : Olivia vidant le seau et la fille déversant un flot ininterrompu de bavardages en espagnol, où il est surtout question du bar en bas et de son ambiance géniale. Quand le sol est sec, les deux filles s'arrêtent pour admirer le résultat de leurs efforts. Olivia se dit que c'est une bonne idée – elle espère que ce n'est pas un geste néocolonialiste – de remplacer le pourboire de cette aimable jeune personne par le sac en cuir ainsi que quelques vêtements et autres *accessoires superflus*. La fille est très contente, encore qu'elle ne manifeste pas la joie de quelqu'un qui aurait compris qu'il s'agit d'un Marc Jacob dernier modèle. Peut-être est-elle un pur esprit qui méprise les marques. Elle serre Olivia sur son cœur et fait un signe de tête en direction du bar en bas.

« *Sé, sé, más tarde* », répond Olivia.

Mieux vaut éviter les margaritas, se dit Olivia en rangeant ses objets de valeur dans le coffre et ses *Incontournables* dans sa valise beige et kaki à fermeture Éclair qu'elle referme d'une main décidée. *Oh, et puis basta !* se dit-elle en arrivant dans la cour où règne une atmosphère de fête. Ils sont tous beurrés comme des coings. Et elle avale une gorgée de sa première margarita. Fabuleuse. *Salud !*

Un bel homme aux cheveux blancs et à moustache, rond comme une queue de pelle, roucoule sur sa guitare pendant que la foule interlope de voyageurs hippies, d'hommes d'affaires et d'autochtones chante avec lui. Quand le mariachi gris vire au noir et s'embrouille dans ses accords, on balance sans transition une musique de salsa. En quelques instants, le parquet se couvre d'autochtones qui exécutent les pas compliqués avec une précision merveilleuse tandis que les gringos en tie-and-dye se tortillent approximativement. Olivia, qui est sortie un temps – bref – avec un correspondant vénézuélien de Reuter et en a gardé une passion pour la salsa, regarde, fascinée, ceux qui ont ce rythme dans le sang et dansent à la perfection. Dans cette masse de corps, un type aux cheveux ras décolorés attire son attention. Au milieu de tout ce joyeux désordre et de tout cet alcool consommé sans modération, il est assis à une table, penché en avant, le menton posé sur la main, et scrute la foule. Il est habillé en baggy, style hip-hop, mais a l'air beaucoup trop concentré et froid pour être un routard. Quelques minutes plus tard, il surgit devant elle. Sans un sourire, il lève un sourcil et regarde la piste en tendant la main. Sexy, ce type. Culotté, en plus. Il lui rappelle quelqu'un. Très bon danseur aussi. Il ne bouge pas beaucoup, mais il sait ce qu'il fait, et elle n'a qu'à suivre. Ni l'un ni l'autre ne parle, ils dansent, leurs corps se touchent presque, le bras du type la conduit où il veut qu'elle aille. Au bout de deux danses, un autochtone d'un certain âge s'interpose avec une très grande courtoisie. Le blond cède gracieusement la place. Lorsqu'elle relève les yeux, il a disparu. Finalement, elle fait une pause. Pendant qu'elle s'éponge le front, elle sent une main sur son bras. C'est la fille à qui elle a donné le sac.

« Retournez dans votre chambre, dit la fille à mi-voix en espagnol.

— Pourquoi ?

— Quelqu'un y est allé.

— Hein ! Vous avez vu quelqu'un ?

— Non. Il faut que je parte, dit la fille nerveusement. Allez voir. Vite. »

Olivia est aussitôt dégrisée. Elle prend l'escalier, pas l'ascenseur. Elle glisse la clé dans la serrure, s'immobilise puis ouvre la porte à la volée. La pièce est une masse d'ombres étranges projetées par les lumières de la rue à travers les feuilles des arbres et les moustiquaires de la fenêtre. Avant d'entrer, elle cherche l'interrupteur et allume : rien. Elle écoute encore, ferme la porte derrière elle et va voir dans la salle de bains : rien là non plus. Elle vérifie le coffre-fort. On n'y a pas touché. Puis ses yeux tombent sur sa valise. À moitié ouverte. Or elle sait qu'elle l'a laissée fermée. Les vêtements qui étaient pliés dedans ont été dérangés. Elle glisse la main au fond et sent quelque chose qui ressemble à un sac en plastique rempli de farine. Elle le sort avec précipitation, voit qu'il est plein de poudre blanche et entend au même moment des pas dans le couloir. Elle déchire le sac, y plonge un doigt qu'elle se passe sur la gencive. Cela confirme ses soupçons et provoque chez elle une excitation non dépourvue de plaisir : de la cocaïne, en quantité confortable. Les pas s'arrêtent devant sa porte et on frappe en criant :

« *¡ La policia ! Abre la puerta !*

— *Momento, por favor.* »

Le choix est simple : ou elle ouvre la porte avec un gros sac de cocaïne à la main, ou elle saute du cinquième étage.

26

On s'arrête, on respire, on réfléchit. Elle passe dans la salle de bains et tire la chasse, profitant du bruit pour soulever doucement le grillage antimoustique de la fenêtre, puis recule. Elle prend un grand élan et lance le sac en plastique de toutes ses forces en pensant : *En bas, quelqu'un va se dire, tiens, les affaires reprennent.* Lorsqu'elle entend le sac s'écraser au loin, elle replace le grillage et ouvre calmement la porte.

Les policiers qu'elle découvre devant elle n'ont rien d'effrayant. Ce sont deux adolescents boutonneux et plutôt intimidés. Elle s'assoit sur une chaise et les regarde fouiller la pièce, essayant de deviner s'ils savent au juste ce qu'ils cherchent et où chercher. A-t-elle affaire à de vrais policiers ? À des militaires ? À des acteurs ? À des acteurs au chômage/gestionnaires de standing ?

« *Todo está bien*, dit enfin l'un des deux. *Gracias. Disculpenos.*

— *No tiene importancia* », dit-elle, ce qui n'est pas strictement vrai mais, comme toute bonne Anglaise, elle croit que la politesse est souveraine pour mettre de l'huile dans les rouages car, comme on dit dans le *Guide des Jeannettes* :

> *Si tu veux pédaler comme une petite reine,*
> *N'oublie surtout pas de graisser ta chaîne !*

« *¿ Un cigarillo ?* demande le plus jeune des deux policiers, tendant un paquet.

— *Muchas gracias* », répond-elle en prenant la cigarette et en se penchant pour qu'il l'allume. Comme elle n'a pas fumé depuis des années, cela lui fait autant d'effet qu'un joint. Si seulement elle avait de la tequila à leur offrir. À les voir, elle les croit tout à fait capables de se saouler et de lui dire qui les a envoyés.

« *¿ Por qué están aquí ?* », risque-t-elle.

Les deux garçons se regardent et se mettent à rire. Ils ont été prévenus, lui disent-ils. Tout le monde rit. Une fois les cigarettes fumées, ses visiteurs prennent congé comme des amis de toujours qui sont juste passés boire un verre.

Quand elle est sûre qu'ils sont partis, elle s'effondre, le dos à la porte. Au bout d'un moment, elle se secoue pour sortir de l'état de panique et de confusion où elle se trouve. Comme le préconise le Principe numéro sept, elle se demande : *Est-ce vraiment important ?* Hélas, la réponse est oui. Elle décide d'appeler l'ambassade de Grande-Bretagne le lendemain. Si tant est qu'il y en ait une.

La nuit est pénible : Olivia a trop chaud, elle est angoissée et ne ferme pas l'œil. Lorsqu'un coq commence à chanter pour annoncer l'aube, elle est soulagée. Quand le soleil apparaît entre les feuilles humides des palmiers, sa lumière pâle est décevante. Rien à voir avec le soleil franc et glorieux des Caraïbes. Elle ouvre sa fenêtre, qui donne sur un port tranquille et des toits de tôle ondulée, et inspire l'air lourd d'épices. Dans la rue en bas, un groupe de voisines bavarde et rit. Une radio diffuse une musique mariachi de base. Olivia s'avise que les passagers n'ont reçu aucune information leur disant quand et comment ils pourront rejoindre leur destination d'origine. Elle se demande s'ils sont censés rester là à jamais, la fête se prolongeant indéfiniment jusqu'à ce qu'ils ne fassent plus que boire de la tequila et dormir sous les arbres du matin au soir.

Lorsqu'elle descend à la réception, un méchant morceau de papier scotché au mur annonce :

Pasajeros de ATAPA para La Ceiba. El autobús saldrá del hotel al aeropuerto a las 9 de la mañana.

Il est déjà huit heures. Olivia découvre que son portable ne marche pas au Honduras. Quand elle demande au réceptionniste si elle peut utiliser le téléphone, il lui dit qu'il est en dérangement, mais qu'elle peut appeler d'une cabine à l'extérieur. En bas de la rue, un panneau bleu et jaune délabré, dont le sigle évoque soit un téléphone, soit une tête de mouton, pend de guingois sur une baraque en bois.

Olivia commence par consulter les renseignements téléphoniques honduriens, s'attendant à une suite interminable de tonalités « occupé », de sonneries dans le vide et de hurlements réitérés pour lui faire épeler les mots, le tout couronné par un signal de tonalité. Au lieu de quoi, elle tombe tout de suite sur une fille charmante qui parle anglais couramment, lui donne le numéro de l'ambassade britannique et l'informe qu'elle ouvre à huit heures trente.

Il est huit heures quinze. Vaut-il mieux attendre ou retourner en vitesse à l'hôtel préparer ses affaires afin d'être à l'heure pour l'autobus ? Elle décide de rester où elle est. À huit heures vingt-cinq apparaît une femme avec deux petits enfants, qui attend très ostensiblement. Olivia essaie d'abord de l'ignorer, mais le respect humain l'emporte et elle cède la place. La femme se lance dans une longue discussion passionnée. À huit heures quarante-cinq, elle hurle et le plus petit des deux enfants est en larmes. À huit heures quarante-huit, les deux enfants sont en larmes et la femme cogne l'écouteur contre le mur de la baraque.

Olivia se dit qu'elle va rater ce foutu bus, l'avion, et se retrouver en rade à Tegucigalpa. Finalement, tout est simple. Elle ouvre la porte, dit : « Vous, dehors », et compose le numéro de l'ambassade.

« Allô, ici l'ambassade de Grande-Bretagne.

— Bonjour, je m'appelle – merde, comment, déjà – Rachel Pixley, annonce-t-elle très vite, se souvenant du passeport qu'elle a utilisé quand elle a réservé son vol.

— Oui. Que puis-je faire pour vous ? »

Après avoir rapidement expliqué sa mésaventure, elle est orientée sur un homme dont la voix cultivée et britannique lui donne brusquement envie de pleurer. Un peu comme si elle tombait sur un papa gâteau ou un policier britannique après avoir été poursuivie par des bandits.

« Hum, dit son interlocuteur lorsqu'elle a terminé. Pour être tout à fait franc, ce genre de chose n'est pas rare sur les vols en provenance de Mexico. Vous êtes sûre que personne n'a pu mettre ça dans votre sac à l'aéroport ?

— Certaine. Je l'ai refait juste avant de quitter l'hôtel. La drogue n'y était pas. Quelqu'un est entré dans ma chambre pendant que je me trouvais en bas au bar. Je me pose des questions sur des gens que j'ai rencontrés à LA, sur un certain Pierre Feramo et diverses choses bizarres qui se sont passées... » Elle entend une légère friture sur la ligne.

« Voulez-vous patienter une minute ? dit le type de l'ambassade. Je prends un autre appel. Une seconde. »

Elle jette un coup d'œil inquiet à sa montre. Neuf heures moins trois. Pourvu que les passagers aient la gueule de bois et soient tous en retard.

« Excusez-moi, dit l'homme en revenant au bout du fil. Miss Pixie, c'est bien ça ?

— Pixley.

— Oui. Eh bien, écoutez, vous n'avez pas à vous inquiéter pour cette histoire de drogue. Nous préviendrons qui de droit. Si vous avez d'autres problèmes, appelez-nous. Pouvez-vous nous donner une idée de votre itinéraire ?

— J'avais prévu de prendre l'avion aujourd'hui pour Popayán, d'y rester quelques jours avant de me rendre à l'hôtel de Feramo, à la Isla Bonita.

— Parfait. Nous préviendrons tout le monde pour qu'on ne vous perde pas de vue. Quand vous reviendrez, vous devriez venir nous voir pour nous dire comment tout ça s'est passé. »

Lorsqu'elle repose le téléphone, elle reste un moment l'œil dans le vide, et réfléchit en se mordant la lèvre. La ligne a-t-elle vraiment grésillé quand elle a prononcé le nom de Feramo, ou est-ce un effet de son imagination délirante ?

Lorsqu'elle retourne à l'hôtel, le réceptionniste l'informe que le bus est parti depuis dix minutes. Heureusement, elle rencontre la récipiendaire du Marc Jacob, qui lui propose de demander à son mari de la conduire à l'aéroport dans sa camionnette. Il met un moment à arriver. Lorsqu'ils s'arrêtent enfin dans la zone « Départs », il est dix heures vingt-deux. L'avion devait partir à dix heures.

Olivia court sur la piste en tirant sa valise et en adressant de son bras libre des signes frénétiques aux deux machinistes en salopette qui sont en train de retirer la passerelle. Ils rigolent en la voyant et remettent l'escalier métallique en place. L'un des deux grimpe en haut des marches et tambourine sur la porte jusqu'à ce qu'elle s'ouvre. Lorsqu'elle entre dans l'habitacle, des acclamations désordonnées fusent. Ses petits camarades de la veille au soir sont pâles et patraques, mais toujours aussi affables. Soulagée, elle s'affale sur son siège tandis que le pilote circule dans l'allée centrale pour saluer chacun des passagers. Elle se sent rassurée jusqu'au moment où elle se rend compte qu'il s'agit du *mariachi* moustachu qu'elle a vu bourré à la soirée salsa de la veille.

À l'aéroport de La Ceiba, elle prend un billet pour Popayán et se précipite au kiosque à journaux, mais elle n'y trouve aucun journal étranger, sauf un exemplaire du *Times* datant d'il y a trois semaines. Elle prend *El Diario*, édition de La Ceiba, et se laisse tomber dans un fauteuil en plastique orange près de la porte d'embarquement. En attendant que son vol soit appelé, elle feuillette le journal à la recherche de nouvelles informations sur le *Ventre de l'Océan*. Elle n'est pas mécontente d'apercevoir son partenaire de salsa de la veille – le type à l'air sérieux et aux cheveux ras oxygénés. Il lui rappelle Eminem. Même mine grave et subversive à la fois. Il s'approche, s'assoit à côté d'elle, et lui tend une bouteille d'eau minérale.

« Merci, dit-elle, appréciant le léger frôlement de sa main lorsqu'il la lui passe.

— *De nada.* » Il a un visage presque inexpressif, mais des yeux éloquents, gris et intelligents. « Et maintenant, tâchez de ne pas vomir », dit-il en se relevant et en se dirigeant vers le kiosque.

On se concentre, se dit Olivia. *On se concentre. On n'est pas une petite routarde évaporée qui voyage pendant son année sabbatique. On est une grande journaliste, correspondante à l'étranger, peut-être même une espionne internationale en mission de première importance.*

27

Popayán, Bay Islands

L'avion arrive en vue de l'île de Popayán et amorce sa descente vers une mer turquoise et cristalline, des plages de sable blanc et de la verdure. Le petit avion atterrit avec une secousse terrifiante, vire et quitte la piste en terre battue. Il traverse à droite un pont de bois branlant, comme s'il se prenait pour une bicyclette, avant de s'arrêter brusquement à côté d'une camionnette rouillée à plateau rouge et d'un panneau en bois où on lit : BIENVENUE À POPAYÁN, L'ÎLE ORIGINALE DU ROBINSON CRUSOÉ DE DANIEL DEFOE.

La porte ne s'ouvre pas. Le pilote passe le bras à l'extérieur pour la tirer, tandis qu'à l'intérieur un routard hippy fixe sur la poignée un regard mollement fasciné, et lui donne de temps à autre de petits coups de doigt comme s'il s'agissait d'une chenille. Le type blond se lève, écarte le hippy, saisit la poignée, et pousse avec son avant-bras. La porte s'ouvre.

« Merci, mec », murmure le routard, penaud.

Un journal anglais est resté sur un siège. Olivia s'en empare avidement. Dehors, pendant qu'ils grimpent sur la plate-forme de la camionnette, elle inspire l'air avec délices et regarde autour d'elle.

C'est amusant de se trouver assise à l'arrière avec tous les routards. La camionnette avance en cahotant sur une piste sablonneuse puis s'engage dans la rue principale de West End. Le décor est un mélange de western et de Sud profond. Des maisons en planches, avec des vérandas où l'on aperçoit parfois des balancelles ou des canapés confortables et déglingués. Une vieille dame aux cheveux blancs permanentés et au teint très pâle, vêtue d'une robe d'après-midi jaune, marche sous une ombrelle, suivie à quelques pas par un grand Noir très beau.

Olivia se retourne vers la plate-forme et voit le blond qui la regarde fixement.

« Où vous logez ?

— En chambre d'hôte, chez miss Ruthie.

— Vous êtes arrivée », dit-il. Il se penche et donne un coup de poing sur la porte du chauffeur. Elle voit les muscles saillir sous la chemise. Il saute de la camionnette pour l'aider à descendre, prend sa valise et la porte jusqu'en haut des marches sous la véranda en bois verte.

« Et voilà, dit-il en lui tendant la main. Morton C.

— Merci. Moi, c'est Rachel.

— Vous serez très bien ici, crie-t-il par-dessus son épaule en sautant sur la plate-forme. On se verra à La Pinte de Bon Sang. »

Des gouttes commencent à tomber au moment où Olivia frappe à la porte jaune. Une chaude odeur de pâtisserie lui chatouille les narines. La porte s'ouvre, et une minuscule vieille dame apparaît. Elle a une peau très claire, des boucles de cheveux blond-roux et porte un tablier. Olivia a brusquement l'impression de se trouver dans un conte de fées et se dit que, si elle entre, elle va découvrir un loup en sweat-shirt rouge à capuche, plusieurs nains et un haricot magique.

« Que puis-je faire pour vous ? » La vieille dame a un accent irlandais chantant très prononcé. Peut-être qu'elle est vraie, cette histoire de pirates irlandais.

« Je me demandais si vous auriez une chambre libre pour quelques nuits.

— Bien sûr, dit miss Ruthie. Venez donc vous asseoir. Je vais vous préparer le petit déjeuner. »

Olivia s'attend presque à voir un farfadet apparaître en sautillant et lui proposer de porter sa valise.

La cuisine est tout en bois et peinte à la mode des années cinquante, dans un mélange de jaune poussin et de vert épinard. Assise à la table de la cuisine, à écouter la pluie tambouriner sur le toit, Olivia se dit qu'un chez-soi n'a rien à voir avec l'architecture d'une maison, mais tout avec l'atmosphère que telle ou telle personne y crée. Si miss Ruthie s'installait dans le duplex minimaliste de Feramo à Miami, elle le transformerait en chaumière de Blanche-Neige ou en Petite Maison dans la Prairie.

Olivia avale un petit déjeuner de haricots frits et de pain de maïs servi dans une assiette cerclée de deux traits bleus qui lui rappelle son enfance. Miss Ruthie a deux chambres libres, toutes les deux avec vue sur la mer. La première est au rez-de-chaussée et l'autre – une suite ! – à l'étage. La première est à cinq dollars par jour et la suite à quinze. Olivia choisit la suite, qui a des plafonds mansardés, une terrasse couverte et vue sur l'extérieur sur trois côtés. On se croirait dans une petite maison en bois à l'extrémité d'une jetée. Les murs sont peints en rose, vert et bleu. Il y a un lit à montants d'acier et une salle de bains tapissée d'un papier où se répètent ces trois mots *Je vous aime je vous aime je vous aime*. Surtout, le papier-toilette est impeccablement plié en pointe.

Miss Ruthie lui apporte une tasse de café instantané et un morceau de gâteau au gingembre.

« Vous allez plonger tout à l'heure ? demande-t-elle.

— J'y vais de ce pas. Dès que j'aurai rangé mes affaires.

— Allez donc chez Rik. Il s'occupera de vous.

— Je le trouve où ? »

Miss Ruthie la regarde comme si elle était demeurée.

Olivia emporte le café et le gâteau sur la terrasse avec le journal et s'installe sur un divan au tissu autrefois fleuri. Un article est intitulé AL-QAIDA SOUPÇONNÉ DANS L'EXPLOSION D'ALGÉSIRAS. Elle commence à lire mais s'endort, bercée par le bruit de la pluie qui crépite sur les eaux calmes de la baie.

28

À vingt mètres de profondeur, on se croit dans un rêve ou sur une autre planète. Olivia, en maillot de bain rouge et équipement de plongée, est au bord d'une falaise à pic qui plonge sur trois cents mètres vers les profondeurs. On peut sauter, faire une culbute et descendre à son rythme. Elle suit un poisson-boule. Un joli petit animal orange vif, gros comme un ballon de foot, avec d'énormes yeux ronds bordés de gris. On le croirait sorti d'un dessin animé de Walt Disney. Un banc de poissons extraordinaires, bleu et vert, se déploie autour d'elle comme un motif des années cinquante sur une serviette de bain. Dwayne, son compagnon de plongée, est un hippy de vingt-deux ans aux cheveux longs et au corps svelte. Il cogne ses poings l'un contre l'autre pour lui demander de vérifier son air. Elle lève sa jauge. Cinquante minutes ont passé, alors qu'elle jurerait n'être là que depuis cinq minutes. Elle regarde vers la surface tachetée de soleil. Elle n'aurait jamais cru être descendue à une telle profondeur et elle a un choc ; elle se sent complètement chez elle. Il suffit de ne pas paniquer et de respirer.

À contrecœur, elle remonte vers la surface et garde un rythme lent tout en suivant la silhouette menue de Dwayne, dont la crinière flotte mollement. Elle sent l'air dilater son gilet et le laisse échapper par petits coups brefs. En arrivant à la surface, elle regarde l'autre monde avec stupéfaction : un soleil éclatant, un ciel bleu ; l'alignement riant de maisons en planches sur le rivage semble incroyablement proche. Elle a l'impression d'être allée à cinq lieues de profondeur, à un million de kilomètres de la civilisation, et maintenant, il y a si peu d'eau qu'ils peuvent presque se tenir debout en ayant pied.

Dwayne et elle gagnent à la nage la jetée où se trouve la cabane de Rik. Ils s'accrochent aux barreaux de l'échelle pour ôter leurs masques, encore en proie à l'euphorie de la plongée. Ils posent leurs ceintures lestées sur la plate-forme en bois, détachent leurs réservoirs et attendent qu'on vienne les aider à remonter. Un petit groupe se serre sur les bancs devant la cabane, en grande conversation. Personne ne les a remarqués.

« Salut, les touristes ! Quoi de neuf ? » leur lance Dwayne. Il se hisse sur la jetée puis aide Olivia à monter.

« Salut, Dwayne, répond l'un d'eux. Tu n'as rien vu qui fâche en bas ?

— Non, mec. C'est super. De l'eau bleue. »

En avançant sur les lattes de bois chaudes de la jetée, Olivia constate qu'elle a les jambes un peu flageolantes. La plongée a duré longtemps. Dwayne rince l'équipement dans un tonneau d'eau douce. Il lui tend une bouteille d'eau fraîche. « Tiens, tu as viré au blond », dit-il.

Olivia porte ses mains à ses cheveux. Ils sont collés par le sel.

« Tu es mieux qu'en rousse.

— Dire qu'ils prétendent que ça dure de six à huit shampooings ! » dit-elle en commençant à plonger son matériel dans le tonneau.

« Salut, Rik, quoi de neuf ? Il s'est passé quelque chose ? » lance Dwayne lorsque Olivia et lui s'approchent du groupe.

Rik, un Canadien trapu et moustachu avec une petite allure de prof de fac, est plus vieux que les autres.

« Ils ont commencé avec les balises au-dessus de la grotte de Morgan, dit Rik, qui s'écarte pour laisser Olivia s'asseoir, puis tend la main vers une glacière et lui passe une boisson gazeuse. Frederick est descendu là-bas avec un groupe de clients et il a rencontré dans la galerie un autre groupe, conduit par Arturo, sur un bateau de Roatán qui venait en sens inverse. Arturo a dit qu'il avait laissé une balise, mais elle n'était plus là quand Frederick est descendu. Encore un coup tordu de la bande à Feramo. »

En entendant ce nom, Olivia se raidit, mais elle essaie de rester naturelle.

L'un des autres intervient : « Samedi, quelqu'un a posé une bouée là-bas alors que personne n'était en plongée. Arturo l'a vue et est descendu pour la contrôler, mais il n'y avait personne. La seule façon d'arrêter ça, c'est de poster un bateau toute la journée au-dessus des sites de plongée.

— Oui, on sera peut-être forcés de faire ça, et avec plus d'un bateau », lance Dwayne d'une voix morose et menaçante. Le groupe commence à se séparer. Dwayne lui propose de la raccompagner chez miss Ruthie.

Innocemment, elle demande : « De qui ils parlaient, tout à l'heure ?

— Des types de l'hôtel de Pumpkin Hill. Ils s'occupent du centre d'écoplongée installé là-bas, un truc de luxe qui appartient à un Arabe, un magnat du pétrole. Ils essaient de se débarrasser de tous ceux qui s'occupent de plongée dans le secteur et de s'assurer l'exclusivité de ces grottes et de ces galeries au bénéfice de leurs clients. Une sale magouille.

— C'est un hôtel réservé à la plongée sous-marine ?

— Oui, mais j'ai l'impression que ça couvre un drôle de micmac. Il a une grosse clientèle de plongeurs commerciaux et de soudeurs. Et puis cette saloperie de jetée... Pourquoi a-t-il besoin d'un machin aussi énorme à Popayán ? »

Olivia réfléchit à toute vitesse.

« Des soudeurs ? On peut souder sous l'eau ? Qu'est-ce qu'ils mettent dans leurs chalumeaux ?

— De l'acétylène.

— Ce n'est pas explosif ?

— Si on le mélange à de l'oxygène, si.

— Même sous l'eau ?

— Ah, mais oui. Enfin. On est arrivés. On se retrouve à La Pinte, ce soir ?

— Euh, oui, répond-elle vaguement. À plus tard. »

Elle se hâte de remonter dans sa chambre et feuillette le journal à la recherche de l'article sur la bombe d'Algésiras qu'elle a lu la veille. Une explosion dans un complexe touristique, attribuée à Al-Qaida.

« D'après les premiers éléments de l'enquête, le système utilisé était à base d'acétylène. L'acétylène est facile à se procurer et couramment utilisé par les plongeurs des sociétés de soudure. »

La Pinte de Bon Sang vaut le coup d'œil. C'est une baraque en bois avec un sol de pierre, un bar en bois brut et un barman édenté. Trois autochtones sont assis au bar. Les tables et les bancs sont occupés par des routards.

Observer le comportement sexuel du routard est une activité qu'Olivia juge plaisante. Dans ce monde-là, on réprouve toute manifestation trop voyante de sexualité ou d'aisance financière. Il est tout aussi impensable de se pointer à une soirée de routards en dos-nu et minijupe qu'en costard de chez Marks et Spencer ou en cuissardes de pêcheur. L'uniforme, c'est le vêtement passé et élimé qui était peut-être à la bonne taille au départ de Stockholm ou Helsinki mais qui, après six mois de plongée, de riz, de petits pois et de diarrhée, est devenu deux fois trop grand pour son propriétaire.

Dwayne agite la main quand elle entre et lui fait signe de venir s'asseoir à côté de lui. Les trois types du bar hurlent de rire. Elle les regarde et s'aperçoit que l'un d'eux raconte une histoire et est plié en deux, le cul en l'air.

Autour de Rik, le groupe s'écarte pour faire de la place à Olivia sur le banc. L'un de ses compagnons raconte avec force jargon technique une anecdote de plongée où il semble être question des gens de Feramo.

« Alors dans la Gueule du Diable il en chope un qui n'a pas laissé de bouée, et le gars lui débranche son air. »

Olivia a un choc en voyant entrer Morton C.

« C'est pas vrai ! Qu'est-ce qu'il a fait ?

— Il a coupé l'AA de l'autre mec... »

Elle l'observe qui rejoint un groupe au fond du bar et échange des saluts virils avec eux, comme s'ils faisaient partie d'un gang du sud de LA.

« ... et il s'est servi de son stab pour respirer... »

Morton s'aperçoit qu'elle le regarde et il lève sa bouteille de bière en guise de salut. Elle note un léger changement d'expression, qui peut être – ou pas – un sourire.

« ... après ça, il a fait une RU en attendant d'être à bonne distance pour rouvrir sa valve. »

Un homme s'approche de leur table. Il ressemble à un hippy des années soixante-dix – grosse moustache en guidon de vélo, cheveux longs, sommet du crâne chauve. « Salut, Rik. Tu embarques tout le monde sur le bateau jusqu'à l'îlot de Bell Key ?

— Pourquoi ? »

Le visage de l'homme se fend lentement d'une oreille à l'autre. « On a notre part.

— Ouais ! On y va ! Vous venez, Rachel d'Angleterre ? »

Renseignements pris, un gros sac de cocaïne s'est échoué sur le rivage de Popayán la veille et les habitants de West End s'en partagent démocratiquement le contenu. Olivia se demande si par hasard c'est celui qu'elle a jeté par la fenêtre de son hôtel : hautement improbable, mais si c'était le cas, la boucle serait plaisamment bouclée.

L'essentiel de la clientèle de La Pinte appareille pour l'îlot, dans une petite flottille de bateaux de plongée. L'un d'eux cale en chemin et Olivia est tout excitée en voyant que c'est Morton C qui sauve la situation. Il tire sur le câble du démarreur, tripote la commande des gaz, puis bascule le moteur de façon à le mettre hors de l'eau. Il bricole quelques minutes, remet le moteur en place, tire deux ou trois fois sur le câble et le moteur repart impeccablement.

Après mise en commun des munitions, on a récolté un bidon en plastique de quatre litres empli de rhum et huit litres de jus d'orange. Une fois sur l'îlot, un morceau de terre inhabité de cent mètres de large, on allume un feu, et on mélange les boissons dans des noix de coco vides. Au début, cela rappelle à Olivia les sorties de son école, quand chacun essayait de repérer sa future chacune, en affichant une décontraction de surface ponctuée d'éclats de rire nerveux. Quelques-uns se mettent à chanter, on grattouille quelques guitares pendant qu'on prépare des lignes de coke et que des joints circulent. Olivia rejoint ceux qui s'installent autour du feu.

Elle a une conscience aiguë de la présence de Morton C, qu'elle surveille du coin de l'œil, et elle panique légèrement lorsqu'elle le voit parler à une autre fille. Tout ça est délicieusement ado. Il ne lui prête aucune attention, mais leurs regards se croisent à deux reprises et elle *sait*. Il s'installe de l'autre côté du feu et elle sirote son rhum-orange, déclinant la coke, mais prenant de temps à autre un taf lorsqu'on fait circuler un joint. Elle observe le visage sérieux de Morton C éclairé par les flammes. Dwayne se penche de façon à entrer dans son champ de vision. Ses cheveux plats lui battent le visage. « Rachel, chuchote-t-il solennellement, tu vois ces arbres là-bas ? Eh bien, il y a un hélicoptère dessous. Tu le vois ? Ils l'ont recouvert de coton. » Il jette alentour un regard furtif, puis se dirige vers les arbres à grands pas, d'une démarche simiesque.

La coke commence à produire ses effets. À sa droite, une discussion animée s'engage, où les interlocuteurs opinent furieusement.

« C'est ça, c'est ça, mon vieux ! C'est ça, c'est ça !
— Oui, enfin, tu vois, c'est, tu vois, tellement, tu vois...
— C'est exactement ce que je suis en train de dire ! C'est exactement ce que je suis en train de dire ! C'est *exactement* ce que je suis en train de dire. »

Quelqu'un se lève et s'approche du feu en murmurant : « ... les sens nous donnent peut-être un ressenti qui paraît la réalité et qui est effectivement lié à cette réalité, mais qui n'est pas à proprement parler la réalité. » Là-dessus, il met un orteil dans le feu, pousse un juron et s'effondre.

Olivia s'allonge et ferme les yeux. Quelqu'un a apporté une chaîne portable et mis une musique d'ambiance française. L'herbe est extra : légère, elle donne envie de rire et de baiser.

« Tu as changé la couleur de tes cheveux. »

Elle ouvre les yeux. Morton C est assis près d'elle et contemple le feu.

« C'est le soleil.

— Ah bon. »

Il se tourne et s'allonge à moitié, en appui sur un coude. Ses yeux caressent le visage d'Olivia. En se penchant encore de cinq centimètres, il pourrait l'embrasser. « Tu veux aller faire un tour ? » chuchote-t-il.

Il l'aide à se relever et l'emmène vers la plage en la tenant par la main. Ce contact plaît à Olivia. Il a la main calleuse de l'homme qui sait tout faire. Le chemin contourne un rocher qui cache le feu. Morton s'arrête, lui rejette les cheveux en arrière et plante dans ses yeux son regard gris intense ; la lune dessine la ligne élégante de ses pommettes et de ses mâchoires. Un visage d'homme adulte et aguerri, qui a vu beaucoup de choses. Il lui prend le visage entre ses mains et l'embrasse, audacieux, insolent, en la coinçant contre le rocher. Il embrasse très bien.

Pendant qu'il laisse courir ses mains sur le corps d'Olivia, elle lui passe les bras autour du cou, absorbant le baiser, et explore les muscles de son dos. Sous la chemise, elle sent une bretelle qu'elle suit avec ses doigts jusqu'à la hanche. Morton repousse sa main.

« Tu as une arme ?

— Non, ma belle. C'est le plaisir de te voir.

— Elle est drôlement placée.

— Un peu de fantaisie ne nuit pas », dit-il en glissant une main experte sous le jean d'Olivia. Eh bien ! Elle retrouve ses seize ans !

Des cris retentissent. Dwayne apparaît au détour du rocher. Il les regarde fixement en mâchant un chewing-gum avec violence. L'espace d'une seconde, il a l'air tout triste, puis il se détourne. « Hé, là-bas, le bateau va rentrer », lance-t-il d'un ton grognon.

Ils se ressaisissent et se rajustent. Morton C passe le bras autour des épaules d'Olivia et ils vont rejoindre les autres. Il a un bref éclat de rire : « Oh, putain ! Comment on va faire monter tout ce petit monde dans le bateau ? »

Rik a grimpé à mi-hauteur d'un palmier, peut-être en quête d'un hélicoptère, encotonné ou non. Dwayne, qui rumine toujours son chewing-gum, sautille le long de la plage. Dans le lagon se trouve un petit groupe de séparatistes qui dansent dans l'eau en agitant les bras au-dessus de leurs têtes. Près des braises mourantes du feu, les autres sont venus se joindre à la consensus-party déchaînée et se hurlent à la figure : « C'est *exactement* ce que je pense, c'est *exactement* ce que je pense !

— Exactement ! C'est exactement ça ! »

Morton C soupire et commence à rassembler tout le monde.

Le vent est tombé et la mer est d'un noir d'encre, parfaitement lisse. La conversation s'oriente sur Feramo. Très énervé, Dwayne regarde les lumières à l'extrémité de l'île en continuant à mâcher frénétiquement.

« Il faut surveiller tout ce qu'on dit maintenant à Popayán, parce qu'on ne sait jamais qui est de leur bord et qui ne l'est pas. Je me pointe là-bas demain, histoire de leur faire une petite surprise, bordel.

— Arrête, mon vieux, dit Morton C. Tu es défoncé. On se calme.

— Faut pas les louper, dit Dwayne. C'est dingue, mec. On connaît ces grottes mieux qu'eux. Faut pas les louper. » Il fixe un point dans le vide, droit devant, ruminant toujours, pendant qu'une de ses jambes se plie et se détend, agitée d'un violent tic nerveux.

Olivia frissonne. Morton l'attire contre lui et lui passe son pull autour des épaules. « Ça va ? » murmure-t-il.

Elle acquiesce, ravie. « Tu sais quelque chose sur ces gens-là ? »

Elle secoue la tête et évite de le regarder. Brusquement, elle se sent très gênée à propos de la filière Feramo.

« Seulement ce que tout le monde raconte. Et toi ? »

On passe un joint à Morton C, qui en tire une grande bouffée tout en faisant « non » de la tête. Olivia remarque qu'il expire la fumée sans l'avoir inhalée.

« Moi, je voudrais bien le voir, cet endroit. Pas toi ?

— De toute façon, j'avais l'intention d'y aller. Je me suis dit que ça serait intéressant pour mon article. Mais maintenant, ça m'a l'air risqué.

— Tu es journaliste ? » Leurs doigts se frôlent quand il lui passe le joint.

Dwayne continue de déblatérer sur Feramo et Pumpkin Hill : « Faut vraiment monter un coup et leur foutre la trouille. Les choper par surprise, tu vois. Faire quelque chose de vraiment craignos dans ces grottes, tu vois, pour qu'ils n'y remettent plus les pieds, tu vois.

— Pour qui tu travailles ? demande Morton à Olivia.

— Je suis free-lance. Je fais un article sur la plongée pour le magazine *Elan*. Et toi, qu'est-ce que tu fais ici... ? »

Elle se mord la lèvre car Morton vient de lui glisser une main sur le genou et appuie son pouce en remontant lentement le long de sa cuisse.

Devant chez miss Ruthie, ils s'étreignent dans l'ombre, sous un arbre. Pendant un instant, en regardant par-dessus l'épaule de Morton, elle a l'impression que dans la maison un rideau a bougé, et qu'elle aperçoit une tête devant une lampe. Elle recule pour se cacher dans l'ombre.

« Je peux monter avec toi ? » chuchote-t-il dans son cou.

Au prix d'un énorme effort, elle s'écarte légèrement et secoue la tête.

Il baisse les yeux, se ressaisit, le souffle un peu rauque, puis la regarde.
« Les visites de nuit sont interdites, c'est ça ?
— Sans chaperon, oui.
— Tu plonges, demain ? »
Elle hoche la tête.
« À quelle heure ?
— Vers onze heures.
— Je viendrai te chercher après. »

Dans sa chambre, elle va et vient comme une lionne en cage. La chasteté de bonne sœur qu'elle s'impose est une vraie torture. Combien de temps va-t-elle tenir encore ?

29

Quand Olivia longe la rue principale tôt le lendemain matin, un coq chante et des odeurs de petit déjeuner sortent des maisonnettes en bois. Des enfants jouent sur les balcons et des vieux sont assis sur les balancelles des vérandas. Un homme lugubre au teint blafard vêtu d'un costume de croque-mort soulève son chapeau pour la saluer. À son côté se trouvent une jeune Noire aux cheveux roux et un enfant à la peau claire avec un nez aplati, de grosses lèvres et des cheveux frisés. La dame pâle aux cheveux blancs aperçue la veille se promène avec sa démarche élégante, son parasol et son compagnon décoratif. Olivia commence à imaginer qu'elle est dans un curieux pays où l'inceste et la consanguinité sont monnaie courante, où les pères couchent avec leurs neveux et où les grands-tantes ont des liaisons secrètes avec des ânes.

Elle se dirige vers une quincaillerie-droguerie qu'elle a repérée la veille, pleine de seaux en fer-blanc, de rouleaux de corde et de cuvettes. Elle a l'impression délicieuse que, dans ces magasins-là, aucun article n'est inutile et les prix sont raisonnables. Même si l'on dépense une grosse somme d'argent, on n'achète rien de superflu ni d'extravagant. L'enseigne au-dessus de la vitrine évoque celle d'un établissement de pompes funèbres de Chicago au XIXe siècle. Les mots *Henry Morgan & Fils* sont peints en noir avec force fioritures, et la peinture s'écaille, laissant apparaître dessous le bois fatigué.

À l'intérieur, un homme qui ressemble à un échalas en costume noir puise du riz avec une mesure en métal dans un grand tonneau de bois – à Popayán, pas d'Uncle Ben's en sachet prêt à cuire. L'homme marmonne en s'adressant à son client avec un accent irlandais aussi prononcé que celui de miss Ruthie. Olivia se penche par-dessus le comptoir, fascinée par tous les objets proposés à la vente : hameçons, lampes électriques, ficelle, petits fanions triangulaires, taquets, cirage. Une cloche retentit lorsque la porte s'ouvre ; la conversation s'arrête net et une voix avec un fort accent demande des cigarettes.

« Je regrette, on n'a plus rien à fumer.

— Vous n'avez pas de cigarettes ? » Une voix gutturale avec des *r* roulés et des *t* si appuyés qu'on les croirait crachés.

Aussi sec, Olivia sort le miroir incorporé à sa bague, tout excitée par cette première occasion de s'en servir. L'homme qui lui tourne le dos est petit, avec une taille épaisse, un jean et un polo. Elle bouge légèrement la main pour en voir plus et a le souffle coupé en avisant les cheveux noirs et frisés : c'est Alfonso. Elle baisse les yeux pour regarder une vitrine, et s'absorbe dans la contemplation intense d'un baromètre. Alfonso exprime un doute marqué et menaçant quant à la prétendue absence de cigarettes.

« Oh, mais nous en aurons jeudi quand le bateau arrivera, c'est certain, dit l'échalas. Essayez chez Paddy, à La Pinte. »

Alfonso balance une bordée d'injures et sort en trombe, claquant la porte derrière lui, ce qui affole la cloche.

Le silence règne quelques instants, puis le droguiste et son client recommencent à parler à voix feutrée. Elle distingue le mot « grottes », et la phrase : « Les chèvres d'O'Reilly sont mortes », mais elle se dit que c'est peut-être le fragment d'une vieille chanson irlandaise qu'elle a apprise à l'école et se rappelle sévèrement à l'ordre : pas question de faire tout un roman à partir de cet incident.

Au bout d'un moment, elle se retourne et demande une bobine de ficelle, une carte de l'île, un sac de ca-

rottes et un grand couteau, puis elle ajoute d'un ton désinvolte : « Oh, et un paquet de cigarettes.
— Bien sûr. Vous voulez lesquelles ? demande le commerçant.
— Qu'est-ce que vous avez ?
— Marlboro, Marlboro light et Camel », répond-il en jetant un regard malicieux vers la rue.

Olivia suit son regard et avise Alfonso en grande conversation, mais elle ne voit pas avec qui. Lorsqu'il se décale légèrement vers la gauche, elle aperçoit des cheveux ras décolorés et des vêtements baggy. Elle se cramponne au bord du comptoir, le feu aux joues, et éprouve une bouffée douloureuse. Morton C. Morton C est de mèche avec Alfonso. Ah, le salaud ! Comment a-t-elle pu être aussi bête ? Sa visite à Feramo est impossible, à présent. Il ne voudra jamais dans son harem d'une fille qui a passé une soirée à se laisser peloter par un de ses sbires. Elle a réussi à compromettre toute sa mission de surveillance à cause de ce ridicule moment d'oubli.

La clé du succès, c'est de savoir tirer parti de ses échecs, se répète-t-elle. Il lui reste deux heures avant son rendez-vous de plongée. Ce devrait être suffisant pour monter au sommet de Pumpkin Hill et voir ce qui s'y trame. Elle est fermement décidée à mettre à profit cette situation d'une manière ou d'une autre.

En se guidant avec la carte, elle sort du village par un sentier qui présente de nombreuses bifurcations et maints embranchements. Chaque fois qu'il peut y avoir confusion, elle laisse une carotte pour indiquer le chemin du retour. Devant elle, Pumpkin Hill émerge des fourrés comme un monticule parmi les Downs du Sussex. Un sentier sablonneux y grimpe en zigzaguant, en terrain complètement découvert. À droite, les fourrés continuent dans une vallée étroite qui flanque la colline. Quand Olivia s'approche du but, elle s'accroupit et braque ses jumelles vers le sommet. Elle perçoit un mouvement derrière un arbre et dirige ses jumelles dessus en essayant de faire le point. Une silhouette en vêtements de camouflage apparaît, avec à la main ce qui ressemble à une arme automatique, en train d'inspecter le secteur. Elle sort vivement son appareil photo miniature et prend un cliché. *C'est gonflé*, se dit-elle. *Pumpkin Hill est un lieu public. Les gens ont le droit d'y circuler et ils doivent pouvoir le faire sans qu'on leur braque des mitraillettes dessus.* Olivia est contre les armes de destruction, massive, individuelle ou autre.

Elle dépose une carotte pour se repérer, quitte le sentier et se dirige vers l'étroite vallée boisée sur la droite de la colline. Elle avance à grands pas furieux, écartant les branches et réfléchissant à ce que Feramo peut bien magouiller dans cet « écocentre » bidon. Elle est certaine qu'il y bricole de l'acétylène et que l'objectif est LÀ. Peut-être entraîne-t-il des plombiers-plongeurs pour les transformer en professionnels qualifiés qui iront se faire embaucher dans des centrales électriques. Là, ils s'occuperont du système de refroidissement et, une fois à pied d'œuvre, lâcheront de gigantesques bulles d'acétylène et d'oxygène, puis approcheront une allumette hydrofuge.

Les arbres et les fourrés arrivent presque jusqu'en haut. Parfois, le sol est très escarpé et l'ascension laisse Olivia couverte d'égratignures et d'estafilades. Lorsqu'elle approche du sommet, elle reprend espoir ; hélas, elle s'aperçoit que son chemin est barré par une clôture de trois mètres de haut couronnée de pointes. Si elle oblique à gauche, elle débouchera sur la colline en terrain découvert et le garde la verra. Elle choisit donc la droite et arrive devant un profond ravin. De l'autre côté, sur une saillie, pousse un arbre au-dessus duquel l'ascension est assez facile. Olivia pèse le pour et le contre. S'il n'y avait pas un vide de plus de quinze mètres au-dessous, elle n'hésiterait pas une seconde à sauter. Enfin, elle l'a vu faire cent fois à des princes aux cheveux blonds chez Walt Disney.

Avant de se donner vraiment le temps de réfléchir, elle saute et se retrouve de l'autre côté, où elle dérape sur une substance incroyablement visqueuse à l'odeur immonde. Elle se cramponne à l'arbre, qui en est lui aussi couvert, et réussit de justesse à éviter la chute. Lorsqu'elle tourne la tête pour regarder, elle se rend compte que cette boue répugnante est réellement suspecte. Ses narines font de la résistance. Forte de l'expérience accumulée dans le tiers-monde pendant ses années de routarde hippy, où elle a souvent affronté des toilettes nauséabondes, elle expire vivement et s'abstient de respirer tant qu'elle n'est pas sortie de la zone de puanteur. Alors, les poumons près d'éclater, elle tourne la tête vers le ciel, inspire une bouffée de l'air délicieusement pur de Popayán, et commence à se dévêtir.

Elle est étendue sur le ventre en slip et soutien-gorge, après avoir caché son jean, son tee-shirt et ses chaussures imprégnés de boue nauséabonde assez loin pour ne plus les sentir. Elle se trouve sur le côté de la colline, hors du champ de vision des gardes, et observe à la jumelle le domaine de Pierre Feramo. Un lagon turquoise fermé par une barrière de corail et bordé d'une plage parfaite, blanche, avec des cocotiers et des chaises longues en bois garnies de coussins de tissu crème. Au centre, une piscine carrée encastrée dans une terrasse en bois. Derrière, un grand bâtiment couvert de chaume sert manifestement de réception et de restaurant. Une jetée de bois enjambe le lagon et mène à un bar également couvert de chaume. De chaque côté, deux passages en bois sur l'eau conduisent chacun à trois paillotes, qui s'ouvrent toutes sur une véranda et un escalier en bois donnant accès à la mer. Six autres paillotes pour les résidents s'éparpillent sous les cocotiers au bord de la plage. *Mmmm*, se dit-elle, *peut-être devrais-je quand même y séjourner. Je me demande si je pourrais avoir une des paillotes sur l'eau. À moins qu'il ne soit plus agréable d'être au bord de la plage ? Oui, mais les puces de sable ?*

Les clients installés sur les chaises longues et les tabourets du bar ressemblent à des mannequins pour

Vogue. Un couple fait du kayak sur le lagon. Un homme regarde le fond avec un masque. Deux filles en tenue de plongée, avec de l'eau jusqu'à la taille, s'approchent du récif de corail, guidées par un moniteur. À la droite du complexe, il y a un parking sur lequel se trouvent des camions et des pelleteuses, un compresseur et des bouteilles d'air comprimé. Un sentier carrossable serpente, contournant un promontoire. Au-delà, une imposante jetée en béton dépasse la barrière de corail et mène jusqu'à la pointe, où l'eau n'est plus turquoise mais bleu très foncé. Olivia pose les jumelles et prend d'autres photos. Puis elle regarde à nouveau dans ses jumelles mais, curieusement, elle ne voit plus rien.

« Ce n'est pas le bon côté. »

Elle veut hurler, mais une main se pose sur sa bouche et l'autre lui tord le bras derrière le dos.

30

Elle se tortille pour se retourner et son regard plonge dans les yeux gris de son ex-favori. « Ah, mais c'est toi, grogne-t-elle à travers les doigts qui la musellent.

— Qu'est-ce que tu fais là ? » La voix de Morton C, assez amusée, contraste avec la main qu'il presse sur la bouche d'Olivia.

« Lâffff-moi », ordonne-t-elle en essayant de rassembler un minimum de dignité.

Morton desserre son étreinte et pose un doigt sur la gorge d'Olivia.

« Évite de parler fort. Qu'est-ce que tu fais là ?
— Je regarde le paysage.
— Dans cette tenue ?
— Je me bronze.
— Comment es-tu montée jusqu'ici ?
— J'ai sauté.
— Tu as *sauté* ?
— Oui, et j'ai failli tomber dans le trou. La plate-forme est couverte de boue gluante et mes fringues aussi.
— Elles sont où ? »

Olivia les montre du doigt. Il dégringole la pente. Elle entend de légers sons et des bruits de branches froissées. Elle fait mine de se retourner.

« J'ai dit : Ne bouge pas. » Il reparaît au détour de la colline. « C'est à toi, ça ? » demande-t-il en brandissant une carotte.

Elle le regarde d'un œil torve.

« Tu ne vas pas te mettre à bouder. Descends jusqu'à la plate-forme, lentement. Assieds-toi sur ce rocher. »

En s'exécutant, elle se rend compte qu'elle tremble. Morton C croise les bras et se dépouille de sa chemise qu'il lui tend.

« Mets ça.
— Non, ça pue ton odeur.
— Mets ça. » Il recule et la regarde enfiler la chemise. « Finalement, tu n'es pas journaliste du tout, hein ? Qu'est-ce que tu fais ici ?
— Je te l'ai dit. Je voulais admirer ce joli coin. Je suis venue me balader à Pumpkin Hill.
— Tu es dingue ou quoi ?
— Pourquoi je ne viendrais pas regarder ce joli hôtel ? Si je voulais y séjourner ?
— Eh bien, demande donc au joli office de tourisme du joli village et, s'ils ont une jolie chambre, ils t'amèneront dans un joli bateau.
— C'est peut-être ce que je vais faire.
— Ben voyons !
— Et toi, pourquoi es-tu ici, hein ?
— Tu es toujours aussi pénible ?
— Tu travailles pour Feramo, c'est ça ?
— Ce que tu vas faire, c'est retourner discrètement au village. Et si tu as pour deux sous de bon sens, tu éviteras de parler de ton expédition.
— C'est vraiment dégueulasse de faire ami-ami avec tous les plongeurs, comme si tu étais dans la bande, et puis de les dénoncer à l'autre salopard comme une bonne petite balance.
— Je ne comprends rien à ce que tu racontes. Cette boue, tu en as sur la peau ?
— J'en avais sur les mains, mais je les ai essuyées. »

Il lui prend les mains, les met à cinquante centimètres de son nez et renifle.

« Ça va. File. Je te verrai après la plongée. »

Pas de danger, espèce de faux cul, se dit-elle, furieuse. Assise sous les palétuviers, elle regarde à la jumelle Morton en train de fumer tranquillement une cigarette avec le garde au sommet de la colline. *Je plonge une dernière fois, je retourne à l'ambassade de Grande-Bretagne pour leur raconter ce que j'ai vu et, après ça, je rentre à Londres.*

Quand Olivia se présente à onze heures pour sa séance de plongée, un groupe fait cercle autour de la télévision crachotante qui se trouve dans la cabane de Rik, pour regarder les infos.

« *Elles sont petites, elles sont vertes et on en trouve partout, mais elles ne vont pas tarder à empoisonner le monde : les graines de ricin !*

» *Les experts estiment que ces graines communément cultivées sont peut-être à l'origine de l'attentat bioterroriste qui a eu lieu mardi sur le bateau de croisière* Coyoba, *et qui a jusqu'à présent coûté la vie à deux cent soixante-trois passagers. Cet attentat, dont la responsabilité est attribuée au réseau Al-Qaida, a utilisé pour agent la ricine, mise dans les salières de la salle à manger du bateau.* »

Apparaît à l'image un scientifique en blouse blanche. « *La ricine, on s'en souvient, est la substance utilisée lors de ce qui a été appelé "l'attentat au parapluie" qui a eu lieu à Londres, sur le pont de Waterloo en 1978. L'écrivain bulgare dissident Georgi Markov a été tué par un petit projectile empli de ricine et inoculé par un coup de parapluie. Le problème avec la ricine – qui présente un haut degré de toxicité pour les humains –, c'est qu'on la trouve dans la graine d'une plante très commune, le ricin, largement cultivée dans de nombreuses régions du globe. De plus, le poison peut être produit sous des formes très variées : sous forme de poudre, comme dans ce récent attentat, mais aussi de cristaux, de liquide et même de gel.* »

« D'après O'Reilly, c'est ce qu'ils font pousser sur la colline, dit Rik. Il pense que c'est ça qui a empoisonné ses chèvres.

Meeeerde ! pense Olivia en reniflant l'odeur de sa peau. « Je vais juste piquer une tête. Fait une chaleur ! » s'exclame-t-elle d'une voix enjouée.

173

Elle se précipite au bord de la jetée, se débarrasse de son short et plonge. Comme elle s'enfonce dans le lagon en se frottant la peau, son imagination passe en surmultipliée : *Ricine, crème pour le visage, Feramo a-t-il l'intention d'empoisonner la Crème de Phylgie de Dévorée avec du gel toxique ? Après quoi, Michael Monteroso s'en servira sur ses clients célèbres et, avant qu'on commence à avoir des doutes, Feramo aura empoisonné la moitié de Hollywood.*

Quand Olivia revient, Rik l'attend au bout de la jetée avec son équipement. « Ça te dit de faire une galerie ? demande-t-il avec un bref sourire éclatant.

— Euuhhh... » Olivia est résolument contre les galeries sous-marines et les épaves. Pour elle, tant qu'on respire et qu'on évite de paniquer sous l'eau, tout va bien. Quant à aller là où l'on risque de rester coincé, c'est une autre histoire.

« Je préférerais replonger sur le tombant.

— Ah oui, mais moi, je fais les galeries. Et Dwayne n'est pas libre. Alors si tu veux plonger, il faudra que tu viennes dans les galeries. »

Olivia déteste qu'on lui mette ainsi la pression.

« Eh bien dans ce cas, je retourne nager.

— Bon, bon, d'accord. On ne fera ni grotte ni galerie. Mais je te montrerai peut-être une ou deux crevasses quand même. »

Olivia essaie de chasser l'image déplaisante que le mot évoque pour elle.

31

Une fois sous l'eau, Rik se transforme en Technicien-Fier-de-l'Être. La même race que le type de la boutique d'espionnage qui a déniché le mouchard dans la chambre d'Olivia à l'hôtel Standard ou l'Informaticien-Fier-de-l'Être qui bricole votre ordinateur avec un sourire satisfait. Il vous parle un jargon inintelligible, comme s'il avait accès à un monde fabuleux où vous n'avez, vous, aucune chance de pénétrer un jour, et vous offre ainsi un petit aperçu de ses merveilles, revu-et-corrigé-pour-mouflets-de-trois-à-cinq-ans afin de vous faire baver d'admiration devant ses compétences avant de se foutre de vous avec ses copains initiés. Rik réussit à donner l'impression qu'il arbore le sourire supérieur du technicien même lorsqu'il se trouve à vingt-cinq mètres de fond, avec un masque sur les yeux et un tuba dans la bouche.

Olivia le suit dans une crevasse puis, quand elle se rend compte que ladite crevasse est une galerie et qu'elle est trop étroite pour faire demi-tour, elle panique tellement qu'elle ouvre la bouche et laisse tomber le régulateur. Pendant quelques secondes, elle brise la règle d'or de la plongée et se met à paniquer. Et si Rik était lui aussi un des hommes de Feramo et qu'il s'apprêtait à la tuer, ou à l'amener à Alfonso, qui pratiquerait sur elle une excision ? Et si elle se faisait coincer par une pieuvre ? Et si un calmar géant l'enveloppait de ses tentacules à ventouses et... *On se calme, on se calme, on respire, on respire.* Elle rassemble ses esprits, exhale lentement et se rappelle ce qu'elle doit faire : se pencher à droite, passer la main le long de sa cuisse, où le régulateur doit se trouver – il s'y trouve.

La galerie se rétrécit de façon alarmante. Olivia commence à fantasmer : elle va dénoncer Rik aux autorités de la plongée pour le faire radier. Les moniteurs de plongée peuvent-ils être radiés ? Elle ne respire pas correctement, et cafouille sous l'effet combiné de la peur et de l'indignation. Elle doit se forcer à suivre à la lettre les instructions qu'elle a reçues : respirer très lentement et profondément, sans écouter son instinct, comme si, au lieu de se trouver coincée dans une galerie sous-marine, elle était étendue à la fin d'une séance de yoga, et visualisait une boule de lumière orangée en train de lui descendre dans le corps. Elle entend bientôt sa respiration lourde, comme un effet sonore dans un film d'horreur.

Après un temps qui lui paraît démesuré, elle débouche dans de l'eau bleue. Ils se trouvent dans une énorme grotte. Il doit y avoir un grand trou au-dessus, car l'eau est claire et illuminée de rais de soleil. Elle lève les yeux, essayant de voir la surface, mais ne distingue qu'une lumière diffuse. Des bancs de poissons aux couleurs vives se dispersent çà et là. On se croirait dans un incroyable trip à l'acide. Elle va et vient à la nage, oublieuse du temps et de la réalité jusqu'au moment où elle voit Rik en face d'elle qui tape de l'index sur le cadran de pression d'air. Chaque coup est si lourd de sarcasme et si condescendant qu'elle se dit que ce qui a été gagné pour le monde de la plongée a été perdu pour celui du mime.

Il leur reste quinze minutes. Elle ne voit plus l'entrée de la galerie. Rik passe devant elle, la lui indique et lui fait signe d'ouvrir la voie. Cela nécessite plus de temps qu'à l'aller. Elle a l'impression que quelque chose ne va pas et ne reconnaît pas le chemin. La peur refait surface : Rik est un terroriste, il a parlé à Morton, il essaie de se débarrasser d'elle parce qu'elle en sait trop. Comme elle prend un virage, elle voit ce qu'il y a devant elle et hurle dans son détendeur, hurle, hurle tant et si bien qu'il se détache encore.

32

Olivia se trouve nez à nez avec un plongeur dont toute la tête est couverte d'une cagoule noire en caoutchouc, avec deux trous pour les yeux et une ouverture qui palpite et se rétracte comme une bouche de poisson autour de son détendeur. Pendant une seconde, dans la pénombre de la galerie, ils se fixent, hypnotisés, tels un chat et un poisson rouge. Puis le plongeur ôte son détendeur de sa bouche, d'où s'échappent des bulles, et le glisse dans celle d'Olivia, qu'il regarde fixement jusqu'à ce que sa respiration se régularise. Alors il reprend le détendeur et inspire de l'air à son tour. Il ne la quitte pas des yeux tandis qu'elle expire dans l'eau, puis lui remet le détendeur dans la bouche pour la laisser reprendre de l'air.

La tentation de se débattre et de respirer n'importe comment est puissante. Ils sont à vingt-cinq mètres de profondeur, sous du rocher. Elle sent Rik derrière elle, qui lui a saisi une jambe et la secoue frénétiquement en la poussant. Il croit peut-être qu'elle s'est arrêtée pour regarder le paysage ? Elle donne un coup de palmes pour lui faire signe d'arrêter tandis que le plongeur lui repasse doucement le détendeur.

La plongée est une lutte constante contre la panique. Cette phrase passe en boucle dans sa tête. Olivia s'est stabilisée, elle respire par le détendeur, mais une nouvelle vague de panique menace de la submerger. Elle est prise en sandwich entre Rik et l'encagoulé dans la portion la plus étroite de la galerie. Même si Rik et elle reviennent en arrière pour regagner la grotte, ils n'en auront peut-être pas le temps. Et s'ils y arrivent, ils ne trouveront pas nécessairement l'air dont ils ont besoin. Ils risquent de mourir là-bas.

L'homme à la cagoule lève un doigt pour attirer l'attention d'Olivia. Elle garde les yeux fixés sur les siens tandis qu'il tend la main vers ses cuisses. Puis il retire sa main, qui tient le détendeur de la jeune femme. Sans lâcher son regard, comme un moniteur qui fait une démonstration, il prend de l'air avec le détendeur d'Olivia, puis le lui tend. Elle a l'impression que ces yeux-là lui sont familiers, mais elle n'en distingue pas la couleur. Qui est-ce ? Au moins, il n'essaie pas de la tuer, ou alors il a un comportement d'échec. Il tend à nouveau le bras en avant, trouve la jauge d'Olivia, y jette un coup d'œil et la lui montre. À cette profondeur, il lui reste sept minutes d'air. Derrière elle, Rik lui secoue frénétiquement la jambe. Elle essaie de tourner la tête. Quand elle se retourne, le plongeur à la cagoule est en train de s'éloigner à reculons, à allure régulière, comme s'il était tiré. Elle donne un coup de pied et se remet à avancer. Elle sent une brûlure très vive et massive à une épaule. Du corail de feu. Elle résiste à l'envie folle d'envoyer un coup de palme dans la figure de Rik. Si elle avait prévu de s'aventurer dans un pareil boyau, elle aurait mis une combinaison.

La galerie s'élargit. La lumière change. Le plongeur à la cagoule a disparu. Elle avance de plus en plus vite et débouche en pleine mer, puis lève les yeux et voit les bulles de la surface qui donnent l'impression trompeuse d'être toutes proches. Elle résiste à l'envie de filer à la verticale et se tourne pour voir si Rik la suit. Il sort de la galerie et fait signe du pouce et de l'index que tout va bien.

Elle regrette qu'il n'y ait pas de signe pour « C'est pas grâce à toi, bougre de connard ».

Rik lève un pouce pour lui indiquer de remonter, puis son menton est pris d'un mouvement saccadé indiquant une panique brutale. Elle regarde vers la surface et voit la forme indistincte d'un requin.

Le squale est à environ six mètres au-dessus d'eux. Olivia sait que les plongeurs qui gardent leur calme n'ont rien à craindre des requins. Or celui-ci avance de façon rapide et délibérée, comme s'il avait vu une proie. Il y a des torsions convulsives, des remous violents, puis un nuage rouge se répand lentement. Olivia fait signe à Rik de s'éloigner. Il a les yeux écarquillés, fous de terreur. Elle suit son regard et voit quelque chose tomber vers eux. On dirait un poisson grotesque avec une énorme bouche sombre et béante, traînant dans son sillage des feuilles qui ressemblent à des algues. La chose pivote peu à peu et un visage humain apparaît, la bouche ouverte, figée sur un hurlement. Le cou crache du sang rouge vif, de longs cheveux flottent derrière. La tête de Dwayne.

33

Rik passe devant elle à la nage, battant l'eau dangereusement, le couteau brandi, en direction du requin. Tendant un bras, Olivia lui saisit la jambe et le tire en arrière. Elle lève la jauge, fait le signe du poing en travers de la gorge pour lui indiquer qu'ils n'ont plus d'air, et elle désigne la surface. Il baisse les yeux vers la tête qui continue à tomber dans l'abîme, puis se retourne et la suit. Elle s'éloigne en nageant avec des mouvements fluides, et vérifie à la boussole qu'elle se dirige bien vers le rivage ; elle vérifie aussi que Rik la suit toujours et sent dans le détendeur le changement indiquant que l'air est presque épuisé. À nouveau, elle doit lutter contre la panique. Des ombres noires rôdent au-dessus d'eux : des prédateurs qui arrivent sur les lieux du bain de sang. Elle amorce une remontée contrôlée, avec rejet lent et continu d'air en disant « Ahhh » à voix haute. Lorsqu'elle sent l'air gonfler davantage son stabilisateur jusqu'à lui serrer la poitrine, elle trouve le tuyau de lâchage d'air, en prend une grande bouffée qu'elle exhale lentement dans l'eau puis lève les yeux vers la lumière, les bulles et le bleu magique de la surface qui lui font signe, plus proches qu'elle ne l'aurait cru. Elle s'oblige à prendre son temps : *On respire, pas de panique, on ralentit sa remontée et on va à l'allure de la bulle la plus lente.*

Lorsqu'ils crèvent la surface, à bout de souffle, secoués par des haut-le-cœur, ils sont encore loin du rivage : la cabane de plongée est au moins à trois cents mètres.

« Qu'est-ce que tu lui as fait, à ce type ? hurle Rik.

— Quoi ? crie-t-elle en relevant son masque et en ôtant sa ceinture de lest. De quoi tu parles ? »

Elle lance un signal d'urgence vers le rivage et actionne son sifflet. Les habitués sont assis aux abords de la cabane. « Au secours, hurle-t-elle. Des requins !

— Qu'est-ce que tu lui as fait ? dit Rik dans un sanglot. Qu'est-ce que tu as fait ?

— De quoi tu parles ? lance-t-elle, furieuse. Tu es fou ou quoi ? Ce n'était pas Dwayne dans cette galerie. C'était un type avec un masque de caoutchouc. Il m'a donné son air et, après, il a filé à reculons.

— Ne raconte pas de conneries. C'est impossible. Hé ! hurle-t-il soudain en faisant de grands gestes vers sa cabane. Hé, par ici ! »

Elle regarde derrière elle et voit une nageoire fendre l'eau.

« Ta gueule, Rik, tiens-toi tranquille. »

Sans lâcher la nageoire de l'œil, elle siffle encore et lève un bras. Dieu merci, les types de la cabane ont enfin compris qu'il y avait urgence. Quelqu'un a mis en route le moteur, elle voit des gens sauter à bord et, quelques secondes plus tard, le bateau s'approche d'eux à pleins gaz. La nageoire disparaît sous l'eau. Olivia ramène ses jambes sous elle et flotte en position fœtale en pensant : *Vite, bon Dieu, vite !* La peur au ventre, elle s'attend à être bousculée, happée, déchiquetée. L'embarcation semble mettre un temps interminable à les rejoindre. *Mais qu'est-ce qu'ils foutent, ces petits branleurs ?*

« Laisse les bouteilles, monte », lui crie Rik, reprenant son rôle de moniteur compétent, quand le bateau s'approche. Olivia balance ses bouteilles et ses palmes et tend les bras de façon à se cramponner au plat-bord, puis, en s'aidant de ses pieds, elle bascule à l'intérieur où elle se laisse tomber à plat ventre, hors d'haleine.

Une fois sur la jetée, Olivia s'assoit sur le banc, une serviette sur les épaules, les bras autour des genoux. L'horrible rituel de la mort et de ses répercussions se déploie autour d'elle. Rik est parti en mer avec un compagnon afin de descendre dans une cage de fer pour essayer de récupérer les restes de Dwayne. Une entreprise vouée à l'échec, de toute évidence. La seule auxiliaire médicale de l'île de Popayán, une sage-femme irlandaise d'un certain âge, attend sur la jetée, debout, en serrant son sac contre elle. En entendant des sirènes, Olivia lève les yeux et voit un bateau aux phares clignotants approcher : le bateau du médecin de Roatán, la grande île.

« Vous savez, vous devriez vous étendre, dit la sage-femme en allumant une cigarette. On devrait vous emmener chez miss Ruthie.

— Il faut d'abord que la police l'interroge », déclare solennellement l'unique policier de Popayán.

Olivia a confusément conscience qu'autour d'elle il y a des palabres et qu'on échafaude diverses hypothèses : Dwayne était encore défoncé à la coke de la veille, et il était parti plonger seul ; il se gargarisait de la bonne leçon qu'il allait donner à « la bande à Feramo ». Il a pu commettre une erreur, se couper et attirer le requin, ou alors se colleter avec un des sbires de Feramo et se faire blesser. Les voix baissent quand elles évoquent l'individu de la galerie. L'un des gars effleure nerveusement l'épaule d'Olivia, juste là où le corail l'a blessée. Un gémissement lui échappe.

« Rachel, murmure-t-il, désolé de te poser la question, mais tu es sûre que ce n'était pas Dwayne dans la galerie ? C'est peut-être le requin qui le tirait en arrière. »

Elle secoue la tête. « Je ne sais pas. Le type portait une combinaison intégrale, avec masque et cagoule. Je ne pense pas que c'était Dwayne. Sinon, il se serait identifié d'une manière ou d'une autre. Les requins ne s'aventurent pas dans les galeries, si ? Et il n'y avait pas de cagoule sur... sur la tête. »

Quand Olivia rentre, miss Ruthie est en train de faire de la pâtisserie. Des grilles couvertes de gâteaux et de petits pains au lait sont étalées sur la cuisinière et le buffet peint en jaune, et l'air embaume la cannelle et les épices. Olivia sent des larmes lui picoter les yeux. Des images de bonheurs enfantins l'inondent : le cottage de Big Ears, la maison de Woodentops, sa mère en train de préparer des gâteaux quand elle rentrait de l'école.

« Jésus, Marie, Joseph ! Asseyez-vous vite. »

Miss Ruthie se précipite pour ouvrir un tiroir d'où elle sort un mouchoir repassé avec une fleur et l'initiale R brodées dans un coin.

« Oh, Sainte Vierge, mère de Dieu ! dit-elle en sortant d'une boîte métallique une miche à l'aspect un peu collant. Allons, allons. Je vais nous faire une bonne tasse de thé. » Elle coupe à Olivia une épaisse tranche de la miche, comme si le meilleur remède contre la vision de têtes coupées, c'était un gâteau bien collant et une bonne tasse de thé. Ce qui, se dit Olivia en mordant dans l'exquise et moelleuse tranche de tourte à la banane, n'est peut-être pas si faux.

« Est-ce qu'il y a un avion qui part aujourd'hui ? demande-t-elle posément à miss Ruthie.

— Ah, mais bien sûr. Dans l'après-midi, en général.

— Comment je fais pour retenir une place ?

— Vous n'avez qu'à laisser votre sac sur le perron et Pedro frappera quand il passera devant la maison avec la camionnette rouge.

— Mais comment saura-t-il qu'il faut qu'il s'arrête ? Comment saura-t-il que je veux prendre l'avion ? Et s'il est complet ? »

À nouveau, miss Ruthie la regarde comme si elle était demeurée.

On frappe juste après trois heures. La camionnette rouge est vide. Olivia regarde sa valise beige et kaki bien-aimée disparaître à l'arrière, puis grimpe devant, la main crispée sur l'épingle à chapeau : elle s'assure avec son pouce que sa bague-miroir est toujours en place et que son vaporisateur à poivre est bien dans la poche de son short. Il fait un temps superbe : ciel bleu, papillons et colibris voletant au-dessus des fleurs des champs. Toute cette douceur de vivre est incroyable et troublante. Quand elle aperçoit le panneau évoquant Robinson Crusoé et le petit pont qui mène à la piste d'envol, elle commence à rassembler ses affaires, mais le camion tourne à droite.

« Eh, ce n'est pas l'aéroport, dit-elle, nerveuse, en restant résolument assise lorsque le véhicule s'arrête brutalement sur un carré d'herbe rabougrie à côté de la mer.

— ¿ Que ? dit Pedro en ouvrant la porte. *No hablo inglés.*

— *No es el aeropuerto. Quiero tomar el avión para La Ceiba.*

— Oui, oui, dit-il en espagnol en déchargeant la valise qu'il pose sur le sol. L'avion part de Roatán le mardi. Il faut attendre le bateau. » Et il hoche la tête en direction de l'horizon vide. Le moteur tourne toujours. Pedro attend impatiemment qu'elle descende.

« Mais il n'y a pas de bateau.

— Il sera là dans cinq minutes. »

Olivia descend, assaillie par le doute. « Vous n'avez que quelques minutes à attendre, dit-il avant de remonter dans sa camionnette.

— Eh, où allez-vous ?

— Au village. Pas de souci, le bateau ne va pas tarder. »

Il passe la première et elle regarde d'un œil nostalgique la camionnette s'éloigner en brinquebalant. Soudain, elle se sent anéantie de fatigue, trop lasse pour faire quoi que ce soit. Le bruit du moteur s'éloigne et le silence s'installe. Il fait très chaud. Aucun bateau en vue. Elle tire sa valise vers un casuarina, à l'ombre duquel elle s'assoit en chassant les mouches. Au bout de vingt minutes, elle entend une sorte de piaulement. Elle se relève d'un bond, scrute l'horizon avec ses jumelles, pleine d'espoir, et avise un bateau qui arrive à vive allure. Elle sent un immense soulagement l'envahir, tant il lui tarde de quitter les lieux. Quand le bateau s'approche, elle constate que c'est un hors-bord blanc plutôt tape-à-l'œil. Elle n'a rien vu de la sorte à Popayán, mais peut-être que Roatán est un centre de tourisme international plus branché que Popayán. Peut-être que l'aéroport a sa vedette privée.

Le marin agite les bras, coupe le moteur et décrit un arc parfait pour amener le bateau près de la jetée. C'est un grand hors-bord très élégant avec des sièges en cuir blanc et des portes en bois vernis menant à une cabine au-dessous du pont. « ¿ *Para el aeropuerto Roatán ?* demande-t-elle, inquiète.

— *Si, señorita, suba abordo* », dit le marin en amarrant le bateau. Il jette la valise à bord et tend la main à Olivia pour l'aider à monter. Puis il défait la corde, lance le moteur à plein régime et se dirige vers le large.

Assise sur le bord d'un siège en cuir blanc, Olivia regarde, non sans un certain malaise, la côte de Popayán s'éloigner, se réduire à un point insignifiant, puis scrute avec angoisse l'horizon vide devant elle. Quand la porte de la cabine s'ouvre, elle voit émerger de la cale une tête brune, avec une calvitie naissante auréolée de cheveux noirs courts, très frisés. L'homme lève les yeux et un sourire mielleux et servile lui fend le visage.

34

Olivia est assise à l'avant du bateau sur le siège en cuir blanc du passager. Elle lutte contre la nausée et sa tête ballotte comme celle d'une poupée de chiffon au gré des paquets de mer qu'elle reçoit toutes les deux ou trois secondes. Alfonso, trempé lui aussi, est debout au volant. Il porte une tenue ridicule : chemise blanche, short blanc, chaussettes trois quarts et casquette de capitaine. Il pilote d'une main malhabile et va beaucoup trop vite, face au vent, de sorte que le bateau se cabre et prend chaque vague de plein fouet. Sans y prêter attention, il gesticule en désignant le rivage devant eux et, bien que sa voix soit totalement couverte par les rugissements du moteur, il lui hurle des phrases qu'elle n'entend pas.

Elle rumine des pensées moroses. *Comment ai-je pu être aussi bête ? Miss Ruthie travaille pour Alfonso. Elle a sans doute empoisonné le gâteau à la banane et décapité Dwayne. Elle est aussi dangereuse que le petit nain maléfique à l'imperméable rouge dans* Ne vous retournez pas[1]. *Elle va surgir dans la cabine en costume de Petit Chaperon rouge et me couper la gorge. Qu'est-ce que je peux faire ?*

La réponse, elle s'en rend bien compte, est « rien ». Elle a toujours son épingle à chapeau dans la main, et son vaporisateur de poivre dans la poche, mais ses chances de maîtriser deux hommes robustes avec un

---

[1]. Film d'horreur et de suspense de Nicholas Roeg (1973), avec Donald Sutherland et Julie Christie.

stylo et une épingle à chapeau sont de toute évidence très minces.

« Où va-t-on ? crie-t-elle. Je veux aller à l'aéroport.

— C'est une surprise, répond gaiement Alfonso. Une surprise signée Mr. Ferrrramo.

— Arrêtez ! Arrêtez ! crie-t-elle. Ralentissez ! »

Il l'ignore, éclate d'un rire gras et prend une autre vague de face.

« Je vais vomir ! » gémit-elle en se penchant vers la tenue d'un blanc immaculé et en mimant un hoquet. Alarmé, il fait un saut en arrière et coupe aussitôt le moteur.

« Sur le côté, dit-il en agitant la main vers elle. Làbas. *Agua*, Pedro. Vite. »

Elle a un haut-le-cœur très convaincant, mais à sec, par-dessus le bord, sans se forcer beaucoup. Puis elle se redresse, une main sur le front. « Où va-t-on ? demande-t-elle d'une voix faible.

— À l'hôtel de Mr. Ferrrrramo. Pour une surprise.

— Pourquoi ne m'a-t-on pas demandé mon avis ? C'est un enlèvement. »

Alfonso relance le moteur et la regarde avec son sourire onctueux. « C'est une belle surprise ! »

Elle se concentre pour essayer de vomir. *La prochaine fois, ça sera pour de bon*, se dit-elle. *Et je viserai son joli petit short*.

Lorsqu'ils contournent le cap, une scène de vacances idyllique s'offre à leurs yeux : sable blanc, mer turquoise, baigneurs qui folâtrent en riant dans l'eau devant la plage. Olivia a envie de courir à terre en criant : « C'est un endroit maudit, maudit ! Tout ça, c'est construit sur des assassinats et des morts ! »

Le marin s'approche et propose de prendre le volant, mais Alfonso l'écarte d'un geste impatient et fonce vers la jetée comme s'il était en train de tourner une pub pour des chocolats à la menthe, du gel-douche ou une pâte dentifrice blanchissante. Il s'aperçoit juste à temps qu'il a mal calculé son coup et oblique sur la gauche, dispersant les plongeurs et évitant de justesse un jet-ski, décrit un cercle cafouilleux qui produit d'abondants remous, arrête le moteur un petit peu trop tard et percute malgré tout la jetée, ce qui lui arrache un juron.

« Magistral, dit Olivia.

— Merci, répond-il comme si de rien n'était. Bienvenue à La Isla Bonita. »

Olivia pousse un profond soupir.

Une fois débarquée sur la surface stable de la jetée, lorsqu'elle sent le soleil sécher ses vêtements trempés et son mal de mer se dissiper, la situation lui paraît moins catastrophique. Un charmant jeune homme en bermuda blanc lui prend son sac et propose de lui montrer sa chambre. Décidément, les charmants chasseurs deviennent un leitmotiv dans ce voyage. Elle repense à celui du Standard, à ses yeux d'un bleu trop vif, ses muscles saillants, ses favoris et sa barbiche, et à son visage qui ressemblait à ces croquis d'enfants qu'on voit sur les ardoises magiques, elle se promet de fouiller sa chambre à la recherche d'éventuels mouchards. Et soudain, tout s'éclaire : Morton, avec ses cheveux ras décolorés et ses yeux gris intelligents ; le plongeur au regard calme et posé derrière son masque ; le chasseur du Standard au corps compact et aux yeux bleu vif mal assortis à la couleur de ses cheveux et de sa barbe. Les lentilles colorées, ça existe. Les trois ne font qu'un.

Elle s'efforce de garder son calme tout en regardant le chasseur actuel d'un œil soupçonneux, et le suit dans une série d'allées à caillebotis bordées de mains courantes en cordage. Le centre est le sommet de l'écologie raffinée, un paradis pour pieds nus : sentiers couverts de fragments d'écorce, panneaux solaires, morceaux de bois gravés pour indiquer le nom des plantes. Elle se demande s'il y a des plants de ricin soigneusement étiquetés, et se promet d'aller faire une promenade le lendemain matin à la recherche de chèvres mortes.

Sa chambre – ou plutôt sa petite suite avec vue sur l'océan – est située à l'arrière de la plage, sur des pilotis à l'orée de la jungle. Elle est déçue de ne pas avoir une de celles qui donnent carrément sur la mer, mais compte tenu des circonstances, elle se dit qu'il serait peut-être malvenu de demander à changer de chambre. Sa paillote est entièrement en bois avec un toit de chaume ; le linge et les moustiquaires sont dans des tons doux beige et blanc. Des fleurs de frangipanier sont étalées sur ses oreillers. Les murs à lattes permettent à la brise de mer d'ajouter ses courants d'air à ceux du ventilateur au plafond. La salle de bains a des robinets chromés modernes, une grande baignoire en porcelaine faisant jacuzzi, et une douche séparée. Pour l'élégance, rien à dire. Toutefois, le papier-toilette n'est pas plié en pointe. En fait, il n'est pas plié du tout et l'extrémité du rouleau pend tout bonnement.

« Mr. Feramo vous attend pour dîner à sept heures », dit le garçon avec un sourire entendu.

Il va m'empoisonner. Feramo va m'empoisonner avec de la ricine dans le sel. Ou il va me faire servir une chèvre empoisonnée de O'Reilly. Ou me lancer dessus une bulle d'acétylène mélangée à de l'oxygène et y mettre le feu.

« C'est très gentil. Où ? demande-t-elle d'un ton calme.

— Dans sa suite », répond le garçon avec un clin d'œil. Elle réprime un frisson. Elle a horreur des gens qui clignent de l'œil.

« Merci », répond-elle d'une voix faible. Elle se demande si elle doit lui donner un pourboire ou non, puis décide que si elle doit pécher, ce sera plutôt par excès de générosité, et lui tend un billet de cinq dollars.

« Oh, non, dit-il avec un sourire. Ici, on ne marche pas à l'argent. »

Tu parles, Charles.

Quel bonheur de se doucher pour de vrai, avec un large jet-pluie à haut débit instantané, des jets latéraux et un pommeau chromé grand comme une assiette plate. Elle prend son temps, se lave les cheveux avec les produits haut de gamme fournis, se frictionne au gel, se rince, se passe de la crème pour le corps, puis s'enveloppe dans le merveilleux peignoir de bain crème et, pieds nus sur le plancher, va jusqu'au balcon, où elle se vaporise de l'antimoustique sur les poignets et les chevilles, en espérant que ce sera également efficace contre les kidnappeurs islamiques et aquanauticides.

Il fait nuit maintenant ; le chant des cigales et des grenouilles résonne dans la jungle. Des torches enflammées éclairent le chemin menant à la mer ; on aperçoit la tache turquoise de la piscine à travers les branches des palmiers et l'air embaume le jasmin et le frangipanier. De délicieuses odeurs de cuisine viennent du restaurant, ainsi que le murmure de voix satisfaites. C'est la face séduisante du mal, pense Olivia, qui retourne d'un pas décidé dans sa chambre pour chercher le détecteur de micros, qui fait aussi fonction de calculatrice, acheté à la Spy Shop de Sunset Boulevard.

Elle sort l'appareil de sa valise, non sans un battement de cœur, puis le regarde fixement et fronce les sourcils. Elle a oublié ce qu'il faut faire. Elle a préféré jeter les emballages de tous ses appareils pour rendre le camouflage plus efficace, mais sans penser au hic majeur : elle a jeté le mode d'emploi avec. Elle se souvient vaguement qu'il faut entrer son code personnel. Elle se sert toujours de 3637, les âges respectifs de ses parents lorsqu'ils sont morts. Elle entre les quatre chiffres : rien. Peut-être faut-il d'abord allumer l'appareil ? Elle presse le bouton « on » puis entre 3637. Après quoi elle agite l'appareil dans la pièce : rien. Ou il n'y a pas de micros, ou cette saloperie de bidule est cassée.

Elle craque. C'est la goutte d'eau fatale qui s'ajoute aux stress cumulés de la journée, et elle lance la petite calculette avec rage à l'autre bout de la chambre, comme si elle était responsable de tout : la tête de Dwayne, Morton C, miss Ruthie, le violeur sous-marin à la cagoule, l'étrange boue visqueuse sur la colline, l'enlèvement, tout, quoi. Elle s'enferme dans la penderie, le dos à la porte, et se roule en boule.

Soudain, elle entend un petit bip. Elle relève la tête, ouvre la porte, et rampe vers la calculette. Elle marche. Le petit écran s'est allumé. Elle éprouve une bouffée d'affection pour le petit gadget. Ce n'est pas la faute du détecteur de micros-calculette, qui fait de son mieux. Elle compose à nouveau le code. L'appareil vibre légèrement. Excitée, Olivia se lève et se met à arpenter la pièce en tenant la calculette comme si c'était un détecteur de métaux. Comment savoir si on découvre un micro ? Elle a oublié ce qui doit se passer. L'appareil se remet à faire *bip, bip*, comme s'il essayait de l'aider. Bon sang, mais c'est bien sûr ! Il fait *bip* quand il détecte quelque chose et se met à vibrer de plus en plus fort à mesure qu'il s'approche du micro. Elle l'agite devant les prises de courant : rien. Il n'y a pas de connecteurs de téléphone. Elle essaie les lampes : rien. Soudain, elle sent le rythme des vibrations changer. Elle les suit jusqu'à une table basse sur laquelle se trouve, encastré au centre, un bac à fleurs en terre, d'où sort un cactus ventru. Prise d'une excitation frénétique, la calculette lui saute pratiquement des mains. Olivia regarde sous la table, mais le bac est massif et a la forme d'une caisse. Doit-elle déchiqueter le cactus avec son couteau ? Ce serait sûrement jouissif. Elle a horreur des cactus. Des plantes piquantes, qui ont un feng shui néfaste. Mais c'est mal de détruire le vivant. Et puis, de toute façon, qu'est-ce qu'il y a à entendre ? À qui peut-elle parler ? Elle regarde fixement la petite plante charnue. Elle abrite peut-être aussi une caméra. Elle ouvre sa valise, prend un petit pull noir, fait mine de l'enfiler puis de se raviser, et l'envoie négligemment vers la table où il retombe, couvrant le cactus.

Sept heures moins vingt. Autant être en beauté. Une fille en situation délicate se doit d'utiliser toutes les ressources à sa portée. Olivia se sèche les cheveux puis secoue la tête devant le miroir en imitant l'exaspérante Suraya et murmure d'un ton provocant : « Rends mes cheveux plus brillants, plus faciles à coiffer ! » L'eau de mer et le soleil, ajoutés aux restes de teinture rousse, leur ont donné un joli ton blond avec des mèches plus claires. Sa peau aussi a pris un peu de couleur, bien qu'elle se soit copieusement tartinée d'écran total. Elle n'a pas besoin de se maquiller beaucoup ; juste un peu de fond de teint couvrant pour masquer son nez rougi.

Elle passe une petite robe noire légère, des sandales, quelques bijoux, et se regarde dans la glace. L'ensemble fait assez bon effet, se dit-elle, en tout cas pour terminer une journée de merde comme celle qu'elle vient de vivre.

« À toi de jouer, Olivia », dit-elle sévèrement à son image, avant de se couvrir la bouche en se demandant si le cactus a enregistré. Ce soir, il faut qu'elle joue un rôle de composition. Qu'elle offre à Feramo l'image de la femme qu'il veut qu'elle soit. Il faut qu'elle se persuade que jamais elle n'a embrassé de jeune traître blond aux yeux gris, ni vu de têtes coupées, ni établi le moindre rapport entre les bombes d'Al-Qaida et l'acétylène, ni entendu le mot « ricine ». Va-t-elle réussir à emporter le morceau ? Aussi coton que de ne pas évoquer la guerre en dînant avec un Allemand. « Voulez-vous me passer le ricin, s'il vous plaît ? » « On n'a vraiment pas le temps de s'empoisonner dans ces îles, hein ? »

Elle attrape un fou rire. Oh, non, elle ne va pas céder à l'hystérie ? Qu'est-ce qu'elle fait, là ? Elle s'apprête à dîner avec un *empoisonneur*. Son esprit tourne à cent à l'heure, pour chercher dans ses souvenirs de films des stratégies antipoison : échanger les verres, ne manger que ce qui vient du plat dans lequel se sert son hôte. Mais si les assiettes arrivent déjà servies ? Elle reste immobile quelques instants, puis s'allonge sur le sol en répétant comme un mantra : « Je laisse mon intuition me guider ; je maîtrise mon hystérie et mon imagination hyperactive. » Elle commence juste à se calmer quand on frappe violemment à la porte. *Oh, non ! On m'emmène pour me lapider,* pense-t-elle en se remettant debout pour glisser ses pieds dans des sandales à lanières ; elle arrive à la porte juste au moment où les coups énergiques reprennent.

C'est une petite dame replète en tablier blanc qui se tient devant la porte et demande avec un sourire maternel : « Vous voulez que je vous découvre le lit ? »

Pendant que la dame s'active, le chasseur apparaît derrière elle dans l'encadrement de la porte.

« Mr. Feramo vous attend », dit-il.

35

Pierre Feramo est adossé aux coussins d'un canapé bas, les mains sur les genoux, l'air sûr de lui. Sous les sourcils élégamment arqués, les beaux yeux liquides la fixent, impassibles.

« Merci », dit-il en congédiant le chasseur d'un geste.

Olivia entend la porte se refermer, et se raidit lorsque la clé tourne dans la serrure.

La suite de Feramo est somptueuse, exotique, et entièrement éclairée aux chandelles. Il y a des tapis orientaux sur le sol, des tapisseries chargées sur les murs et une odeur d'encens qui évoque immédiatement à Olivia ses séjours au Soudan. Feramo continue à fixer sur elle un regard inquiétant. L'instinct d'Olivia lui souffle de prendre la situation en main.

« Bonjour ! lance-t-elle d'un ton enjoué. Quel plaisir de vous revoir ! »

À la lueur vacillante des bougies, Feramo ressemble à Omar Sharif en colère dans *Lawrence d'Arabie*.

« Vous avez une suite magnifique, poursuit-elle en promenant autour d'elle un regard qui se veut admiratif. À ceci près que, dans mon pays, il est courtois de se lever pour accueillir la personne qu'on a invitée, surtout quand on l'a fait enlever. »

Elle voit passer sur le visage de son hôte une ombre de perplexité, aussitôt remplacée par un regard glacial. *Oh, s'il veut faire la gueule, qu'il aille se faire foutre*, pense-t-elle. Sur la table devant lui est posée une bouteille de Cristal qui rafraîchit dans un seau à glace en argent, avec deux flûtes et un plateau d'amuse-gueules. Elle remarque non sans intérêt que c'est la même table que celle de sa chambre, identique jusqu'au cactus encastré au centre.

Après un regard en direction des flûtes, elle s'assoit et lui sourit : « C'est très tentant, dit-elle. Vous voulez que je serve ? » Le visage de Feramo s'adoucit une seconde. Voilà qu'elle se conduit comme une ménagère du nord de l'Angleterre au thé du pasteur de la paroisse, mais ça paraît marcher. Puis l'expression de son hôte change encore, et il fixe sur elle un regard noir, comme un oiseau de proie furieux. *D'accord*, pense-t-elle, *moi aussi je sais jouer à ce petit jeu-là.* Elle se cale sur les coussins et lui rend son regard. Hélas, quelque chose dans ce concours impromptu titille son sens du ridicule. Elle sent le fou rire monter de son diaphragme, et éclater soudain dans son nez, si bien qu'elle est obligée de mettre la main devant sa bouche, secouée par une hilarité involontaire.

« Assez ! » hurle-t-il en sautant sur ses pieds, ce qui la fait s'esclaffer de plus belle. Oh la la, elle s'est vraiment ramassée en beauté. Il faut absolument qu'elle se reprenne. Elle inspire profondément, lève les yeux, et s'écroule à nouveau, terrassée par le rire. Une fois qu'on se met dans ce genre de situation où l'on trouve drôle quelque chose qui ne prête vraiment pas à rire, c'est foutu. Comme lorsqu'on attrape un fou rire à l'église ou à la prière de l'école. Même si elle imagine Feramo en train de dégainer une épée pour la décapiter, elle voit sa propre tête hilare en train de rouler par terre tandis que Feramo, lui, continue à vitupérer, et elle trouve la scène totalement loufoque.

« Pardon, pardon, dit-elle en faisant un énorme effort pour reprendre son sérieux, les deux mains appuyées sur la bouche et le nez. C'est fini. Fini.

— Vous avez l'air de prendre la vie du bon côté.

— Elle vous semblerait belle à vous aussi si vous aviez frôlé la mort trois fois dans la même journée.

— Je vous prie d'excuser la façon dont Alfonso s'est conduit dans le bateau.

— Il a failli tuer un groupe de plongeurs et un type en jet-ski. »

La bouche de Feramo a une curieuse crispation. « C'est la faute de ce maudit bateau. La technologie occidentale a beau être prometteuse, elle est conçue pour ridiculiser les Arabes.

— Oh, ne soyez pas paranoïaque, Pierre, dit-elle d'un ton léger. Je ne pense vraiment pas que ce soit là la priorité des priorités dans la conception des hors-bords. Comment allez-vous, dites-moi ? Je suis contente de vous voir. »

Il la regarde d'un air perplexe et se lève d'un bond. « Allons, il faut porter un toast ! » dit-il en tendant la main vers la bouteille de champagne. Elle le regarde en tripotant l'épingle cachée dans un pli de sa robe et essaie de jauger la situation. C'est le moment d'essayer de le faire boire de façon à lui tirer les vers du nez et découvrir ce qu'il manigance. Elle jette un coup d'œil autour de la pièce : un ordinateur portable, fermé, est posé sur le bureau.

Feramo paraît pressé de déboucher la bouteille, mais le bouchon lui donne du fil à retordre. De toute évidence, il n'a guère d'expérience en matière d'ouverture de bouteilles de champagne, empoisonné ou non. Olivia reste là, un sourire encourageant figé sur les lèvres comme lorsqu'on attend qu'un homme affreusement bègue réussisse à passer au mot suivant. Soudain, le bouchon traverse la pièce et le Cristal se répand en moussant sur la main de Feramo, la table, les serviettes, le cactus et les amuse-gueules. Il pousse un étrange juron et se met à empoigner des objets au hasard et à les renverser.

« Pierre, Pierre, Pierre, dit-elle en épongeant la flaque de Cristal avec une serviette. Calmez-vous. Ce n'est pas grave. Je vais juste prendre ces flûtes... (elle les attrape au passage et se dirige vers le bar où il y a un robinet)... et les rincer pour qu'elles soient impeccables. Oooh, elles sont magnifiques. Elles viennent de Prague ? » Et elle continue à babiller en les lavant à l'eau chaude, puis elle les rince et les égoutte soigneusement.

« Vous avez raison. C'est du très beau cristal de Bohême. Vous êtes manifestement amateur de belles choses. Comme moi. » En entendant ça, Olivia manque à nouveau d'éclater de rire. Manifestement, l'esprit arabe ne craint pas plus les clichés que la chaîne de télé-achat.

Elle repose les verres sur la table basse en s'assurant qu'elle a maintenant pris celui de Feramo. Elle l'observe attentivement pour voir s'il a les gestes d'un empoisonneur contrarié, mais elle voit seulement l'impatience d'un alcoolique qui attend de boire son premier verre de la soirée.

« Buvons à notre rendez-vous », dit-il en lui tendant son verre. Il la fixe sérieusement quelques instants, puis avale son champagne d'un trait comme un cosaque dans un concours de buveurs de vodka.

Sait-il que ce n'est pas comme ça qu'on est censé boire le champagne ? Il lui rappelle la mère de Kate, une femme qui n'a jamais bu de sa vie et qui, lorsqu'elle verse un gin tonic à quelqu'un, emplit le verre presque à ras bord de gin pur en regardant de loin la bouteille de tonic.

« Allons, passons à table. Nous avons à discuter de beaucoup de choses. »

Il se lève et se dirige vers la terrasse ; elle en profite pour vider son verre dans le cactus. Feramo tire la chaise d'Olivia pour qu'elle s'asseye, comme le font les maîtres d'hôtel. Elle s'assied, pensant qu'il l'a rapprochée d'elle, toujours comme le font les maîtres d'hôtel, mais il a mal contrôlé le mouvement, si bien qu'elle tombe dans le vide et s'écroule par terre. Elle manque éclater de rire, mais quand elle lève les yeux et qu'elle voit dans le regard de Feramo l'intensité de son humiliation et de sa rage, son envie de rire s'arrête net.

« Ce n'est pas grave, Pierre. Ce n'est pas grave.

— Qu'est-ce que vous voulez dire ? »

À le voir la dominer de toute sa taille, elle l'imagine en chef d'un bataillon de moudjahidin dans les montagnes d'Afghanistan, en train de marcher au milieu de prisonniers couchés sur le sol, refoulant sa colère, puis les abattant soudain d'une rafale de mitraillette.

« Que c'est drôle », répond-elle sans hésiter en se relevant ; elle remarque non sans soulagement qu'il se précipite pour l'aider. « Quand on a tout prévu pour que tout marche parfaitement et que la situation se dérègle, c'est d'autant plus drôle. La perfection n'existe pas.

— Alors tout est pour le mieux ? dit-il en ébauchant un sourire timide, comme un petit garçon.

— Oui, tout est pour le mieux. Je vais maintenant m'asseoir sur la chaise, pas dessous, et nous reprendrons de zéro.

— Je vous présente mes excuses. Je suis mortifié. D'abord le champagne, et puis...

— Chhh ! souffle-t-elle d'une voix apaisante. Asseyez-vous. Vous n'auriez pas pu trouver meilleure façon de me mettre à l'aise.

— C'est vrai ?

— C'est vrai », dit-elle en pensant : *Je n'ai plus à craindre de m'empoisonner à chaque gorgée*. « Quand je suis arrivée, j'étais intimidée. Maintenant, nous ne sommes plus que deux êtres humains et nous ne sommes pas obligés de faire le numéro de la perfection, nous pouvons juste être naturels et passer une bonne soirée. »

Il lui saisit une main qu'il embrasse avec passion. On dirait que quelque chose en elle déclenche chez lui des réactions extrêmes. Ses changements d'humeur sont imprévisibles. Manifestement, cet homme est dangereux. Mais elle n'a pas vraiment de marge de manœuvre. Peut-être qu'en se payant de culot et en suivant son flair, elle réussira à prendre la situation en main. Surtout si elle boit peu et si Feramo est ivre.

« Vous êtes une femme absolument merveilleuse, dit-il en la regardant d'un air presque malheureux.

— Pourquoi ? Parce que je lave bien les verres ?

— Parce que vous êtes très gentille. »

Elle se sent mal.

Il vide un autre verre de champagne, s'appuie au dossier de sa chaise et tire violemment un épais cordon de sonnette rouge sombre. Aussitôt, la clé tourne dans la serrure et trois garçons apparaissent portant des caquelons fumants.

« Laissez, laissez, aboie Feramo tandis qu'ils s'activent autour de la table, visiblement terrifiés. Je servirai moi-même. »

Les garçons posent les plats et se hâtent vers la porte en se bousculant.

Feramo déplie sa serviette et annonce : « J'espère que notre dîner vous plaira. C'est un plat très prisé dans mon pays. »

Elle déglutit. « Qu'est-ce que c'est ?
— Un curry de chèvre. »

36

« Encore un peu de vin ? demande Feramo. J'ai un saint-estèphe 82 qui devrait bien aller avec la chèvre.

— Ce sera parfait. » Le gros figuier en pot est commodément placé derrière elle. Lorsqu'il se retourne pour choisir la deuxième bouteille, elle remet rapidement une cuillerée de chèvre dans le plat de service et vide son verre dans la terre du figuier.

« … Et pour le dessert, j'ai prévu un puligny-montrachet 95.

— Mon préféré, glisse-t-elle avec naturel.

— Comme je le disais, reprend-il en versant le vin avant même de se rasseoir, c'est le clivage du physique et du spirituel qui est la source des maux de l'Occident.

— Hmm, dit Olivia. Le problème, c'est que si le gouvernement obéit à une divinité plutôt qu'à un processus démocratique, qu'est-ce qui empêchera un illuminé qui prend le pouvoir de décréter qu'il se conforme à la volonté de Dieu en consacrant le budget prévu pour nourrir le peuple à la construction de dix-huit palais à son usage personnel ?

— Le parti Baas de Saddam Hussein n'était pas franchement un modèle en matière de pouvoir religieux.

— Loin de moi cette idée. Je prenais juste un exemple imaginaire. Le sens de ma question, c'est : "Qui décide ce qu'est la volonté de Dieu ?"

— Tout est écrit dans le Coran.

— Oui, mais les Écritures sont ouvertes à de multiples interprétations. Vous savez, "Tu ne tueras point" peut vouloir dire "Œil pour œil, dent pour dent" pour un autre homme. Vous ne pouvez pas penser que c'est bien de tuer au nom de la religion.

— Vous prenez tout au pied de la lettre. La vérité ne s'embarrasse pas de sophismes. Elle est aussi claire que le soleil levant sur la plaine du désert. L'échec de la culture occidentale est manifeste partout – dans les villes, dans les médias, dans les messages qu'elle adresse au monde : l'arrogance, la bêtise, la violence, la peur, la poursuite futile d'un matérialisme vide, le culte de la célébrité. Prenez les gens que vous et moi avons vus à Los Angeles – impudiques, superficiels, vaniteux, prêts à se précipiter sur les perspectives de richesse et de renom comme les sauterelles sur le sorgho.

— Vous semblez vous plaire en leur compagnie.

— Je les méprise.

— Alors, pourquoi les faites-vous travailler ?

— Pourquoi je les fais travailler ? Ah, Olivia, vous n'êtes pas de la même espèce, et vous ne pouvez pas le comprendre.

— Ben voyons ! Alors, si vous les méprisez, pourquoi vous entourer d'hôtesses, de gardes, de plongeurs et de surfeurs qui veulent tous devenir acteurs ? »

Il se penche et passe très lentement un doigt le long du cou d'Olivia, dont la main se crispe sur son épingle à chapeau.

« Vous n'êtes pas de cette espèce. Vous n'êtes pas une sauterelle mais un faucon. » Il se lève, passe derrière la chaise d'Olivia et se met à lui caresser les cheveux. Elle sent sa peau se hérisser dans le cou. « Vous n'êtes pas de cette espèce ; il faut donc vous capturer et vous apprivoiser jusqu'à ce que vous ne vouliez retourner que vers un seul maître. Vous n'êtes pas de leur espèce, chuchote-t-il dans son cou, et donc, vous n'êtes pas impudique. »

Soudain, il enroule les cheveux d'Olivia autour de ses doigts et lui bascule la tête en arrière. « N'est-ce pas ? Vous accepteriez les avances d'un autre homme, les baisers clandestins, dans l'ombre ?

— Aïe ! Lâchez-moi ! dit-elle en dégageant sa tête. Qu'est-ce qu'ils ont, les hommes, sur cette île ? Vous êtes tous fous à lier ! On est en train de dîner. Vous voulez bien arrêter de vous comporter comme un malade, vous asseoir et me dire de quoi vous parlez. »

Il s'arrête, sans lui lâcher les cheveux.

« Oh, écoutez, Pierre, on n'est pas dans la cour de récréation. Vous n'êtes pas obligé de me tirer les cheveux pour me poser une question. Allez, retournez vous asseoir et mangeons notre dessert. »

Il marque encore un moment d'hésitation et tourne autour de la table comme un guépard.

« Pourquoi n'êtes-vous pas venue comme vous me l'aviez promis, mon petit faucon, ma *saqr* ?

— Parce que je ne suis pas un petit faucon, je suis une journaliste professionnelle. J'écris un article sur la plongée hors des sentiers battus. Je ne peux pas couvrir l'ensemble des Bay Islands en allant tout droit dans l'hôtel le plus luxueux de la région.

— Vous êtes également obligée de tester les moniteurs de plongée du coin ?

— Naturellement.

— En fait, vous savez parfaitement à qui je fais allusion, Olivia. À Morton, dit-il d'un ton glacial.

— Pierre, vous n'êtes pas sans savoir ce que font les jeunes Occidentaux dans les soirées, surtout quand ils ont consommé du rhum et de la coke à volonté : ils essaient d'embrasser les filles. Ce n'est pas un crime passible de lapidation chez nous. Et je l'ai repoussé, dit-elle, risquant un pieux mensonge. Combien de filles avez-vous essayé d'embrasser depuis la dernière fois que je vous ai vu ? »

Brusquement, il sourit, comme un petit garçon à qui on a rendu ses jouets après un caprice. « Vous avez raison, Olivia. Bien sûr. D'autres hommes admirent votre beauté, mais vous retournerez toujours auprès de votre maître. »

Bon Dieu, il est vraiment cinglé ! « Écoutez-moi, Pierre. D'abord, je suis une fille moderne et je n'ai pas de maître. » Elle réfléchit à toute vitesse pour essayer de trouver comment remettre la conversation sur ses rails. « Ensuite, si deux personnes doivent être ensemble, elles doivent partager les mêmes valeurs, et pour moi, tuer est absolument proscrit. Si vous n'êtes pas de cet avis, autant en discuter maintenant.

— Vous me décevez. Comme tous les Occidentaux, vous avez l'arrogance de croire que vos vues naïves et étroites sont les seules valables. Pensez aux impératifs des Bédouins dans leurs terres impitoyables et rudes. La survie de la tribu passe avant la vie des individus.

— Pourriez-vous approuver une attaque terroriste ? J'ai besoin de le savoir. »

Il se verse un autre verre de vin. « Qui, dans le monde, préfère la guerre à la paix ? Mais il y a des époques où la guerre devient une nécessité. Et dans le monde moderne, les règles de l'engagement ont changé.

— Pourriez-vous... », reprend-elle, mais, visiblement, il s'est lassé de ce sujet de conversation.

« Olivia, vous n'avez rien mangé du tout, s'écrie-t-il d'un ton plus chaleureux. Cela ne vous plaît pas ?

— Mon estomac n'est pas encore remis du trajet en bateau.

— Il faut manger. Sinon, je vais me sentir offensé.

— En fait, j'aimerais encore un peu de vin. On ouvre le puligny-montrachet ? »

Dont acte. Feramo continue à boire et Olivia à arroser le figuier. Feramo reste lucide, avec des mouvements remarquablement coordonnés, mais son éloquence et son exaltation augmentent et il tient des propos de plus en plus enflammés. Elle a toujours l'impression de marcher sur un fil, et d'être à la merci d'un changement d'humeur brutal. Il se révèle très différent de son personnage public digne et pondéré. Elle se demande si ce qu'elle voit là, c'est le contrecoup d'une blessure psychologique, d'une souffrance cachée comme la sienne : un traumatisme de jeunesse, la mort d'un père ou d'une mère, peut-être ?

Des éléments de l'histoire personnelle de Feramo émergent. Il a fait ses études en France. Ses allusions suggèrent qu'il a fréquenté la Sorbonne, mais il ne donne aucune précision. Il est plus loquace sur ses études à Grasse, où il a reçu une formation de « nez » dans l'industrie du parfum. Une longue période au Caire a suivi. Il évoque un père, qu'il semble tout à la fois craindre et mépriser. Aucune allusion à sa mère. Olivia a du mal à le faire parler de son travail dans le cinéma français comme producteur. Il est aussi difficile à cerner qu'un des serveurs-producteurs du bar du Standard quand on essayait d'en savoir davantage sur son dernier film. Manifestement, ce n'est pas l'argent qui manque dans sa famille ni dans sa vie, et il a voyagé dans le monde entier : Paris, Saint-Tropez, Monte-Carlo, les Caraïbes, Gstaad.

« Vous êtes allé en Inde ? demande-t-elle. J'adorerais visiter l'Himalaya, le Tibet, le Bhoutan – *allez, fonce* –, l'Afghanistan. Ce sont des endroits si mystérieux, si authentiques. Vous y êtes allé ?

— Ah oui, en Afghanistan, bien sûr. Un pays magnifique, sauvage, violent et brut. Je voudrais vous y emmener ; nous irons à cheval et vous verrez ce que c'est que la vie de nomade, la vie de mes ancêtres et de mon enfance.

— Qu'est-ce que vous faisiez là-bas ?

— Quand j'étais jeune, j'aimais voyager, comme vous, Olivia.

— Je suis sûre que vous ne le faisiez pas dans les mêmes conditions que moi », dit-elle en riant. *Allez, allez, accouche. Tu t'entraînais dans les camps ? Tu te préparais pour l'attentat du* Ventre de l'Océan *? Pour le prochain ? Maintenant ? Bientôt ? Tu essaies de me faire collaborer ?*

« Oh, mais si. Nous vivions pauvrement, sous la tente. Ma patrie est un pays de nomades.

— Le Soudan ?

— L'Arabie. La terre des Bédouins : des hommes courtois, hospitaliers, simples et attachés aux valeurs spirituelles. » Il reprend une grande gorgée de montrachet. « L'Occidental obnubilé par le progrès ne voit que le futur et, dans sa quête aveugle de nouveauté et de richesse, il détruit le monde. Mon peuple, lui, voit que la vérité se trouve dans la sagesse du passé et la richesse, dans la force de la tribu. » Il se verse encore du vin, se penche et prend la main d'Olivia. « Et c'est pour cela que je veux vous emmener là-bas. Sans compter que, pour votre article sur la plongée, c'est un endroit idéal.

— Oh, mais je ne peux pas. Il faut que ce soit mon magazine qui m'envoie.

— Vous avez là les plus beaux sites de plongée du monde. Il y a des tombants et des pentes descendantes qui plongent jusqu'à sept cents mètres, des massifs de corail qui se dressent comme de très anciennes tours érigées sur le fond de l'océan, des grottes et des galeries. La visibilité est inégalée. Vous ne verrez pas un autre plongeur pendant toute la durée de votre séjour. »

Quelque chose dans la dernière bouteille de vin semble avoir libéré l'écrivain-voyageur qui sommeillait en Pierre Feramo.

« Les massifs de corail s'enracinent à de grandes profondeurs et attirent une vie marine foisonnante, avec des espèces pélagiques de grande taille. C'est une expérience en Technicolor extraordinaire : requins, raies manta, barracudas, thons à dents de chien, marlins, poissons juifs.

— Des poissons en quantité, donc, s'extasie-t-elle avec originalité.

— Et demain, nous plongeons tous les deux. »

Avec la gueule de bois que tu vas te payer, ça m'étonnerait. « Et il y a des lieux de séjour agréables ?

— En fait, les plongeurs logent en général à bord des bateaux de plongée. J'ai moi-même plusieurs bateaux équipés pour ce genre de séjours. Vous, naturellement, vous vivrez l'expérience bédouine complète.

— C'est très tentant. Cela dit, je ne peux écrire que sur ce à quoi les lecteurs ont accès eux-mêmes.

— Laissez-moi vous parler de Suakin. La Venise de la mer Rouge. Une cité délabrée construite en pierre de corail, le plus grand port de la mer Rouge au XVIe siècle. »

Après avoir écouté encore vingt minutes de panégyrique ininterrompu, Olivia commence à se dire que le rôle de Feramo dans l'organisation Al-Qaida est peut-être de faire périr d'ennui ses victimes. Elle observe les paupières tombantes de son interlocuteur comme une mère guette son enfant, essayant de repérer le moment où elle pourra l'emporter dans son berceau sans qu'il se réveille.

« Passons au salon », murmure-t-elle en l'aidant à s'installer sur un canapé bas où il s'affale, le nez sur la poitrine. Elle retient son souffle et se demande si elle va oser faire ce qu'elle a en tête. Elle ôte ses chaussures et se dirige à pas de loup vers le bureau où repose le portable. L'ouvre. Appuie sur une touche pour voir s'il est seulement en mode veille. Merde, il est éteint. Si elle l'allume, va-t-il faire un bruit : un accord ou, pis encore, un coin-coin ?

Elle se fige en entendant Feramo pousser un soupir tremblé. Il passe le bout de sa langue sur ses lèvres, comme un lézard. Elle attend que sa respiration redevienne régulière, et décide de risquer le coup. Elle appuie sur le bouton « Démarrer » et se prépare à tousser. Un léger ronflement se fait entendre, puis, avant qu'elle ait pu tousser, une voix de femme s'élève de l'ordinateur et s'écrie : « Oh-ho ! »

Feramo ouvre les yeux et se redresse sur son séant. Olivia saisit une bouteille d'eau et se précipite vers lui. « Oh-ho, dit-elle, oh-ho, vous allez avoir une migraine terrible demain matin. Il faut boire de l'eau. »

Elle approche la bouteille de ses lèvres, mais il secoue la tête et la repousse. « Alors ne venez pas vous plaindre demain matin que vous avez la gueule de bois, dit-elle en retournant vers le bureau. Vous devriez boire au moins un litre d'eau et prendre une aspirine. » Et elle continue à déverser un flot ininterrompu de propos oiseux et maternels pendant qu'elle s'assoit devant l'ordinateur et vérifie le contenu du poste de travail tout en s'efforçant de garder son calme. Il n'y a rien que les icônes et les applications. Elle jette un coup d'œil par-dessus son épaule : Feramo dort profondément. Elle clique sur AOL et va immédiatement sur « Favoris ».

Les deux premiers sont :
Soudure sous l'eau : pour tous travaux immergés.
Coupe-ongles et ciseaux à poils de nez en promotion.
« Olivia ! » Elle a un tel sursaut qu'elle manque de tomber de son siège. « Qu'est-ce que vous faites ? »
On se calme, on se calme. N'oublie pas qu'il a bu presque l'intégralité de quatre bouteilles de vin.
« Je vérifie mes e-mails, dit-elle sans lever la tête, continuant à pianoter. Vous êtes câblé ou il faut passer par la prise du téléphone ?
— Quittez ce bureau.
— Pas si vous devez continuer à dormir, dit-elle en faisant de son mieux pour paraître vexée.
— Olivia ! »
La voix a repris une tonalité inquiétante.
« Oh, d'accord, attendez une seconde, je ferme », se hâte-t-elle de dire, et elle quitte AOL en l'entendant se lever. Elle affiche une expression innocente et se tourne pour lui faire face, mais il se dirige vers la salle de bains. Elle file aussitôt de l'autre côté de la pièce et ouvre un petit placard où elle découvre une rangée de cassettes, dont certaines portent une étiquette manuscrite : *Lawrence d'Arabie, Academy Awards 2003, L'École de passion de miss Watson, Beautés et panoramas de la Baie.*
« Qu'est-ce que vous faites ?
— Je cherche le mini-bar.
— Il n'y a pas de mini-bar. Ce n'est pas un hôtel.
— Je croyais.
— Et moi je crois qu'il est temps que vous retourniez dans votre chambre. » Il a la mine d'un homme qui commence juste à se rendre compte qu'il est sérieusement ivre. Il a les vêtements fripés, les yeux injectés.
« Vous avez raison. Je suis très fatiguée, dit-elle en souriant. Merci de cet agréable dîner. »
Mais il s'est relevé, se cognant partout dans la pièce, manifestement à la recherche de quelque chose, et se borne à agiter la main dans sa direction.

Ce n'est plus que l'ombre de cet homme fascinant à l'allure patricienne qui lui avait fait si forte impression à l'hôtel de Miami. *La boisson est l'urine de Satan,* songe-t-elle lorsqu'elle regagne sa chambre. *Je me demande dans combien de temps Al-Qaida va ouvrir une section des Alcooliques Anonymes.*

37

Elle passe une nuit effroyable sans pouvoir fermer l'œil. Elle n'a rien mangé depuis la tranche de gâteau que lui a donnée miss Ruthie douze heures auparavant et, malgré le luxe de la chambre, il n'y a pas de minibar : pas de Toblerone, pas de noix de cajou, pas de paquet géant de M & Ms. Elle tourne la tête dans tous les sens sur son oreiller, qui a la douceur du coton d'Égypte le plus fin, mais rien n'y fait.

À cinq heures du matin, elle se dresse sur son séant et se frappe le front. Les grottes ! Les gens d'Al-Qaida vivent dans des grottes à Tora-Bora. Feramo cache probablement Oussama Ben Laden et Saddam Hussein dans une grotte sous Suakin. Il doit y avoir un stock d'armes de destruction massive tel que Donald Rumsfeld ne l'imagine pas dans ses rêves les plus fous, planqué dans une grotte au-dessous d'elle en ce moment même, avec des étiquettes portant ces mots : PROPRIÉTÉ DE S. HUSSEIN. EXPLOSERA DANS QUARANTE-CINQ MINUTES.

Enfin, lorsque l'aube commence à diluer l'obscurité au-dessus de la mer, elle sombre dans un sommeil peuplé de rêves confus : des corps décapités en combinaison de plongée, la tête enturbannée d'Oussama Ben Laden qui tombe dans l'océan tout en continuant à discourir sur les bouteilles de quinze litres, les vertus des combinaisons en néoprène, les gilets danois et les tombants australiens.

Quand elle se réveille, il fait un soleil radieux, les oiseaux chantent et elle a l'estomac dans les talons. L'air a cette qualité humide et odorante qui signifie « vacances ». Elle passe le peignoir de bain en coton, des chaussons et sort sur le balcon. C'est un dimanche matin parfait, presque sans nuages. Elle sent des odeurs de brunch.

Les panneaux promettant CLUB-HOUSE la conduisent à une paillote sur la plage, où se trouve un groupe de jeunes, beaux et bronzés, en train de rire et de plaisanter. Elle hésite, avec le sentiment d'être la nouvelle à l'école, puis reconnaît une voix familière avec un accent de LA, tu vois ?

« Enfin, tu vois, ces temps-ci, tu vois, je suis tellement plus en prise directe sur moi-même, tu vois ? »

Kimberley. Une pile impressionnante de crêpes s'entasse sur son assiette. Elle joue avec, sans manifester la moindre intention de les manger. Olivia est obligée de se retenir pour ne pas se précipiter dessus.

« Kimberley, s'écrie-t-elle d'une voix ravie, en fendant le groupe. C'est super de te trouver ici. Comment va le film ? Où as-tu trouvé ces crêpes ? »

Elle s'est rarement empiffrée comme ça. Des œufs brouillés au bacon, trois crêpes à la banane arrosées de sirop d'érable, un muffin aux airelles, trois petites tranches de pain à la banane, deux jus d'orange, trois cappuccinos et un Bloody Mary. Tout en mangeant, elle s'efforce de contenir son excitation et elle salue de nombreux visages familiers de Miami et LA. Outre Kimberley, il y a là Winston, le beau moniteur de plongée noir – qui a heureusement échappé à la catastrophe du *Ventre de l'Océan* –, Michael Monteroso, l'esthéticien, et Travis, l'acteur aux yeux de loup/scénariste/gestionnaire de standing. Tous paradent autour du bar et de la piscine, montrant leurs corps parfaitement musclés et enduits de crème solaire. C'est un camp de recrutement, elle en mettrait sa main au feu. La version Al-Qaida du Club Med. Winston, vautré sur une chaise longue, bavarde à tue-tête avec Travis et Michael Monteroso, assis au bar.

« Ce n'était pas sa robe Valentino, avec la petite rayure blanche ? demande Winston.

— Ça, c'est celle qu'elle portait aux Oscars, répond Michael d'un ton sans réplique. Aux Globes, elle était en dos nu Armani bleu marine. Et elle a fait ce discours sur les chéris : "Tout le monde a besoin d'un chéri qui demande : 'Comment s'est passée ta journée, ma chérie ?' C'est ce que me demande Benjamin Bratt."

— Et six mois plus tard, ils ont rompu.

— Je travaillais à la sécurité pour le lancement du *Ventre de l'Océan*. Et je me disais : *Je ne peux vraiment pas demander à Julia Roberts d'ouvrir son sac*, et puis la voilà qui arrive et qui me présente son sac ouvert.

— Tu fais toujours ce boulot ? » demande Travis, l'acteur. Un éclair de satisfaction narquoise passe dans les yeux bleu glacier.

« Non, c'est fini, dit sèchement Winston. Et toi, tu es toujours chauffeur de camionnette pour cette boîte du sud de LA ?

— Non.

— Ah bon, je croyais, dit Michael.

— Oh, je fais encore ça à temps partiel, tu vois.

— De quelle boîte vous parlez ? demande Olivia.

— Oh, c'est tellement, pfffou, tellement nul. » Travis a l'air plutôt défoncé. « C'est un boulot pourri, mais ça paie correctement. Si tu fais, mettons, Chicago ou le Michigan, et que tu dors dans le camion, ça taxe, tu as ton forfait plus tes heures sup. Mais bon, les trajets les plus juteux vont toujours aux plus vieux.

— Comment elle s'appelle, cette boîte ? » s'enquiert Olivia, qui se mord aussitôt la langue. Sa question sent la journaliste ; ou le flic. Heureusement, Travis l'acteur est bien trop à l'ouest pour remarquer quoi que ce soit.

« La firme de sécurité ? Transsecure. » Il bâille, se lève de son perchoir et se dirige vers une table sous un palmier où brûlent plusieurs bougies dans ce qui a l'air d'une sculpture géante en cire. Il se fourre un joint entamé dans la bouche, l'allume et se met à pétrir la cire, en lui donnant des formes étranges et fantastiques.

« Qu'est-ce qu'il fait ? » demande Olivia à mi-voix.

Michael Monteroso lève les yeux au ciel : « C'est son gâteau de cire. Pour libérer sa créativité. »

Olivia regarde derrière lui et manque s'étrangler. Devant le bar, elle voit passer Morton C, torse nu, combinaison rabattue sur les hanches, muscles saillants, une bouteille d'air sur chaque épaule. Il est suivi par deux jeunes bruns au type arabe portant gilets et détendeurs.

« J'assistais à la cérémonie des Oscars cette année-là, dit Kimberley. J'étais bouche-siège, tu vois, pour remplacer ceux qui n'occupent pas leurs places. J'étais assise derrière Jack Nicholson. »

Olivia voit que Morton l'a aperçue ; furieuse, elle détourne les yeux. Faux cul, va. S'il espère rentrer dans ses bonnes grâces, il se met le doigt dans l'œil. Elle sort l'appareil photo miniature de son étui et prend furtivement quelques clichés.

« Sans blague, dit Winston. Tu veux dire que tu t'assois à la place de Halle Berry quand elle va aux toilettes ? »

Olivia donne un coup de coude à Kimberley et hoche la tête en direction du dos de Morton qui s'éloigne : « Qui c'est celui-là ? chuchote-t-elle.

— Le blond ? Oh, c'est un moniteur de plongée, tu vois, ou quelque chose dans ce goût-là. Plutôt canon, hein ? C'est mon père qui m'a mise sur le coup parce qu'il est caméraman, poursuit fièrement Kimberley. La deuxième fois, j'ai pris la place de Shakira Caine, mais tu vois, elle est seulement allée aux toilettes une fois, pendant un entracte. En tout cas, l'an dernier, je suis restée assise au premier rang pendant toute la première moitié.

— Quelqu'un a vu Pierre ?

— Alfonso a dit qu'il allait descendre pour le déjeuner, tu vois, le brunch, enfin bientôt, quoi. Tiens, voilà Alfonso ! Salut, toi. Tu prends un verre ? »

Alfonso, torse nu, se dirige vers elles. Il ressemble de plus en plus à un troll. Olivia se sent incapable de supporter la vue de son dos gravement poilu.

« Je crois que je vais aller me baigner », annonce-t-elle, quoique, en descendant de son siège, elle commence à craindre de couler tant elle est lestée par les crêpes.

Elle plonge dans l'eau claire et nage sous l'eau à grandes brasses puissantes en retenant sa respiration le plus longtemps possible pour émerger une centaine de mètres plus loin. Au lycée, elle avait gagné une course pour avoir nagé sous l'eau à la piscine de Worksop avant que ce ne soit interdit parce que quelqu'un avait eu un vertige. Elle fait surface, se lisse les cheveux en arrière pour leur apprendre à rester à leur place, replonge pour nager à nouveau de toutes ses forces, et contourne le promontoire afin d'avoir une vue d'ensemble de la jetée en béton. De ce côté-là, la mer est plus sombre et plus agitée ; on s'approche de la côte de l'île sous le vent. Olivia se met à nager un crawl rapide jusqu'à l'autre côté de la jetée, qui paraît désaffecté. Une haute palissade couronnée de barbelés bloque l'entrée vers l'hôtel. Près du rivage, il y a des bouteilles, un hangar à matériel, et une planche de surf qui semble avoir été coupée en deux.

Au-delà de la jetée s'étend une longue plage balayée par le vent et battue par des vagues à crêtes blanches. À environ deux cents mètres, un petit bateau à l'ancre danse sur la houle. Un plongeur se dresse sur la plateforme arrière et se met à l'eau, suivi par trois autres. Elle replonge et se dirige vers eux. Lorsqu'elle remonte à la surface, le dernier des quatre commence sa descente. Elle se dit qu'ils sont partis pour un certain temps et nage en direction de la jetée, mais lorsqu'elle jette un coup d'œil derrière elle, elle a la surprise de constater que tous quatre ont fait surface plus près du rivage. Ils ont une pose familière tandis qu'ils attendent dans l'eau, comme des phoques. Puis l'un d'eux se lance très vite vers une vague et grimpe sur une planche. Des surfeurs ! Fascinée, elle les regarde suivre la vague en ligne, zigzaguant sur le creux interne. Ils atterrissent en riant et se dirigent vers la jetée. Soudain, l'un d'entre eux crie quelque chose et tend le bras vers elle. Olivia plonge à environ un mètre cinquante et nage vers la jetée. Elle a l'impression que ses poumons vont éclater mais ne s'arrête pas avant d'avoir contourné la jetée. Alors elle remonte, suffoquant. Aucun surfeur à l'horizon. Elle replonge et nage vers la plage de l'hôtel. L'eau se calme, devient plus bleue et plus chaude et, dessous, elle aperçoit le fond sablonneux de la baie abritée.

Elle remonte à la surface avec soulagement et fait la planche pour reprendre son souffle. Non loin d'elle se trouve un ponton. Elle nage lentement dans cette direction, se hisse dessus et se laisse tomber sur la moquette synthétique.

Agréable, ce radeau. Une moquette bleue, comme celle qui entourait la piscine de l'hôtel Standard à LA. Olivia s'étale, reprend sa respiration et contemple le ciel où l'on aperçoit déjà la lune. Elle se détend, goûte le soleil sur sa peau, le balancement doux du ponton au rythme des vagues, et le clapotis de l'eau sur les côtés.

Elle est brutalement tirée de sa somnolence. Une main ferme se pose sur sa bouche. Par réflexe, elle tire l'épingle à chapeau de son bikini et l'enfonce profondément dans le bras, qui a un sursaut en retour et se relâche juste assez pour qu'elle se libère de son étreinte.

« Ne bouge pas. » Elle reconnaît cette voix.

« Morton ? Qu'est-ce qui te prend ? Tu as regardé trop de films d'action ou quoi ? »

Elle se retourne et, pour la première fois de sa vie, se trouve nez à nez avec un canon de revolver. Curieuse impression, en fait. Elle s'était demandé ce que ça lui ferait et, en fin de compte, elle a la sensation étrange que la réalité est à l'envers. Elle pense : *On se croirait dans un film, un peu comme lorsqu'on voit un panorama merveilleux et qu'on trouve que ça ressemble à une carte postale.*

« Qu'est-ce qu'il y avait sur cette épingle ? »

Le regard gris est glacial, mauvais. Morton se tient au ponton par un coude, et n'a pas lâché son revolver.

« Ce pétard ne marchera pas, il a été dans l'eau, dit-elle.

— Couche-toi sur le ventre. C'est ça. Et maintenant, lance-t-il en se penchant, tu vas me dire ce qu'il y avait dans cette putain de seringue. »

Il a peur, elle le voit dans ses yeux.

« Morton, dit-elle d'une voix ferme, c'est une épingle à chapeau. Je voyage seule. Tu m'as fait peur. Tu me fais encore plus peur maintenant. Range ce revolver.

— Donne-moi l'épingle.

— Non. Donne-moi le revolver. »

Il lui enfonce le canon sans ménagement dans le cou et lui arrache l'épingle de l'autre main.

« Non, mais pour qui tu te prends ! Je pourrais très bien me lever et hurler, tu sais, lance-t-elle.

— Ça serait un peu tard, et ils ne te retrouveraient jamais. C'est quoi, ce putain de machin ? demande-t-il en regardant fixement l'épingle.

— Une épingle à chapeau. Un vieux truc de ma mère pour protéger sa vertu. »

Il cligne des paupières puis glousse. « Une épingle à chapeau. Non, mais je te jure !

— Je parie que maintenant, tu regrettes d'avoir sorti ton revolver, non ? »

Elle voit dans les yeux gris qu'elle a raison. *Hi, hi !*

« Arrête et réponds-moi. Qu'est-ce que tu fais ici ?

— J'aimerais bien le savoir. J'ai été enlevée par Alfonso.

— Ça, je suis au courant. Mais qu'est-ce que tu es venue faire à Popayán ? Pour qui tu travailles ?

— Je te l'ai dit. Je suis journaliste free-lance, voilà tout.

— Ben voyons. Une journaliste de mode qui...

— Je ne suis *pas* journaliste de mode.

— De ce que tu veux, alors. Cosmétiques ? Parfums ? Une journaliste spécialisée dans les parfums qui est aussi linguiste ?

— Dans mon pays, dit-elle en se redressant, indignée, nous comprenons qu'il est nécessaire de parler d'autres langues. Nous avons conscience qu'il existe des gens d'autres nationalités. Nous avons envie d'avoir des conversations avec eux et pas seulement de parler fort.

— C'est quoi, les langues en question ? Le baragouin ? Le charabia ? Le n'importe-quoi ? Le langage de l'amour ? »

Elle ne peut s'empêcher de rire. « Allez, Morton, arrête de brandir ce flingue. Je crois que ton patron ne sera pas très content quand il apprendra que tu m'as mis un revolver dans le cou.

— Ça, c'est le moindre de tes soucis.

— Je ne parle pas de moi, là. Qu'est-ce que tu faisais dans cette galerie ?

— Quelle galerie ?

— Oh, arrête tes salades, tu veux ? Pourquoi as-tu tué Dwayne ? Un hippy inoffensif comme lui. Qu'est-ce qui t'a pris ? »

Il lui jette un regard mauvais. « Pourquoi suis-tu Feramo ?

— Et toi, pourquoi me suis-tu ? Tu n'es pas très doué pour les déguisements. J'ai rarement vu plus nul que la fausse barbe et les moustaches que tu portais au Standard. Et si tu voulais cacher un sac de coke dans ma chambre d'hôtel à Tegucigalpa, ce n'était pas très malin de me faire du gringue juste avant, puis de disparaître et de revenir ensuite.

— Ça t'arrive d'arrêter de parler ? Je t'ai demandé pourquoi tu suis Feramo.

— Tu es jaloux ? »

Il laisse échapper un éclat de rire incrédule. « Moi ? À cause de toi ?

— Bon, bon, désolée. J'oubliais. J'avais cru que tu m'avais embrassée parce que je te plaisais. J'avais oublié que tu étais un faux cul cynique, un champion du double jeu.

— Il faut que tu partes. Je suis ici pour te mettre en garde. Tu nages en eaux troubles. »

Elle se penche pour regarder le reflet de Morton sur l'eau. « Toutes proportions gardées, c'est l'hôpital qui se moque de la charité. »

Il secoue la tête. « Comme je le disais tout à l'heure, tu parles couramment le n'importe-quoi. Écoute-moi. Tu es une charmante Anglaise et une fille bien. Rentre.

Ne te mêle pas de choses que tu ne comprends pas. Tire-toi au plus vite.
— Et comment ?
— Oliviaaaaaa ! »
Elle se retourne pour regarder par-dessus son épaule. Feramo l'appelle du bord et s'approche. Il a de l'eau jusqu'à la ceinture. « Attendez-moi, crie-t-il. J'arrive. »
Elle se retourne vers Morton mais, de lui, il ne reste que des bulles.

Feramo s'approche du ponton avec une précision de requin et un crawl puissant. Il se hisse sans effort. Il a un torse harmonieusement musclé, parfaitement triangulaire : une peau brun assez clair et des traits d'une beauté ravageuse sur ce fond d'eau bleue. *Les hommes pleuvent*, pense-t-elle. Dommage que Morton ait disparu. Elle aurait pu en avoir un de chaque côté, un brun, un blond, tous les deux superbes sur ce fond bleu, et elle aurait choisi le plus joli.

« Olivia, vous êtes ravissante », dit Feramo d'un ton pénétré. Manifestement, l'eau bleue la met en valeur elle aussi.

« Je vais appeler le bateau et demander des serviettes », dit-il, sortant un récepteur de poche étanche de sa poche de maillot. Quelques minutes plus tard, un hors-bord arrive au ponton. Un jeune Latino très svelte, vêtu d'un maillot de bain, leur tend des serviettes moelleuses et aide Olivia à monter.

« Ça sera tout, Jesus », dit Feramo en prenant le volant. Sur ce, Jesus va à l'arrière du bateau et enjambe le bord en se tenant très droit comme s'il se disposait à rentrer en marchant sur les eaux.

Feramo se retourne pour vérifier qu'Olivia est confortablement installée sur le siège du passager, puis il fait doucement décrire une large courbe au bateau sur la baie où l'eau est lisse comme celle d'un lac ; après quoi, il en sort et contourne le promontoire.

« Je suis désolé de vous avoir laissée seule toute la journée, dit-il.

— Oh, ce n'est pas grave. J'ai dormi tard moi aussi. Vous avez eu la gueule de bois ? »

Tout en parlant, elle essaie de jauger son humeur et cherche désespérément ce qu'elle pourrait utiliser pour le manipuler et s'échapper.

« Non, ce n'était pas une gueule de bois, rétorque-t-il sèchement. J'ai eu l'impression d'avoir été empoisonné. Mon estomac se tordait comme des boyaux de singe et j'ai eu un mal de tête féroce, comme si on me serrait le crâne avec une ceinture de métal.

— Euh, Pierre, c'est ce que les médecins appellent une gueule de bois.

— Ne soyez pas ridicule. C'est invraisemblable.

— Pourquoi ?

— Si c'était une gueule de bois, dit-il d'un ton sans réplique, personne ne reboirait plus jamais d'alcool après avoir vécu ça. »

Elle détourne le visage pour cacher un sourire narquois. Elle a l'impression d'être une femme à qui son mari soutient qu'il sait pertinemment où il va alors qu'il a pris la mauvaise direction. Du coup, elle se sent plus forte. Feramo n'est qu'un homme. Elle a le choix entre deux solutions. Ou bien elle s'efforce d'obtenir d'autres informations, ou bien elle s'efforce de trouver un moyen de partir. Et la psychologie la plus élémentaire lui suggère que plus elle lui arrachera d'informations et moins elle aura de chances de s'échapper.

« Il faut que je parte, bégaie-t-elle.

— C'est impossible, répond-il sans quitter l'horizon des yeux.

— Non, non, non ! crie-t-elle en laissant une note d'hystérie percer dans sa voix. Il faut que je parte. »

Brusquement, elle sait exactement ce qu'elle va faire. Elle va se mettre à pleurer. En temps normal, jamais elle n'envisagerait de tomber aussi bas, mais a) la situation est exceptionnelle ; b) elle ne veut pas mourir, et c) elle a l'intuition que s'il y a une chose qui doit déstabiliser Feramo, c'est de voir pleurer une femme.

Elle repense à cette malheureuse histoire de sauterelles au Soudan qu'elle avait cherché à remplacer par un article sur des animaux sous-alimentés. L'un des préposés du ministère de l'Information soudanais lui avait refusé tout net l'autorisation d'entrer dans le zoo jusqu'à ce qu'elle se mette spontanément à pleurer de frustration pure et simple. Alors, il avait cédé, ouvert toute grande la porte et tenu à la guider lui-même, comme si elle était une gamine de trois ans à qui on offrait cette visite comme cadeau d'anniversaire. Mais ces larmes étaient un accident. Olivia part du principe que jamais elle ne se servira de ce genre d'argument pour arriver à ses fins et que, si l'envie de pleurer la prend inopinément, elle se dépêchera d'aller aux toilettes avant que quiconque s'en aperçoive. À ceci près qu'au zoo de Khartoum, il n'y avait pas de toilettes pour dames.

Malgré cela, dans l'immédiat, elle envisage froidement de se mettre à pleurer. C'est une affaire de vie ou de mort et il s'agit de la sécurité mondiale. Seulement, la fin justifie-t-elle les moyens ? Une fois qu'on a violé un principe, où s'arrêter ? On commence par pleurer pour manipuler un homme, et aussi sec, on continue en massacrant des hippies.

Oh, et puis merde, se dit-elle, et elle fond en larmes.

Pierre Feramo la regarde d'un air inquiet. Elle sanglote, avec accompagnement de spasmes et gargouillis. Il coupe le moteur. Elle pleure de plus belle. Il recule, regarde autour de lui, affolé, comme s'il était la cible de Scud guidés au laser.

« Olivia, Olivia, arrêtez, je vous en prie. Je vous en supplie, ne pleurez pas.

— Alors, laissez-moi rentrer chez moi, dit-elle en versant des flots de larmes. LAISSEZ-MOI RENTRER. » Et elle se met carrément à ululer, en se demandant s'il va lui offrir un rôle dans *Les Frontières de l'Arizona* aux côtés de Kimberley et de Demi.

« Olivia... », commence-t-il, mais il se tait et la regarde sans savoir quoi faire. Il semble tout bonnement incapable de consoler quelqu'un.

« Je ne peux pas supporter d'être prise au piège. Je ne le supporte pas. » Alors, dans un éclair de génie, elle lance avec passion : « J'ai besoin d'être libre, comme le faucon. » Elle le regarde par-dessous ses cils pour voir comment il réagit. « S'il vous plaît, laissez-moi partir, Pierre. Rendez-moi ma liberté. »

Il est agité. Ses narines se dilatent légèrement, sa bouche prend un pli vers le bas. Plus que jamais, il lui évoque Ben Laden.

« Pour aller où ? demande-t-il. Vous n'appréciez pas mon hospitalité ? Vous n'avez pas été bien accueillie ici ? » Elle sent le danger dans sa voix – une nervosité à vif, toujours prête à prendre la mouche.

« J'ai besoin de venir à vous librement, dit-elle en se radoucissant et en s'approchant de lui. Parce que c'est mon choix. »

Elle cède à nouveau à l'émotion, réellement cette fois. « Je ne me sens pas en sécurité ici, Pierre. Je suis fatiguée. Il s'est passé tant de choses bizarres : l'explosion du bateau, Dwayne décapité par un requin – je me sens en danger. J'ai besoin de rentrer.

— Vous ne pouvez pas voyager en ce moment. Le monde est un lieu dangereux. Vous devez rester ici avec moi, en sécurité, jusqu'à ce que je vous aie appris à toujours revenir vers moi.

— Si vous voulez que je revienne, il faut me libérer. Il faut que je sois libre de prendre mon essor, comme l'aigle », dit-elle, non sans se demander si elle n'a pas un peu forcé la note.

Il se détourne, la bouche agitée de tics.

« Très bien, *saqr*, soit. Je vais vous libérer et vous mettre à l'épreuve à nouveau. Mais il faut que vous partiez vite. Aujourd'hui même. »

Feramo la conduit lui-même à l'aéroport de Roatán dans le hors-bord blanc. Il coupe le moteur alors qu'ils sont encore à quelque distance du bord afin de lui faire ses adieux. « J'ai été heureux de vous avoir comme invitée, Olivia, dit-il en lui caressant tendrement la joue. Je pars moi-même pour le Soudan d'ici quelques jours. Je vous appellerai à Londres et prendrai les dispositions nécessaires pour que vous me rejoigniez. Je vous ferai découvrir la vie des Bédouins. »

Olivia hoche la tête en silence. Elle lui a donné un faux numéro.

« Alors, *saqr*, vous commencerez à mieux me comprendre. Et vous ne voudrez plus partir. » Il l'enveloppe d'un regard ardent, dément. Elle se dit qu'il va essayer de l'embrasser, mais il a un geste incroyable. Il lui prend l'index, le met dans sa bouche et le tète sauvagement, comme si le doigt était une tétine, et lui un petit cochon affamé.

38

Lorsque l'avion de Roatán à Miami décolle, Olivia a autant de mal à croire à ce qui vient de se passer qu'à sa liberté retrouvée. Elle a l'impression d'avoir subi les assauts d'une bête sauvage, d'un cambrioleur ou d'une violente tempête, qui, pour une raison ou une autre, a changé de cap. Ce n'est pas rassurant. Elle essaie de se dire que c'est elle qui a mené le jeu et que c'est grâce à sa brillante manipulation psychologique que Feramo l'a relâchée. Mais elle sait que ce n'est pas vrai. Elle doit cela à la chance, et la chance tourne.

D'une chose cependant elle est sûre : elle a reçu un avertissement et un sursis. Elle s'est approchée trop près de la flamme et, heureusement, s'est échappée avec une brûlure très légère. Maintenant, le moment est venu de rentrer et de se tenir tranquille.

Son assurance augmente à mesure qu'elle s'éloigne du Honduras. *Faucon, mon cul,* songe-t-elle en prenant la correspondance pour Londres, qu'elle attrape de justesse. *J'ai échappé aux dents de la mort parce que j'ai été assez géniale pour toucher la corde sensible et, maintenant, je suis libre.* Pendant que l'avion amorce sa descente au-dessus du Sussex, elle est assaillie par le soulagement et l'émotion. Elle regarde à ses pieds les ondulations des vertes collines, la terre humide et les châtaigniers, les églises moussues et les maisons à colombages, essuie une larme et se dit qu'elle est en sécurité.

Mais dès qu'elle passe le contrôle des passeports et qu'elle aperçoit des soldats armés de fusils, elle se rappelle qu'on n'est jamais en sécurité. En se dirigeant vers la zone de retrait des bagages, elle voit des attroupements autour des écrans de télévision. Il y a eu une alerte terroriste à Londres quelques heures plus tôt. Le métro est fermé. Lorsqu'elle entre dans la salle de douane, les portes des Arrivées s'ouvrent, elle voit les visages excités des gens venus attendre les passagers, et se prend à espérer, contre toute raison, que quelqu'un sera venu l'attendre, qu'elle va voir un visage se fendre d'un large sourire et quelqu'un se précipiter pour prendre sa valise et l'emmener chez elle ; ou sinon, qu'il y aura une personne brandissant une pancarte où sera inscrit OLIVIA JOULES, avec le nom d'une compagnie de taxis. *Allons, reprends-toi. Tu n'as pas envie qu'on t'emmène à Worksop pour préparer le dîner, hein ?* De fait, elle est attendue. De la douane, on la fait passer dans une pièce attenante où elle est fouillée, menottée et emmenée au centre de police, dans le Terminal 4, pour y être interrogée.

Deux heures plus tard, elle s'y trouve toujours, avec son arsenal d'espionnage étalé devant elle : jumelles, bague à miroir, épingle à chapeau, appareil photo miniature, détecteur de micros, stylo-vaporisateur de poivre. On lui a pris son portable pour l'examiner. Elle a l'impression d'avoir raconté trois cents fois son histoire. « Je suis journaliste free-lance. Je travaille parfois pour le magazine *Elan* et le *Sunday Times*. Je suis allée au Honduras pour un article sur "Comment plonger à bas prix". »

Les questions qu'on lui pose sur Feramo la mettent mal à l'aise. Comment sont-ils au courant ? Est-ce l'ambassade qui les a renseignés ? Mais les douaniers de Sa Majesté se mettent le doigt dans l'œil jusqu'au coude, en l'occurrence. Ils pensent qu'il est trafiquant de drogue et la prennent pour sa complice.

« Il vous a donné son numéro ?
— Oui.
— Nous pouvons le prendre ?
— Est-ce que ça ne me fera pas courir de risques ?
— Nous ferons en sorte que non. Lui avez-vous donné votre numéro ?

— À deux chiffres près.
— Il faudra aussi nous communiquer ce numéro. Celui que vous lui avez donné. Vous êtes sur liste rouge, n'est-ce pas ?
— Oui.
— Parfait. Pourquoi avez-vous continué à le suivre ? Vous êtes amoureuse ? »

Elle commence à leur exposer ses théories sur le terrorisme, mais comprend vite que c'est en pure perte. Ils ne la prennent pas au sérieux. Leur secteur, c'est la recherche de la drogue.

« Je veux parler à quelqu'un du MI6[1]. Je veux un spécialiste du terrorisme. Et je veux un avocat. »

La porte s'ouvre enfin et une silhouette élancée fait irruption dans la pièce dans un tourbillon de parfum, de cheveux et de vêtements sublimes. La femme s'assoit au bureau, penche la tête, saisit ses cheveux et les rejette en arrière si bien qu'ils retombent en cascade sur ses épaules comme un rideau noir et soyeux.

« Alors, Olivia, on se retrouve. À moins que vous ne préfériez que je vous appelle Rachel ? »

Il faut une seconde à Olivia pour reconnaître cette femme, et une autre seconde pour se rappeler où elle l'a vue.

« Hmm, dit-elle, moi aussi je me demande comment je dois vous appeler. »

---

1. *Military Intelligence, Section 6 :* Services secrets anglais à l'étranger.

39

Londres

« Je vais vous reposer la question, dit Suraya sur le ton exaspérant d'une maîtresse d'école. Et cette fois-ci, je veux la bonne réponse. » Elle est toujours d'une beauté aussi époustouflante, mais elle a troqué son accent traînant de la côte Ouest pour un accent anglais genre pensionnat huppé pour filles de la haute.

La première réaction d'Olivia en découvrant que Suraya est agent secret est de penser : *Jamais, au grand jamais, cette femme-là ne pourrait être espionne parce que personne ne lui dirait jamais rien, pour la bonne raison que c'est d'abord et avant tout une Salope Double Face*. Et puis elle se souvient que, devant une jolie femme, les hommes sont capables d'être totalement idiots.

« Je l'ai dit trois cents fois à tout le monde. Je suis free-lance. Je travaille parfois pour le magazine *Elan* et le *Sunday Times*, quand ils ne m'ont pas dans le collimateur pour une raison ou une autre.

— "Née à Worksop. (Suraya se met à lire son dossier d'un ton autoritaire.) A vu ses parents et son petit frère tués sur un passage piétonnier à quatorze ans." »

Olivia fait la grimace. La sale garce. Cruelle, avec ça.

« A quitté l'école avant le bac. A changé son nom en Olivia Joules. A commencé à investir à dix-huit ans en se servant de l'assurance-vie de ses parents. Nombreux voyages. Petit appartement à Primrose Hill. Journaliste free-lance, spécialisée dans des articles sur les voyages et la tendance – aimerait couvrir l'actualité. Joue du piano, parle couramment le français, assez bien l'espagnol et l'allemand, un peu l'arabe. Change régulièrement son apparence et sa couleur de cheveux. Séjours fréquents aux États-Unis et dans diverses villes d'Europe. Voyages en Inde, au Maroc, au Kenya, en Tanzanie, au Mozambique et au Soudan. » Elle s'arrête, puis reprend : « Sans attaches pour l'instant. Alors, pour qui travaillez-vous ?

— Et vous ? rétorque Olivia.

— MI6, lance Suraya tel un Exocet.

— C'est vous qui avez placé le micro dans ma chambre au Standard ? »

L'air méprisant, Suraya lance à nouveau ses cheveux en arrière et poursuit la lecture du dossier : « "L'équipe éditoriale du *Sunday Times* considère que Rachel Pixley, écrivant sous le nom d'Olivia Joules, a une imagination hyperactive." » Elle ferme le dossier et lève les yeux avec un sourire mauvais. « Alors ça explique les joujoux, non ? dit-elle avec un geste dédaigneux en direction de l'équipement d'espionnage. Des fantasmes à la James Bond. »

Olivia a envie de lui taper sur la tête à coups de chaussure. Oser se moquer de ses accessoires, quel culot !

On respire, on respire, on se calme, pense-t-elle. *Ne t'abaisse pas à répondre à cette sorcière.*

« Alors, dites-moi, reprend Suraya, ça vous a plu de coucher avec lui ? »

Olivia baisse les yeux quelques instants, le temps de rassembler son calme et ses esprits. Allons, tout va bien. Sa théorie, c'est qu'on peut diviser les femmes en deux catégories : celles qui font partie de l'Équipe des Filles, et les Salopes Double Face. Une femme de l'Équipe des Filles peut tout avoir à la puissance mille : beauté, richesse, intelligence, célébrité, sex-appeal, succès et popularité, vous la jugerez toujours sympathique. Les femmes de cette équipe-là sont solidaires, unies par la connivence, et toujours prêtes à mettre leurs bourdes sur la table pour que les autres en profitent. Les Salopes Double Face, elles, marchent à la rivalité : elles tirent la couverture à elles, rabaissent les autres pour se faire valoir, manquent d'humour, sont incapables de voir leurs propres ridicules, disent des choses qui semblent apparemment anodines mais sont destinées à vous faire très mal ; elles ne supportent pas qu'on vous prête attention et elles rejettent leurs cheveux en arrière. Les hommes n'y voient que du feu. Ils pensent que les femmes se dressent les unes contre les autres parce qu'elles sont jalouses. Erreur tragique.

« Alors ? insiste Suraya avec un sourire hautain. C'était bien ? »

Olivia a envie de hurler : « Va te faire foutre, pouffe de mes fesses », mais elle réussit à se contrôler en s'enfonçant les ongles dans la paume.

« Je crois que notre moment de plus grande intimité, c'est celui où je l'ai vu en maillot de bain, répond-elle.

— Ah oui ? Et alors ?

— Un caleçon plutôt ample, dit Olivia d'un ton suave. Désolée de vous décevoir, mais je ne peux pas vous en dire beaucoup plus. Je suis sûre que vos recherches personnelles vous ont permis d'avoir les informations nécessaires sur le sujet. Quel est l'intérêt, d'ailleurs ?

— C'est à nous de le savoir et à vous de nous en dire davantage, répond Suraya comme si elle s'adressait à une débile mentale de sept ans. Maintenant, j'aimerais que vous commenciez par me raconter exactement pourquoi vous le suiviez. »

On se calme, on se calme, on respire, on ne perd pas les pédales, se dit Olivia. *On regarde les côtés positifs. Le fait que le MI6 se manifeste sous la forme de cette horrible Salope Double Face avec son accent snob et sa manie de rejeter ses cheveux en arrière n'a aucune importance. Ils t'ont prise au sérieux. Tôt ou tard, un type va baisser son journal dans un compartiment de train, t'inviter à prendre le thé à Pimlico et t'interroger.*

« Vous vous imaginez sans doute que regarder dans le vague est une technique intelligente, dit Suraya en étouffant un bâillement. En fait, c'est complètement puéril.

— Vous avez passé beaucoup de temps à apprendre comment interroger les gens ? demande Olivia. On vous a dit que le meilleur moyen de les rendre coopératifs, c'était de les exaspérer ? »

Suraya se fige un instant, ferme les yeux et pose ses paumes de main bien à plat devant elle en respirant par le nez.

« D'accord, d'accord, arrêt sur image, dit-elle. On rembobine, hein ? Et on repart de zéro. » Elle tend la main. « *Pax ?*

— Quoi ? fait Olivia.

— Oh, vous savez, *pax* ? Le mot latin pour paix ?

— Oh oui, bien sûr. Il m'arrive de rêver en latin, figurez-vous.

— Bon, alors, mettons bien les choses à plat, dit Suraya, toujours avec son accent le plus britannique. Nous avons examiné Feramo et son entourage pour voir s'ils avaient des liens avec la drogue. Vous savez, Miami, le Honduras, LA. Ça paraissait assez évident comme connexion. Or, d'après notre enquête, Feramo est blanc comme neige. C'est un play-boy international avec un œil qui traîne en direction des jolies filles qui n'ont pas grand-chose entre les deux oreilles.

— Vous vous sous-estimez.

— Pardon ? dit Suraya. Vous, en tout cas, vous avez dit à plusieurs reprises que vous le soupçonniez d'être un terroriste. Nous aimerions savoir sur quoi vous fondez vos soupçons. »

Olivia n'est pas disposée à le lui dire, pas intégralement en tout cas. Elle attendra d'être interrogée par quelqu'un qui l'horripile nettement moins.

« Eh bien, pour commencer, je n'ai jamais cru qu'il était français. Je l'ai toujours pris pour un Arabe.

— Pourquoi ?

— À cause de son accent. Et puis, quand le *Ventre de l'Océan* a explosé, j'ai fait le rapprochement avec divers indices assez minces qui m'ont paru le relier à l'attentat. Quand j'ai découvert qu'il s'occupait de plongée sous-marine, je me suis dit que, peut-être, ils s'étaient servis de plongeurs pour faire sauter le navire. C'est idiot, au fond, mais c'est mon raisonnement. »

Olivia se dit que si c'était elle qui menait l'interrogatoire, elle aurait ensuite posé la question : « Et maintenant, quelle est votre opinion ? »

Cela étant, une petite moue satisfaite retrousse les coins de la bouche de Suraya. « Je vois », dit-elle, et elle se lève en reprenant le dossier d'Olivia. Elle porte une jupe courte très mode, style années soixante-dix, avec des points sellier, qui a l'air de sortir de chez Prada, et un petit pull très fin en mailles de soie d'une élégante teinte kaki.

« Excusez-moi un instant », dit Suraya, qui sort de la pièce avec un sourire en emportant le dossier. Olivia a réussi à distinguer le sigle Gucci tissé dans la maille au dos du pull. Ils doivent très bien payer, au MI6.

Elle regarde autour d'elle. Suraya a dû aller consulter son supérieur. D'une seconde à l'autre, elle va revenir avec un homme d'un certain âge au physique de l'emploi qui se penchera vers elle en murmurant : « Bienvenue au MI6, agent Joules. Et maintenant, filez vous acheter la panoplie Gucci. »

La porte s'ouvre et Suraya reparaît. « Nous allons vous laisser partir », dit-elle d'un ton sans réplique en s'asseyant.

Olivia se tasse dans son siège, déconfite.

« Il faut que je reprenne mes affaires. Mon portable aussi, dit-elle en commençant à rassembler ses accessoires d'espionnage.

— Nous les gardons quelques jours, dit Suraya en tendant la main pour l'arrêter.

— Et mon ordinateur ?

— Je regrette, lui aussi. Vous le récupérerez bientôt.

— Mais j'en ai besoin pour travailler !

— On vous en prêtera un en attendant, avec une copie de votre disque dur. Vous pourrez le prendre en sortant d'ici. Nous vous contacterons dans quelques jours quand nous serons prêts à vous le rendre. Entretemps, Rachel (visiblement, Suraya a beaucoup appris de la directrice de son école huppée), je suis sûre que vous comprenez qu'il est impératif de ne parler de cet entretien à personne. Il n'y a rien eu de grave, mais dorénavant n'oubliez pas que c'est vraiment idiot d'être mêlée de près ou de loin à des histoires de drogue. Cette fois-ci, vous vous en tirez à bon compte. À l'avenir, il pourrait y avoir des conséquences plus graves.

— Pardon ? bafouille Olivia. Mais ce sont les gens de l'ambassade de Grande-Bretagne à La Ceiba qui m'ont affirmé que je ne risquais rien en allant à Popayán ! Ils m'ont dit que je pouvais parfaitement aller voir du côté de l'hôtel de Feramo.

— Peut-être, mais comment voulez-vous qu'ils sachent quoi que ce soit ? dit Suraya. Vous voudrez bien m'excuser, mais j'ai à faire. On vous prêtera un autre portable lorsque vous sortirez. »

40

Ce n'est qu'à son retour à Londres, dans l'environnement familier de son appartement – la bouteille en plastique de liquide-vaisselle près de l'évier, l'aspirateur dans le placard du couloir, les bûches McNuggets dans le panier à côté de la cheminée – qu'Olivia se rend compte à quel point les derniers jours ont été insolites. Elle a peine à croire qu'elle s'est absentée quinze jours seulement. Le lait qu'elle a laissé dans le frigidaire a tourné, mais le beurre est toujours bon.

Tout ce qu'elle aime oublier quand elle va à l'hôtel se trouve là : un répondeur avec trente et un messages, une pile de courrier dans l'entrée, et un placard empli de choses qu'elle n'a pas encore eu le temps de jeter. Il fait un froid polaire ; la chaudière s'est arrêtée et Olivia est obligée d'enfoncer trente-six fois le bouton « Marche », ce qui lui rappelle la façon dont Morton C a tiré sur le démarreur du bateau en allant à Bell Key. Sur ces entrefaites, l'engin se remet en marche, la faisant sursauter. Elle va dans la cuisine et reste plantée là, une boîte de haricots à la tomate à la main : tous les indices, toutes les théories, tous les fantasmes et les soupçons les plus fous des deux dernières semaines lui tournent dans la tête comme du linge dans le tambour d'une machine à laver. *Les gens du MI6 ont fait une erreur en me laissant partir. Ils devraient m'utiliser.*

Elle regarde par la petite fenêtre cintrée de la cuisine qui donne sur un paysage familier : l'appartement d'en face, où un morceau de tissu fait office de rideau, et celui de l'étage au-dessous, dont l'occupant se promène à poil. Dans la rue, elle voit un homme ouvrir la portière côté passager d'une Ford Mondeo bleue et s'installer à côté du chauffeur. Tous deux lèvent la tête vers sa fenêtre et, la voyant, se hâtent de regarder ailleurs. Ils ne s'en vont pas. *Quels amateurs,* se dit-elle en leur adressant un petit signe de main. Qui a fait le mauvais choix : Feramo ou le MI6 ? Elle allume le feu, prend du pain dans le congélateur, se prépare des toasts aux haricots et s'endort devant *Eastenders*[1].

Le lendemain, Olivia ne se réveille qu'à midi. Son premier souci est d'aller jeter un coup d'œil par la fenêtre de la cuisine. Les hommes de la Mondeo sont toujours là. Elle se demande où ils sont allés faire pipi pendant la nuit, et elle espère que ce n'est pas sur son paillasson. Sur ce, son téléphone sonne.

« Olivia ? Ici Sally Hawkins. Je suis tellement soulagée de vous savoir bien rentrée. » Curieux ! Sally ne peut pas savoir qu'elle est rentrée, à moins d'avoir été prévenue par les services de sécurité ou par Feramo. « Comment vous sentez-vous ? Vous avez fini l'article sur le Honduras ?

« Eh bien, euh, il faudrait que nous en parlions, dit Olivia, sourcils froncés, essayant de deviner ce qui se passe. Je ne suis rentrée qu'hier soir.

— Pierre Feramo m'a téléphoné. Il a dû vous appeler. Il nous a proposé de vous envoyer en mer Rouge faire un deuxième volet sur le thème de la plongée hors des sentiers battus. Nous avons très envie de mettre ça en route. Je voulais juste m'assurer que vous étiez disposée à faire ce voyage, pour que nous puissions... »

C'est vraiment trop bizarre. On dirait que Sally Hawkins a peur.

« Pourquoi pas ? répond Olivia d'un ton négligent. Ça a l'air très excitant et il paraît que la plongée là-bas est merveilleuse. J'aurai peut-être besoin d'un jour ou deux pour me retourner, mais je suis tout à fait partante.

---

1. Feuilleton-culte de la télévision britannique, *Eastenders* dure depuis 1985.

— Ah, tant mieux. » Il y a une pause. « Euh, encore une petite chose, Olivia. » Elle ne paraît pas naturelle du tout ; à l'entendre, on dirait une très mauvaise actrice en train de lire ses répliques. « Il y a quelqu'un que je voudrais vous faire rencontrer, quelqu'un qui a écrit quelquefois pour nous dans le passé. C'est un spécialiste de tout ce qui touche au monde arabe. Un homme très intéressant. Il doit avoir plus de quatre-vingts ans maintenant. Il est à Londres aujourd'hui. Ce serait peut-être une bonne idée de prendre le thé avec lui. Il pourrait vous donner, euh, quelques tuyaux intéressants pour le voyage.

— Certainement, dit Olivia qui s'adresse dans le miroir une grimace signifiant "Givrée, cette bonne femme".

— Parfait. Alors chez Brooks, à St. James. Vous connaissez Brooks ? Juste au coin de la rue quand vous sortez du Ritz.

— Je trouverai.

— Le rendez-vous est à quinze heures trente. Avec le professeur Widgett.

— Ah ! J'ai lu son livre sur la sensibilité arabe. En partie, du moins.

— Tant mieux, Olivia. Ravie de vous avoir de nouveau ici. Et téléphonez-moi demain après-midi. »

Olivia repose le téléphone et ouvre le tiroir de sa table de nuit. Elle va avoir besoin d'une autre épingle à chapeau.

Ce sont deux nouveaux qui surveillent sa porte à présent, deux hommes dans une Honda Civic garée de l'autre côté de la rue.

Elle lève la main pour les saluer, allume son nouvel ordinateur prêté par le MI6 et va sur Google pour taper : Professeur Widgett, arabisant.

41

Widgett est un éminent professeur d'All Souls[1], auteur de quarante livres et de plus de huit cents articles sur divers aspects du Moyen-Orient, notamment *L'Occident sinistre : l'esprit arabe face au double tranchant de l'épée technologique*, *Lawrence d'Arabie et la suite royale : l'idéal bédouin et l'hospitalité urbaine*, et *La Diaspora arabe : hier et demain*.

Olivia passe deux heures sur Internet, à lire tout ce qu'elle peut trouver sur ce qu'il a écrit, puis s'habille pour cette journée de février. Cela lui fait un effet bizarre de mettre des collants, des bottes et un manteau, mais ça ne lui déplaît pas. Elle jette un coup d'œil par la fenêtre : les deux mecs sont toujours là. Alors elle va de l'autre côté de l'appartement, enjambe la fenêtre de sa chambre, descend par l'escalier de secours, escalade le mur du jardin mitoyen, traverse la poste et débouche dans la rue principale et animée de Primrose Hill. Elle ne remarque personne à ses trousses. Elle ne sait pas qui sont ses anges gardiens, mais ils ne semblent pas très doués.

Le Brooks est le genre de club qui n'admet encore les femmes qu'accompagnées par un membre, et qui propose toujours des repas avec trois plats et du fromage ou un entremets salé en guise de dessert. Il y a une loge de concierge à l'entrée, un sol dallé noir et blanc et un vrai feu de charbon dans une cheminée victorienne un

---

[1]. L'un des collèges les plus prestigieux d'Oxford, qui a eu notamment comme étudiant T.E. Lawrence, plus connu sous le nom de Lawrence d'Arabie.

peu surchargée. Un portier en queue-de-pie et gilet défraîchis et au visage ridé par la nicotine la conduit à la bibliothèque.

« Le professeur Widgett est là-bas, mademoiselle », dit-il. Le silence règne dans la pièce, à l'exception du tic-tac d'une grande horloge. Quatre ou cinq vieux messieurs sont installés dans des fauteuils de cuir fatigués, à l'abri du *Financial Times* ou du *Telegraph*. Il y a un autre feu de charbon dans la cheminée, une mappemonde ancienne, des murs tapissés de livres et beaucoup de poussière. *Ouh ! la la ! j'aimerais bien les passer au Pliz et au chiffon, tous ceux-là !* songe Olivia.

Le professeur Widgett se déplie. Immensément grand et vieux. Il lui rappelle un poème qu'elle a appris à l'école et qui commençait ainsi : « Webster était obsédé par la mort/et il voyait le crâne sous la peau... » On voit presque le crâne de Widgett sous sa peau transparente et parcheminée, ainsi que le tracé bleu des veines sur ses tempes. Il n'a pratiquement plus un cheveu.

Mais à peine a-t-il ouvert la bouche qu'Olivia se rend compte que la tendance qui consiste à traiter les personnes âgées avec condescendance est totalement déplacée. Widgett n'a rien du vieux monsieur indulgent et jovial. En le regardant parler, elle perçoit sur son visage les restes du magnifique tombeur qu'il a dû être dans sa jeunesse : des lèvres pleines et sensuelles, des yeux bleus magnétiques, moqueurs, insolents, charmeurs. Elle l'imagine en train de galoper à dos de chameau, une écharpe enroulée autour de la tête, et de tirer sur une citadelle du XIXe siècle dans le désert. Il a en lui quelque chose d'assez théâtral, voire d'affecté, mais rien qui suggère l'homosexualité de près ou de loin.

« Du thé ? » demande-t-il en levant un sourcil.

Le spectacle du professeur Widgett en train de servir le thé lui rappelle les expériences de chimie du lycée. C'est toute une mise en scène : lait, passoire, eau chaude, beurre, crème, confiture. Elle comprend soudain pourquoi les Anglais sont si attachés à leur cérémonie du thé : cela leur donne un prétexte pour s'occuper les mains pendant qu'ils abordent des sujets qui risquent de les entraîner dans les zones dangereuses des émotions et des instincts. « Ahemmm... trop fort pour vous, peut-être ? Une petite goutte d'eau en plus ? » Le professeur Widgett interroge Olivia sur sa perception du monde arabe et meuble de toussotements et borborygmes les intervalles entre ses questions. Cela semble curieusement hors de propos pour un article de voyage sur la plongée hors des sentiers battus. Quelle expérience a-t-elle du monde arabe ? Quelle est à son avis la motivation profonde du jihad ? Ne s'est-elle jamais étonnée en voyant qu'aucun équipement technique largement utilisé en Occident – télévision, ordinateur, voiture – n'était fabriqué dans un pays arabe ? (Encore une goutte de lait ? Je vais remettre de l'eau dans la théière.) Pense-t-elle qu'il s'agit d'un certain mépris des Arabes pour le travail manuel ou d'un effet des préjugés occidentaux ? A-t-elle le sentiment que c'est là que s'enracine la rancune tenace des Arabes vis-à-vis de l'Occident, compte tenu de leur désir insatiable d'utiliser ces technologies nouvelles et de les posséder ? Un nuage de lait dans cette tasse ? Un morceau de sucre ? Vous avez déjà été amoureuse d'un Arabe ? Ô mon Dieu, c'est de la pisse d'âne ! Il faut demander au garçon de nous rapporter une autre théière pleine.

« Professeur Widgett, dit-elle, Sally Hawkins vous a-t-elle contacté, ou est-ce vous qui lui avez demandé de me contacter ?

— Lamentable, comme actrice, hein ? dit-il en prenant une gorgée de thé. Absolument nulle.

— Vous faites partie du MI6 ? »

Il mord dans un scone en examinant Olivia de ses yeux bleus insolents et charmeurs.

« C'est une gaffe, ma petite fille, fait-il d'une voix traînante et affectée. Normalement, on attend que la taupe aborde la question. »

Il continue à boire son thé et à manger son scone tout en l'examinant. « Alors », dit-il. Il se penche en avant dans une attitude théâtrale, pose ses vieilles mains décharnées sur celles d'Olivia et lance d'une voix basse aussi discrète qu'un aparté de théâtre : « Vous allez nous aider ?

— Oui, réplique-t-elle sur le même ton.

— Il faut venir tout de suite.

— Où ?

— Dans une maison-refuge.

— Pour combien de temps ?

— Je l'ignore.

— Je croyais que c'étaient vos agents qui surveillaient mon appartement.

— Oui. Mais ce sont les autres qui me tracassent.

— Oh, je vois. » Elle marque une pause pour reprendre ses esprits. « Et mes affaires ?

— Vos affaires, Olivia, vos affaires. Il ne faut jamais s'autoriser à s'attacher à des *affaires*.

— Tout à fait d'accord. N'empêche qu'il y a des affaires dont j'aurai besoin si je dois partir.

— Faites une liste. J'enverrai quelqu'un – il agite vaguement la main – chercher les "affaires".

— Pourquoi ne m'avez-vous pas interceptée directement à l'aéroport ? Cela aurait évité toutes ces complications.

— Une erreur opérationnelle, ma chérie », dit-il en se levant.

42

Widgett a une allure de sultan. Il marche à grands pas dans les rues de St. James bloquées par les embouteillages, très élégant dans son long manteau de cachemire, et pose sur ceux qui croisent son chemin un regard d'oiseau de proie, ou un œil indulgent, selon la personne. Olivia se dit qu'à quarante ans il devait faire des ravages. Elle s'imagine en robe de soirée, en train de parcourir ces mêmes rues avec lui pour aller dîner, puis danser au Café de Paris.

« Où allons-nous ? demande-t-elle, commençant à craindre que Widgett ne soit pas, en fin de compte, un membre du MI6 mais juste un fou.

— Nous rejoignons la Tamise, ma chérie. » Et il lui fait prendre un itinéraire compliqué par les petites rues de Whitehall pour déboucher enfin sur le quai. Une vedette de la police attend là. En voyant Widgett, les policiers ne se précipitent pas sur lui pour lui passer la camisole, mais se mettent au garde-à-vous. Voilà qui est rassurant.

« Beaux garçons, non ? glisse-t-il à Olivia en lui prenant la main pour la faire monter.

— Où est-il, ce refuge ?

— Pas besoin de le savoir. Dînez bien, prenez une bonne nuit de sommeil et je vous retrouve demain matin. » Il leur adresse un élégant geste de la main et disparaît dans la foule.

Aussitôt, la vedette démarre et gagne le milieu du fleuve, prend de la vitesse et bondit à contre-courant. Pendant qu'ils remontent la Tamise, la silhouette de Big Ben et celle du Parlement se détachent sur le ciel éclairé par la lune. Debout à l'avant, Olivia a le cœur transporté par l'excitation, et le thème musical de *James Bond* résonne dans sa tête. La voilà espionne, à présent ! Elle tend deux doigts en forme de canon de revolver et chuchote : « Poum ! Poum ! » Puis le bateau fait une embardée contre une vague et une gerbe d'eau brune et lourde lui gifle le visage. Elle décide de passer le reste du trajet dans la cabine.

À l'intérieur se trouve un policier en civil. « Paul McKeown, dit-il. Je fais la liaison entre Scotland Yard et les services de sécurité. Alors, que pensez-vous de Widgett ?

— Je ne sais pas, répond-elle. Qui est-ce ?

— Allons, vous ne pouvez pas ne pas le connaître.

— Je sais qu'il travaille pour le MI6 et que c'est un arabisant réputé, rien de plus.

— Absalom Widgett ? C'est un espion de la vieille école, un pur et dur, le James Bond de son époque. Il a séduit toutes les épouses et filles de ceux qu'il a croisés. Il a travaillé dans tout le Moyen-Orient et toute l'Arabie. Il se faisait passer pour un homo spécialiste des tapis d'Orient. Pendant des années, il a eu un magasin dans Portobello Road et une chaire à Oxford. Un homme brillantissime. Une légende.

— Il est à la tête d'un service ?

— Il l'était. Il occupait un poste très élevé dans la hiérarchie. Mais dans les années soixante-dix, il est devenu blasé. On ne sait pas au juste ce qui s'est passé : femme mariée, opium, boisson ou désaccord idéologique. C'était un type de la vieille école, qui croyait aux agents sur le terrain, parlant couramment l'arabe, et marchant à l'instinct. Bref, vous voyez le personnage. Il estimait que l'introduction des technologies modernes était une catastrophe pour l'Intelligence Service. Toujours est-il que son départ en retraite a été une erreur, quelle qu'en ait été la cause. Jamais le service des affaires arabes n'a plus été le même, et on est allé le chercher le 12 septembre 2001 pour qu'il reprenne du service. »

Olivia hoche la tête, pensive. « Vous ne voulez pas me dire où nous allons ?

— Je n'y suis pas autorisé. Ne vous inquiétez pas. Je crois que vous trouverez l'endroit tout à fait confortable. »

À Hampton Court, on la transfère de la vedette dans un hélicoptère et, après un court trajet, une voiture aux vitres fumées l'emmène en ronronnant sur les petites routes du Berkshire et des Chilterns. Ils traversent la M40 et elle reconnaît la rocade d'Oxford, puis ils s'enfoncent dans la campagne des Cotswolds, où les fenêtres des pubs et des cottages laissent entrevoir des scènes d'intérieur douillettes au coin du feu. Ensuite, ils longent les hauts murs d'un domaine et Olivia entend du gravier crisser sous les roues tandis que s'ouvrent lentement des grilles en fer forgé, et qu'à la lumière des phares apparaît une longue allée. C'est le genre de voyage qui va s'achever soit avec un maître d'hôtel qui ouvre la porte, un plateau de Bloody Mary à la main, soit devant un avorton chauve en fauteuil roulant caressant un chat sur ses genoux avec un crochet en métal.

De fait, elle est accueillie par un maître d'hôtel, un homme excessivement courtois en uniforme, qui lui annonce que ses bagages sont déjà arrivés et qui la précède jusqu'à un perron de pierre pour l'introduire dans un hall magnifique. Les murs lambrissés sont couverts de tableaux et un large escalier en bois sombre mène à l'étage.

Il lui demande si elle souhaite qu'un « plateau chaud » lui soit servi dans sa chambre. Elle ne sait pas trop ce que signifie un « plateau chaud », mais cela fait naître une suite d'associations si appétissantes – fricassée de crevettes, croque-monsieur au cheddar, pâtes aux anchois, diplomate au sherry – qu'elle décide que oui, en effet, elle serait ravie qu'on lui en apporte un, merci beaucoup.

En voyant le lit, elle perd tout intérêt pour ce qu'il y a autour. Épuisée, elle se glisse entre les draps repassés de frais et s'aperçoit avec un soupir d'aise qu'il y a une bouillotte enveloppée d'une housse ouatinée, idéalement placée pour réchauffer ses pieds.

Elle ne saura jamais ce que comportait le « plateau chaud ». Elle émerge le lendemain matin avec le syndrome du voyageur : elle se demande où elle est. Elle cherche à tâtons la lampe de chevet. La chambre est plongée dans l'obscurité, mais un soleil clair filtre autour des épais rideaux. Elle se trouve dans un lit à baldaquin avec de lourdes draperies d'indienne. Elle entend des moutons. Ce ne doit pas être le Honduras.

Basculant des jambes, elle s'assoit au bord du lit. Tout son corps lui fait mal, elle se sent déshydratée, pâteuse. Pieds nus, elle va jusqu'à la fenêtre et découvre un splendide jardin de manoir anglais : pelouses, haies taillées au cordeau et terrasse en pierre blonde juste au-dessous de sa chambre. Des marches couvertes de mousse flanquées de chaque côté d'une fausse urne grecque mènent à la pelouse en contrebas, sur laquelle on voit des arceaux de croquet. Au-delà, des châtaigniers dénudés par l'hiver et, derrière, de douces collines d'un vert grisé, avec des murets de pierres sèches et des cheminées qui fument au-dessus de toits gris rassemblés autour d'un clocher.

Elle se retourne vers sa chambre. Ô miracle, sa valise beige et kaki est là, avec les articles qu'elle a demandés au professeur Widgett de faire prendre chez elle. Sous sa porte, on a glissé une enveloppe qui contient une carte des lieux, un numéro à appeler quand elle sera prête à prendre son petit déjeuner et un mot disant : *Rendez-vous dans la salle des opérations techniques dès que vous aurez déjeuné.*

43

Refuge du MI6, Cotswolds

Olivia cligne des yeux en regardant l'écran. Elle est assise dans une des cabines d'une salle pleine d'ordinateurs et d'opérateurs. Un technicien diffuse les clichés qu'elle a pris avec son appareil digital.

« C'est quoi, celle-ci ? demande-t-il.

— Euhhh », fait-elle. La photo représente un torse et des cuisses d'homme très musclés sortant d'un maillot de bain rouge fort avantageusement garni.

« On peut peut-être la sauter, celle-là ? suggère-t-elle, faussement décontractée.

— Beau cadrage », dit une voix masculine. Elle se retourne. C'est le professeur Widgett qui regarde le maillot rouge gonflé.

« Je tenais l'appareil à hauteur de hanche, dit-elle en manière d'excuse.

— Ça se voit. Il a un nom, ou juste un code-barres ? demande Widgett.

— Winston.

— Ah, Winston.

— On passe à la suivante ?

— Non. Alors, ce sont tous les sous-fifres et arrivistes qui évoluent autour de la piscine de Feramo ? Qu'est-ce qu'ils font là-bas ? Ils sont prestataires de services personnels ?

— Je n'en sais rien.

— Ah. » Il regarde l'écran, soupire comme s'il s'ennuyait, puis il la regarde, penche la tête. « En effet, nous le savons rarement. Mais quel est votre sentiment ? Qu'est-ce que vous flairez là ? » Il la regarde, les yeux grands ouverts, et, l'espace d'un instant, il a l'air redoutable. « Que vous dit votre instinct ?

— Que Feramo recrutait. Qu'il les utilisait à certaines fins.

— Ils en étaient conscients ? Ils savaient pourquoi ? » Elle réfléchit un moment. « Non.

— Et vous ?

— Je crois qu'il s'agit d'un projet qui a trait à Hollywood. » Elle regarde à nouveau le maillot de bain gonflé. « Feramo déteste Hollywood, or ils gravitent tous plus ou moins autour. On passe à une autre photo ?

— Très bien, si vous y tenez. La suivante, Dodd. Saperlotte, qu'est-ce qu'on a là ? »

Olivia a envie de se taper la tête contre le bureau devant elle. À quoi pensait-elle ? Le cliché suivant est un gros plan d'un V en caoutchouc noir avec une fermeture Éclair de part et d'autre. Un abdomen bronzé, plat, visiblement dur comme du fer apparaît au-dessus du caoutchouc.

« Oh ! la la ! elles sont complètement ratées, dit Olivia en s'apercevant qu'elle regarde un gros plan de l'entrejambe de Morton C.

— Je ne dirais pas ça, ma chérie, murmure Widgett.

— Passez la suivante. Je pourrai peut-être vous dire qui c'est. »

Le technicien pousse un soupir appuyé et obtempère. Encore Morton C, pris de dos cette fois, avec sa combinaison dégrafée jusqu'à la taille et roulée de façon à dégager son torse impeccable. Il regarde par-dessus son épaule, dans une pose qui rappelle vaguement celle des pin-up des années cinquante.

« Très séduisant, dit Widgett.

— Il n'est pas séduisant du tout, dit Olivia en battant des paupières, furieuse et humiliée. C'est le type dont je vous ai parlé, qui a braqué un revolver sur moi. Une ordure. »

La bouche de Widgett prend un pli amusé. « Oooh, une ordure ? C'est celui dont nous croyons qu'il travaille pour Feramo ? Et il remplit quelles fonctions ? Rabatteur ? Petit camarade de jeux ?

— Eh bien, je crois que Feramo l'a engagé assez récemment comme moniteur de plongée pour ses invités. À vrai dire, je pense qu'il jouait des uns contre les autres. Il faisait semblant d'être un des plongeurs. Dans le bar et sur le bateau, il bavardait avec tout le monde. À mon avis, il se servait de tous ceux à qui il avait affaire. »

Widgett se penche, lève ses sourcils diaboliques et susurre : « Vous l'avez eu ?

— Ça, non, par exemple ! » siffle Olivia, qui regarde l'écran d'un œil rageur. Ce qui la contrarie le plus, c'est que, là-dessus, Morton est sacrément beau. Il a cette expression dangereuse et concentrée qui a attiré son regard lorsqu'elle l'a rencontré au Honduras.

« Dommage. Il a une tête intéressante.

— C'est une ordure, un minable qui mange à tous les râteliers, et qui n'a pas plus de scrupules qu'une pute de bas étage. »

Elle entend un toussotement au fond de la pièce. Le professeur Widgett examine attentivement ses ongles pendant qu'une silhouette se lève dans une des cabines à ordinateur, une silhouette familière, vêtue d'une façon qui ne l'est pas : costume sombre branché, cravate et chemise dégrafées au cou. Les cheveux ras ne sont plus décolorés. Widgett lève les yeux et se retourne.

« "Pas plus de scrupules qu'une pute de bas étage", je cite cette jeune femme, dit-il.

— Oui, monsieur, répond Morton C.

— Avec quoi vous a-t-elle percé le bras, déjà ?

— Une épingle à chapeau, monsieur », dit Morton C, sortant de la cabine.

Widgett se déploie lentement. « Ms. Joules, permettez-moi de vous présenter Scott Rich, de la CIA, anciennement membre de la brigade maritime spéciale et l'un des plus brillants éléments du Massachusetts Institute of Technology. » Widgett éternue ses *t* et siffle ses *s* comme s'il était Laurence Olivier sur la scène de l'Old Vic. « C'est lui qui va piloter l'opération que nous lançons. Bien qu'il n'ait eu que quelques longueurs de retard sur vous pour identifier notre cible.

— Bienvenue dans l'opération, dit Scott Rich en adressant à Olivia un salut un peu crispé.

— Bienvenue dans l'opération ? Tu ne manques pas de culot !

— Pardon ?

— Ne me parle pas sur ce ton. Tu m'as parfaitement entendue.

— Excusez-les, lance Widgett au technicien. Nous entrons dans une petite zone de turbulences.

— Qu'est-ce que tu faisais *au juste* ?

— De la surveillance, dit Morton C, alias Scott Rich de la CIA.

— Je sais. Ce que je veux savoir, c'est ce que tu faisais *au juste* ? Si tu travaillais pour la CIA, pourquoi ne pas me l'avoir dit ?

— Tu aurais peut-être pu le deviner.

— Je croyais que tu travaillais pour Feramo.

— J'en avais autant à ton service.

— Qu'est-ce que tu... Tu ne veux quand même pas dire... Comment oses-tu !

— Loin de moi cette idée..., murmure Widgett au technicien comme s'ils étaient en train de bavarder dans un club d'ouvrages de dames. Mais ne l'ai-je pas entendue le traiter de pute de bas étage ?

— Si je te l'avais dit, tu aurais pu le lui répéter.

— Si tu me l'avais dit, on aurait pu savoir le fin mot de ce qu'il prépare. Je serais restée.

— Là, je suis d'accord avec elle, lance Widgett au technicien, toujours sur le ton de la connivence entre commères. Je ne comprends pas pourquoi il a été si pressé de la tirer de là. C'était de la galanterie mal comprise.

— Galanterie ? Galanterie ? s'exclame Olivia. Tu t'es servi de moi dès l'instant où tu m'as vue.

— Si j'avais vraiment voulu me servir de toi, j'aurais fait en sorte que tu restes.

— Oui, eh bien, tu te serais servi de moi avant si je m'étais laissé faire. Ne me dis pas que tu ne sais pas ce dont je parle.

— Allons, allons », intervient Widgett, d'une voix dont l'autorité frappe Olivia. L'éclair de détachement froid qu'il a dans l'œil révèle qu'en son temps il a dû donner des ordres impitoyables. « Allez donc faire une petite mise au point tous les deux, et je vous retrouverai à côté des marches qui mènent à la pelouse devant la maison. Vous trouverez bottes en caoutchouc et Barbours au vestiaire.

— Je ne vois pas du tout de quoi il est question, dit Scott Rich.

— De vêtements de pluie, Rich. On ne va pas vous laisser courir les bois habillé en pingouin, tout de même. »

L'intendante attend devant la salle des opérations techniques. Olivia et Scott Rich la suivent, descendent l'escalier de bois sombre et traversent les cuisines où ils voient des tables en bois blanc brossé, et sentent des odeurs de tuyauterie chaude et de pâtisserie. Le vestiaire aussi est chauffé. Les murs sont tapissés de frisette peinte en blanc et garnis d'étagères et de portemanteaux où s'alignent, bien rangés, manteaux, écharpes, bottes et chaussettes. Un ensemble confortable et apaisant. Mais pas assez.

« Pourquoi as-tu tué Dwayne ? siffle Olivia en enfilant une paire de chaussettes épaisses et des bottes de caoutchouc vertes.

— De quoi tu parles ? réplique Scott Rich en mettant un pull noir. Je n'ai pas tué Dwayne, jamais de la vie !

— Ne me dis pas que c'est un requin qui a fait le coup, lance-t-elle en se tortillant pour passer un gros pull de laine.

— Si tu veux vraiment des détails macabres, en voilà : Dwayne a voulu suivre les plongeurs de Feramo tout seul. Il y a eu une bagarre sous l'eau. Quelqu'un a sorti un couteau. Les requins approchaient. Les gens de Feramo l'ont hissé sur leur bateau. Moi, je suivais à distance. Tout ce que j'ai vu, c'est qu'ils ont lancé des morceaux du corps de Dwayne par-dessus bord et que tous les requins, du Honduras à Tobago, sont arrivés pour la curée. À propos, tu as mis ton pull à l'envers et devant derrière. »

Elle baisse les yeux, perplexe, l'enlève et le remet.

« C'est toi qui as glissé la cocaïne dans mon sac à Tegucigalpa ? demande-t-elle tandis que Scott Rich ouvre la porte pour la laisser sortir.

— Non, dit-il.

— Ne mens pas. »

Il a l'air d'un gentleman-farmer. Mais sans doute a-t-elle l'air d'une épouse de gentleman-farmer. L'air froid lui fait l'effet d'une gifle.

Ils tournent le coin de la maison, qui apparaît alors dans toute sa splendeur : un manoir élisabéthain aux proportions parfaites, en pierre blonde des Cotswolds, avec de hautes cheminées carrées et des fenêtres à meneaux.

« Je n'ai pas mis de coke dans ta chambre, dit-il.

— Alors qui ? Et qu'est-ce que tu faisais dans cette galerie ? Tu as failli me tuer.

— Hein ! » s'exclame Scott Rich. Widgett les attend, debout sur les marches, et vient à leur rencontre. Le vent fait voler les pans de son manteau et de son écharpe. « Je t'ai sauvé la vie dans cette galerie. Je t'ai donné mon air. C'est vous qui avez joué aux cons en entrant sans laisser de bouée pour signaler votre présence.

— Oh, pitié ! Ne me dites pas que vous êtes encore en train de vous chamailler tous les deux ! lance Widgett en les rejoignant. Allons, en route vers les bois. Olivia, quand nous rentrerons, vous voudrez bien lire l'Official Secrets Act[1] et le signer.

— Oui, monsieur, bredouille Olivia, aux anges. Absolument, monsieur.

---

1. Loi de 1989 régissant les devoirs et les engagements des personnels des services secrets.

— Oui, je me dis que les secrets ne sont pas pour vous déplaire, dit Widgett d'une voix traînante. Tout ce que vous voyez et entendez ici doit rester ici, compris ? Sinon, vous serez enfermée dans la Tour de Londres. »

C'est une journée d'hiver froide et sèche, et l'air sent les multiples parfums de la campagne anglaise, surtout le crottin. Olivia suit les deux espions dans un sentier forestier, respire l'odeur de bois mouillé, de champignons en décomposition, patauge dans les flaques avec ses bottes, et redécouvre les joies de la promenade dans le froid quand on est bien emmitouflé. Elle remarque une caméra fixée à un arbre, une autre encore, puis, à travers les bois baignés de brume, une haute clôture de sécurité surmontée d'une quadruple épaisseur de fil de fer barbelé et, derrière, un soldat en tenue de camouflage. Scott Rich s'arrête et se retourne pour la regarder.

« Je t'assure que nous ne souhaitons ni l'un ni l'autre troubler le cours de tes réflexions, mais est-ce que tu as l'intention de participer encore à cette conversation ou simplement de barboter dans les flaques ?

— Je n'entends rien, de toute façon. Vous marchez si vite que j'ai du mal à vous rattraper.

— Oh, non ! C'est insupportable, dit Widgett en se retournant. On dirait les premières scènes d'une mauvaise comédie sentimentale. »

Le froid fait paraître Widgett encore plus vieux. Sa couperose est plus apparente et deux cernes bleuâtres lui font des yeux au beurre noir. Avec sa tête de mort, il ressemble à un cadavre ambulant.

« Deux questions se posent, poursuit Scott Rich, ignorant sa remarque. La première est : qu'est-ce qu'ils préparent ? D'après notre système Échelon, tout semble indiquer que...

— Ah, l'Échelon ! Le grand réseau de surveillance de tous les types de communication, l'espionnage automatisé, Olivia. Moi je vous le dis, cet échelon-là, c'est celui qui nous fait redescendre vers la barbarie ! Des hommes sur le terrain, voilà ce qu'il nous faut. Des êtres humains qui réagissent humainement face à d'autres êtres humains.

— Échelon signale un danger d'attaques imminentes sur Londres et Los Angeles.

— Ainsi que sur Sydney, New York, Barcelone, Singapour, San Francisco, Bilbao, Bogotá, Bolton, Bognor et partout où les gens envoient des e-mails », marmonne Widgett.

Scott Rich ferme à demi les paupières. Olivia a déjà remarqué que, chez lui, c'est le seul signe indiquant le trouble. « Soit. Nous avons un être humain en bonne et due forme ici. Je vous la laisse », dit-il en s'appuyant contre un arbre.

Widgett semble réfléchir. Il mâchouille sa lèvre, à moins que ce ne soit son dentier, et fixe sur Olivia ses yeux bleus. « Deux questions. Primo : qu'est-ce que Feramo nous réserve ? Des plongeurs dans les égouts, les réservoirs, les systèmes de refroidissement nucléaires ? Deuzio : ils se livrent à un trafic d'explosifs entre l'installation hôtelière du Honduras et le sud de la Californie. Comment les introduisent-ils en territoire américain ?

— C'est ce qu'ils faisaient au Honduras ?

— Oui, répond Scott Rich, impavide.

— Comment le sais-tu ?

— Parce que j'ai trouvé du C4, du plastic militaire américain, en haut de la grotte d'où tu sortais. »

Olivia baisse les yeux et fronce les sourcils. Dire qu'elle a nagé dans cette grotte en regardant les poissons et en admirant leurs belles couleurs.

— Alors… agent Joules, dit Widgett. Il y a des pensées dans cette jolie tête ? »

Elle lui jette un regard acéré. Son esprit n'est pas très agile, car elle est un peu dépassée par les événements. Elle a trop envie de réussir comme espionne.

« Il faut que je réfléchisse », dit-elle d'une petite voix. Widgett et Scott se regardent. Elle sent la déception de l'un et le mépris de l'autre.

« On continue à marcher ? » propose Widgett. Ils s'éloignent devant elle, en grande conversation. Deux silhouettes mal assorties : l'un avec son grand corps dégingandé, son écharpe au vent, ses pans de manteau qui lui battent les mollets, et ses grands gestes d'histrion ; l'autre, compact, tout en flegme et en retenue. Olivia les suit à distance, mortifiée. Elle a l'impression d'être une musicienne prodige qui, une fois sur scène, fait un ou deux misérables couacs sur un violon et déçoit tout son monde. La tension de cette expérience bizarre commence à l'affecter. Elle se sent nerveuse, épuisée : finalement, elle n'est qu'une petite nana sans intérêt. *Allez, on respire, on respire, on se calme, on se calme, pas de panique*. Elle essaie de se rappeler ses Principes de Vie.

Pas de panique. On s'arrête, on respire, on réfléchit.

Rien n'est jamais aussi génial ou désastreux qu'on croit.

En cas de désastre (...), penser : « Oh ! et puis merde. »

La clé du succès, c'est de savoir tirer parti de ses erreurs.

« Ouh, ouh ! crie-t-elle en courant derrière eux. Ouh, ouh ! J'ai compris comment ils font entrer les explosifs !

— Chic alors, dit Widgett. Dites-nous tout.

— Ils leur font traverser le Honduras par la route, puis remonter les côtes du Pacifique par bateau.

— Oui, on en est arrivés aux mêmes conclusions, dit Scott. La question est de savoir comment ils font passer le plastic aux États-Unis.

— Je crois qu'ils le transfèrent sur des yachts de luxe, et le scellent à l'intérieur de planches de surf, soit sur les yachts mêmes, soit chez Feramo à Catalina. »

Scott Rich et Widgett s'immobilisent et la regardent.

« Après quoi, ils emmènent les planches de surf tout près de la côte californienne sur le yacht. Ils les lestent et les envoient en chute libre au fond de l'océan, ou les amarrent à une corde. Ensuite, les plongeurs descendent avec leur équipement, récupèrent les planches, expédient leurs bouteilles par le fond, arrivent à Malibu en surfant, chargent les planches pleines d'explosifs sur leurs camping-cars et s'en vont. »

Silence total.

« Hum. Voilà un superbe exemple de pensée latérale, dit Widgett. Vous vous basez sur quoi, au juste ?

— Je les ai vus à l'œuvre au Honduras. À Popayán, j'ai fait le tour du cap et je les ai vus récupérer les planches, puis revenir en surfant avec.

— Ce n'est pas là-dessus que vous enquêtiez, Rich ? demande Widgett. Ou étiez-vous trop occupé à débarrasser votre mouchard électronique du bourgogne qu'elle avait versé dessus ? Du puligny-montrachet, si je ne m'abuse ?

— Taisez-vous, monsieur, s'il vous plaît.

— Parce que tu avais mis un mouchard dans le figuier en pot de Feramo ? demande Olivia.

— Dans son cactus aussi. Et dans le tien, puisqu'on en parle.

— Et vous avez mis un pull sur l'un, un verre de Cristal dans le deuxième et du bordeaux blanc dans le troisième, intervient Widgett. Du louis-jadot 96, non ? demande Widgett.

— 95, rectifie Olivia.

— Ça a dû vous faire mal au cœur de le jeter !

— Ne m'en parlez pas.

— Allô, Karl, dit Scott à son téléphone, envoie la section H surveiller les surfeurs de la côte sud, tu veux ? En priorité, la barre du lagon de Malibu. Qu'ils examinent les planches pour voir si elles contiennent du C4. Et envoie des gens à Catalina, clandestinement, pour vérifier les bassins de mouillage des bateaux. Où c'était, Olivia ? Olivia ? La maison de Feramo à Catalina ?

— Oh, euh, c'était à droite d'Avalon.

— *À droite ?*

— À l'est. Au nord, peut-être ; enfin, à droite quand on regarde Catalina depuis LA. C'est sur la côte face au large, en direction de Hawaii. »

Scott Rich soupire. « Que l'on vérifie tous les points où peuvent aborder des surfeurs, dit-il au téléphone.

— Parfait, reprend Widgett. Tout est clair maintenant. Si on parlait de la cible à présent ? Vous avez des idées ? »

Olivia leur fait part de ses théories sur la crème de beauté contenant de la ricine, les bulles d'acétylène dans les tuyaux de refroidissement des centrales nucléaires, les attaques sur les studios.

« Mais c'est beaucoup trop vague. J'ai besoin de passer plus de temps avec Feramo pour réduire le champ des possibilités.

— L'idéal, ce serait d'accepter sa proposition d'aller au Soudan, dit Widgett. En tout état de cause, ça sera très intéressant.

— Il serait dingue de t'emmener là-bas, dit Scott.

— Mais *c'est* un dingue, dit Olivia.

— En tout cas, il est dingue de t'avoir laissée partir, dit Scott.

— Merci », répond Olivia. Scott Rich n'est peut-être pas un si mauvais bougre, au fond.

« Ce que je veux dire, c'est qu'il était évident que tu allais le balancer. Ce que tu as fait.

— Il a confiance en moi. Il me prend pour son faucon. »

Scott émet un bruit curieux.

« Il y a quelque chose qui te chagrine, Scott, Rich, Morton, enfin, selon le nom que tu as choisi aujourd'hui ?

— Oui, Rachel, Olivia, Pixie. Pour toi aussi, il y a l'embarras du choix !

— Oh, Dieu du ciel, fait Widgett de sa voix la plus traînante en prenant un mouchoir pour s'essuyer le front. C'est assez normal pour une taupe d'avoir plusieurs identités. Certains d'entre nous ont passé deux pleines saisons en drag-queens au Cataract Hotel d'Assouan.

— Pour une *taupe*, oui, dit Scott Rich.

— Le grand atout de Ms. Joules, c'est qu'elle espionne comme elle respire. Maintenant, la question qui se pose est la suivante : si *Pierre Feramo* – il prononce le nom avec un accent français exagéré – vous téléphone comme promis, et cherche à vous attirer jusqu'à son repaire de Bédouins dans les collines de la mer Rouge, êtes-vous prête à y aller ?

— Oui ! répond solennellement Olivia.

— Ah oui ? intervient Scott Rich en fixant sur elle son regard gris intense. Même si sa seule motivation, c'est de te tuer ?

— S'il avait voulu me tuer, il l'aurait fait au Honduras.

— Oh, absolument, dit Widgett. Un type peut avoir trente-six mille bonnes raisons de vouloir filer dans le désert avec l'agent Joules. Vous avez sûrement lu les *Mille et Une Nuits*, Rich. Très érotique, ce livre. Je suis prêt à parier qu'une fille enlevée par un Bédouin peut espérer des nuits très imaginatives sous sa tente.

— Et après ? » lance Scott Rich en s'éloignant à grandes enjambées rageuses.

44

Cinq jours se sont écoulés depuis qu'Olivia a quitté Feramo dans les Bay Islands et il n'a pas appelé. L'équipe, qui, hélas, comprend maintenant Suraya la Salope, est enfermée depuis le petit déjeuner dans une salle au sous-sol. Grâce à une manœuvre électronique complexe, Scott Rich a connecté le faux numéro qu'Olivia a donné à Feramo à la salle d'opérations techniques, de sorte que si Feramo compose ce numéro, l'appel arrivera directement chez eux.

L'horloge de la salle des opérations est un de ces trucs en plastique fonctionnels qui rappellent à Olivia des souvenirs scolaires : cadran blanc, chiffres noirs et aiguille des secondes rouges. À l'école, elle observait la pendule en se concentrant de toutes ses forces pour qu'elle marque plus vite quatre heures. L'aiguille rouge atteint enfin l'objectif. Quatre heures de l'après-midi, neuf heures du matin au Honduras, le cinquième matin depuis le jour où elle a pris congé de Feramo, avec un doigt gravement sucé.

Scott Rich, le professeur Widgett, Olivia, Dodd, l'opérateur, et Suraya regardent chacun à son tour la pendule, avec plus ou moins de subtilité ou d'ostentation, en pensant – selon Olivia – tous la même chose, à savoir : *Elle a tout inventé. Il ne s'intéresse absolument pas à elle. Il n'appellera pas.*

« Rich, mon cher ami, vous êtes absolument sûr d'avoir raccordé ce numéro correctement ? demande Widgett en grignotant un morceau de foie gras sur un toast qu'il s'est fait apporter. Vous tripotez un nombre de boutons impressionnant.

— Oui, répond Scott Rich sans lever les yeux de son ordinateur.

— Il n'a pas l'air de vouloir appeler, dit Suraya.

— Tu devrais lui téléphoner, reprend Scott Rich.

— Ça le fera fuir, insiste Olivia. Il faut que ce soit lui le chasseur.

— Tiens, je croyais que tu étais son faucon ? dit Scott Rich. Ce ne serait pas plutôt sa perruche ? »

Il se détourne et se met à parler au technicien ; tous deux se concentrent sur l'écran. Une moitié affiche les photos de Feramo qu'Olivia a prises clandestinement. Sur l'autre s'étalent une série de diapos représentant les terroristes d'Al-Qaida répertoriés. De temps à autre, Scott et Dodd s'arrêtent et mélangent les photos de façon à montrer Feramo en turban avec une Kalachnikov, Feramo en chemise à carreaux dans un bar de Hambourg, Feramo avec un nez différent, Feramo en chemise de nuit, les cheveux en bataille.

« En fait, je suis d'accord avec Scott, dit Suraya en posant sur le bureau ses longues jambes gainées de jean.

— Inutile que j'appelle s'il ne le fait pas, car ça voudra dire qu'il n'est plus intéressé.

— Oh, la la, dit Suraya en riant, ce n'est pas *Blind Date*[1]. Vous manquez de confiance en vous. Vous lui plaisez vraiment. Pierre préfère les femmes énergiques. Elle devrait l'appeler, absolument », dit-elle aux autres.

Scott Rich se penche, coudes sur les genoux, menton sur les pouces, et fixe sur Widgett le regard gris, intense et concentré qui avait impressionné Olivia la première fois qu'elle l'avait vu dans ce bar du Honduras.

« Alors, qu'est-ce que vous en pensez ? » demande-t-il à Widgett.

Lequel se gratte l'arrière du cou et aspire entre ses dents. « Il y a un vieux proverbe soudanais qui dit : "Là où un homme et une femme sont présents, le diable l'est aussi." Le stéréotype arabe réduit la femme à l'animal,

---

1. Émission de télévision américaine de rencontres où un homme doit choisir entre trois femmes qu'il ne voit pas.

quasiment : un être à la sexualité très active, toujours prête à coucher avec un homme, comme si elle ne pensait qu'à ça.

— Ah oui ? dit Scott Rich en s'adossant à sa chaise avec un sourire narquois à l'adresse d'Olivia.

— C'est une opinion qui a encore cours aujourd'hui dans certains milieux, que si un homme et une femme se trouvent seuls, ils coucheront fatalement ensemble. »

À son grand agacement, Olivia ne peut s'empêcher de repenser à la nuit à Bell Key où Morton C l'a embrassée en pressant son corps contre le sien et a glissé la main sous son jean. Elle croise son regard et a l'impression gênante qu'il pense à la même chose.

« Il n'y a pas très longtemps, on a fait une enquête auprès d'un groupe d'Arabes Soudanais, poursuit Widgett. On leur a demandé : "Si, en rentrant chez vous, vous trouviez un inconnu dans la maison, que feriez-vous ?" Ils ont tous répondu la même chose : "Je le tuerais !"

— Eh bien, s'exclame Scott Rich, rappelez-moi de ne pas jouer les plombiers quand j'irai là-bas.

— D'où l'obsession de la chasteté dans certaines cultures arabes : les voiles, les burkas, l'excision. La femme est entièrement érotisée : c'est un objet à protéger si elle fait partie de votre famille, et, sinon, à pourchasser et à conquérir.

— Soit. Alors, si aux yeux de Feramo Olivia est une bête de sexe, pourquoi ne peut-elle pas l'appeler ? demande Scott Rich. Attendez, comment ça marche, dans l'islam, l'amour hors mariage ? »

Olivia le regarde en pensant : *Tu aurais vraiment pu prendre la peine de te renseigner sur ce sujet.*

« Ah, c'est là que ça devient intéressant, justement, intervient Widgett. Notamment avec Feramo et tout ce romantisme bédouin : il enlève la femme sur son cheval et galope dans le désert vers le soleil couchant. L'éthique des Bédouins date d'avant l'islam et c'est sur elle que repose la structure mentale de ce peuple. Si l'on regarde les *Mille et Une Nuits*, on constate que la mentalité des Bédouins du désert prend le pas sur la moralité. Lorsque les conquêtes sexuelles d'un héros sont dues à son courage, sa ruse ou sa chance, elles ne sont pas considérées comme immorales, mais héroïques.

— Précisément, dit Olivia. Il a donc besoin de vaincre ma volonté et ma résistance. Il aura du mal à se prendre pour un héros si je lui téléphone pour lui donner mon numéro de vol. »

Scott Rich lui tend l'appareil. « Appelle-le.

— Ah bon. Alors, tout ce qui vient d'être dit est nul et non avenu ?

— Appelle-le. Ne parle pas d'un éventuel voyage, ni de faucons. Dis-lui seulement que tu es bien rentrée et remercie-le pour la suite à l'hôtel et les bons vins.

— Mmm, fait Widgett, qui fixe sur Scott son œil bleu et froid en grignotant son toast.

— Il ne l'appellera pas, déclare Scott Rich d'un ton abrupt. Il ne va pas l'inviter au Soudan et nous n'avons pas besoin qu'elle y aille. C'est ridicule. Il me suffit de savoir où il est. Appelle-le, conclut-il en tendant le téléphone à Olivia.

— Bien sûr, répond-elle d'une voix suave. Je fais le numéro ?

— Non, non, je le fais pour toi », dit-il d'une voix bourrue en se retournant vers la rangée d'écrans et de claviers. Il lance à Olivia un bref regard perplexe par-dessus son épaule avant de disparaître avec le technicien dans une sorte de tour d'ivoire électronique, et tous deux se mettent à pianoter et faire diverses vérifications en échangeant des regards entendus. Malgré son aspect impassible, Scott Rich est un bidouilleur dans l'âme. Elle essaie de l'imaginer dans un large tee-shirt jaune orné d'une inscription débile, en train de boire de la bière tirée au tonneau avec ses copains.

Il pivote sur sa chaise. « Prête ?

— Oui, répond-elle d'un ton primesautier en approchant le téléphone de son oreille. Tu me dis quand y aller. »

On appuie sur des boutons. Le téléphone se met à sonner. Olivia a un petit frémissement d'angoisse.

« Allô ? dit-elle d'une voix mal assurée.

— Ah, bonjour ! – une voix de femme –, ici Berneen Neerkin. J'appelle de la part de MCI Worldcom. Nous aimerions vous faire connaître notre nouveau forfait temps de communication... »

Des agents de marketing téléphonique ! Olivia essaie de garder son sérieux. L'infaillible dieu de la technique Scott Rich s'est emmêlé les pinceaux. Elle aperçoit son visage et sent monter une bulle de fou rire. Elle s'efforce de penser à des choses sérieuses, comme la mort, ou une coupe de cheveux ratée, mais rien n'y fait. Elle se met à trembler et ses muscles faciaux ont bien du mal à reprendre leur position normale.

Scott Rich se lève. Il la regarde avec sévérité, comme un professeur face à un élève récalcitrant. Le fou rire d'Olivia redouble. Il secoue la tête et retourne à l'ordinateur.

« Je vais juste me chercher un verre d'eau », hoquette Olivia, les joues couleur betterave, et elle gagne le couloir en titubant. Elle s'appuie contre le mur, secouée par l'hilarité et s'essuie les yeux. Puis elle gagne la salle de bains, encore pliée en deux. Ce n'est qu'après s'être aspergé le visage d'eau et avoir attendu quelques minutes qu'elle a l'impression d'avoir crevé la dernière poche de fou rire. Et encore, elle ne se sent pas totalement à l'abri d'une rechute.

En revenant dans le couloir, elle entend parler fort dans la salle des ordinateurs.

« Quand même, on ne va pas verrouiller tout l'État de Californie sous prétexte qu'on a du C4, de la ricine et une éventuelle connexion avec la plongée commerciale. Où ça nous mène ? La Californie est trois fois plus grande que votre petite île obscurantiste.

— Oui, bon, très bien, dit la voix de Widgett.

— Par où commencer ? Si on se limite à la Californie du Sud, on a des ports d'embarquement de première importance dans la seule zone de la baie : Ventura, Los Angeles et San Diego. Il y a quatre usines nucléaires et des centaines de kilomètres de canalisations à gros calibre, de systèmes d'égouts et d'écoulement des eaux sous chaque grande ville. On a des aqueducs, des ponts, des réservoirs, des barrages, et des bases militaires. Qu'est-ce que vous proposez ? D'évacuer l'État ? On cherche une aiguille dans une botte de foin. Notre seule chance est de détruire cette cellule Takfiri et de trouver ce qu'elle prépare. Maintenant.

— Écoutez-moi, jeune homme. Si vous détruisez cette cellule, il y a de fortes chances pour que le projet, ou le dispositif, soit déjà en place. Se sachant devinés, ses membres programmeront leur action plus tôt. Mon idée, c'est que vous ne tirerez rien d'eux, parce que aucun n'est au courant de l'ensemble de l'opération. La seule personne qui soit susceptible d'en savoir plus est Feramo et voilà pourquoi les responsables de l'opération l'ont fait sortir du Honduras en quatrième vitesse à la première alerte. À votre place, je demanderais à vos agents de fermer tous les systèmes de maintenance souterrains qui ne sont pas strictement indispensables, et d'arrêter aussi les projets de réparations qui peuvent attendre. Je ferais aussi inspecter les employés, les écoles de plongée commerciale et tout ce qui est suspect.

— Vous avez une idée de l'ampleur de l'opération ? Il nous suffirait de trouver Feramo. Alors nous pourrions regarder le contenu de son putain d'ordinateur. On n'a pas besoin d'Olivia.

— Écoutez, Rich, si nous pouvons découvrir ce que fricotent ces salauds sans dépenser trente millions de dollars pour réduire en cendres l'est du Soudan et s'il ne nous en coûte qu'une femme, il n'y a pas à hésiter. »

Personne n'a entendu Olivia entrer.

« Monsieur, vous parlez d'une personne civile, pas d'un militaire. Votre projet va contre l'éthique.

— Il s'agit d'un agent et elle est prête à y aller. Fine comme l'ambre, celle-là. Après cette opération, je la fais entrer à l'Intelligence Service, si...

— Si elle est encore en vie ? »

Olivia toussote. Quatre paires d'yeux surpris se tournent vers elle. Un quart de seconde plus tard, le téléphone sonne.

« Oh ! la la ! grand Dieu ! » Dodd, l'opérateur, se met à paniquer, agite les mains en tous sens, essayant de trouver les bons boutons. « C'est lui. C'est Feramo. »

45

Accroupi à côté d'Olivia, Scott écoute avec son casque. Il ne la lâche pas des yeux, présent, aussi rassurant que dans la galerie sous-marine, et lui fait signe d'y aller.

« Allô ?
— Olivia ?
— Oui, c'est moi. » Il règne une activité frénétique autour d'elle, car Rich et le technicien s'efforcent de localiser l'appel. Elle ferme les yeux et fait pivoter sa chaise de façon à leur tourner le dos. Elle veut que le courant passe entre Feramo et elle, comme lors de leur précédente rencontre, sinon cela ne marchera pas.

« Où êtes-vous ? demande-t-elle pour faciliter le travail aux deux autres. Toujours sur l'île ?
— Non, non. Je suis en route pour le Soudan. »
Olivia cligne des yeux, perplexe. Pourquoi lui dit-il cela sur un téléphone mobile ? Il n'est quand même pas si bête ? Ses anciens doutes reviennent. Peut-être qu'il n'est pas un terroriste du tout.

« Je ne peux pas vous parler longtemps parce que mon vol part bientôt.
— Pour Khartoum ?
— Non, pour Le Caire.
— C'est merveilleux ! Vous allez contempler les Pyramides ?
— Je n'aurai pas le temps. J'ai quelques rendez-vous professionnels, puis je reprends l'avion pour Port-Soudan. Mais vous venez me rejoindre, Olivia, comme promis ? »

Derrière elle, l'attention se tend et devient presque palpable. Olivia a envie de crier « Yesssss ! », poing en l'air. « Yessssssss ! »

« Je ne sais pas encore, répond-elle. J'aimerais beaucoup venir. J'en ai parlé à Sally Hawkins, qui était intéressée. Seulement, il me faut plusieurs contrats pour pouvoir répartir les...

— Cela n'a aucune importance, Olivia. Vous êtes mon invitée, voyons. Je vais prendre les dispositions nécessaires.

— Non, non. Vous ne pouvez pas faire ça, je vous ai déjà expliqué pourquoi. À propos, je voulais vous remercier de votre hospitalité au Honduras.

— Bien que j'aie été obligé de vous enlever pour vous forcer à l'accepter ?

— Eh bien...

— Olivia, mon vol va partir. Je dois vous quitter, mais je vous appellerai du Caire. Je pourrai vous joindre à ce numéro demain à la même heure ?

— Oui.

— Attendez. Je vais vous donner un numéro. Celui des agents allemands qui s'occupent de mon opération de plongée. Ils feront le nécessaire pour vos billets à destination de Port-Soudan et pour les visas. Vous avez de quoi écrire ? »

Quatre stylos lui sont présentés. Elle choisit le vieux Parker en or du professeur Widgett.

« Il faut que je vous laisse. Au revoir, *saqr*. »

Scott Rich lui fait signe de prolonger la conversation.

« Attendez ! Quand serez-vous au Soudan ? Je ne veux pas arriver là-bas et me retrouver sans vous.

— Je serai à Port-Soudan après-demain. Il y a un vol de Londres par Le Caire mardi. Vous le prendrez ?

— Je vais voir, dit Olivia en riant. Vous êtes tellement pressant !

— Au revoir, *saqr*. »

Et la communication est coupée.

Elle se retourne vers le groupe en essayant de ne pas afficher son triomphe.

Scott et le technicien sont toujours en train de s'activer sur leurs boutons. Widgett lui adresse un bref sourire approbateur et vaguement lubrique.

« Rich ! hurle-t-il. Excusez-vous.

— Désolé », dit Scott sans lever les yeux. Mais quand il a fini de faire ce qui l'occupait, il pivote sur sa chaise et regarde Olivia très sérieusement.

« Je suis désolé, Olivia.

— Merci », répond-elle. Elle se sent brusquement envahie par un sentiment chaleureux tandis que la tension s'apaise, et cela lui délie la langue. « Voilà des excuses comme je les aime, bien franches. Pas ces justifications bidon sur le mode passif-agressif, du genre : "Je suis désolé si tu as eu l'impression que…", les doigts croisés derrière le dos pour démentir ce qu'on dit, histoire de faire porter le chapeau à l'interlocuteur, sous prétexte qu'il a mal évalué la situation.

— Bon, dit Widgett. Alors, Olivia, maintenant se pose la question clé pour les espions : cet homme, il est bidon ? Et cette histoire, est-ce qu'elle tient la route ?

— Je me la pose aussi, dit Olivia. Pourquoi appelle-rait-il d'un portable pour dire qu'il va au Soudan si c'est un vrai – un vrai terroriste, je veux dire ?

— Moi, j'ai toujours dit qu'il était bidon, intervient Suraya. C'est un play-boy qui se mêle de contrebande, pas un terroriste.

— Vous avez avancé, sur la comparaison des photos ? demande Widgett à Scott.

— Non, du tout. Aucun lien avec Al-Qaida.

— Il y a une chose que je n'ai pas dite », hasarde timidement Olivia.

Les yeux gris et froids croisent les siens. « Oui ?

— Un détail. Il faudrait essayer d'en savoir plus sur sa mère. Je pense qu'il peut s'agir d'une Européenne qui avait de vagues liens avec Hollywood. Je verrais bien un père soudanais ou égyptien et une mère européenne. Qui a pu mourir quand il était petit.

— Pourquoi dis-tu ça, Olivia ?

— C'est qu'il a fait allusion à sa mère et aussi qu'il a parfois eu de curieuses réactions face à moi, comme si je lui rappelais quelqu'un. Et aussi, quand il m'a dit au revoir à Roatán, il a… – elle fait la grimace – … il a fourré mon doigt dans sa bouche et l'a sucé, mais voracement, comme si c'était une tétine et lui un petit cochon.

— Oh putain ! s'exclame Rich.

— Autre chose ? demande Widgett.

— Eh bien oui. Encore un détail. C'est un alcoolique.

— Quoi ? »

Quatre paires d'yeux la dévisagent à nouveau.

« C'est un alcoolique. Il ne le sait pas, mais il l'est.

— Mais il est musulman ! dit Rich.

— Takfiri », rectifie Olivia.

Ils se séparent pour dîner. Alors que tout le monde rassemble ses affaires pour partir, Olivia reste affalée sur sa chaise, devant la table, repensant au coup de téléphone. Widgett vient s'asseoir en face d'elle, la bouche légèrement tordue. L'air de souverain mépris du monde qu'il affiche en permanence a quelque chose de rafraîchissant qui séduit Olivia.

« Votre intégrité, voilà le hic », grince-t-il. Les yeux bleus sont froids comme ceux d'un poisson. Soudain, ils s'animent. « C'est pour ça que vous êtes une bonne espionne, dit-il en se penchant sur la table et en fronçant le nez. Les gens vous font confiance, autrement dit, vous pouvez les trahir.

— Je trouve que c'est moche, ce que je fais.

— Et c'est tant mieux. Ne soyez jamais contente de vous. Les bons se laissent corrompre par leur foi en l'infaillibilité de leur vertu, et ça, c'est un des pièges les plus redoutables qui soient. Une fois qu'on a vaincu tous ses démons, c'est par l'orgueil qu'on est vaincu. Au départ, un homme se dit qu'il est bon parce qu'il prend les bonnes décisions. Après, il est convaincu que toutes les décisions qu'il prend sont bonnes puisqu'il est bon, lui. Ce raisonnement, ça nous donne Ben Laden qui frappe les Twin Towers, et Tony Blair qui envahit Bagdad. La plupart des guerres sont le fait de ceux qui croient avoir Dieu de leur côté. Restez toujours du côté de ceux qui ont conscience de leurs ridicules et de leurs tares. »

46

Le compte à rebours a commencé. Soudain, des deux côtés de l'Atlantique, on se prend au jeu et une gravité nouvelle règne sur les opérations. Olivia a trois jours pour préparer son départ. On la soumet à un programme d'entraînement intensif pour lui apprendre le métier, le maniement des armes, la survie dans le désert et la familiariser avec les équipements spécialisés.

Ils se trouvent dans ce qui était autrefois la salle à manger des domestiques et tout l'attirail d'Olivia est aligné sur la longue table de réfectoire. Elle inspecte un séchoir à cheveux de voyage équipé d'ampoules contenant un gaz toxique fixées près de la sortie d'air à l'avant.

« Et mon vrai sèche-cheveux ? »

Le professeur Widgett soupire.

« Je sais que vous vous êtes donné beaucoup de mal, monsieur, dit-elle, mais comment vais-je me sécher les cheveux pour de bon ?

— Hmm. Je comprends votre souci. Est-il concevable que vous emportiez deux sèche-cheveux ? »

Olivia a une moue dubitative. « Pas vraiment. Vous ne pourriez pas mettre le gaz dans un fer à friser, par exemple ? Ou peut-être un vaporisateur de parfum ? »

On entend un court éclat de rire, et Olivia lève les yeux, sur ses gardes. Scott Rich est appuyé contre le chambranle de la porte, hilare.

« Ma chère Olivia, dit Widgett en ignorant Scott, nous essayons de nous adapter aux besoins d'une femme, certes, mais l'opération se déroule dans le désert. Pour une expédition de ce genre, on doit pouvoir normalement se débrouiller sans séchoir, non ?

— Peut-être, mais pas si je suis censée séduire le chef d'une cellule d'Al-Qaida, explique-t-elle patiemment.

— Tu es givrée, lance Scott en quittant son appui.

— Ah, vous avez beau jeu tous les deux ! s'exclame-t-elle en regardant le crâne chauve de Widgett et les cheveux ras qui couronnent le visage narquois de Scott Rich.

— Les hommes aiment les femmes qui ont l'air naturel.

— Faux, rétorque Olivia. Ils aiment le naturel chez une femme qui a fini de se coiffer et de se maquiller de façon à avoir l'air naturel. Je crois vraiment que, compte tenu de la situation, le sèche-cheveux est plus important que les ampoules de gaz toxique.

— Je comprends, Olivia. Nous essaierons de trouver une autre solution », se hâte de dire Widgett. Elle a le sentiment qu'il lui passe tout parce qu'il se sent coupable de la sacrifier, et cette idée n'a rien d'encourageant.

« Bon, alors voici la liste de vos accessoires habituels, à laquelle nous avons essayé de nous conformer aussi fidèlement que possible. » Il s'éclaircit la voix. « Cosmétiques : brillant à lèvres, crayon à lèvres, stick à lèvres, ombre à paupières, pinceau contour des yeux, brosses, blush, stick anticernes, poudre mate, poudre... – il marque une légère pause – ... "illuminatrice nacrante", mascara "pleine intensité", retrousse-cils.

— Ben dites donc ! fait Scott.

— Ce sont de toutes petites boîtes, dit Olivia, sur la défensive.

— Oui, encore que ce soit dommage, dit Widgett. Nous essayons de faire en sorte que votre trousse soit identique en apparence à ce qu'elle était en Amérique, parce que les gens de Feramo l'ont sans doute examinée alors. Mais nous serions beaucoup plus à l'aise avec les tailles normales de tous ces produits. Je continue : parfum, lotion pour le corps, mousse, shampooing, gel.

— Ils auront tout ça à l'hôtel, dit Scott Rich.

— Les shampooings d'hôtel vous donnent des cheveux électriques. Et puis d'abord, je ne vais pas à l'hôtel, mais sous la tente.

— Tu n'auras qu'à te servir de lait d'ânesse.

— Pour les accessoires mécaniques, poursuit Widgett, nous avons le kit de survie : radio à ondes courtes, micro-caméra digitale, jumelles ; les vêtements habituels : chaussures, maillots de bain et – Rich, on se passera de vos commentaires, merci – sous-vêtements.

— Sans oublier les bijoux et accessoires, s'empresse d'ajouter Olivia.

— Bien sûr, bien sûr. Et maintenant, dit-il en traversant la pièce à grands pas et en allumant une lampe, nous avons préparé une panoplie assez complète dissimulée dans ces vêtements et accessoires. En fait, c'est très intéressant de préparer l'équipement d'une femme.

— Ce n'est sûrement pas la première fois que ça vous arrive.

— Le contexte n'avait rien à voir. »

L'inventaire est assez terrifiant. Il faudra qu'elle veille bien à ne pas faire de confusion. La plupart de ses affaires ont été transformées en armes, sinon de destruction massive, du moins de destruction de proximité ciblée. Sa bague a été équipée d'une lame à l'aspect peu engageant qui se déploie dès qu'elle appuie le pouce contre l'un des diamants. Ses lunettes de soleil Chloé contiennent maintenant une scie hélicoïdale dans une branche et un minipoignard imprégné de substance toxique dans l'autre. Les boutons de son chemisier Dolce ont été remplacés par de minuscules scies circulaires. Son stick à lèvres est un flash aveuglant, et sa petite boule de blush cache une mèche qui, allumée, émet un gaz capable de neutraliser pendant cinq minutes les hommes présents dans une pièce.

« Parfait. Est-ce que je récupérerai mes anciennes affaires après ?

— Si l'opération se déroule comme on l'espère, dit Scott, tu auras le droit d'aller faire une descente chez Gucci, Tiffany et Dolce & Gabbana aux frais du gouvernement de Sa Majesté. »

Olivia sourit, ravie.

L'une de ses boucles d'oreilles en forme d'étoile de mer de chez Tiffany contient maintenant un minuscule GPS[1] permettant de la localiser, qui transmettra ses déplacements pendant toute l'expédition.

« Dernier cri, haut de gamme, dit Widgett. On n'en a jamais fabriqué d'aussi petit. Il fonctionne même sous l'eau jusqu'à trois ou quatre mètres.

— Et sous terre ?

— Il y a peu de chances », dit Widgett, évitant son regard.

L'autre boucle contient une pastille de cyanure.

« Et maintenant, le revolver », dit Scott Rich. Elle les regarde, stupéfaite. Ils viennent de passer en revue les poignards dans les talons aiguilles, la ceinture rétro, genre années soixante-dix, de chez Dolce, faite de pièces d'or véritables pour pouvoir monnayer une issue en cas de pépin, le mince poignard et la seringue contenant des narcotiques remplaçant l'armature de son soutien-gorge. Elle a refusé la broche avec flèche narcotique à éjection manuelle sous prétexte que, portée par une moins de soixante ans, une broche éveillerait les soupçons.

« Je ne vais pas trimballer un revolver. »

Ils la regardent sans comprendre.

« Il me causera beaucoup plus d'ennuis qu'il ne m'en évitera. Pourquoi aurais-je un revolver si je suis une journaliste spécialisée dans le voyage ? En plus, Feramo sait que je réprouve l'utilisation des armes mortelles. »

Scott Rich et Widgett échangent un regard et Scott prend la parole.

« Je t'explique ! Ce n'est pas une petite escapade sentimentale, mais une opération militaire excessivement dangereuse, délibérément meurtrière et hautement coûteuse.

---

1. Global Positioning System : système satellite permettant de localiser un objet dans l'espace et de suivre ses déplacements.

— Non, c'est moi qui vais t'expliquer, réplique-t-elle, frémissante. Le danger de l'entreprise, je le mesure bien. Moyennant quoi, j'y vais quand même. Si l'un de vos experts spécialement entraînés pouvait faire ce pour quoi vous m'envoyez là-bas, c'est lui que vous choisiriez. Vous avez besoin de moi telle que je suis. C'est comme ça que je suis arrivée à ce stade, parce que je suis comme je suis. De deux choses l'une : ou bien vous la bouclez et vous me laissez faire comme je l'entends, ou alors c'est vous qui partez séduire Pierre Feramo dans le désert du Soudan. »

Personne ne bronche. Widgett se met à fredonner un petit air. « *Popom, po pom, popom*. D'autres questions, Rich ? D'autres remarques hautement perspicaces ? D'autres commentaires utiles ? On continue ? Bien. Alors, voyons comment vous tirez, Olivia, avant de décider si on vous donne ou non un revolver. »

47

Debout derrière Olivia, Scott Rich a posé sa main sur la sienne, qu'il referme sur le revolver, et il lui montre comment positionner son corps.

« Tu vas absorber le recul dans les bras sans bouger. Et puis, trèèèès doucement – il pose le doigt d'Olivia sur la gâchette –, sans à-coup – il place délicatement son index sur le sien –, tu presses sur la détente. Prête ? »

La porte s'ouvre à la volée. C'est Dodd.

« Pardon de vous interrompre, monsieur. »

Scott pousse un grand soupir. « Qu'est-ce qu'il y a ?

— Quelqu'un appelle Ms. Joules de façon insistante sur son portable, et Mr. Widgett pense qu'il faut qu'elle décroche. »

Scott fait signe à Olivia de prendre le téléphone.

« Attention, le correspondant enregistre son message. Désolé, il faut que je mette le haut-parleur, Ms. Joules, dit Dodd. D'accord ? »

Olivia fait signe que oui. Scott s'adosse au mur, bras croisés.

« Olivia, c'est encore Kate. Putain, mais où es-tu passée ? Si tu as filé au Honduras pour tenter ta chance avec ton Dodi al-Fayed, je te fais bouffer tes tripes en salade. Je t'ai appelée dix mille fois. Si tu ne me rappelles pas d'ici ce soir, je vais à la police et je te fais porter disparue.

— Vous prenez la ligne ? souffle le technicien.

— Euh... d'accord. Mais pouvez-vous débrancher le haut-parleur, s'il vous plaît ?

— Bien sûr.

— Kate, salut ! Je suis là », lance Olivia, très mal à l'aise.

Un flot de paroles indignées s'échappe de l'écouteur. Lorsque Kate a fini de donner libre cours à sa rage, sa curiosité reprend le dessus.

« Bon, alors, tu as conclu ? demande-t-elle.

— Non, répond Olivia en regardant les deux hommes.

— Il y a bien eu des préliminaires, quand même ? »

Olivia réfléchit. Y a-t-il eu des préliminaires au Honduras ?

« Oui ! c'était super ! Mais ça n'était pas avec lui..., termine-t-elle en jetant à Scott un regard embarrassé.

— Quoi ? Tu le suis jusqu'au Honduras pour te laisser peloter par quelqu'un d'autre ? Tu sais que tu es incroyable !

— Chhht, siffle Olivia. Écoute, je ne peux pas parler pour l'instant.

— Où es-tu ?

— Je ne peux pas...

— Olivia, ça va ? Sinon, tu dis simplement "non" et j'avertis la police.

— Non ! Enfin je veux dire ça va, ça va très bien. »

Scott se penche vers elle et lui tend un message.

« Attends deux secondes, Kate. »

Il a écrit : *Dis-lui que tu as un rendez-vous galant – que tu vas très bien, mais que tu es en pleine action et que tu l'appelleras demain. Nous irons la voir pour lui expliquer.*

Elle lève les yeux vers Scott qui fait une mimique sexy, sourcils levés, et hoche la tête pour l'encourager.

« Ce qui se passe, c'est que j'ai un rendez-vous galant. Tout va très bien, mais je suis en plein... enfin, tu vois. Je t'appelle demain, je te raconterai.

— Vicieuse ! Et Oussama Ben Feramo ?

— Je te raconterai demain.

— Bon. Du moment que tout va bien. C'est sûr ? » Ça a marché.

« Oui. Je t'embrasse. » La voix d'Olivia tremble un peu. À cet instant précis, elle donnerait cher pour être avec Kate en train de siroter une margarita.

« Je t'embrasse aussi, obsédée ! »

Olivia baisse les yeux vers le message et éclate de rire. Scott a signé :

Au service exclusif de madame. S.R.

48

Installé dans le petit salon, Olivia contemple une assiette de truffes dodues saupoudrées de copeaux de chocolat. Elle sait bien qu'il est poli d'attendre, mais la nervosité a raison de ses scrupules. Elle tend la main et engloutit deux truffes. L'enregistrement de sa conversation quotidienne avec Feramo lui donne vraiment mauvaise conscience. Elle est obligée de repenser aux images de l'explosion du *Ventre de l'Océan* pour ne pas mollir. Elle vient juste d'enfourner encore une truffe quand la porte s'ouvre sur Widgett qui arrive à grands pas, Scott Rich dans son sillage.

« On a la bouche pleine, agent Joules ? » demande Scott sèchement. Il s'assoit sur le canapé et déplie des cartes à côté du plateau à thé.

« Laissez-moi m'occuper de ça, sinon vous allez la dégoûter, dit Widgett, qui glisse en aparté à Olivia : Il n'aime pas l'Afrique et n'y comprend rien.

— Il en faudrait plus que lui pour me dégoûter, répond-elle. J'adore le Soudan.

— Tant mieux. Voyez, là, nous avons les collines de la mer Rouge. Cette zone est en majorité arabe, mais six pour cent de la population se compose de Béjas. Ceux que Kipling appelait les "Fuzzy-Wuzzies". Des nomades malins, avec d'incroyables cheveux crépus qui se dressent sur la tête. Féroces et coriaces. Si on peut les avoir de son côté dans une crise, on ne risque rien. Ceux dont il faut se méfier, ce sont les Rashaidas, des Bédouins nomades avec des antennes paraboliques sur leurs tentes et des 4 × 4 géants pour rassembler leurs chameaux. Ils vivent de contrebande. Personne ne leur arrive à la cheville. Des petits marrants. J'ai toujours eu un faible pour eux.

— C'est là que je situerais les grottes, dit Olivia, qui hoche la tête et indique un point sur la carte.

— Ah, vers Suakin, le port de corail en ruine. Un endroit merveilleux.

— Feramo m'en a beaucoup parlé. Je crois que les gens d'Al-Qaida se cachent là-bas. Qu'ils sont dans des grottes sous-marines, comme au Honduras.

— On étudie ça, dit Scott Rich. Ben Laden se trouvait très bien au Soudan sous le régime du milieu des années quatre-vingt-dix.

— Je sais, murmure Olivia.

— Quand le régime soudanais a finalement expulsé Ben Laden en 96, les camps et les cellules terroristes ont été évacués aussi. En principe. Mais le scénario le plus vraisemblable est qu'ils ont simplement migré sous terre.

— Ou sous la mer, dit Olivia.

— Exactement, renchérit Widgett d'un ton excité. Votre premier objectif est donc de déterminer exactement le danger qui menace la Californie du Sud. Le second est de découvrir qui Feramo cache ou va voir.

— Il n'est pas encore trop tard pour retirer tes billes, dit Scott Rich. Rends-toi bien compte de l'endroit où tu mets les pieds, je t'en prie. Nous ne savons pas encore qui est Feramo. Mais nous savons à quel type d'hôtes charmants tu auras affaire. Port-Soudan est juste en face de La Mecque, dit-il en tendant un doigt vers la carte. Le Soudan a consenti à l'Iran un bail pour des bases à Port-Soudan et à Suakin. On a donc des milliers de soldats iraniens en cours d'entraînement, des camps rebelles de la NDA[1] ainsi qu'une situation explosive dans les usines hydroélectriques du Nord, une série d'exigences contradictoires venant d'Érythrée au Sud, des groupes nomades incontrôlables dans les montagnes et Al-Qaida, peut-être, sous l'eau. Elle te tente toujours, ta petite escapade romantique ?

---

1. National Democratic Alliance : parti de coalition, au Soudan.

— Ma foi, la dernière fois que je suis allée là-bas, ça m'a beaucoup plu, lance allégrement Olivia pour le narguer. Je me fais une joie d'y retourner. Surtout avec ma nouvelle panoplie.

— Parfait. Encore un chocolat ? dit Widgett.

— Olivia, ce n'est pas sûr, là-bas, proteste Scott Rich.

— Sûr ? rétorque-t-elle, l'œil étincelant. Parce que tu connais quelque chose de sûr, toi ? Allons, tu sais très bien comment ça se passe. C'est comme quand tu sautes du haut d'une falaise sous-marine.

— Oui, répond-il à mi-voix. Parfois, tu as intérêt à te jeter dans le vide, ma jolie, et à laisser flotter les rubans. »

49

Le Caire, Égypte

Tandis que l'avion approche du Caire, Olivia se dit : *Si seulement je pouvais figer ce moment dans le temps et me le rappeler éternellement. Je suis agent secret. L'agent Joules. En mission pour le gouvernement de Sa Majesté. Je suis en classe club, et je bois du champagne avec des noisettes passées au micro-ondes.*

Elle est obligée de faire un effort pour refouler sa joie et prendre l'air sérieux en arrivant au contrôle des passeports. Quel bonheur d'être en route pour de nouvelles aventures. Loin de l'atmosphère de pensionnat du manoir, elle se sent libre comme un oiseau – qui ne serait pas un faucon. On annonce que la correspondance pour Port-Soudan aura six heures de retard. *Je n'ai jamais vu les Pyramides*, se dit-elle. Le GPS ne captera le signal émis par sa boucle d'oreille que lorsqu'elle arrivera au Soudan. Elle passe la douane et saute dans un taxi.

Dans la maison-refuge des Cotswolds, Scott Rich s'apprête à rejoindre la base de Brize Norton[1] pour prendre un vol de la RAF à destination du porte-avions *USS Condor* ancré dans la mer Rouge entre Port-Soudan et La Mecque. Il a fait ses bagages, il est prêt et il lui reste une heure. Il se trouve seul dans la salle des ordinateurs et travaille sur le sien, à la lumière d'une

---

1. Base militaire de la Royal Air Force, la plus importante d'Angleterre, à l'ouest d'Oxford, donc tout près des Cotswolds.

seule lampe. Après un moment de recherche, il s'adosse à sa chaise, plisse les yeux et s'étire, puis se penche à nouveau, regarde le résultat et se fige. À la vue des photographies et informations apparues sur l'écran, il cherche d'une main fébrile son téléphone dans sa veste et compose le numéro de Widgett.

« Oui ? Qu'est-ce qui se passe, mon vieux ? Je suis en plein dîner.

— Widgett, dit Scott d'une voix secouée. Feramo n'est autre que Zaccharias Attaf. »

Il y a une seconde de silence.

« Ô Seigneur ! Vous êtes vraiment sûr ?

— Certain. Il faut faire rentrer Olivia d'Afrique. Tout de suite.

— Je vous rappelle dans quarante secondes. »

Le taxi d'Olivia roule sur une quatre-voies et zigzague de façon alarmante, déboîtant sans cesse. Des décorations de Noël pendent au rétroviseur et une sorte de guirlande en nylon bleu décore le tableau de bord. Le chauffeur se retourne et lui sourit, découvrant une dent en or.

« Vous voulez tahhapis ?

— Pardon ?

— Tahhapis. Je vous trrrouve trrrès bon prrrrix. Mon frrrère avoir boutique tahhapis. Tout près. Pas besoin aller marrrché. Marrrché, pas bon. Tahhapis mon frrrère, trrrès trrrès beau.

— Non. Pas de tapis. Je veux aller aux Pyramides, comme j'ai dit. Attention ! » crie-t-elle en voyant les voitures commencer à faire des écarts et en entendant les coups de klaxon.

Le conducteur se retourne vers la route avec un chapelet de jurons et fait un geste obscène par la fenêtre.

« Les Pyramides. Gizeh, dit Olivia. On va aux Pyramides et puis on revient à l'aéroport.

— Pyrrramides trrrrès loin. Pas bon. Fairrre nuit. Pas voir. Acheter tahhapis, beaucoup mieux.

— Et le Sphinx ?

— Sphinx, OK.

— Alors on va voir le Sphinx, d'accord ? Et on revient à l'aéroport.

— Sphinx OK. Trrès vieux.

— Oui, dit-elle en arabe. Vieux. Très bien. »

Il emballe le moteur, quitte la quatre-voies à une vitesse effarante, plonge dans une banlieue résidentielle mal éclairée, avec des rues poussiéreuses bordées de maisons en torchis. Elle ouvre sa fenêtre et inspire avec délices les odeurs de l'Afrique : ordures en décomposition, viande grillée, épices, crottin. Enfin, le taxi s'arrête au bout d'un labyrinthe de rues sombres. Le chauffeur coupe le contact.

« Où est le Sphinx ? » demande Olivia, une pointe d'alarme au cœur. Elle appuie sur sa bague pour libérer la lame.

Le chauffeur sourit. « Tout près ! » souffle-t-il au nez d'Olivia, qui manque de mourir asphyxiée. Brutalement, elle se rend compte qu'elle a agi de façon totalement irresponsable. Qu'est-ce qui lui a pris, de partir faire du tourisme pendant une mission comme celle-ci ? Elle sort son mobile. Il affiche PAS DE RÉSEAU.

« Sphinx trrès beau, dit le chauffeur. Venir avec moi. Vous montrer. »

Elle le regarde attentivement, en conclut qu'il ne lui ment pas et descend du taxi. Il saisit un objet long qui ressemble à une matraque. Elle le suit sur la route obscure, extrêmement dubitative. Sous leurs pieds, le sable crisse. Elle adore l'odeur sèche de l'air du désert. Lorsqu'ils tournent le coin de la rue, le chauffeur approche une allumette de la matraque, qui se transforme en torche. Il la lève et indique un point dans le noir.

Elle a le souffle coupé. Devant elle se trouve une paire de pattes géantes en pierre couvertes de poussière. Le Sphinx ; pas de barrières, pas de guichets à billets. Il se dresse là, au milieu d'une place poudreuse, entouré par des maisons basses en ruine. À mesure que les yeux d'Olivia s'habituent à l'obscurité, elle commence à distinguer la silhouette familière, plus petite qu'elle ne l'avait imaginée. Le chauffeur lève la torche et l'encourage à grimper sur les pattes. Elle secoue la tête : si ce n'est pas illégal, ce n'est certainement pas indiqué. Elle le suit pendant qu'il fait le tour du Sphinx, essayant de sentir le poids des siècles accumulés.

« Ah, dit-elle avec un sourire heureux. Merci beaucoup. Maintenant, il faut retourner à l'aéroport. »

Elle a peut-être été déraisonnable en venant là, mais elle est quand même ravie.

« Vous voulez tahhapis maintenant ?
— Non. Pas tapis. Aéroport. »

Quand ils tournent au coin de la rue pour regagner la voiture, le chauffeur lâche un juron sonore. Une voiture est garée à côté de leur taxi, tous phares allumés. Des silhouettes sortent de l'obscurité, et se dirigent vers eux. Olivia essaie de se fondre dans l'ombre en se souvenant de son entraînement en cas d'enlèvement : les premiers instants de la tentative de kidnapping sont déterminants : c'est tant qu'on est sur son territoire et non sur celui des ravisseurs qu'on a une chance de s'échapper. Les hommes convergent vers le chauffeur. Ils élèvent la voix. Il essaie de les calmer avec un sourire mielleux, en parlant à toute vitesse, et se dirige vers son taxi. Olivia se fait toute petite. Elle est à cent mètres du Sphinx, il doit bien y avoir des gens à proximité, tout de même ? Mais l'un des assaillants qu'elle distingue mal la voit et lui agrippe le bras. Au même moment, son chauffeur monte dans son taxi et met le moteur en route.

« Hé là, attendez ! » hurle-t-elle en se mettant à courir dans sa direction. *C'est le moment de faire un maximum de bruit et de donner l'alarme pendant que vous êtes encore dans un endroit public.* « Au secours, crie-t-elle, au secooouuurs !

— Non, non, dit le chauffeur. Vous aller avec lui. Trrès trrès gentil.

— Nooooon ! » s'égosille-t-elle tandis qu'il passe une vitesse et démarre. Un bras la retient brutalement alors qu'elle veut courir derrière la voiture dont les feux arrière disparaissent dans le dédale de rues.

Olivia se retourne pour regarder ses ravisseurs. Ils sont trois, jeunes, vêtus à l'occidentale. « Je vous en prie, dit l'un d'eux en ouvrant la porte, Farouk doit aller chercher d'autres clients. Vous venez avec nous. Nous vous emmenons à l'aéroport. »

Lorsque l'homme la saisit, elle lui enfonce la lame de sa bague dans la chair d'un coup sec, se dégage lorsqu'il pousse un cri de douleur, et se met à courir en hurlant, comme on le lui a appris, pour que les éventuels spectateurs ne puissent avoir aucun doute : on l'agresse. « Au secours, ô mon Dieu, aidez-moi, au secoooooours ! »

C'est une nuit pluvieuse et venteuse dans les Cotswolds. Sur la piste d'envol de la base RAF de Brize Norton, Scott Rich hurle dans le téléphone pour tenter de se faire entendre malgré le grondement du moteur du jet. « Où est-elle passée, bordel ! J'ai dit : où est-elle ?

— Aucune idée. Le vol avait six heures de retard. Suraya a arrangé un contact au Caire avec Fletcher, qui devait l'attendre : messages à l'accueil, etc.

— Suraya ?

— Ouiii. Vous avez une objection ? »

Scott Rich hésite. Un aide de camp approche pour le presser de monter, mais Scott refuse d'un geste de la main et entre dans le hangar, où il est plus à l'abri. « Donnez-moi votre parole que vous allez rappeler Olivia. »

Widgett éclate d'un rire étrange. « Vous demandez à un agent double de vous donner sa parole ?

— Zaccharias Attaf est un psychopathe. Il a tué huit femmes dans des circonstances exactement semblables. Il devient complètement obnubilé par elles – comme il l'est par Olivia – et, lorsqu'elles ne coïncident plus avec ses fantasmes insensés, il les tue. Vous avez vu les photos.

— Oui, il semblerait qu'il suce certains morceaux de ses victimes jusqu'à absorption complète. Vous êtes sûr qu'il s'agit bien de lui ? Comment en êtes-vous arrivé à cette conclusion ?

— À cause de ce qu'elle a dit de la mère de Feramo, et de l'épisode où il lui a sucé le doigt. Comme vous le savez, nous n'avons pas de photos d'Ataff sur lesquelles nous pourrions nous appuyer, mais tout le reste concorde. Retirez-la de cette mission. Rapatriez-la. Ce n'est pas une professionnelle. Où est-elle en ce moment ? En train de contempler les vitrines ? De se faire faire les ongles ? Vous ne pouvez pas l'envoyer sciemment dans les griffes d'un psychopathe.

— Un psychopathe qui est également l'un des principaux stratèges d'Al-Qaida. »

Scott ferme à demi les paupières.

« Vous paraissez disposé à la sacrifier.

— Mon cher ami, Ms. Joules est parfaitement capable de prendre soin d'elle-même. Nous avons tous en notre temps risqué notre peau pour le bien de la communauté. C'est le propre de notre métier », conclut Widgett.

On se calme, pas de panique, on respire, on se calme, pas de panique, on respire. Est-ce vraiment important ? Oui. Tu parles que c'est important ! Olivia s'efforce de garder la tête froide pendant que la voiture de ses ravisseurs brinquebale dans le dédale de rues noires. Ce sont les sbires de Feramo, cela au moins, c'est clair. Elle n'a pas réussi à appliquer la première leçon de la préparation au kidnapping puisqu'elle s'est laissé entraîner dans la voiture. La deuxième leçon portait sur « la meilleure façon d'humaniser les relations avec ses ravisseurs ». À l'époque elle s'était dit : *Non, mais c'est cousu de fil blanc !* Elle fouille dans son sac à la recherche du paquet de Marlboro qu'on lui a donné et le tend au jeune homme qui l'a poussée dans la voiture.

« Cigarette ?

— Non. Fumer, très mauvais, répond-il sèchement.

— Vous avez raison », dit-elle en hochant la tête avec conviction. C'était idiot. Elle est idiote. Ce sont probablement des musulmans pratiquants. Qu'est-ce qu'elle va inventer maintenant ? « Une gorgée de whisky, Mohamed ? Une cassette porno ? »

Les rues qu'ils traversent changent : davantage de lumières, des piétons, un âne, une bicyclette. Soudain, au sortir de toutes ces rues sombres, ils débouchent dans un souk brillamment éclairé. Il y a des gens qui se bousculent, des moutons, des guirlandes lumineuses, de la musique et des cafés. La voiture pile à l'entrée d'une allée obscure. Le chauffeur se retourne. Elle serre les poings, positionne le chaton de sa bague à l'extérieur, serre l'épingle à chapeau dans son autre main.

« Tapis, dit le nouveau chauffeur. Vous voulez acheter tapis ? Je vous fais bon prix, rien que pour vous.

— Oui, souffle-t-elle en se laissant retomber sur la banquette, tremblant de soulagement. Très bien. J'achète tapis. »

On lui fait comprendre, hélas, qu'elle doit acheter un grand tapis. Lorsque la voiture prend la bretelle d'accès à l'aéroport trente-cinq minutes avant le décollage, le moteur ronfle bruyamment et le tapis dépasse dangereusement de part et d'autre du coffre. Olivia est si tendue qu'elle s'enfonce les ongles dans les paumes des mains pour s'empêcher de hurler des choses inutiles comme : « Putain, mais plus viiiiiiiite ! »

Et voilà qu'il y a des lumières clignotantes, des sirènes, des voitures de police, des barrages, et une file de feux arrière. Un embouteillage massif. Elle a la bouche sèche. Elle a échappé à la mort mais, selon la logique de la vie, son soulagement est aussitôt remplacé par une autre peur : celle de rater l'avion et de compromettre sa mission. Elle se surprend à essayer de faire accélérer la voiture en se penchant en avant alors qu'ils avancent à une vitesse d'escargot. De toute évidence, il y a eu un accident. Un corps est étendu sur le macadam ; un flot de sang noir lui sort de la bouche et un policier trace un contour à la craie. Le chauffeur se penche et demande ce qui s'est passé. Puis il hurle par-dessus son épaule à l'intention d'Olivia : « Une fusillade. Un Anglais. »

Elle s'efforce de ne pas y penser. Lorsque la voiture s'arrête devant la porte « Départs », elle lance presque littéralement à la tête du chauffeur la somme convenue de cinquante dollars, saisit son sac, saute hors de la voiture et entre au pas de charge dans le terminal en direction du comptoir. Malheureusement, les deux autres la suivent avec le tapis.

Elle se retourne pour leur lancer : « Je ne veux pas le tapis, merci. Remportez-le. Vous pouvez garder l'argent. » Lorsqu'elle arrive au comptoir d'Air Soudan, elle jette en hâte son passeport et son billet devant l'hôtesse. « Ma valise est déjà enregistrée. J'ai juste besoin de ma carte d'accès à bord. »

Les deux jeunes laissent triomphalement tomber le tapis sur la balance.

« Vous voulez enregistrer ce tapis ? demande la préposée de Soudan Airways. C'est trop tard. Il faudra le prendre comme bagage à main.

— Non, je ne veux pas de ce tapis. Écoutez, dit Olivia en se retournant vers les deux garçons. Vous prenez le tapis. Pas de place sur l'avion. Gardez l'argent.

— Vous pas aimer tapis ? » Le jeune a l'air accablé.

« Si, j'adore ce tapis, mais... écoutez, ça va comme ça. Merci, vous avez été gentils. S'il vous plaît, partez maintenant. »

Ils ne bougent pas. Elle leur tend à chacun un billet de cinq dollars. Ils s'en vont.

La préposée se met à taper sur son clavier comme sait si bien le faire le personnel à terre lorsqu'on est en retard pour un vol – à croire qu'elle écrit un poème contemplatif, s'arrêtant pour regarder l'écran comme si elle cherchait le mot juste ou la phrase adéquate.

« Euh, excusez-moi, intervient Olivia. Il ne s'agirait pas que je rate mon vol. En fait, je ne veux pas de ce tapis. Je n'ai pas besoin de l'enregistrer.

— Attendez ici », dit la femme, qui se lève et disparaît.

Olivia avalerait volontiers son poing. Neuf heures dix. Les écrans « Départs » pour le vol retardé SA245 à destination de Port-Soudan affichent : DÉP. 21 : 30. PORTE D'EMBARQUEMENT 4A. DERNIER APPEL.

Elle s'apprête à prendre ses jambes à son cou et à se frayer un chemin à l'arraché, sans carte d'embarquement, quand la femme revient, la mine sépulcrale, accompagnée d'un homme en costume.

« Tout va bien, Ms. Joules, dit-il avec le léger accent nasillard des faubourgs est de Londres. Je vais vous accompagner à votre avion. C'est à vous ? » demande-t-il en ramassant le tapis.

Olivia s'apprête à protester, puis renonce et hoche une tête résignée. L'homme fait passer Olivia et le tapis à toute allure devant les queues et les contrôles de sécurité et, non loin de la porte d'embarquement, la conduit dans un bureau dont il referme la porte derrière lui.

« Je m'appelle Brown. Je travaille à l'ambassade ici. Le professeur Widgett veut vous parler. »

Le cœur d'Olivia se serre. Il est au courant. Elle est tombée à la première haie. Brown compose un numéro et lui tend le combiné.

« Où diable étiez-vous passée ? vocifère Widgett. Vous achetiez des tapis ?

— Désolée, monsieur. C'était une erreur grossière.

— Allons, ce n'est pas grave. Pas grave du tout. N'y pensez plus. Celui qui ne fait jamais d'erreur ne fait jamais rien.

— Je vous promets que ça ne se reproduira pas.

— Très bien. Si cela peut vous consoler, sachez qu'une certaine imprévisibilité dans les mouvements n'est pas une mauvaise chose. L'agent que nous avions chargé de vous contacter s'est fait descendre. »

Oh non. Ce n'est pas vrai ! « C'est son corps que j'ai vu en arrivant à l'aéroport ? C'est ma faute ? Est-ce qu'ils essayaient de m'avoir moi ? »

Un contrôleur en veste fluo jaune passe la tête par la porte.

« Non, non. Rien à voir avec vous », dit Widgett.

Brown articule silencieusement : « Raccrochez. Ils vont fermer les portes. »

« Monsieur, l'avion va partir.

— Ah, bon, très bien. Filez, maintenant, dit Widgett. Après tout ça, il ne s'agirait pas que vous ratiez l'avion. Bonne chance et… oh, euh… à propos de Feramo…. Mieux vaut sans doute ne pas contrarier les petits fantasmes qu'il nourrit à votre endroit, et ça, aussi longtemps que vous pourrez.

— C'est-à-dire ?

— Oh, vous savez… ce genre de type qui idéalise une femme, qui la met sur un piédestal, a tendance à devenir déplaisant quand l'édifice imaginaire s'écroule. Tenez-le, euh… à bout de bras. Gardez la tête froide. Et souvenez-vous que Rich est à deux pas de vous dans la mer Rouge. »

Olivia se précipite vers l'avion et reçoit le tapis dans les bras lorsqu'on ferme les portes. Elle essaie en vain de le mettre dans le compartiment à bagages au-dessus d'elle sous l'œil noir de l'hôtesse. C'est seulement lorsque le commandant de bord éteint le signal ATTACHEZ VOS CEINTURES et que les lumières du Caire s'éloignent pour faire place au vide obscur et immense du Sahara qu'Olivia a le temps d'assimiler les paroles de Widgett. Elle se rend compte alors que la solution la plus sage aurait peut-être été simplement de ne pas monter dans l'avion.

50

Port-Soudan, côte de la mer Rouge, Soudan oriental

Debout sur le pont du sous-marin USS *Ardeche,* Scott Rich attend qu'apparaissent dans le ciel nocturne les lumières de l'avion d'Olivia. La côte du Soudan, piquetée par les points rouges tremblotants des feux du désert, se détache en noir sur le ciel sombre. La mer est lisse. Pas de lune, mais une explosion d'étoiles dans le ciel.

Il entend le grondement du moteur du jet avant même de voir les feux de position lorsque l'appareil amorce sa descente sur Port-Soudan. Rich repasse sous le pont et actionne différents boutons de la console de commandes qui s'éveille et ronronne. D'ici quelques minutes, le GPS captera le signal émis par la boucle d'oreille d'Olivia. Abdul Obeid, agent de la CIA, sera à l'arrivée avec un panneau du Hilton pour la cueillir et l'emmènera au port où attend une vedette. Avant les premières lueurs de l'aube, elle sera à bord de l'USS *Ardeche* et hors d'atteinte de Feramo.

Le visage de Scott Rich se fend d'un de ses rares sourires quand une lumière rouge se met à clignoter sur l'écran. Il appuie sur un bouton. « Nous l'avons, dit-il. Elle est à l'aéroport. »

Pendant qu'Olivia suit la queue de passagers semi-comateux dans la salle miteuse du contrôle des passeports, elle constate qu'elle s'est mise automatiquement sur le mode tortue-en-hibernation qu'elle adopte toujours dans les aéroports africains. Les officiers du contrôle, dans leurs cabines en Formica marron, sont noyés sous la paperasse. Elle se demande toujours comment ils parviennent à repérer quoi que ce soit sans ordinateurs, mais le fait est qu'ils y réussissent : la seule fois où elle a tenté d'entrer à Khartoum sans le bon visa, elle a passé douze heures à l'aéroport. Et la fois suivante, ils s'en sont souvenus : à son arrivée, ils l'ont à nouveau coffrée. Lorsqu'elle arrive devant le comptoir et qu'elle tend ses papiers, l'homme fixe dessus un regard apparemment inexpressif, puis il dit : « Un moment, s'il vous plaît. »

Oh, merde. Elle s'efforce de garder une mine d'une aimable neutralité. On ne peut faire pire bêtise en Afrique que de s'énerver contre un fonctionnaire. Quelques minutes plus tard, l'homme reparaît, accompagné d'un autre fonctionnaire corpulent en uniforme militaire kaki, dont la ceinture le serre beaucoup trop.

« Vous voulez bien me suivre, Ms. Joules ? dit le gros avec un sourire aux dents blanches. Bienvenue au Soudan. Nos éminents amis vous attendent. »

Ah, ces braves gens du MI6, se dit-elle pendant que l'imposant officier la fait entrer dans un bureau privé.

Un homme en djellaba blanche et turban apparaît à la porte et se présente comme Abdul Obeid. Elle lui fait un salut discrètement complice. Tout se déroule comme prévu. C'est l'agent local de la CIA. Il doit l'emmener au Hilton, lui donner pendant le trajet un revolver – qu'elle a l'intention de perdre le plus vite possible –, et lui remettre un briefing réactualisé, intégrant les changements de programme de dernière minute. Elle appellera Feramo, se reposera une nuit au Hilton et préparera son équipement pour le rencontrer le lendemain matin. Abdul Obeid l'escorte jusqu'à un parking à côté du bureau, où attend un beau 4 × 4 avec un chauffeur qui a ouvert la portière.

« Vous savez que Manchester a gagné la Coupe », dit-elle en s'installant sur le siège arrière tandis que le véhicule sort du parking comme un bolide. Abdul est censé lui répondre : « Ne me parlez pas de ça à moi, qui suis supporter de l'Arsenal ! » Mais il ne dit rien.

Elle éprouve un léger malaise. « C'est loin d'ici, l'hôtel ? » demande-t-elle. Il fait toujours nuit. Ils passent devant des bicoques en tôle ondulée. Des formes endormies sont allongées le long de la route, des chèvres et des chiens errants font leur tri dans les ordures. Le Hilton est près de la mer, mais la voiture se dirige vers les collines.

« C'est le meilleur chemin pour aller au Hilton ? hasarde-t-elle.

— Non, répond brutalement Abdul Obeid, qui se retourne et fixe sur elle un regard terrifiant. Et maintenant, taisez-vous. »

À cent trente kilomètres à l'est, dans la mer Rouge, entre Port-Soudan et La Mecque, les forces du contre-espionnage et des services spéciaux américains, britanniques et français se trouvent concentrées sur le porte-avions USS *Condor*, afin de localiser Zaccharias Attaf et l'agent Olivia Joules.

Dans la salle de contrôle du sous-marin, Scott Rich, impassible, fixe une petite lumière rouge sur son écran. Il appuie sur un bouton et se penche vers le micro.

« *Ardeche* à *Condor*. On a un problème. L'agent Obeid n'a pas établi le contact à l'aéroport. L'agent Joules se dirige à cent trente kilomètres-heure vers le sud-ouest en direction des collines de la mer Rouge. Nous avons besoin de forces au sol pour interception. Je répète : forces au sol pour interception. »

Olivia calcule qu'ils se trouvent à environ soixante kilomètres au sud de Port-Soudan, plutôt vers l'intérieur des terres, et qu'ils suivent la ligne des collines parallèles à la mer. Ils ont depuis longtemps quitté la route et avancent en terrain accidenté, avec une côte abrupte à leur gauche et les senteurs de désert. Elle a fait plusieurs tentatives pour extraire son artillerie de son sac mais, Abdul Obeid l'ayant surprise, il a jeté ledit sac à l'arrière du véhicule. Elle a évalué les avantages qu'il y aurait à tuer ou assommer le chauffeur, et a conclu que ça ne l'avancerait pas à grand-chose. Autant le laisser la conduire jusqu'à Feramo, si c'est leur destination. Scott Rich sera sur ses traces.

Le véhicule s'arrête dans un crissement de pneus. Abdul ouvre la porte et fait sortir Olivia sans ménagement. Le chauffeur récupère le sac à l'arrière et le jette sur le sol ainsi que le tapis, qui semble devenu encore plus encombrant et atterrit avec un bruit sourd.

« Pourquoi faites-vous ça, Abdul ? demande-t-elle.
— Je ne suis pas Abdul.
— Alors où est-il ?
— Dans le tapis, fait-il en remontant dans le 4 × 4 avec le chauffeur et en claquant la portière. Mr. Feramo vous retrouvera ici à sa convenance.
— Eh, là ! s'écrie Olivia, en regardant le tapis avec des yeux horrifiés. Attendez ! Vous n'allez pas me laisser ici avec un cadavre ? »

Pour toute réponse, le véhicule se met en marche arrière, fait un demi-tour spectaculaire au frein à main et repart à grand bruit en sens inverse. Si elle avait eu un revolver, elle aurait pu tirer dans les roues. Les choses étant ce qu'elles sont, Olivia s'assoit sur son sac avec résignation et regarde les feux arrière disparaître. Le bruit du moteur s'éteint au loin. Elle entend le rire d'une hyène, puis le vaste silence vibrant du désert s'installe à nouveau. À sa montre, il est trois heures trente du matin, heure locale. L'aube va se lever dans l'heure qui vient, suivie par douze autres de soleil africain, impitoyable et brûlant. Elle n'a pas de temps à perdre.

Lorsque les premiers rayons apparaissent au ras des rochers rouges derrière elle, Olivia regarde son travail d'un œil las. Abdul est enterré sous une mince couche de sable. Elle a d'abord mis une croix en branchages à sa tête parce que cela lui paraissait normal sur une tombe ; puis elle s'est rendu compte que c'était une gaffe monumentale dans cette partie du monde et a remplacé la croix par un croissant de cailloux. Elle n'est pas sûre que ce soit la chose à faire non plus, mais au moins, c'est un geste.

Elle a transporté ses affaires à bonne distance, afin de se préserver de l'odeur de la mort et de son aura. Elle a accroché son paréo à deux rochers pour avoir de l'ombre ; dessous, elle a étalé la bâche en plastique sur le sol rocheux et fabriqué un siège de fortune avec son sac et un sweat-shirt roulé. Les braises d'un petit feu brûlent à côté. Olivia surveille son système de récupération d'eau : un sac en plastique qu'elle a étalé au-dessus d'un trou creusé dans le sable, et lesté de cailloux en son milieu. Elle le soulève avec précaution et en secoue les bords pour faire retomber les dernières gouttes : il y a au fond un centimètre et demi d'eau qu'elle boit avec fierté. Avec les provisions qu'elle a dans son sac, elle peut survivre plusieurs jours. Soudain, elle entend une galopade au loin. Elle se lève tant bien que mal et se met à l'abri pour fouiller dans son sac, au fond duquel elle trouve les jumelles. Scrutant l'horizon, elle aperçoit deux cavaliers, peut-être trois, vêtus d'habits colorés. Des Rashaidas, pas des Béjas.

J'espère que c'est Feramo. Pourvu qu'il vienne me chercher. Pourvu que ce soit lui.

Elle se passe un coup de brosse dans les cheveux et vérifie son équipement. Redoutant qu'on lui enlève sa panoplie, elle en a dissimulé l'essentiel sur sa personne : à l'intérieur des coussinets de son soutien-gorge, dans la doublure de son chapeau, dans les poches de sa chemise et de son pantalon. Les accessoires prioritaires se trouvent dans son soutien-gorge : le poignard et la seringue de tranquillisant faisant office d'armature. La fleur entre les deux bonnets cache une autre petite scie circulaire et dans les coussinets, elle a dissimulé l'appareil photo digital miniature, la boule de blush diffuseuse de gaz, un briquet étanche et le brillant à lèvres qui se transforme en flash.

Elle mange une barre aux céréales, en glisse une autre dans son pantalon et vérifie le contenu de son sac-banane : petite lampe Maglite, couteau suisse, boussole. Elle défait précipitamment son dispositif de récupération d'eau, remballe son kit de survie qu'elle fourre dans son sac-banane ainsi que le sac en plastique plié.

Tandis que la galopade se rapproche, elle se remémore fermement les détails de son entraînement : garder le moral en regardant les côtés positifs d'une situation, rester vigilante et maintenir le flot d'adrénaline en se préparant au pire. C'est alors qu'elle entend un unique coup de feu. Sans prendre le temps de regarder ni de réfléchir, elle s'aplatit au sol.

51

Un peu après neuf heures du matin, la température est encore supportable. La mer Rouge est lisse comme une plaque de verre et les rochers rouges du rivage se reflètent dans l'eau bleue. À bord de l'USS *Ardeche*, l'odeur du bacon grillé flotte jusque dans la salle des opérations. Scott Rich est affalé devant le bureau tandis que la voix sifflante de Hackford Litvak, chef de l'opération militaire aux États-Unis, sort des micros.

« Nous n'avons repéré aucun mouvement pendant les quatre dernières heures. L'espoir de la retrouver vivante diminue rapidement. Quel est votre avis, Rich ?

— Affirmatif. Selon toute vraisemblance, elle est morte, dit-il sans se redresser.

— Oh, arrêtez de dramatiser ! claironne Widgett, dont la voix plus affectée que jamais sort du pupitre. Morte ? Il n'est que neuf heures du matin. Olivia n'a jamais été une lève-tôt. Elle doit dormir à poings fermés dans les bras d'un Béja. »

Scott Rich se redresse et une étincelle de vie reparaît dans ses yeux. « Ce GPS-là est un modèle particulièrement sensible. Il capte les mouvements pendant le sommeil, et détecte même la respiration dans un certain rayon.

— Taratata. Vous êtes sûr qu'il n'est pas cassé, votre bazar ?

— Professeur, ronronne sournoisement Hackford Litvak, en novembre 2001, les services de sécurité britanniques nous ont reproché d'avoir tardé à réagir à l'information que Ben Laden se cachait dans les montagnes du sud de l'Afghanistan.

— Et ils avaient bougrement raison, dit Widgett. Quelle bande de crétins. Nous étions prêts à intervenir. Mais pas question, il fallait que ce soit vous ! Résultat, quand vous avez eu fini de discutailler sur qui passerait le premier, Ben Laden avait filé.

— Voilà pourquoi, cette fois-ci, nous voulons agir tout de suite.

— Quelle est l'expression consacrée, déjà ? dit Scott en aparté sur la ligne de Widgett. Donner des verges pour se faire battre, non ?

— Oh, vous, fermez-la !

— Professeur ? reprend Hackford Litvak.

— Oui, j'ai entendu. Aucun rapport avec notre scénario actuel. Nous avons un agent sur le terrain, et elle a la confiance de la cible, avec qui elle a rendez-vous. Elle représente notre meilleure chance non seulement de trouver cet homme, mais aussi de découvrir ce qu'il prépare. Si vos hommes déboulent sur les lieux mitraillette au poing, je crains fort que, dans ce cas particulier, nous n'obtenions rien ; et ce, très littéralement. Attendez. Donnez-lui une chance.

— Vous suggérez que nous donnions une chance à un agent mort ?

— Bon Dieu, Litvak, changez de disque.

— Votre opinion, Rich ? » demande Litvak.

Scott Rich cligne des yeux. Cela fait un bout de temps qu'il ne s'est pas trouvé paralysé par ses émotions. Il se penche, la main sur le bouton du micro, et attend un instant afin de rassembler ses idées. « Commandant, je pense que vous devriez envoyer les Navy Seals[1] dans les grottes de Suakin, dit-il. Et des agents secrets dans les collines sans plus attendre, afin de récupérer le GPS et... – il hésite une fraction de seconde – ... le corps. »

---

1. Forces d'élite de la marine américaine.

« Oh, non ! s'exclame Olivia. J'ai perdu une boucle d'oreille. »

Elle pince son lobe dénudé, tire sur les rênes pour arrêter son cheval et regarde le sable, consternée.

Le Rashaida qui la suit fait ralentir sa monture et crie à son compagnon de s'arrêter.

« Avoir problème ? demande-t-il en arrivant à sa hauteur.

— J'ai perdu une boucle d'oreille », répond-elle en montrant successivement ses deux oreilles pour illustrer ses dires.

— Oh, dit le nomade, l'air sincèrement navré. Vouloir moi chercher ? »

Leur compagnon, qui galopait en tête, arrête son cheval et revient au trot vers eux. Pendant ce temps, Olivia et le premier Rashaida regardent derrière eux le paysage de sable et de broussailles qu'ils traversent depuis cinq heures.

« Je crois que nous ne la retrouverons pas, dit-elle.

— Non. » Ils regardent toujours le paysage.

« Coûter beaucoup d'argent ? demande-t-il.

— Oui. » Elle hoche la tête avec vigueur, puis fronce les sourcils. C'est la cata. Le GPS coûte très très cher. Les autres vont être furieux. En plus, ils ne seront pas en mesure de la localiser.

Elle réfléchit un moment. Il y a une chance qu'elle parvienne à envoyer un message grâce au transmetteur radio à ondes courtes. Elle a pour consigne de ne pas user les piles et de ne s'en servir que pour un message très important. Tout de même, on peut considérer que, là, il s'agit d'un message important, non ? Son sac se trouve sur le cheval de l'autre Rashaida. Le plus patibulaire des deux. En djèllaba rouge et turban noir. C'est le Grand Méchant Flic Rashaida. Le Bon Flic Rashaida, malgré son apparence féroce, se révèle très gentil.

« Mohamed ! » crie-t-elle. Ils la regardent tous les deux. Hélas, ils s'appellent l'un comme l'autre Mohamed. « Euh... Est-ce que je pourrais avoir mon sac ? demande-t-elle en désignant la croupe du cheval du

Grand Méchant Flic Rashaida. J'ai besoin de quelque chose. »

Il la dévisage quelques instants, les narines palpitantes, puis répond « Non ! » en remettant son cheval dans sa direction initiale. « Partir. » Et il enfonce les talons dans les flancs de sa monture, fait claquer son fouet et s'élance. Ce sur quoi les deux autres chevaux se mettent à hennir nerveusement et filent à sa suite.

Les exploits équestres d'Olivia se sont à ce jour bornés à quelques minutes de petit galop dans le cadre de randonnées à dos de poney. Elle a l'intérieur des cuisses si meurtri qu'elle se demande comment elle va pouvoir continuer. Elle a essayé toutes les positions imaginables : debout, assise, oscillant d'arrière en avant au gré des mouvements du cheval, rebondissant avec lui, et n'a réussi qu'à se faire des bleus sous tous les angles possibles, si bien qu'il ne lui reste plus un millimètre de jambe qui ne soit horriblement endolori. Les Mohamed, sobres comme des chameaux, ne semblent avoir besoin ni de manger ni de boire. Elle a quant à elle avalé trois barres céréalières depuis l'aube. Malgré tout, elle est sensible au côté aventureux de son expédition. Elle n'est pas près de galoper de nouveau ainsi, en plein Sahara, seule avec deux Rashaidas, sans avoir à subir les guides pour touristes, les Jeep de chez Abercrombie & Kent, les Allemands obèses et les gens qui essaient de vous vendre des gourdes et vous demandent de payer pour les regarder danser.

Mais voilà que le Grand Méchant Flic Rashaida leur donne l'ordre d'arrêter. Il trotte à une petite distance devant eux, et disparaît derrière un affleurement de rochers. Lorsqu'il revient, il ordonne à Olivia de descendre et lui bande les yeux avec un chiffon nauséabond en grossière étoffe noire.

Sur l'USS *Ardeche*, Scott Rich guide l'équipe descendue à terre pour récupérer le GPS. Trois agents à cheval, vêtus en Béjas, approchent séparément et convergent suivant un mouvement de pince. La ligne téléphonique de Widgett grésille.

« Rich ?

— Quoi ? dit Scott Rich, dont les paupières mi-closes n'augurent rien de bon.

— L'agent Steele, Suraya...

— Oui ?

— Elle travaille pour Feramo.

— D'où tenez-vous cela ?

— D'un agent double à Tegucigalpa. Il s'est fait prendre pour un autre motif. Le pauvre crétin a essayé d'invoquer l'immunité diplomatique en disant qu'il travaillait pour nous. Il a déclaré qu'il avait mis un sac de coke dans les bagages de Joules sur notre demande avant d'alerter la police locale. Les gens du consulat ont fait leur enquête, qui les a menés tout droit à Suraya Steele.

— Où est-elle maintenant ?

— Sous les verrous. On l'interroge. Elle a parlé à Feramo hier, tard dans la soirée, semble-t-il. C'est peut-être aussi bien, observe Widgett. Ils se sont débarrassés très vite de l'agent Joules, on dirait. Feramo n'a donc pas eu le temps de devenir, vous savez... »

Scott abat son poing sur le bouton et coupe Widgett en plein élan.

Olivia passe la dernière partie du trajet cramponnée au Gentil Mohamed qui l'a prise en croupe. Lorsqu'ils ont quitté le sol sableux et plat du désert pour commencer à monter dans les collines, le chemin est devenu raide et semé de rochers. Olivia, les yeux bandés sur son cheval, représentait un danger, non seulement pour elle mais pour les autres. Le Gentil Mohamed l'a traitée avec beaucoup de ménagement : il l'a encouragée, lui disant que Mister Feramo l'attendait, que tout irait bien, et qu'elle aurait des surprises agréables à son arrivée.

Des heures plus tard, Olivia se rappellera que même à ce stade – captive, les yeux bandés –, elle ne s'est absolument pas rendu compte de la gravité de sa situation. Quelle idiote ! Si elle avait été moins exaltée par l'aventure, elle aurait pu essayer d'exploiter les bonnes dispositions du Gentil Mohamed, en serrant les bras un peu plus étroitement autour de sa taille, en se pressant un peu plus contre lui, et de jouer sur la cupidité des Rashaidas et leur amour des objets de valeur en lui offrant les pièces d'or de sa ceinture Dolce & Gabbana. Mais la chaleur et le décalage horaire lui ont vidé la tête, et elle est pleine d'optimisme et d'excitation. Son imagination brode autour de l'accueil qui va lui être réservé : Feramo avec une bouteille de Cristal frappé, et une fête bédouine préparée pour son arrivée, peut-être un festin à la lueur des torches, avec danseurs, riz parfumé et trois sortes de vins français, dans un décor sous la tente évoquant les lieux de vacances branchés de Marrakech tels qu'ils figurent dans le guide *Condé Nast Traveller*.

C'est avec soulagement qu'elle sent qu'on passe du soleil à l'ombre. Lorsque le Gentil Mohamed descend de cheval et l'aide à mettre pied à terre, bien qu'elle tienne à peine sur des jambes qui ne parviennent pas à rester droites, et qu'elle ait l'intérieur des cuisses si meurtri qu'il promet d'être noir, elle sourit d'aise. Elle entend des voix d'hommes et de femmes. Elle respire un parfum de musc, et une main de femme se glisse dans la sienne pour la guider. Elle sent des tissus doux lui effleurer le bras. La femme lui pose la main sur la nuque pour la forcer à se baisser lorsque sa tête heurte le rocher. Derrière elle, des mains la poussent. Elle passe par une entrée étroite au contour irrégulier, avance en trébuchant sur le sol qui descend en pente raide et se rend compte, malgré son bandeau, qu'elle est dans l'obscurité. Lorsqu'elle se redresse, elle sent la femme ôter la main de sa nuque et son pas léger s'éloigner. C'est seulement quand elle entend quelque chose de lourd crisser et ahaner derrière elle qu'elle prend conscience de ce qui se passe.

Pour la première fois de sa vie, *on s'arrête, on respire et on réfléchit* ne lui est d'aucun secours. Son sac est resté avec les Mohamed. Comme elle se met à hurler et essaie de retirer son bandeau, une main la frappe violemment au visage, la projetant contre le rocher. Elle est enfermée sous terre, sans eau ni nourriture, en compagnie d'un dément.

52

Au moins, je ne suis pas toute seule ! Allongée dans la poussière, elle se force à considérer le côté positif de la situation. Elle tente de se relever et explore sa bouche avec sa langue pour vérifier que ses dents sont en place. Puis elle essaie de retirer son bandeau.

« Pas un geste ! »

Le cœur d'Olivia se met à battre la chamade et sa respiration devient saccadée : c'est la voix de Feramo, mais elle est devenue méconnaissable.

« Pierre ? dit-elle en essayant de s'asseoir.

— *Putain ! Salope !* » Toujours la même voix glaçante. Il abat à nouveau la main sur sa joue.

Cette fois, c'en est trop. « Aïe ! crie-t-elle en arrachant son bandeau et en clignant furieusement des yeux dans l'obscurité. Non, mais qu'est-ce qui vous prend ! Vous êtes fou, ou quoi ? Comment osez-vous ? Ça vous plairait que je vous gifle ? »

Elle tire l'épingle à chapeau de son pantalon et commence à se relever quand elle entend un fouet siffler et sent la brûlure de la lanière sur son bras.

« Arrêtez ! » hurle-t-elle. Elle se jette sur la silhouette floue, enfonce l'épingle dans la chair et essaie d'attraper le fouet avant de reculer d'un ou deux pas.

Ses yeux s'accoutument à l'obscurité. Feramo est accroupi devant elle, vêtu de la djellaba colorée des Rashaidas. Il est horrible à voir, avec sa bouche grimaçante et ses yeux fous.

« Vous vous sentez bien ? » Contre toute attente, elle a prononcé ces mots avec sollicitude. De près, Olivia a toujours du mal à ne pas sentir l'humanité de l'autre.

« Qu'est-ce qui ne va pas ? Vous avez une tête épouvantable. » Elle tend doucement la main et lui touche le visage. Elle le sent se calmer à mesure qu'elle lui caresse la joue. Il tend la main, prend la sienne, l'approche de sa bouche et se met à sucer.

« Euh, Pierre, dit-elle au bout de quelques instants, je crois que ça suffit, maintenant. Pierre ? Pierre ? Non, mais qu'est-ce que vous faites ? » Elle arrache son doigt de sa bouche et se frotte la main.

L'expression de Feramo change dangereusement. Il se lève, la dominant de toute sa taille, arrache la petite croix en saphirs et diamants qu'elle porte au cou et la jette par terre.

« Couchée. Couchée sur le ventre. Les mains derrière le dos. »

Il lui lie les mains avec une corde. Elle entend un bip-bip.

« Assise. »

Après lui avoir passé sur tout le corps un détecteur en plastique, il prend l'épingle à chapeau, la ceinture, la banane contenant la lampe de poche et le kit de survie. Il saisit la boucle d'oreille restante, celle qui contient la pilule de cyanure, puis lui arrache sa bague et la jette par terre. Après quoi, il empoigne sa chemise et l'ouvre brutalement de sorte que tous les petits boutons-scies tombent par terre et roulent dans toutes les directions.

« Où est le GPS ? demande-t-il.

— Quoi ?

— Le GPS. L'appareil de repérage. Ce dont se servent vos complices pour vous suivre. Ne faites pas l'innocente. Vous m'avez trahi. »

Elle recule, effrayée. Comment est-il au courant ?

« Votre erreur, Olivia, a été de croire que toutes les belles femmes sont aussi sournoises et perfides que vous. »

Suraya. Ce ne peut être qu'elle. La Salope Double Face. L'agent triple qui vous double.

« L'heure est venue pour vous de nous donner quelques renseignements. »

Feramo hale Olivia pendant un bon moment derrière lui dans un long et étroit tunnel, où il avance à la lueur de sa torche. Lorsqu'elle trébuche, il tire sur la corde comme si elle était un âne. Elle s'efforce de prendre du recul par rapport à sa situation et de l'observer. Elle s'efforce de se rappeler son entraînement au manoir, mais ne revoit que Suraya, narquoise, en train de lui apprendre les techniques du métier : l'art de se laisser tomber comme une pierre, de cacher des pellicules dans les chasses d'eau des toilettes, d'échanger des serviettes avec des inconnus, de donner des signaux secrets en laissant les fenêtres entrebâillées et de mettre en évidence des vases de fleurs. Elle a dû bien s'amuser. Olivia se force à penser à ses Principes de Vie.

Rien n'est jamais aussi génial ni aussi désastreux qu'on le croit. Essayer de voir le côté positif et, à défaut, le côté comique. Elle repense au moment où elle a dit à Scott Rich qu'elle était le faucon de Feramo et imagine sa réaction amusée s'il la voyait maintenant en mule de Feramo, ou en chèvre au piquet. Elle a toujours ses chances. Elle n'est pas encore morte. Feramo est dingue, déjanté ; aussi la situation est-elle susceptible de changer. S'il avait l'intention de la tuer, il l'aurait fait dans la grotte. C'est peut-être elle qui le tuera, pense-t-elle lorsqu'il tire une fois de plus sur la corde. Elle a le choix des armes dans son Wonderbra.

L'instant d'après, elle se cogne violemment la tête contre le rocher. Feramo lâche un juron et tire sur la corde. Le tunnel fait un angle aigu. Elle voit de la lumière, perçoit un changement dans l'air et... et... elle sent l'odeur de la mer ! Tandis que ses yeux s'adaptent à la clarté, elle voit que le tunnel s'élargit en grotte. Sur des étagères et des crochets se trouvent des équipements de plongée bien rangés : bouteilles, combinaisons, gilets.

Sur l'USS *Ardeche*, Scott Rich observe le radar, surveillant l'approche d'une vedette à moteur.

« Rich ? » La voix farineuse de Litvak floconne dans la pièce, diffusée par le micro. « J'ai eu un message. Quel est le problème ?

— On a trouvé le GPS à trente kilomètres à l'ouest de Suakin. Ainsi qu'un Rashaida au comportement amical, qui se propose de conduire nos agents à cheval jusqu'à Olivia contre cinquante mille dollars.

— Cinquante mille dollars ?

— Elle est avec Feramo. J'ai donné le feu vert. Je vais intervenir.

— Vous devez rester sur l'*Ardeche*. C'est vous qui commandez l'opération de renseignements.

— Précisément. Je commande l'opération de renseignements. Nous avons besoin d'êtres humains sur le terrain. J'interviens.

— Je savais bien que vous finiriez par partager mon point de vue, lance la voix de Widgett.

— Oh, vous, taisez-vous. Vous êtes censé dormir. »

Feramo a plongé, avec Olivia attachée à lui à six mètres sous l'eau, sans air. Il évoque un crocodile qui enfonce sa proie sous la surface et revient quand il est prêt à la manger. Il la fait respirer avec son détendeur de réserve – quand il le veut bien. C'est dément, mais salutaire : Olivia a besoin de toute son énergie mentale pour contrôler sa respiration, expirer très lentement, sans retenir d'air. Ce qui la ralentit et l'oblige à observer un rythme régulier et à chasser toute panique de son esprit. Elle prend même le temps de regarder l'extraordinaire beauté de ce qui l'entoure. Feramo avait raison : c'est le plus beau paysage sous-marin qu'elle ait jamais vu. L'eau est bleue et cristalline, la visibilité étonnante. Même à cette profondeur, les rochers sont rouges et, vers la pleine mer, des massifs de corail surgissent des abysses. Elle voit Feramo qui la regarde et elle sourit en faisant un O avec son pouce et son index en signe d'approbation. Une lueur de sympathie traverse les yeux de Feramo. Il lui passe le détendeur et la laisse prendre de l'air, puis lui fait signe de le garder et ils avancent tous les deux en partageant l'air, le long de la ligne des falaises. Extérieurement, ils ont tout du couple d'amoureux. *Peut-être que ça va aller,* se dit-elle. *Je réussirai peut-être à le retourner.*

Un piédestal de corail massif avance en surplomb de la falaise côtière, soutenu par une longue tige mince mangée par le courant. Feramo fait signe à Olivia de descendre et de nager sous le piédestal. C'est flippant : il n'y a guère que trois à quatre pieds entre le corail et le fond sous-marin.

Il nage devant elle, lui arrache le détendeur et se met soudain debout sur le fond. Le haut de son torse semble happé par le roc. Olivia lève les yeux et a le souffle coupé. Au-dessus d'elle se trouve une ouverture carrée donnant sur une pièce blanche, éclairée à l'électricité.

Feramo est en train de se hisser dans la pièce. Olivia tâte le sol du bout de ses palmes, se redresse et fait surface. Elle arrache son masque, rejette ses cheveux en arrière et avale une grande bouffée d'air.

Il y a là un jeune Arabe en maillot de bain qu'elle se souvient d'avoir vu à la Isla Bonita. Il débarrasse Feramo de ses accessoires de plongée et leur tend des serviettes.

« Incroyable ! dit-elle. Qu'est-ce que c'est que cet endroit ? »

Feramo a un bref sourire éclatant et fier. « La pression de l'air est maintenue exactement au même niveau que celle de l'eau, qui ne montera donc jamais au-dessus de ce point-ci. Nous sommes tout à fait en sécurité. »

Et il est facile de s'échapper, pense-t-elle, jusqu'au moment où il lui fait franchir une porte coulissante en acier massif, qui ouvre avec un digicode, puis une autre, qui donne dans une salle de douches. Il la laisse seule pour ses ablutions et lui dit de revêtir la djellaba blanche qu'elle trouvera à l'intérieur.

Lorsqu'elle sort, il l'attend. Il a de nouveau la mine furieuse. « Maintenant, Olivia, je dois vous laisser quelque temps. Mes amis ont des questions à vous poser. Je vous conseille de leur donner les informations qu'ils vous demandent sans résister. Puis on vous amènera chez moi pour me dire adieu.

— Adieu ? Où dois-je aller ?

— Vous avez trahi ma confiance, *saqr*, répond-il en évitant son regard. Nous devons donc nous dire adieu. »

53

Olivia a l'impression d'avoir dormi longtemps. Au début, elle se sent embrumée, ce qui n'est pas déplaisant. Mais à mesure qu'elle reprend conscience, les sensations reviennent. Sa main brûlée lui fait très mal et elle a de terribles meurtrissures dans le dos. Elle a l'impression d'avoir passé la nuit dans le tambour d'un sèche-linge. Un sac lui couvre la tête. Il sent la cour de ferme et la grange, une odeur incongrue et réconfortante. Elle a les mains liées, mais bingo ! il y a une mini-scie circulaire dans la fleur cachant l'agrafe de son soutien-gorge.

Elle fait quelques tentatives assez grotesques pour attraper son soutien-gorge avec ses dents, en ayant bien conscience du spectacle ridicule qu'elle doit offrir : une créature en djellaba blanche avec un sac sur la tête, en train d'essayer de bouffer sa propre poitrine. Elle abandonne et se laisse retomber contre le mur. Elle entend des voix non loin d'elle et le ronron bruyant de l'alimentation en air pressurisé. Elle s'efforce d'écouter ce que disent les voix. Elles parlent en arabe.

Je vais me sortir de là. Je vais survivre, se dit-elle. Elle aspire le sac de façon qu'il entre dans sa bouche, et se met à le ronger. Bientôt elle a fait un petit trou. À l'aide de sa langue et de ses dents, puis de son nez, elle l'élargit peu à peu et finit presque par voir au travers. Lorsqu'elle entend des pas, elle se jette au sol sans bruit, de façon à être face contre terre et à cacher le trou. Les pas pénètrent dans la pièce, s'approchent d'elle puis s'éloignent.

Il faut que je l'ouvre, ce sous-tif. Il faut que je l'ouvre, se répète-t-elle. Elle continue à ronger le sac, recrachant du jute et de la paille. Elle baisse la tête et pousse le trou vers le haut pour le placer devant ses yeux. Ça y est ! Elle voit ! Elle doit se retenir pour ne pas crier : « Yessss ! Yeeessss ! »

Elle se trouve dans un couloir taillé dans le roc et éclairé par des tubes fluorescents. Sur les murs sont accrochés des posters couverts d'écriture arabe et un calendrier occidental qui, allez savoir pourquoi, est illustré d'un tracteur. Elle voit une date entourée en rouge. Des voix lui parviennent de la gauche, derrière un rideau pendu devant un passage voûté. Quelque chose lui entre dans le dos. Elle se retourne : une valve sort d'un mince tuyau de métal qui longe le bas du mur de la grotte. Elle baisse les yeux vers son Wonderbra, sous sa djellaba : l'ouverture est devant, ce qui s'avère plus commode en l'occurrence.

Très lentement, sans bruit, elle pivote de façon à se mettre face à la valve et déchire le sac pour libérer son visage. Puis elle change de position, s'approche de la valve pour la placer contre le Wonderbra et appuie. Rien. Elle essaie encore et encore, puis rapproche ses épaules de ses seins afin de réduire la pression et se penche à nouveau en avant. Le Wonderbra s'ouvre d'un seul coup. Quel soulagement de ne plus sentir lui entrer dans la chair tout cet attirail caché dans les goussets qui abritent les coussinets. Elle approche l'un des bonnets de la valve afin que celle-ci le pousse vers le haut et, au bout de trois tentatives seulement, elle réussit à attraper entre ses dents le bord de la dentelle noire.

Elle est incroyablement fière d'elle-même, si fière qu'elle ébauche un sourire, ce qui manque de lui faire lâcher le soutien-gorge. Elle pivote si vite que sa sandale racle le sol. Dans la pièce voisine, les voix s'arrêtent. Elle reste figée, une moitié de Wonderbra dans la bouche, comme un chien qui tient un journal. Des pas lourds s'approchent. Elle secoue la tête de façon que le sac lui masque à nouveau le visage et se couche. Les pas viennent tout près. Un pied lui heurte les côtes.

Elle frissonne et tourne légèrement la tête, pour faire plus réaliste. Les pas s'éloignent. Elle ne bouge plus jusqu'à ce que la conversation reprenne.

Elle tient toujours entre ses dents le bonnet du Wonderbra, à l'envers. Lentement, elle le sort de sa djellaba, toujours entre ses dents, et tord le buste afin d'accrocher le bonnet à la valve. C'est horriblement inconfortable, mais elle réussit à pivoter et à mettre la corde qui lui lie les poignets en contact avec la scie. La tâche est très lente et malcommode. Elle a un instant d'angoisse pure lorsque le soutien-gorge se détache de la valve, ce qui l'oblige à recommencer l'opération pour le raccrocher. En fin de compte, la petite scie coupe assez de fibres pour lui permettre de se libérer les mains, puis de dénouer la corde qui lui entrave les chevilles.

Avec un regard inquiet vers le rideau, elle ouvre le stick à lèvres qu'elle a caché dans son soutien-gorge. Elle règle la minuterie sur trois secondes, remet le bouchon et, visant soigneusement, envoie le tube rouler dans l'interstice entre le rideau et le sol. Puis elle se pelotonne, ferme bien les yeux et se cache le visage entre les genoux et les bras. Même ainsi, elle est presque aveuglée par l'éclair. Elle entend des cris, des hurlements et des bruits de casse derrière le rideau.

Elle saute sur ses pieds, se précipite vers le rideau et le tire d'un geste brusque. Dans cette fraction de seconde, elle enregistre une scène étonnante. Douze hommes se pressent les mains sur les yeux, aveuglés, se cognant partout dans leur panique. Sur les murs s'étalent des photographies et des schémas. Des ponts : le pont du port de Sydney, le Golden Gate, celui de la Tour de Londres, un autre pont enjambant un large port avec des gratte-ciel à l'arrière-plan. En tout, sept images. Sur une table au centre de la pièce, lui faisant face, se trouve un objet qui ressemble à un socle rond, et à côté un morceau de métal découpé, doré à l'extérieur et creux : on dirait un morceau de Père Noël en chocolat. Elle songe à s'en saisir pour l'utiliser comme arme. C'est alors qu'elle aperçoit derrière la table, assis en tailleur sur un tapis, un personnage reconnaissable entre tous, très grand et barbu. Il est parfaitement immobile, les yeux clos, aveuglé par le flash comme les autres, mais totalement calme et totalement terrifiant. Oussama Ben Laden.

Elle ne dispose que de quelques secondes. Elle commence par photographier les ponts, puis s'aperçoit en cours d'opération que son flash ne fonctionne pas. Elle essaie alors de prendre tout le groupe. Puis elle tente de photographier Ben Laden. L'appareil est si petit qu'elle a du mal à viser juste, il faut y aller au jugé. Et après le flash, il est difficile de voir avec netteté. Mais elle est certaine que c'est lui.

L'homme à côté d'elle réagit en entendant le déclic de l'obturateur et se tourne dans sa direction. Elle allume la mèche de la petite boule de gaz qu'elle fait rouler au centre de la pièce, puis repasse derrière le rideau et s'enfuit à toutes jambes. D'ici deux minutes ils recommenceront à y voir, mais le gaz les neutralisera pendant cinq minutes.

Une fois sortie du vestibule, après avoir tourné l'angle du couloir, elle s'arrête, hors d'haleine, et s'appuie contre le mur pour écouter. Le couloir du rocher peint en blanc continue des deux côtés sans qu'elle en voie le bout. Le système de pressurisation de l'air est si bruyant qu'elle a du mal à entendre autre chose, mais à sa gauche, le son lui semble différent : est-ce le bruit de la mer ou celui des machines ?

Elle décide d'aller voir. Comme elle monte au pas de course la pente douce, les lieux lui semblent familiers. Oui, voilà la salle de douches et, au loin, la porte métallique. En s'approchant, elle voit que la porte est maintenue ouverte par un corps coincé dans son entrebâillement, comme une valise qui empêcherait les portes d'un ascenseur de se refermer. C'est Feramo, blessé, à moitié inconscient. On dirait qu'il a tenté de s'échapper. Elle l'enjambe et hésite. Elle approche son visage du sien. Il a les yeux entrouverts et respire avec difficulté.

« Aidez-moi, chuchote-t-il. *Habitibi*, aidez-moi. »

Elle retire de son Wonderbra l'armature-poignard qu'elle dirige contre son cou, comme on le lui a appris, et vise la carotide.

« Le code, siffle-t-elle en appuyant légèrement avec la lame. Donnez-moi le code de la porte.

— Vous m'emmènerez avec vous ? »

Elle le regarde quelques instants en clignant des yeux. « Si vous êtes sage. »

Il peut à peine parler. Elle ne comprend pas ce qu'on a pu lui faire. À quoi pensait-il en l'amenant ici ?

« Le code, répète-t-elle. Donnez-le, sinon vous êtes mort. » Elle trouve sa phrase ridicule quand elle la prononce.

« Deux, quatre, six, huit. » C'est à peine un souffle.

« Deux, quatre, six, huit ? répète-t-elle, indignée. Ça n'est pas un peu facile ? Ça vaut pour les deux portes ? »

Il secoue la tête et croasse : « Zéro neuf onze. »

Elle lève les yeux au ciel : *Incroyable*.

« Emmenez-moi avec vous, *saqr*, je vous en prie. Ou tuez-moi tout de suite. Je ne supporterai ni la douleur ni la honte de ce qu'ils vont faire. »

Elle réfléchit une seconde, met la main dans son soutien-gorge et en tire la seringue qui tient lieu d'armature au second bonnet.

« Ne craignez rien, le liquide n'agit qu'un moment », dit-elle en voyant le regard terrifié de Feramo. Elle retrousse la djellaba qu'il porte, expulse l'air de la seringue et lui enfonce l'aiguille dans la fesse avec un « C'est fini » digne d'une infirmière.

Waouh ! L'effet est immédiat. Elle pianote 2468 et tire Feramo, inerte, de façon qu'il ne bloque plus l'ouverture. Au moment où les portes vont se refermer, Olivia a un éclair de génie : elle lui arrache ses sandales et les glisse à sa place, ce qui ménage une ouverture d'une quinzaine de centimètres, trop étroite pour permettre à un homme de passer, mais suffisante pour laisser entrer l'eau. De son bras intact, elle traîne derrière elle un Feramo inconscient et, parvenue devant l'autre porte, elle tape 0911. Avec un immense soulagement, elle voit les portes s'ouvrir, révélant la salle d'entrée brillamment éclairée, l'équipement de plongée et le carré d'eau de mer. Cette fois-ci, c'est une paire de palmes qu'elle glisse entre les portes.

Elle ôte sa djellaba et reste une seconde à la frontière du Pays de l'Indécision. Doit-elle plonger dans l'eau telle qu'elle est, remonter à la surface et filer, ou s'équiper et plonger ? Elle saisit un gilet, une ceinture lestée, des bouteilles, et assemble le tout.

Elle s'apprête à entrer dans l'eau lorsqu'elle regarde Feramo, derrière elle. Il a l'air pitoyable, effondré et endormi comme un petit garçon triste. Elle se représente alors tous les grands de ce monde, américains, anglais, arabes, en gamins mal dans leur peau : les Américains culottés et autoritaires, essayant de devenir des as du base-ball ; les Anglais, sortant de leurs *public schools*, vertueusement résolus à toujours avoir la morale de leur côté ; et les Arabes, frustrés, victimes d'une éducation trop sévère, parlant pour ne rien dire mais plus fort que les autres car il n'y a rien de pire que de perdre la face.

Il sera plus utile vivant que mort, se dit-elle, bannissant un reste de tendresse. Elle tend l'oreille pour écouter si l'on vient, puis déchire la djellaba de Feramo, s'accorde une indispensable seconde pour admirer ce corps sublime à la peau mate, vérifie qu'il n'a pas de blessure ouverte susceptible d'attirer les requins, et, une fois rassurée, elle l'équipe d'un masque complet, d'une ceinture lestée et d'un gilet, puis le fait rouler dans l'eau et le laisse flotter dans le carré à l'entrée. Il y a une jauge de pression sur le mur. Elle attrape une bouteille d'air comprimé et l'abat de toutes ses forces sur la jauge, brisant le verre. Puis, avec un fragment coupant, elle perce le tuyau. Aussitôt, le ronron change. Elle regarde le carré d'eau où flotte Feramo. Indiscutablement, le niveau commence à monter. Yessss ! Yessss ! L'eau finira par atteindre les lampes et provoquera un court-circuit. Et avec tout cet oxygène sous pression, peut-être même que tout explosera. Au pire, l'eau envahira les pièces et ils seront tous noyés. Ah mais !

Elle se laisse couler dans l'eau, fait sortir de l'air du stabilisateur de Feramo pour qu'il s'enfonce, puis empoigne le terroriste shooté et flottant, et se met à nager. Elle débouche sous le piédestal de corail et tire Feramo derrière elle avec sa bonne main. Cette inversion des rôles lui plaît beaucoup.

Finalement, je suis plutôt futée, se dit-elle.

Hélas, il ne lui est pas venu à l'esprit qu'il ferait noir. Plonger la nuit, surtout sans lumière et avec un petit poignard de rien du tout en guise de harpon, n'est pas une idée géniale. Elle ne veut pas faire surface trop près du rivage, au cas où Al-Qaida aurait des émissaires. Elle ne veut pas non plus faire surface trop au large à cause des requins. Ni utiliser tout son air, au cas où elle aurait besoin de replonger profond.

Elle s'éloigne tout droit du rivage à une profondeur de trois mètres pendant environ trente minutes, puis émerge et décide de faire sortir encore de l'air du stabilisateur de Feramo afin qu'il flotte à environ soixante centimètres sous l'eau. Ensuite elle replie ses jambes et s'assoit sur lui. Si les requins viennent en quête de nourriture, ils le mangeront le premier. Elle ne voit que de l'obscurité partout : aucune lumière, aucun bateau. Si les requins restent à l'écart, elle peut flotter tranquillement ainsi jusqu'à l'aube. Oui, mais après ? Elle se demande s'il vaut mieux détacher Feramo et regagner le rivage à la nage, ou aller plus au large ? Elle est terriblement fatiguée. Elle sent qu'elle s'endort lorsque, brusquement, un objet massif et vivant la soulève avec force, déchirant la surface de l'eau.

54

« Il y a quelque chose là-bas, par terre. »

Assis sur le siège du navigateur du Black Hawk, Scott Rich observe l'écran de contrôle du détecteur de chaleur. Un bourdonnement électronique assourdissant emplit le cockpit, mais Rich ne bronche pas. Penché en avant, attentif et concentré, il écoute les communications simultanées des forces à terre, de quatre patrouilles aériennes et des troupes d'élite de Hackford Litvak.

« Monsieur, la patrouille à terre a trouvé les vêtements de l'agent Joules au bout du tunnel. Aucune trace de l'agent, par ailleurs.

— Autre chose à signaler ? demande Scott. Des signes de bagarre ?

— Les vêtements sont déchirés et tachés de sang, monsieur. »

Scott tressaille. « Votre position actuelle ?

— Sur la côte, monsieur, une falaise de trois mètres dans la mer Rouge.

— Vous avez vu autre chose ?

— Non, monsieur. Seulement des équipements de plongée.

— Vous avez dit des équipements de plongée ?

— Oui, monsieur.

— Alors bon Dieu, qu'est-ce que vous attendez pour en enfiler un et vous foutre à l'eau ? » Il débranche son micro et se tourne vers le pilote en montrant du doigt l'écran en face d'eux. « Là. Tu vois ? On descend là. Maintenant. »

Olivia hurle lorsque Feramo jaillit hors de l'eau, lui arrache le poignard d'une main et lui passe l'autre autour de la gorge. Elle replie ses jambes, lui expédie de toutes ses forces un coup de genou dans les testicules et profite de l'instant où il relâche son étreinte pour se dégager et filer en réfléchissant à toute vitesse. Il est resté sous l'eau plus longtemps qu'elle. Il devrait être rapidement à court d'air, tandis qu'elle en a encore pour dix bonnes minutes. Elle peut plonger à dix mètres et le semer.

Elle amorce sa descente, tire sur son masque et purge son détendeur à mesure qu'elle descend, mais Feramo se jette sur elle, lui attrape le poignet et lui tord l'articulation, lui arrachant un hurlement de douleur. Un voile noir lui obscurcit la vue et elle sombre dans une bienheureuse inconscience. L'air s'échappe de son stabilisateur, les poids la tirent vers le bas et le détendeur est arraché de sa bouche. Puis, brusquement, un cirque d'enfer éclate au-dessus de sa tête et l'eau s'illumine. Une silhouette plonge vers elle, se détachant sur l'eau d'un vert irréel, la saisit, la débarrasse de sa ceinture lestée et la tire vers la lumière.

« Tu parles d'un faucon ! » lui glisse Scott Rich à l'oreille lorsqu'ils arrivent à l'air libre. Il a passé ses mains puissantes autour de sa taille. « On dirait plutôt une petite grenouille. »

C'est alors que Feramo surgit, se dressant comme une baleine dans un documentaire de la BBC, et se précipite sur eux en brandissant le petit poignard.

« Flotte toute seule une seconde, ma jolie », dit Scott en saisissant le poignet de Feramo, qu'il neutralise d'un seul coup de poing.

Olivia se penche avec inquiétude hors du Black Hawk. Scott Rich, toujours dans l'eau, essaie d'attacher Feramo, prostré, dans le panier de récupération que les remous provoqués par le rotor repoussent sans cesse.

« Laisse-le, hurle Olivia dans la radio. Remonte, il est inconscient.

— C'est ce que tu as cru la dernière fois », lance Scott.

Olivia s'agrippe au bord de la trappe ouverte et scrute le cercle de mer illuminé par l'appareil, pour voir s'il n'y a pas de prédateurs.

« Tenez, madame, hurle Dan, le pilote en lui tendant un pistolet. Si vous voyez un requin, tirez, mais essayez d'éviter notre collègue.

— Merci du conseil », murmure-t-elle dans la radio.

Soudain on entend un *boum !* assourdi du côté du rivage et, presque aussitôt, une sirène retentit sur le tableau de bord.

« Ouh ! la la ! Qu'il remonte, et en vitesse ! » hurle Dan tandis qu'un missile illumine le ciel autour d'eux. La mer explose et se transforme en une énorme boule de feu, dont le souffle fait osciller l'hélicoptère.

« Scott ! » crie Olivia, haletante. Quelques secondes plus tard, le visage renfrogné de Scott s'encadre dans la trappe. Alors le Black Hawk bondit et s'éloigne de la mer en feu.

Ils retournent vers le porte-avions. Il fait une chaleur humide. Scott et Olivia ruissellent l'un et l'autre. Olivia est en sous-vêtements, avec un tee-shirt de l'US Navy que le pilote lui a lancé. Si elle se penche et met sa joue contre la peau chaude du cou de Scott ou sent sa main calleuse et puissante effleurer la peau douce de sa cuisse, elle sait qu'elle aura du mal à se contrôler.

Ils voient une langue de flamme et sentent une série de chocs violents contre le fuselage. « Accroche-toi, ma jolie, dit Scott. On a pris un coup. Accroche-toi bien. » L'hélicoptère touché frémit, et semble s'arrêter net ; puis il fait une horrible embardée et descend en chute libre, les précipitant tous deux sur le plancher. Il y a un grand fracas métallique, puis une secousse. Scott rampe vers Olivia et l'empoigne tandis que le moteur hurle et que le pilote s'efforce de reprendre le contrôle de l'appareil. Devant, Olivia voit de l'eau sombre qui se rue dans leur direction, puis la couleur plus claire du ciel, puis encore l'eau. Le pilote jure tant qu'il peut et hurle : « Faut qu'on s'éjecte, faut qu'on s'éjecte ! » Scott serre Olivia, lui tient la tête contre sa poitrine et s'efforce de regagner un siège, hurlant dans sa radio pour dominer le vacarme : « Ça va, Dan, tiens bon. Ça va, redresse et on est bons. » Puis, au milieu de cet infernal raffut, il dit à Olivia : « Cramponne-toi à moi, ma jolie. Quoi qu'il arrive, cramponne-toi bien fort. »

À quelques mètres de l'eau, soudain, miraculeusement, Dan reprend le contrôle de l'appareil. Pendant quelques instants, ils restent à l'horizontale, dans un équilibre précaire, puis se remettent à monter.

« Pfou ! Désolé, les gars », dit Dan.

Olivia sent l'adrénaline et le soulagement l'envahir. Quand elle lève la tête, elle voit les yeux gris de Scott Rich la regarder avec une immense tendresse. L'espace d'une incroyable seconde, elle a l'impression d'y voir briller une larme. Puis il l'attire passionnément à lui, sa bouche cherche la sienne et ses mains glissent doucement sous le tee-shirt US Navy.

« USS *Condor* droit devant à cinq cents mètres, monsieur, dit Dan. On amorce la descente ?

— Tu fais encore une fois le tour du pâté de maisons, tu seras gentil », murmure Scott dans la radio.

Après être passée au rapport, à la douche et à la popote, Olivia se trouve sur le vaste pont du porte-avions, où elle jette un dernier regard à la mer calme et au ciel étoilé. Scott Rich apparaît dans l'obscurité.

« On a retrouvé un bout de jambe de Feramo, dit-il. Les requins l'ont eu. »

Olivia ne dit rien. Elle se contente de regarder vers la rive de Suakin.

« Désolé, ma jolie », dit-il d'une voix bourrue, respectant le mélange d'émotions qu'elle éprouve. Au bout de quelques instants, il ajoute : « Mais pas autant que les services. Et pas autant que je le suis de ne pas avoir fini le boulot moi-même. J'aurais aimé le travailler à mains nues, ou peut-être même avec les dents, et lui arracher tous les renseignements qu'il aurait été susceptible de me donner, ce beau salaud, en lui faisant déguster un max.

— Scott, proteste Olivia, c'était un être humain, lui aussi.

— Un jour, je te dirai exactement quel genre d'être humain c'était. Et ce que tu risquais avec lui si...

— Ce que je risquais ? Qu'est-ce que tu veux dire ? Je ne l'aurais pas laissé faire. »

Scott secoue la tête. « Ils veulent que tu retournes à LA, tu le sais, ça ? Ils ont besoin de toi pour enquêter sur son entourage. »

Elle hoche la tête.

« Tu y vas ou tu as eu ta dose ?

— Bien sûr que j'y vais », dit-elle. Et elle ajoute, comme si elle venait juste d'y penser : « Et toi ? »

55

Maison-refuge de la CIA, Los Angeles

Un faucon solitaire planant au-dessus de Hollywood – au-dessus du Kodak Theater[1], entouré de câbles et de camions de télévision ; des concerts de klaxons sur Sunset Boulevard ; des fêtes précédant les Oscars, qui rassemblent des foules autour des piscines du Standard, du Mondrian et du Château Marmont – et se laissant glisser vers les collines obscures où glapissent des coyotes pourrait voir une fenêtre solitaire allumée tout en haut d'un promontoire. Derrière les longues vitres, une fille blonde et menue et un homme aux cheveux ras sont étendus dans les bras l'un de l'autre sur des draps froissés, éclairés par la lumière tremblante des flammes et de CNN.

« Chhhhut ! » souffle Scott Rich en mettant sa main sur la bouche d'Olivia et en tendant l'autre, armée de la télécommande, pour monter le son. Une lueur d'amusement passe sur son visage lorsqu'il entend les protestations étouffées de sa compagne.

« *Le projet, aussi meurtrier que secret, aurait paralysé le monde. La Maison-Blanche a révélé aujourd'hui que les plans d'une attaque meurtrière d'Al-Qaida ont été déjoués*, annonce un présentateur qui ressemble à un mannequin pour maillots de bain. *L'opération, d'une ampleur sans précédent, a été découverte et déjouée par la CIA.* »

---

1. Salle où se tient la cérémonie de remise des Oscars.

Olivia se dresse sur son séant. « Ce n'était pas la CIA, c'était moi ! » s'exclame-t-elle, indignée.

Sur le plan suivant, un porte-parole de la Maison-Blanche montre des points sur une carte avec une petite baguette :

« *Le projet, très avancé, prévoyait des attentats simultanés visant des ponts clés à Manhattan, Washington, San Francisco, Londres, Sydney, Madrid et Barcelone. À mesure que les ponts auraient sauté et que la panique aurait envahi les capitales du monde civilisé, une opération secondaire aurait consisté à faire sauter des charges explosives à des croisements stratégiques pour paralyser la circulation.* »

À l'homme à la carte succède un universitaire speedé : Directeur des recherches sur le terrorisme, université du Maryland, indique la légende sur l'écran.

« *Ce projet avait toutes les caractéristiques du haut commandement d'Al-Qaida : un concept simple, fruit d'une pensée audacieuse et marginale. Quelques minutes après l'annonce des attentats par les médias internationaux, la panique se serait répandue, obligeant les automobilistes de capitales où la circulation est déjà engorgée à abandonner leurs voitures et à fuir les routes, provoquant des embouteillages monstrueux sur une échelle sans précédent, les véhicules abandonnés formant des bouchons dont la résorption aurait constitué une difficulté logistique pratiquement insurmontable.* »

Arrive le Président.

« *Heure par heure, minute par minute, les hommes et les femmes de nos services de renseignements gagnent pas à pas la guerre contre la terreur. Ne vous y trompez pas...* »

Il marque une pause, avec ce drôle de regard qui rappelle à Olivia un de ces comédiens nerveux attendant que les rires fusent.

« *... Les forces du mal qui conspirent dans leurs repaires contre le monde civilisé et puissant ne gagneront pas.* »

« Oh, ta gueule ! hurle Olivia à l'écran.

— Hé, ma jolie, relax ! dit Scott. Tout le monde sait que c'est toi. Mais si on passe ta photo aux infos, ça déclenchera un jihad contre Olivia Joules. Et ça nous avancera à quoi ?

— Il ne s'agit pas de ça. Mais chaque fois qu'il dit "monde civilisé", il fait cinq mille adeptes de plus du jihad anti-arrogance. C'est horriblement dangereux. Si...

— Je sais, ma jolie, je sais. S'ils voulaient bien t'écouter. Si seulement il y avait plus de femmes à la tête des nations occidentales et arabes, rien de tout ça ne se serait passé et le monde vivrait dans la paix, la joie et la liberté. Tu aurais dû capturer Ben Laden dans cette grotte. Alors tu aurais pu lancer ta propre campagne présidentielle avec les vingt-cinq millions de dollars de prime.

— Je sais que tu ne me crois pas, dit Olivia d'un air sombre, mais Oussama Ben Laden était bel et bien dans cette grotte. Une fois qu'ils auront nettoyé cet appareil photo de l'eau de mer, tu verras.

— Tu auras un bonus, tu sais, pour Feramo et les autres types. Pas le mégapaquet, parce que tu es un agent, mais je crois que tu auras de quoi t'acheter autant de paires de pompes démentes que tu voudras. »

Elle s'enroule dans le drap et regarde fixement la ville en contrebas : une couverture scintillante en lurex. « Scott ?

— Qu'est-ce qu'il y a, mon petit faucon, ma grenouille du désert ?

— Ta gueule. Je crois qu'ils ont un autre attentat en préparation. Qu'ils ont prévu quelque chose sur LA dans pas longtemps.

— Je sais, mais tu ne feras pas avancer le schmilblick en regardant le lointain avec un air bizarre. Tu as besoin de sommeil. Tu devrais mettre ta tête là et on reparle de tout ça demain, d'accord ?

— Mais... », proteste-t-elle quand il l'attire sur sa poitrine virile et musclée. *Je n'ai pas besoin des hommes...*, se dit-elle en sentant les bras puissants de Scott la serrer. Elle a chaud et se sent en sécurité. Il roule sur elle et se remet à l'embrasser.

Oh ! et puis merde.

La salle des opérations de la maison-refuge est un vrai capharnaüm : des ordinateurs, des fils, des systèmes de communication et des hommes en bras de chemise essayant de prendre un air cool et blasé. Au milieu de tout ça, Olivia Joules est assise, immobile, l'œil fixé sur l'écran de son ordinateur. Kimberley, Michael Monteroso, Melissa, l'assistante des RP, Carol, la phonéticienne, Travis Brancato, l'acteur au chômage-scénariste, Nicholas Kronkheit, le metteur en scène sans CV, Winston, le divin Noir moniteur de plongée ainsi que toute la cour de starrivistes de Feramo – du moins ceux que l'on a pu localiser – ont été cueillis et emmenés dans un centre local de la CIA pour y être interrogés. Ils y sont toujours tous détenus. Olivia a passé les dernières heures à regarder les cassettes de leurs interrogatoires, à couper, coller et prendre des notes. Elle sent qu'elle va trouver ce qu'elle cherche, et elle s'arrête, l'esprit tournant à mille tours-minute.

« J'ai le fin mot de l'histoire pour Suraya. »

Merde alors. Elle lève les yeux avec une irritation aussitôt remplacée par le désir. Scott Rich est appuyé au chambranle, la cravate dégrafée, le col de chemise ouvert. Elle n'a qu'une envie, se glisser près de lui et lui enlever tout ça.

« Hein ? » dit-elle en croisant son regard et en détournant aussitôt le sien. Ils en sont à ce premier stade d'une liaison où personne n'est encore au courant. Enfin, dans la mesure où il est possible d'avoir ce genre de certitude dans une maison de la CIA. Mais, finalement, ils sont l'un et l'autre passés maîtres dans l'art du camouflage.

« Suraya Steele travaille pour Al-Qaida depuis dix ans.

— Non ! dit Olivia. *Dix ans ?*

— Al-Qaida l'a recrutée quand elle avait dix-neuf ans. Elle traînait à Paris pour essayer de trouver un boulot de mannequin et/ou des hommes riches. On ne sait pas exactement qui était son contact, mais c'était quelqu'un de haut placé dans le mouvement. Ils lui ont donné beaucoup d'argent au départ. Je dis bien *beaucoup*.

— Ça explique les Gucci et les Prada.

— Hein ? Elle a étudié le théâtre et les médias à l'université de Lampeter, au Pays de Galles. Il était entendu qu'elle demanderait un changement d'orientation et s'inscrirait en Études arabes, puis qu'elle essaierait d'entrer au Foreign Office, avec un œil sur le MI6. Ça a l'air bidon et naïf, mais ça a marché. Je te garantis que, du coup, les services de sécurité anglais sont sur les dents, et que tous les agents de sexe féminin de moins de soixante-quinze ans vont subir des interrogatoires intensifs pendant les trois prochains mois.

— Eh bien ! Les têtes vont tomber. Comment se fait-il qu'ils n'aient rien remarqué ?

— Ils sont très malins, les gens d'Al-Qaida : pas de communications électroniques, juste du bouche à oreille, des clins d'œil, des boîtes aux lettres mortes, stylos et papier : les bons vieux contacts directs préconisés par Widgett.

— Comment il prend la nouvelle ?

— Ça va. Il était en retraite pendant l'essentiel de la période où Suraya était opérationnelle. Ils ont commencé à flairer du louche quelques mois après qu'il était revenu dans le circuit.

— Donc elle était gagnante des deux côtés ?

— Si elle réussissait un gros coup pour Al-Qaida, elle avait droit à une nouvelle identité et un paquet de plusieurs millions de dollars. Et si elle livrait l'un des membres de l'organisation au MI6, elle était fêtée et promue. Toutes les agences réclamaient des agents parlant arabe. Une fois qu'elle a été intégrée au MI6, la cellule d'Al-Qaida lui a donné suffisamment d'infos pour qu'elle ait l'air d'une championne dans sa catégorie. Ils y ont ajouté assez de renseignements confidentiels pour qu'on la mette sur l'affaire Feramo.

— Feramo savait qu'elle travaillait pour Al-Qaida ?
— Bien sûr. C'est pour ça qu'il ne pouvait pas la voir.
— Ah bon ?
— Al-Qaida avait demandé à Suraya de le surveiller parce qu'ils craignaient qu'il ne soit un électron libre. Elle le surveillait pour ses supérieurs à elle et ses supérieurs à lui.
— Alors c'est elle qui a mis le micro dans ma chambre.
— Je t'avais dit que ce n'était pas moi.
— Pas étonnant qu'elle m'ait détestée.
— Sans compter ton physique.
— Ce n'est pas pour ce genre de raison que les filles se détestent.
— En plus, Feramo s'intéressait plus à toi qu'à elle. Si tu avais découvert ce qu'il préparait et que tu en avais informé le MI6, tu l'aurais fait passer, elle, pour une incompétente. Si tu t'étais rapprochée de Feramo, il risquait de te la balancer. Et quand finalement tu as tout fait foirer pour elle en te mettant en cheville avec Widgett, elle n'a eu de cesse de te faire expédier au Soudan et de te dénoncer à Al-Qaida pour que tu sois liquidée.
— Qu'est-ce qui va lui arriver maintenant ? dit Olivia, la tête penchée, l'air innocent. Ne me dis surtout pas qu'elle va être condamnée à passer cinquante ans en prison, avec un survêt orange mal coupé et les cheveux ras ?
— Il va sans doute y avoir simultanément un certain nombre de condamnations à cent cinquante ans de prison, si elle a de la chance et ne se fait pas expédier dans un coin paumé où elle sera hors d'état de nuire : à Cuba pour rouler des cigares, par exemple. Oh, à propos, je te passe le bonjour de ton amie Kate.
— Kate ? Qui l'a vue ?
— Widgett. Il l'a mise au courant. Elle te fait dire qu'elle est très impressionnée et qu'elle voulait savoir qui était le deuxième. »

Olivia sourit. Kate voulait parler de son deuxième partenaire.

« Excusez-moi, monsieur. » Un homme très mince, bien habillé, se tient timidement à la porte. Olivia trouve éminemment excitante la déférence témoignée à Scott Rich dans le milieu des services de renseignements.

« Mr. Miller demande que vous veniez le voir au labo immédiatement, monsieur. Ainsi que l'agent Joules. »

Olivia se lève d'un bond. « Ah, ils doivent avoir tiré les photos. Viens ! »

Elle fonce dans le couloir menant au labo, et Scott la suit en disant : « OK, ma jolie. Calme-toi. Il faut rester cool en toutes circonstances. »

Quand Olivia fait irruption dans le labo, elle est accueillie par des visages solennels. Tous les membres importants de l'Agence sont rassemblés pour voir la preuve de la présence de Ben Laden dans les grottes de Suakin. Les corps de plusieurs lieutenants d'Al-Qaida ont été retrouvés dans les décombres des grottes après l'explosion et l'inondation du réseau sous-marin. Mais pas celui de Ben Laden.

« Bravo à la personne qui a réussi à tirer le film d'un appareil mouillé, dit Olivia. C'est un exploit. » Au fond de la salle, une fille menue aux boucles rousses fait un large sourire. « C'est moi, dit-elle.

— Un grand merci, dit Olivia. Bien joué.

— Bon, on regarde ? intervient Scott Rich. Je peux ? » Il se glisse dans le fauteuil devant l'ordinateur. Le technicien lui indique respectueusement un ou deux liens, et Scott clique sur la première photo.

« Ah, mais qu'est-ce qu'on a là ? » Le cliché est entièrement gris. « Un gros plan d'un morceau de baleine ? murmure Scott.

— Je n'avais pas encore mis le flash. »

Il passe à la suivante. La moitié est surexposée, mais on distingue quand même le schéma et la photographie du pont qui enjambe le port de Sydney. Olivia s'efforce de se souvenir de la séquence des événements dans la grotte. Elle a photographié les schémas et clichés, puis essayé de faire un portrait de groupe. Après quoi elle a pris Ben Laden, et enfin, après avoir allumé la mèche pour libérer le gaz, elle est partie en courant.

Les pontes de la CIA s'agglutinent autour du cliché de groupe. Il est très difficile de distinguer quoi que ce soit. Tout ce qui ressort dans ce flou grisâtre, ce sont les barbes et les turbans.

Scott jette un coup d'œil en direction d'Olivia. « On pourra améliorer ce cliché, lui dit-il d'un ton encourageant. On augmentera le contraste. Tu as pris un gros plan de Ben Laden ?

— Oui. Je suis pratiquement sûre que c'est la prochaine photo. »

Les conversations cessent. Tous les yeux convergent vers l'écran. Olivia enfonce ses ongles dans sa paume. Malgré la terreur et la confusion régnant dans la grotte, elle est sûre de s'être trouvée face à Ben Laden. L'allure, l'impression de force maléfique latente, l'intensité derrière la façade de calme nonchalant. Cela dit, comme Kate ne manquerait sûrement pas de le lui rappeler, à une certaine époque elle était également certaine que Pierre Feramo était Ben Laden.

Scott Rich se penche en avant. Olivia se force à respirer et regarde la main brune de Scott prendre la souris et cliquer. Au début, l'image est difficile à interpréter. Puis on distingue mieux. Il s'agit d'un tissu blanc et sale tendu entre deux genoux.

« Eh bien, dit Scott Rich, ce que nous avons là, c'est un cliché de l'entrejambe de Ben Laden. »

56

Quelques minutes plus tard, Olivia, devant son ordinateur, noie sa colère et sa honte dans le travail : elle reprend laborieusement son examen de la cassette, les fragments d'interrogatoires qu'elle a sélectionnés et les passages de transcriptions qu'elle a coupés et collés. Et brusquement, c'est comme un trait de lumière. On dirait que la seule énergie de sa rage a réussi à percer le trop-plein d'informations et les fausses pistes qui l'empêchaient d'y voir clair.

Elle se penche par-dessus son bureau et siffle : « Scott, viens là. Ce sont les Oscars, reprend-elle tandis qu'il se penche sur son bureau, si près qu'elle doit se retenir de poser la main sur sa cuisse, par la force combinée du désir et de l'habitude fraîchement acquise.

— Je sais que ce sont les Oscars. Tu veux regarder la cérémonie ?

— Non. Ce que je veux dire, c'est qu'ils visaient les Oscars. C'est ça que Feramo préparait ; c'est pour cette raison qu'il s'entourait de cette cour. Il haïssait Hollywood. C'est la quintessence de ce que ses coreligionnaires méprisent en Occident. Pour eux, l'industrie du spectacle est majoritairement entre les mains des juifs. Les Oscars sont la... »

Scott se passe une main lasse sur le front. « Je sais, ma jolie, mais j'y ai déjà réfléchi, dit-il d'une voix douce. La cérémonie des Oscars serait pour Al-Qaida la cible la plus incroyable, évidente et fabuleusement symbolique. Ce qui signifie que, à l'exception peut-être de la Maison-Blanche et de George Bush lui-même, c'est aussi la mieux défendue et la plus impossible à atteindre de toutes les cibles potentielles du monde occidental en ce moment précis. Tout le secteur, depuis les égouts jusqu'à l'espace aérien au-dessus, est soigneusement vidé et sous surveillance. Toutes les compétences du FBI, de la CIA, du LAPD[1], tous les systèmes de surveillance, de la technique la plus élémentaire à la plus sophistiquée sur la planète et dans l'espace, convergent sur le Kodak Theater. N'importe lequel de ces gens-là te le dira : il n'y aura pas d'attentat d'Al-Qaida contre la cérémonie d'aujourd'hui.

— Écoute ça, dit Olivia en cliquant sur son écran. Michael Monteroso. Tu te souviens de lui ? L'esthéticien. Il était en coulisses l'an dernier aux Oscars : c'est lui le champion du lifting-minute délire sans bistouri, la microdermo-abrasion, comme il appelle ça. C'était lui qui était chargé de la mise en beauté des présentatrices avant leur entrée en scène. S'il n'avait pas été coffré, il aurait recommencé cette année. Melissa a travaillé trois ans dans l'équipe des RP des Oscars avant de passer à l'agence Century. Quant à Nicholas Kronkheit, tu te souviens de lui ? Le metteur en scène sans aucune expérience qui dirigeait *Les Frontières de l'Arizona* ?

— Oui, mais...

— Son père fait partie du comité des Oscars depuis vingt ans.

— Ces jeunes essaient de réussir à Hollywood. Tout naturellement, ils vont avoir – ou essayer d'avoir – des relations avec le monde des Oscars.

— Feramo avait des cassettes de la cérémonie chez lui au Honduras. »

Scott Rich se tait. En le voyant prendre si vite au sérieux ce qu'elle vient de dire, elle a l'estomac noué.

« On peut les prévenir ? demande-t-elle. On peut arrêter le spectacle ?

— Non. On ne va pas arrêter la cérémonie des Oscars parce qu'un agent a des soupçons. Continue. Comment tu fais coller tout ça ?

---

[1]. Los Angeles Police Department.

— Je n'y arrive pas, justement. C'est l'erreur que nous avons commise. Je suis persuadée que Feramo visait les Oscars, mais qu'il n'avait pas de plan. Tous ces starrivistes ont des liens avec la cérémonie et il les utilisait pour en connaître le fonctionnement. »

Il la regarde avec cet air qu'elle commence à bien connaître, penché en avant, les mains croisées contre la bouche, concentré, attentif.

« Kimberley. Tu te rappelles Kimberley ? dit-elle.

— Oh! la laaa ! Tu vois ? Oh *yeah* !

— Ta gueule. Son père est cameraman aux Oscars depuis vingt-cinq ans. Si elle n'était pas en taule, cela aurait été sa septième année comme bouche-siège.

— Bouche-siège ? Ceux qui s'assoient à la place des stars quand elles s'absentent pour aller aux toilettes ? »

Elle hoche la tête. Il la regarde attentivement un certain temps, puis décroche le téléphone. « Ici Scott Rich. C'est urgent. Je veux la liste de tous les bouche-sièges aux Oscars cette année... Oui, urgentissime. Plus une liste de tous les laissez-passer pour les coulisses donnés cette année. »

« On peut entrer ? » demande-t-elle avec un coup d'œil à sa montre ; puis elle jette un regard inquiet sur la ville en contrebas, qu'on aperçoit derrière la grande baie vitrée.

« Chérie, dit Scott, compte tenu de la cote que tu as auprès des chefs d'état-major en ce moment, tu pourrais obtenir l'Oscar du Meilleur Second Rôle féminin si tu le demandais. À quelle heure ça commence ?

— Il y a une demi-heure. »

57

Los Angeles s'est préparée à la cérémonie des Oscars comme Londres se prépare pour Noël, mais de façon un peu plus sobre. Les vitrines de Neiman, Saks et Barney sont décorées de robes du soir avec des statuettes des Oscars. Sur les pelouses devant les maisons du tout-Beverly Hills sont dressées des tentes. Publicitaires, agents, organisateurs de réceptions, stylistes, fleuristes, traiteurs, esthéticiens, coaches, coiffeurs et maquilleurs, voituriers – tous en sont à différents stades de liquéfaction. Des coups de téléphone acides ont été échangés pour décider qui, de Gwyneth ou de Nicole, aura la priorité pour la Valentino à plis ronds. À l'hôtel Hermitage, sur Burton Way, les suites de deux étages entières sont transformées en salons de couture où n'importe quelle actrice, pourvu qu'elle risque d'être photographiée sur le tapis rouge, peut venir se servir. Le bureau de *Vanity Fair*, qui organise le cocktail d'après la cérémonie, est en pleine crise, submergé par des appels furieux d'agents et de publicitaires. Des graphiques accrochés aux murs affichent un emploi du temps fluctuant avec l'heure à laquelle chaque invité est autorisé à arriver – ceux de la liste B juste avant minuit, ceux de la liste C avant l'aube le lendemain matin.

Traditionnellement, la course aux Oscars est une lutte à laquelle se livrent les studios à grands coups de budgets marketing, de pub dans les journaux, de projections, de déjeuners et de matraquage médiatique. Les champions restant en lice sont :

1. *Commerce d'initiés !* Comédie musicale ayant pour cadre Wall Street pendant le boom des années quatre-vingt, et pour héroïne une trader qui aurait voulu être danseuse ; elle passe l'essentiel de l'action endormie sur son bureau à rêver qu'elle danse avec d'autres traders, lesdits rêves étant partagés au moment voulu par les spectateurs haletants.
2. L'histoire de Moïse, avec Russell Crow affublé d'une grande barbe blanche et d'une chemise de nuit.
3. Un film de Tim Burton qui a pour titre *Pas sur le Bush*, dont les héros sont de petits humains qui ont le corps perché sur la tête et vivent sous terre dans des coins boisés.
4. *Désespoir existentiel*, un film où cinq personnages comparent leur mortelle condition pendant un déjeuner d'une heure dans un magasin de luxe.
5. *L'Est rencontre l'Ouest*, une comédie dramatique engagée, où Anthony Hopkins joue le rôle du président Mao qui, à cause d'une malédiction séculaire, doit échanger son corps contre celui d'un jeune étudiant de Los Angeles pendant la Révolution culturelle.

Parmi les autres œuvres en compétition figurent :

– Un film sur les premiers Amish, que personne n'a vu mais qui est une référence pour le cinéma, parce que son directeur de la photographie vient de mourir.
– Une adaptation d'un livre sur Oscar Wilde qui est en compétition au titre des effets spéciaux pour la scène où Oscar Wilde explose dans sa chambre d'hôtel à Paris, bien que cet incident ne figure pas dans le livre, et que l'auteur ait fait un scandale à ce sujet.
– Un film qui marque le retour de Kevin Costner dans le rôle d'un homme en proie à la crise de la quarantaine et qui, pendant trois heures et demie, se rend compte peu à peu qu'il aime sa femme.

Dans le Kodak Theater, l'atmosphère passe de la fébrilité émue du début à l'impatience, à mesure que sont décernées les récompenses mineures, et que trop d'épouses, d'avocats et d'agents reçoivent des remerciements. Deux heures après le début de la cérémonie, Scott Rich et Olivia se glissent discrètement dans l'auditorium et se postent à environ un mètre du podium, dans l'ombre d'une porte à droite de la scène. Olivia s'efforce de garder son calme face au spectacle qui s'offre à elle. Tout le gratin de l'industrie du showbiz est là : acteurs, metteurs en scène, producteurs, scénaristes, agents, administrateurs, tous sont réunis dans ce lieu unique pour une manifestation étincelante d'autocélébration. Dans les premiers rangs, on voit certains des visages les plus beaux et les plus célèbres de la planète.

Tandis qu'Olivia passe en revue l'assistance, Scott Rich examine sa compagne sans en avoir l'air, comme seul un agent secret peut le faire. Le visage d'Olivia se détache sur un fond de lumière rouge et exprime cette détermination farouche qu'il connaît bien. Elle est moulée dans une longue robe chatoyante qu'on lui a fournie en urgence, vision qui éveille chez lui un désir douloureux. Elle porte une perruque auburn démente qui lui donne envie de sourire, même à lui, et ses mains se crispent sur une petite pochette très chic qui, il le sait, contient les accessoires suivants :

Badge de la CIA
Tampon de chloroforme
Seringue contenant un anxiolytique
Seringue contenant un sédatif instantané
Boulette contenant du gaz neutralisant
Jumelles miniatures
Petit portable
Et, bien entendu, épingle à chapeau.

Ce que Scott ignore, parce que c'est un homme, et un homme dont les talents penchent du côté de la déduction logique et des compétences techniques plus que de l'intuition, c'est qu'Olivia est absolument terrorisée. Jamais elle n'a eu aussi peur. Ni au Honduras, ni au Caire, ni au Soudan. Elle a le sentiment effrayant qu'une catastrophe imminente va se produire, sur laquelle elle n'a aucun contrôle. Elle se tient là, à l'épicentre prévu pour l'attentat, et ne sait ni quelle forme il prendra, ni d'où il viendra, ni comment l'arrêter.

Elle regarde l'auditorium, rang par rang. Si elle reconnaissait un seul visage – une actrice, une petite amie, un gardien, un bouche-siège, une ouvreuse – qu'elle a déjà vu parmi la cour de Feramo, elle saurait. Elle ferait arrêter et interroger la personne pendant qu'il en est encore temps.

Helena Bonham Carter prend le micro. « Il y a eu dans le jury des gens pour soutenir que la nomination pour le Meilleur Second Rôle dans *Moïse* devait aller au buisson ardent », commence-t-elle. Les rires éclatent. Le public est excité, prêt à s'esclaffer. Des photos des cinq acteurs nominés pour le Meilleur Second Rôle défilent sur l'écran dans diverses poses : regard férocement fixe, sourire contraint ou nonchalance étudiée. On projette ensuite un plan de l'un d'eux pendu à un hélicoptère au-dessus d'une mer houleuse, se balançant et agitant les jambes en tous sens.

« S'il continue à se tortiller comme ça, murmure Scott, l'hélico va aller à la baille. » Olivia revoit brusquement son sauvetage en mer Rouge : le bruit du Black Hawk au-dessus de la surface, les lumières colorant l'eau en vert, la silhouette de Scott plongeant vers elle, forçant Feramo à lâcher prise d'un coup de pied, et la saisissant pour la tirer jusqu'à la surface, puis la chaleur inattendue de la nuit tropicale, le coup de poing final à Feramo, le treuil la hissant vers l'hélicoptère et la sécurité.

Au moment où l'acteur ému aux larmes escalade quatre à quatre les marches du podium, pose les mains sur son cœur puis les tend vers le public, Olivia a envie de montrer Rich Scott du doigt en criant : « Ça aurait dû être lui, pas vous ! Lui, il le fait pour de vrai ! » Elle imagine alors Scott en train d'improviser un discours de remerciement larmoyant style « Sans-qui-cecin'aurait-pas-été-possible », puis Widgett venant recevoir un Oscar d'honneur pour sa carrière héroïque au service de l'espionnage et posant devant la caméra, écharpe dehors et bras au vent, et elle a envie d'éclater de rire.

Lorsque l'acteur ému-aux-larmes lève l'Oscar au-dessus de sa tête pour faire un salut triomphant, Olivia voit le dessous du socle, avec la forme dorée de la statuette derrière. Brusquement, elle n'a plus envie de rire. Elle sait exactement où elle a déjà vu la même image sous le même angle. Dans la grotte d'Al-Qaida au-dessous de Suakin : le socle sur le côté, les couches découpées de métal plaqué or derrière, creusées comme un Père Noël en chocolat ou un lapin de Pâques.

« Scott, dit-elle en lui saisissant le bras. Ce sont les Oscars. »

Il lui tapote le dos d'une main rassurante.

« Oui, mon chou, oui, ce sont les Oscars.

— Non, siffle-t-elle. Les statuettes. Ils les ont piégées. Les bombes, ce sont les Oscars. »

58

Scott Rich ne bronche pas et ne détache pas son regard de la salle. Il se borne à tirer Olivia un peu plus à l'ombre de la porte et chuchote : « Comment le sais-tu ? Dis-le-moi discrètement.

— C'était dans la grotte. Il y avait un Oscar coupé en deux, creux à l'intérieur.

— Tu es sûre ?

— Ah, on n'y voyait pas très bien, mais... Je suis pratiquement sûre. Et puis, à Catalina, Feramo m'a montré un Oscar qu'il avait acheté sur eBay.

— Nom de Dieu ! » dit Scott dont le regard parcourt l'assistance où sont disséminées les statuettes d'or que les heureux lauréats tiennent précieusement au creux de leur bras. « Combien ont déjà été distribués ? Quinze ? Vingt ? Nom de Dieu ! »

Il pousse Olivia vers la porte en face de lui et file dans le couloir à grands pas tout en sortant son portable. Il réfléchit tout haut tandis qu'Olivia s'efforce de ne pas se laisser distancer.

« Ce doit être du C4. Le seul explosif qui soit assez stable. Une livre de C4 dans chaque Oscar, avec une minuterie scellée à l'intérieur d'un alliage en métal. Ils doivent avoir échangé le chargement au cours du trajet, sachant qu'on ne fait même pas renifler les statuettes aux chiens. D'ailleurs, selon l'endroit où ils ont mis le plastic, les chiens n'auraient pas nécessairement senti quoi que ce soit. Allô ? Contrôle central ? Scott Rich, CIA. Passez-moi le chef de la Sécurité. C'est très urgent. »

Avec Olivia dans son sillage, il sort du bâtiment à vive allure et prend le tapis rouge à contre-sens en montrant sa carte. « Allô ? Tom ? Ici Scott Rich. On a un tuyau. La ligne est bien sécurisée, hein ? OK, écoute ça : les Oscars sont piégés. Ce sont des engins explosifs, des bombes, quoi. »

Il y a une pause d'une seconde à l'autre bout du fil. Puis Olivia entend la voix reprendre. « Je sais, dit Scott. Nous avons l'agent ici. Elle se souvient d'avoir vu une statuette piégée dans la cachette d'Al-Qaida au Soudan. Quoi ? Oui, je sais bien. Mais qu'est-ce qu'on fait ? »

Tandis qu'ils avancent, l'esprit d'Olivia fonctionne à plein régime. Elle interrompt Scott soudain. « À qui parles-tu ? Demande-lui le nom de la compagnie qui transporte les Oscars. »

Quelques secondes plus tard, la réponse arrive :
« Transsecure.
— Transsecure ! C'est le nom de la société pour laquelle travaillait Travis Brancato. Tu te souviens ? L'acteur déjanté/scénariste/gestionnaire de standing. Le type aux yeux de loup ? Celui qui a écrit le script ? Il faisait le chauffeur pour eux quand il n'écrivait pas. »

Scott la regarde un moment en clignant des yeux, le téléphone écarté de son oreille. « D'accord, Olivia, appelle le Bureau. Dis-leur ce que tu sais et demande-leur de le cuisiner à nouveau. » Il reprend le téléphone. « Bon, alors, Tom, l'info se confirme. Il faut passer à l'acte. Oui, on se rapproche de toi en ce moment. J'aperçois la camionnette. On sera là dans deux minutes.

— Est-ce qu'on ne devrait pas interrompre la cérémonie et évacuer tout le monde ? » demande Olivia, qui regarde sa montre en attendant sa communication : il reste vingt-huit minutes avant la fin de la retransmission.

Scott secoue la tête, sourcils froncés, sans s'arrêter de parler. Olivia obtient finalement son correspondant. Elle lui relaie les informations, demande qu'on avertisse la cellule des interrogatoires et qu'on essaie de faire parler Travis Brancato. Elle ajoute quelques conseils susceptibles de lui délier la langue.

Ils s'approchent de la grosse camionnette blanche du poste de commande. Scott éteint son portable et regarde Olivia. « OK, ma jolie. Ça ne va pas être une partie de plaisir. Tu es sûre que tu veux rester ?

— Oui.

— Bon. Alors retourne là-bas, dit-il en désignant du menton l'auditorium. Si les statuettes sont sur minuterie, je parie qu'il y a dans la salle un agent d'Al-Qaida extrêmement nerveux, avec sur lui un dispositif qui peut actionner les minuteries et déclencher les bombes. Probablement un téléphone portable ou une très grosse montre. S'il voit qu'on essaie d'arrêter le spectacle, de prendre les Oscars ou d'évacuer le théâtre, il recevra sans doute l'ordre de tout faire sauter, et lui avec. Continue à chercher pour voir si tu reconnais quelqu'un de l'entourage de Feramo, ou une personne qui a un comportement bizarre. Il doit transpirer à grosses gouttes, être sans doute shooté à mort, certainement paniqué, genre "Merde-je-vais-mourir". Ça devrait se remarquer au milieu d'une masse d'acteurs qui essaient de sauver la face malgré leur déception.

— Sauf si c'est un acteur !

— Au boulot, dit-il en entrant dans la camionnette. Oh, juste une chose. Quand déclencherais-tu l'explosion, à leur place ?

— Meilleur film, non ? Juste avant la fin. »

Il regarde sa montre. « Il nous reste environ vingt minutes. »

À l'intérieur de la salle, Olivia se répète son mantra : *Pas de panique, on s'arrête, on respire, on réfléchit ; pas de panique, on s'arrête, on respire, on réfléchit*, sur un rythme haletant et paniqué. Elle descend sur le côté de l'auditorium, examinant les rangs un par un, priant le pouvoir divin qui se trouve là-haut : *Je vous en prie, je vous en prie, qui que vous soyez... aidez-moi juste une fois encore, et puis je ne vous demanderai plus rien, je vous le promets*. Elle a conscience d'un léger renforcement au niveau de la sécurité, des agents qui se glissent dans la salle par les portes latérales et se postent contre les murs. Çà et là dans la salle, elle voit briller les statuettes dorées, dont chacune contient une bombe avec un minuteur, douillettement serrées contre des bustes pailletés ou passées avec admiration d'une célébrité à une autre.

Anthony Minghella ouvre l'enveloppe du Meilleur Metteur en Scène.

« Et le gagnant est Tim Burton pour : *Pas sur le Bush*. »

Olivia repère Burton lorsqu'il se lève, la frange battant ses lunettes bleues tandis qu'il se dirige vers le bout de sa rangée. Elle descend rapidement l'allée centrale vers lui, ignorant les regards torves qu'on lui lance, et se jette à son cou comme si elle était son agent depuis quinze ans. Elle montre son badge et souffle : « CIA. Un problème majeur. S'il vous plaît, parlez le plus longtemps possible. »

Il croise son regard, voit qu'elle est terrifiée et hoche la tête.

« Merci, chuchote-t-elle. Allongez la sauce. »

Un frisson parcourt les foules massées sur Hollywood Boulevard à la vue des camionnettes blanches des artificiers du LAPD qui foncent du quartier général vers le théâtre, deux blocs plus loin. Dans les coulisses, on est en train de remplacer les Oscars encore non décernés. Les listes des invités, de ceux qui les accompagnent et du personnel sont passées au crible. Des agents sont en place, prêts à aller retirer dans la salle le plus discrètement possible les Oscars aux lauréats dès que l'ordre en sera donné. Mais à l'intérieur du poste de commande, la discussion tourne au pandémonium feutré, car les chefs du LAPD, des pompiers, du FBI, des agences de sécurité et Scott Rich examinent une série de risques incalculables et sont confrontés à des décisions impossibles.

Une tentative, même prudente, pour retirer les Oscars des griffes de leurs récipiendaires risque de pousser un agent d'Al-Qaida à les faire exploser. L'arrêt de la cérémonie risque de provoquer le même résultat. De toute façon, l'évacuation d'une salle de trois mille cinq cents personnes prendrait presque une heure. Quant à envoyer en force les services d'urgence sur les lieux, cela ne peut qu'engendrer une panique générale qui gagnera à coup sûr toute la salle et se communiquera à celui qui a le doigt sur ce fameux bouton de commande. Quelqu'un suggère d'employer du gaz.

« En effet, oui, ça a tellement bien réussi à Moscou, murmure Scott Rich.

— Si on veut que trois douzaines des célébrités les plus connues du monde s'étouffent avec leur langue, on n'a qu'à balancer du gaz, oui », renchérit le représentant du FBI.

Pendant ce temps, la cérémonie continue. Il reste moins de vingt minutes, et dix-huit bombes sont disséminées dans l'auditorium, prêtes à réduire en poussière les Academy Awards sous les yeux du monde entier. Mais après tout, ce n'est peut-être là que le fruit de l'imagination délirante d'Olivia Joules.

Sur la scène, Tim Burton réussit une prestation magistrale. « Que dire d'une assistante opératrice qui sait aussi préparer la camomille à la perfection, et pas avec des sachets... »

Dans la salle des interrogatoires spéciaux de la CIA, les yeux de loup de Travis Brancato, autrefois d'un magnifique bleu glacier, ressemblent plutôt à ceux d'un ivrogne qui n'aurait pas dessaoulé de quatre jours. Il a le cheveu en bataille, le menton sur la poitrine. La main de celui qui mène l'interrogatoire est levée, prête à le gifler à nouveau, mais on piétine. Une femme apparaît dans la salle et lui tend un message – les suggestions d'Olivia pour décider Travis à parler. L'homme s'arrête pour les lire, puis se penche à l'oreille de Brancato :

« Tous les directeurs de studios de Hollywood assistent à cette cérémonie. Vous nous dites ce que nous voulons savoir et vous sauvez la situation. Sinon, jamais vous ne pourrez retravailler dans cette ville. »

Brancato redresse brusquement la tête, retrouvant toute sa vivacité. « Je n'ai rien fait, dit-il très vite. J'ai seulement laissé la camionnette ouverte pendant vingt minutes sur une aire de repos. C'est tout, je vous jure. J'ai cru que Feramo voulait prendre un Oscar pour lui. »

Sur la scène, Tim Burton commence à avoir le visage crispé, mais il fait de son mieux : « Mon Dieu, l'heure tourne ! » Bien que l'assistance s'impatiente, il continue vaille que vaille. « À propos, d'ailleurs, combien d'entre nous s'arrêtent effectivement pour regarder leur montre ? J'espère que mon assistant Marty Reiss le fait, vu que, d'après ce que je sais, il travaille à l'heure… »

Lorsque Scott Rich traverse les coulisses à grands pas, un homme le croise au trot, quatre Oscars dans les bras. Il porte un tee-shirt qui dit : SI VOUS ME VOYEZ COURIR, ESSAYEZ DE NE PAS VOUS LAISSER DÉPASSER. Un conseil que suit Scott Rich. Il est bientôt rejoint par un autre homme en tenue de protection, qui transporte encore plus d'Oscars. Il arbore une combinaison vert foncé qui doit bien peser quarante kilos, doublée de grosses plaques de céramique antisouffle, et un masque à refroidissement par air. Tous trois se hâtent de sortir par l'arrière du bâtiment, où l'accès à la zone entourant les camionnettes blanche des artificiers est interdit.

« Joe ! crie Scott, avisant un homme d'un certain âge aux cheveux gris et à l'air sagace. Tu en as déjà examiné un ?

— Mouais, répond ledit Joe, la mine sombre. Il y a une livre de C4 dedans, avec une minuterie Casio. On se prépare à l'ouvrir par télécommande.

— Et les autres ? On les emporte ou on les fait exploser ici ? demande Scott. Si l'explosion s'entend dans l'auditorium…

— Oui, ça, c'est la bonne question, dit Joe. Mais la chance a voulu que nous ayons apporté un TCV[1]... »

Il désigne une boule d'acier d'un mètre cinquante de diamètre que les techniciens sont en train d'envelopper dans des couvertures à bombes à l'arrière de l'une des camionnettes.

« Si nous en faisons exploser une demi-douzaine là-dedans, personne dans le public ne se doutera de rien.

— Tu as une équipe à l'intérieur pour neutraliser le déclencheur ? demande Scott en hochant la tête vers l'auditorium.

— Qu'est-ce que tu crois ?

— Parfait. Je retourne là-bas. Appelle-moi quand tu trouveras la minuterie, histoire de me faire des frayeurs. »

Tim Burton en est maintenant aux influences qui l'ont marqué. « Rien de tout cela n'aurait été possible sans mon cousin Neil, qui me laissait jouer avec son kit de peinture à numéros pendant les vacances scolaires. Merci, Neil, je te dédie cette récompense. Et enfin, je remercie mon premier professeur de dessin, une dame aux cheveux blancs qui avait l'âme de Picasso. Comment s'appelait-elle, déjà ? Mme Machin... Lankoda ? Swaboda ? Attendez, je vais me le rappeler dans une minute... »

Olivia se tasse dans l'ombre d'une porte et, équipée de son laissez-passer de bouche-siège, scrute les balcons à la jumelle. Elle ne reconnaît personne. Personne ne se comporte plus bizarrement qu'il n'est de mise pour une cérémonie des Oscars. La musique reprend. Elle lit le soulagement sur le visage de Burton tandis qu'il regagne d'un pas chancelant les coulisses. Il la regarde et elle lui fait un signe de félicitation, pouce levé.

Les stars reviennent en foule vers leur siège tandis que les applaudissements retentissent. Olivia observe la

---

1. *Total Containment Vessel* : dispositif à l'intérieur duquel on fait exploser des engins, éliminant ainsi tout danger de fragmentation et de souffle.

femme qui répartit les bouche-sièges en train de guider ses ouailles vers les trous stratégiques. Il reste moins de quinze minutes. Lorsque Bill Murray fait son entrée pour présenter l'Oscar de la Meilleure Actrice, tous les yeux se tournent vers la scène, et Olivia aperçoit un agent de la sécurité penché vers un lauréat dans l'allée latérale de l'orchestre, à gauche de la scène. On a dû donner l'ordre de retirer les statuettes de la salle. Olivia parcourt désespérément l'orchestre du regard une dernière fois et – voilà ! Voilà un visage qu'elle reconnaît, une fille blonde avec une chevelure volumineuse, des lèvres au contour appuyé et des seins aérodynamiques sortant d'une robe argent minuscule. Demi, l'ex-meilleure amie de Kimberley pendant la soirée de Miami. Elle prend place au milieu de l'orchestre, un laissez-passer autour du cou, et s'assoit à côté d'un garçon brun. Olivia le reconnaît aussi – il était sorti des vestiaires avec Demi en titubant, tout échevelé, au moment où Olivia quittait l'appartement de Feramo à Miami. Il transpire et jette des regards inquiets alentour. Il a vu l'agent de la sécurité disparaître avec un Oscar, et sa main droite va et vient nerveusement au-dessus de son poignet gauche. Olivia prend aussitôt son portable et appelle Scott : « Je crois que je l'ai. Orchestre, à droite de la scène, dixième rang, à droite de Raquel Welch. » Elle remonte l'allée en direction du garçon et de Demi. Le sang cogne dans ses oreilles.

C'est alors que Brad Pitt s'encadre dans la porte latérale juste devant elle et s'appuie contre le mur avec un calme insolent. Brad Pitt ! La chance ! Olivia enregistre la légère lueur de surprise dans son regard lorsqu'elle s'approche. Elle montre son badge tout neuf de la CIA et l'attire dans l'ombre, sous la porte.

« S'il vous plaît, faites ce que je vous dis, c'est un service que nous vous demandons », souffle-t-elle.

Il lui lance un regard rassurant. « La fille en robe argent, reprend-elle, se dressant sur la pointe des pieds pour atteindre l'oreille de son interlocuteur. La blonde au chignon, deuxième siège à droite de Raquel Welch.

Vu ? Faites en sorte qu'elle quitte son siège et emmenez-la dehors.

— C'est comme si c'était fait. » Il lui adresse une délicieuse grimace sexy et se dirige vers Demi. Olivia le regarde faire une improvisation de pro. La tête de Demi se tourne, comme si elle était attirée par le magnétisme de Brad Pitt, qui lui adresse un regard appuyé et un signe de tête. Demi porte une main frémissante à sa gorge, incrédule, puis elle se lève et le rejoint au bout du rang. Olivia voit le brun regarder autour de lui, l'air paniqué, puis tourner à nouveau les yeux vers la scène où Bill Murray s'est lancé dans le plus long discours jamais entendu pour la présentation de l'Oscar de la Meilleure Actrice.

« Olivia ? » Deux hommes en uniforme sombre apparaissent derrière elle. « Brigade antibombe du LAPD. Où est-il ? »

Elle désigne le garçon d'un signe de tête.

« D'accord. Empêchez-le d'actionner le détonateur avant qu'il ait le temps de réagir. Nous sommes juste derrière vous. »

Olivia s'attire des regards assassins et des *chut* mécontents lorsqu'elle dérange les spectateurs du rang. Elle penche la tête, montre son badge de bouche-siège, et se dirige vers la place vide à côté du garçon brun, priant le ciel pour qu'il ne la reconnaisse pas. Elle remarque une protubérance sous sa manche gauche, tandis que sa main droite s'en approche et la couvre d'un geste protecteur. Un tampon de chloroforme caché au creux de sa main, elle s'assoit. Le garçon la regarde et paraît la reconnaître vaguement. La sueur continue à lui dégouliner sur les tempes. Elle soutient son regard, lui adresse un sourire éblouissant et lui glisse la main droite sur la cuisse. Avec un mouvement fluide, elle pose une main sur son poignet, lui applique le tampon de chloroforme sur le nez et la bouche, et bloque sous son corps la main côté montre, empêchant ainsi tout contact avec l'autre bras. En voyant ses yeux paniqués, elle espère ardemment ne pas s'être trompée. Il se crée un grand branle-bas autour d'elle : les têtes se tournent, des agents de sécurité non prévenus se précipitent vers eux.

« Tenez son autre bras. Immobilisez-le. CIA », sifflet-elle à Raquel Welch en maintenant le tampon en place sur le visage du garçon, dont elle sent les soubresauts faiblir.

Raquel Welch saisit le bras libre de son voisin et le coince sous son célèbre derrière. C'est génial de travailler avec une artiste qui sait se laisser diriger.

« Tenez-moi ça », dit Olivia en tendant le bras avec la montre à son voisin de droite, complètement ahuri, et qui, elle le découvrira plus tard, est un des principaux administrateurs de DreamWorks[1]. « C'est un terroriste, ajoute-t-elle. Tenez-le bien. »

Tandis que l'homme stupéfait saisit le bras tendu et que, sur scène, la Meilleure Actrice découvre finalement son identité, Olivia retrousse la manche du garçon et détache la montre du poignet devenu tout mou. Un officier de la brigade antibombe se dirige vers elle en écrasant les pieds des spectateurs du rang. Elle tend le bras, lui passe la montre, sort son portable et annonce : « Scott. Il est dans les vapes. La montre est entre les mains de la brigade. On peut évacuer l'auditorium. »

Si le danger d'une détonation commandée à distance est écarté, il reste dans l'assistance dix-sept statuettes avec leur minuteur, programmées pour exploser avant la fin de la cérémonie. Il faut les récupérer d'une manière ou d'une autre sans créer de panique. Olivia voit des agents de la sécurité apparaître dans les allées et les portes, se lever de leurs sièges dans la salle et essayer de rassembler les Oscars. Cela ne va pas sans mal. Le lauréat du Meilleur Film Étranger, un type efflanqué avec une moustache tombante et un nœud papillon à rayures, refuse de se séparer du sien, et la discussion se termine par une vulgaire empoignade avec l'un des officiers supérieurs des sapeurs-pompiers.

---

1. Studio créé en 1994 par Steven Spielberg, Jeffrey Katzenberg et David Geffen.

À l'extérieur de la salle, dans le foyer, le secteur entourant les toilettes pour hommes est gardé par un cordon de police. Des agents font sortir dans la rue tous ceux qui s'y trouvent encore. Un Anglais en smoking argumente avec un gardien qui refuse de le laisser regagner l'auditorium. « Mais je suis nominé pour le Meilleur Film. C'est la prochaine récompense. Je suis juste venu aux toilettes pour répéter mon discours.

— Monsieur, si je vous disais ce qui se passe dans cette salle, vous retourneriez ventre à terre aux toilettes.

— Enfin, comment peut-on être aussi bête ? Donnez-moi votre nom et votre matricule ! »

Deux hommes alourdis par leur tenue de protection anti-souffle au dos de laquelle est écrit BRIGADE ANTI-BOMBE déboulent dans le foyer, avec chacun une demi-douzaine d'Oscars dans les bras, et foncent dans les toilettes pour hommes.

« Vous voulez toujours retourner dans la salle ? demande le gardien.

— Euh, en fait, non », dit l'Anglais, qui pique un sprint vers la sortie et dévale le tapis rouge. On entend des bruits de panique en provenance de la salle. Un autre technicien de la brigade antibombe apparaît avec deux Oscars et court vers les toilettes. « Il n'en reste plus qu'un qu'on n'a pas retrouvé », hurle-t-il.

Sur scène, Meryl Streep suit les instructions et s'efforce envers et contre tout de dominer le vacarme croissant. « Et la récompense cette année va à... », dit-elle en sortant le bristol de son enveloppe, « ... *Désespoir existentiel.* »

À cet instant précis, une robuste silhouette en uniforme fait son entrée sur scène et lève la main pour réclamer le silence. « Mesdames et messieurs... », dit l'homme. Mais personne ne l'entend à cause du vacarme. Pendant que Meryl Streep lui fait gentiment signe de s'approcher davantage du micro, un mastodonte, directeur de production de *Désespoir existentiel* et de la comédie musicale sur Wall Street, monte lourdement sur le podium, suivi de deux hommes qui sont, eux, les véritables producteurs. Le mastodonte se place entre le chef de la police et Meryl Streep et tend un bras avide vers la statuette de remplacement. Scott Rich apparaît alors sur la scène, l'air furieux, va droit vers le gros producteur et lui envoie un direct au menton. Ce sur quoi les deux autres éclatent de rire. « Ça fait des années que ça me démangeait », dit l'un d'eux bien fort dans le micro.

« La salle ! dit Scott Rich en saisissant le micro. LA SALLE ! » vocifère-t-il. Pendant un instant, il se fait un silence total.

« Scott Rich, de la CIA. La situation est grave, mais sous contrôle. Il dépend de vous qu'elle le reste. Comportez-vous en adultes. Le monde entier vous regarde. Vous allez sortir par les issues de devant uniquement : par ici à ce niveau, par là au premier balcon, et par là aux deux autres balcons. Sortez dans le calme, en suivant les instructions, et ne perdez pas de temps. Bien. La salle, c'est à vous. »

Pendant que le public sort du théâtre, les diverses forces de sécurité fouillent le bâtiment fiévreusement. Dix-sept Oscars sont enfouis sous des plaques et des couvertures antisouffle dans les toilettes pour hommes dont les alentours sont interdits. Il reste cent vingt secondes avant que les minuteries ne fassent exploser les bombes, et il y a encore un Oscar dans la nature. La lauréate, une jeune fille menue au visage torturé qui a obtenu l'Oscar du Meilleur Second Rôle féminin pour sa prestation dans le film sur le président Mao, reste introuvable. L'assistance continue à sortir dans un ordre relatif ; seules les forces de sécurité connaissent l'existence de la bombe qui se cache peut-être encore quelque part au milieu de toute cette foule.

Aplatie contre le mur, Olivia réfléchit à toute allure. Soudain elle a une illumination et appelle Scott. « Je parie que je sais où est la fille. Personne ne l'a vue depuis qu'elle est retournée dans les coulisses. À tous les coups, elle est en train de vomir.

— Bon, je m'en occupe », répond Scott. Pendant quelques instants, elle entend ses pas précipités. Terrifiée, elle regarde à nouveau sa montre. « Écoute-moi, Olivia, dit Scott. Je suis sur place. Elle est bien là. Je n'ai plus qu'à la convaincre de sortir. Je m'en occupe. Tu ne peux rien faire. Il nous reste une minute. Sors du théâtre. Tout de suite. Je t'aime. *Bye*.

— Scott, hurle-t-elle. Scott ! » Mais il a raccroché. Elle regarde autour d'elle, éperdue, et se dirige vers la scène, s'efforçant de rester en périphérie de la foule, comme si c'était un courant, et qu'en se maintenant au bord, où il est moins fort, elle avait une plus grande liberté de mouvement. Tandis qu'elle avance, un grondement puissant et prolongé se fait entendre en provenance du foyer, le sol se met à trembler et les murs paraissent s'incurver vers l'extérieur. Des cris s'élèvent, il y a un début de panique et une odeur de fumée âcre, un peu comme celle de feux d'artifice, mais en plus acide. D'autres explosions se font entendre, immédiatement suivies par une nouvelle déflagration venue des coulisses.

D'un index nerveux, Olivia compose un numéro. « Scott ! hurle-t-elle désespérément, Scott ! » mais le téléphone sonne, sonne, sonne, tandis que la foule se met à courir et à se disperser en tous sens. Olivia s'aplatit à nouveau contre le mur et reste parfaitement immobile au milieu de toute cette frénésie, les yeux écarquillés, aux abois. Lentement, elle se rend compte que le danger est écarté. La brigade antibombe a achevé son travail dans les toilettes. Les murs sont toujours en place, le souffle n'a pas pénétré dans l'auditorium, il n'y a pas de fragmentation, pas de sang, pas de cadavres. Il semble n'y avoir eu aucune victime. Sauf l'homme qu'elle aime.

Elle recompose le numéro. La sonnerie retentit. Encore et encore. Dans le vide. Elle se laisse glisser jusqu'au sol, anéantie. Une grosse larme roule sur sa joue. Soudain, on décroche.

« Scott ? dit-elle avec tant d'impatience qu'elle en avale presque le téléphone.

— Non, madame, ce n'est pas Scott, mais il est à côté de moi.

— Ah. Il va bien ? »

Il y a un silence. « Oui, madame. Enfin on ne peut pas dire qu'il soit très propre, mais il a l'air en un seul morceau. Il a réussi à enfoncer l'Oscar au fond de la cuvette avec un tas de serviettes par-dessus, et lui et la jeune fille sont presque arrivés jusque sous la camionnette du service. Oh, il veut vous parler, madame. » Elle attend, haletante, renifle en se frottant la figure.

« C'est toi ? dit une voix bourrue. Je t'avais pourtant dit de ne pas m'appeler au travail.

— On ne peut pas te faire confiance, réplique-t-elle en souriant et en essuyant ses larmes en même temps. Dès que tu as une actrice ou un mannequin à portée de main, on ne peut plus te tenir. »

59

Maui, îles Hawaii

Au moment où l'avion sanitaire atterrit sur les eaux tropicales de Maui, le portable d'Olivia sonne. Elle lâche la main de Scott pour répondre.

« Olivia ?

— Oui.

— Ici, Barry Wilkinson. Dites-moi, vous pourriez nous écrire un article ? Vous étiez sur les lieux, non ? Aux Oscars comme au Soudan. On aimerait un témoignage oculaire en exclusivité – première page du journal, intégralité des dossiers de la semaine –, et un article pour le quotidien si vous arrivez à nous envoyer quelque chose pour ce soir huit heures. Quelques centaines de mots, avec des citations. Olivia ?

— Je ne vois pas de quoi vous parlez », dit-elle. Si elle est sûre d'une chose, c'est qu'elle ne veut pas voir son visage s'étaler à la une d'un journal. Sans compter qu'elle va sans doute devoir vivre déguisée jusqu'à la fin de ses jours.

« Écoutez, mon lapin. Je sais. Je suis au courant pour le MI6. Je sais que vous êtes allée au Soudan, parce que *Elan* me l'a dit. Et je sais que vous étiez aux Oscars parce que je vous ai vue en perruque rousse. Et... »

Elle écarte le téléphone de son oreille, regarde par le hublot l'endroit où l'avion va se poser, une baie à l'eau étincelante, avec des cocotiers et du sable blanc ; elle adresse un sourire joyeux à Scott Rich, puis reprend le téléphone où vibre la voix très énervée de Barry et lance : « Voyons, mon lapin, ne soyez pas ridicule. C'est juste un effet de votre imagination délirante. »

Remerciements

Je remercie chaleureusement les personnes dont les noms suivent pour l'aide qu'elles m'ont apportée pendant que j'écrivais ce livre – pour les anecdotes, la préparation du manuscrit, les conseils d'expert, le soutien pratique et les informations subtiles concernant les systèmes de localisation miniatures sous-marins : Gillon Aitken, Luis Anton, Craig Brown, Tim Burton, Andreas Carlton-Smith, Fiona Carpenter, Gil Cates, le bureau des Affaires publiques de la CIA, Richard Coles, Marie Colvin, Nick Crean, Ursula Doyle, Harry Enfield, la famille Fielding, Carrie Fisher, Piers Fletcher, Linda Gase, John Gerloff, Sarah Jones, le centre de plongée Jules à Key Largo, Andrew Kidd, Paula Levy, Hugh Miles, John Miller, Michael Monteroso, Joe Pau, détective à la brigade de déminage du LAPD, Maria Rejt, Mia Richkind, Sausage, Lesley Shaw, l'hôtel Sunset Marquis, Beth Swofford, Russ Warner, et tous ceux qui sont trop anonymes pour être mentionnés, fût-ce par un X.

Je suis particulièrement reconnaissante à JC du temps qu'il m'a consacré, et de m'avoir montré comment tirer au revolver avec un stylo-bille.

Et surtout, je remercie Kevin Curran pour son énorme contribution concernant l'intrigue, les personnages, les jeux de mots, les idées, les multiples relectures, la mise au net du manuscrit, l'orthographe et la ponctuation, mais surtout pour m'avoir avertie que la meilleure méthode pour écrire un roman à suspense n'était pas de concentrer toute l'intrigue dès qu'on l'a conçue dans le premier chapitre.

7870

Composition Nord Compo
Achevé d'imprimer en France (Manchecourt)
par Maury-Eurolivres le 19 juillet 2007.
Dépôt légal juillet 2007. EAN 9782290346266
1ᵉʳ dépôt légal dans la collection : janvier 2000

Éditions J'ai lu
87, quai Panhard-et-Levassor, 75013 Paris
Diffusion France et étranger : Flammarion